MADELEINE REISS

Ich lass dich nicht los

GOLDMANN
Lesen erleben

Buch

Es war ein strahlender Sommertag am Strand, als ein langer Schatten auf Carries Leben fiel: Sie war nur für einen kurzen Moment in der Sonne eingenickt – doch als sie ihre Augen wieder aufschlug, war ihr fünfjähriger Sohn Charlie verschwunden. Auch drei Jahre später gibt es keine Spur von Charlie, und obwohl Carrie sich inzwischen ein neues Leben aufbauen konnte, vergeht doch kein Tag, an dem sie nicht – zwischen Hoffen und Trauer hin- und hergerissen – an ihren Sohn denkt. Dann lernt sie zufällig Molly kennen, eine alleinerziehende Mutter, deren Sohn Max in Charlies Alter ist. Und mit der Zeit stellt sich heraus, dass an jenem Tag am Strand eine Verbindung entstanden ist, die das Schicksal beider Frauen bestimmen wird …

Autorin

Das Schreiben wurde Madeleine Reiss gewissermaßen in die Wiege gelegt, denn sie ist die älteste Tochter des 2012 verstorbenen Schriftstellers und Booker-Preis-Gewinners Barry Unsworth. Madeleine Reiss arbeitete viele Jahre als Journalistin, bevor sie mit »Ich lass dich nicht los« ihren ersten Roman vorlegte, der aus über 1000 Einsendungen einen Buchwettbewerb des bekannten englischen TV-Talks »The Alan Titchmarsh Show« gewann. Derzeit arbeitet Madeleine Reiss an ihrem nächsten Roman, sie hat zwei Söhne und lebt mit ihrer Familie in Cambridge.

Madeleine Reiss

Ich lass dich nicht los

Roman

Aus dem Englischen
von Karin Diemerling

GOLDMANN

Die Originalausgabe erschien 2013 unter dem Titel
»Someone to Watch Over Me« bei Harper, an imprint of
HarperCollins*Publishers*, London

Dieser Titel ist auch als E-Book erhältlich.

MIX
Papier aus verantwortungsvollen Quellen
FSC® C014496

Verlagsgruppe Random House FSC® N001967
Das FSC®-zertifizierte Papier *Pamo House* für dieses Buch
liefert Arctic Paper Mochenwangen GmbH.

1. Auflage
Deutsche Erstveröffentlichung Juli 2015

Umschlaggestaltung: UNO Werbeagentur München
Umschlagmotiv: Paul Hudson/getty images;
Trevillion Images/Jitka Saniova; FinePic®, München
Redaktion: Alexander Groß
An · Herstellung: Str.
Satz: omnisatz GmbH, Berlin
Druck und Bindung: GGP Media GmbH, Pößneck
Printed in Germany
ISBN 978-3-442-48098-2
www.goldmann-verlag.de

Besuchen Sie den Goldmann Verlag im Netz

Für meine drei Liebsten:
David, Felix und Jack.

Und in liebender Erinnerung an meinen Vater,
Barry Unsworth, 1930–2012.

Prolog

Er hielt ihre Hand ganz fest. Es war dunkel, und der Weg war schwer zu erkennen. Sie hatte gesagt, dass er aufpassen müsse, wohin er trat, und nicht zu nahe an den schwarzen Kanal herankommen dürfe. Er wusste, dass tief unten auf dem Grund schlimme Dinge verborgen lagen. Es gab dort Einkaufswagen und gestohlene Autos und verwesende Kühe, die von ihrer Weide in den Kanal gestürzt waren und nicht mehr herausgekonnt hatten. Es gab Schlangen, die sich durch das kalte Wasser ringelten. Er glaubte, dass es auch Menschen da drin gab. Er dachte an senkrecht treibende Tote, die mit schwankenden Algenketten auf dem schleimigen Boden verankert waren. Einmal hatte er gesehen, wie ein Augapfel aus dem Kopf eines Ertrunkenen herausquoll, im Fernsehen. Er hatte durch den Türspalt gelugt und es hinterher bereut. Wenn man einmal etwas gesehen hatte, wurde man es nicht wieder los. Obwohl sie so schnell gingen, dass er außer Atem geriet, und obwohl ihre Fingernägel sich in seine Hand gruben, war er froh, aus dem Haus zu kommen. Er wünschte nur, er wüsste, wohin sie gingen.

»Können wir bald anhalten?«, fragte er.

»Noch ein Stückchen. Wir dürfen noch nicht stehen bleiben.«

Ihr Gesicht schimmerte weiß, und ihr Mund war ein dünner Strich. Er wusste, sie würden niemals schnell genug oder weit genug laufen können, so sehr sie sich auch anstrengten. Er wünschte, sie könnten sich in große Vögel verwandeln und bis nach Afrika fliegen. Große gelbe Vögel, die im Dunkeln sahen und tagsüber vor dem Hintergrund des Sands getarnt waren. In Gedanken sang er das Lied, das ihn tröstete, und versuchte mit aller Macht, ins Helle, Weite zu entkommen, in ein Meer ohne Grenzen.

Erstes Kapitel

Carrie stand auf dem Gehweg draußen vor dem Laden. Er sah noch besser aus, als sie gedacht hatte. Das Schaufenster, beklebt mit Spitzenblumen und Silbersternen, umrahmte eine Auslage der unwiderstehlichsten Weihnachtsgeschenke aller Zeiten, das hoffte sie zumindest. Es gab cremefarbene Kaschmir-Morgenmäntel, Ketten aus Glasperlen, Bernsteinohrringe mit urzeitlichen Insekten in ihrer leuchtenden Tiefe, antike Gebäck-Etageren beladen mit glitzernden Broschen, elegante Pumps mit Schnallen und Rokoko-Absätzen und Vintage-Seidenschals bedruckt mit verblichenen Eiffeltürmen und tuchschwingenden Stierkämpfern. Morgen würde die *Schatzkiste* ihre Türen für die Kundschaft öffnen, und die monatelange Arbeit würde sich gelohnt haben.

Zurück im Laden überprüfte sie noch einmal, ob alles tadellos war. Der Topf mit Glühwein stand bereit, um auf der Herdplatte im Hinterzimmer heiß gemacht zu werden, die Kerzen mit Zimtduft waren auf der Theke aufgereiht, ebenso die Stapel von braunen Tüten, von denen jede mit dem Stempel des Ladens und einem roten Band zum Verschließen versehen war. Sie drehte eine letzte Runde, schaltete dann die Alarmanlage ein und knipste das Licht aus. Ihr Fahrrad war hinter dem Geschäft angeschlossen, der dunkle Sattel schimmerte bereits vom Frost. Sie zog ihren Mantel um die Beine, setzte sich vorsichtig auf den hastig abgewischten Sattel und fuhr los, wobei sie hoffte, dass das flackernde Vorderlicht bis nach Hause hielt. Sie hatte das Rad in einem

Laden bei sich um die Ecke erstanden und schon beim Kauf gemerkt, dass es nicht die praktischste Erwerbung war. Es wäre besser gewesen, sich den Zustand der Reifen und die rostüberzogene Kette genauer anzusehen, statt sich von dem grün und silbern gestreiften Rahmen und dem großen, mit Plastikgänseblümchen durchflochtenen Weidenkorb verführen zu lassen.

Als sie durch die weitgehend leeren Straßen fuhr, blickte sie in Fenster, die von Lichterketten und Weihnachtsschmuck erwärmt oder von Kochdunst und dem Atem auf engem Raum redender und lachender Menschen beschlagen waren. Carrie spürte, wie sich die wohlbekannte Traurigkeit um ihr Herz legte. Sie konnte sich eine Zeitlang ablenken, aber am Ende lief es immer wieder darauf hinaus: auf diesen hartnäckigen Schmerz, der sich weigerte, sie freizugeben, und sie erbarmungslos hinaus in diese Weite von Meer und Himmel trug.

Es war ihre Entscheidung gewesen, an dem Tag an die Küste zu fahren. Damian wäre lieber zu Hause geblieben, um Zeitungen zu lesen und den Zaun zu reparieren, der irgendwann während des Winters halb umgeweht worden war. Doch sie liebte Ausflüge, besonders solche, bei denen Kühltaschen und Thermosflaschen im Spiel waren, und war früh aufgestanden, um ein kleines Festmahl aus Käse-Tomaten-Baguettes, Kartoffelchips und einem sündhaften Cremedessert mit Fruchtsoße in kleinen Plastikbechern zusammenzustellen. Charlie, der gerade fünf geworden war, kam mit Sandwiches noch nicht zurecht. Käse war in Ordnung und Brot für sich genommen auch, aber wenn beides zusammenkam, benahm er sich, als würde sie ihm etwas vollkommen Unmögliches vorsetzen, eine kulinarische Monstrosität, die ihn mit schmalen Schultern schaudern ließ. Also packte sie für Charlie einen dicken Kanten Brot ein, dazu ein paar Mini-Babybels und einen kleinen Kuchen mit rosa Zuckerglasur.

Es war einer von diesen Sommertagen, die man perfekt nennt, weil sie so ausgesprochen selten sind. Sie ließen die Fenster beim Fahren herab, und das Auto war erfüllt von Sonne und dem Geruch warmen Plastiks von den Wasserflaschen auf dem Rücksitz. Die Küste Norfolks lag nur zwei Stunden von Cambridge entfernt, eine gemütliche Fahrt an kühlen Tagen, aber vermutlich etwas zäher an diesem, da alle ans Meer wollten. Charlie hatte neuerdings Geschmack an Ella Fitzgerald gefunden und sang leise zu der CD mit, die auf sein Beharren hin bei voller Lautstärke abgespielt werden musste.

»›I love to go out fishing, in a river or a creek, but I don't enjoy it half as much as dancing cheek to cheek …‹ Was heißt ›creek‹?«

»Das heißt ›Bach‹, so wie in ›Scheiße, hier geht grad alles den Bach runter‹«, antwortete Damian, der besonders gut darin war, anschauliche Worterklärungen zu liefern.

»Ha, Dad hat ein schlimmes Wort gesagt!«, rief Charlie entzückt.

Carrie konnte ihren Sohn im Seitenspiegel beobachten. Sie bekam nie genug davon, ihn anzusehen. Seinen hübschen Kopf, die ernsten dunkelbraunen Augen, wie seine Brauen sich beim Sprechen hoben und wölbten. Manchmal ging sie abends in sein Zimmer und sah ihm beim Schlafen zu, stieg sogar auf die erste Sprosse der Leiter seines Hochbetts, damit sie nahe genug herankam, um diesen ganz eigenen salzig-süßen Duft an ihm zu riechen. Sie war keine besonders geduldige Mutter, hatte keinen Spaß an Aktivitäten, bei denen Mehl oder Töpfe voll Plakatfarben zum Einsatz kamen, und zuweilen langweilte sie sein Geplapper bis zur Verzweiflung, aber die meiste Zeit über bezauberte er sie. Ihre Liebe zu ihm war überwältigend, ein warmer Strom, wie das Blut in ihren Adern oder ein südliches Meer.

Sie kamen gegen Mittag am Strand an und schleppten den Picknickkorb, Matten und Eimerchen durch den Sand, bis sie eine Stelle fanden, die für Damian weit genug weg von anderen Leuten war, denn er hatte eine Regel, die besagte: »Keine Radios, keine Hunde, keine fremden Kinder«, was die Möglichkeiten etwas einschränkte. Seit Charlies Geburt hatte auch Carrie eine Regel, die sie allerdings für sich behielt. Ihre lautete, das Lager nicht in der Nähe junger, knackiger Mädchen aufzuschlagen, die jeden Moment ihre Klamotten abwerfen und sich in eine muntere Partie Volleyball stürzen konnten. Sie einigten sich schließlich auf eine Kuhle in den Dünen, weit genug entfernt von einer Frau und einem Jungen in Charlies Alter, die sich rücklings auf gestreiften Badetüchern sonnten. Carrie grub die Wasserflasche im Schatten des Grases ein, das den Dünenrand wie Wimpern bekränzte, und packte die Schwimmsachen aus. Dann warfen sie ihre sandigen Schuhe ab und gingen zum Meer. Ein Strandtag begann für sie immer mit dieser kleinen rituellen Huldigung.

Die Flut setzte gerade ein, und die Flecken, an denen sich schon Wasser gesammelt hatte, glitzerten in der Sonne. Unter ihren nackten, automobilverweichlichten Füßen fühlte sich das geriffelte Watt so hart an, dass das Gehen beinahe wehtat. Charlie hockte sich hin, um die verschlungenen Wattwurmhäufchen zu untersuchen und Muschelschalenfragmente mit gekrümmten Fingern herauszubaggern. Seine gelben Shorts waren ihm zu weit, obwohl Carrie sie an beiden Seiten um zwei Zentimeter eingenäht hatte, und wenn er rannte, musste er sie mit einer Hand festhalten, damit sie nicht herunterrutschten. Der strahlend blaue Himmel erstreckte sich über ihnen, bis er weit in der Ferne mit dem Meer verschwamm, so dass man nicht sagen konnte, wo das eine endete und das andere anfing. Es war, als würde man ins Endlose laufen. Trotz des warmen Tages hatte sich die See nach zwei Wochen eher trüben Wetters allerdings noch kaum erwärmt.

»Kann ich schwimmen gehen?«, fragte Charlie, dem die Temperatur egal zu sein schien. Er warf sich ins flache Wasser, strampelte wie verrückt, wühlte Sand auf und versuchte, seine Eltern an den Beinen hineinzuziehen. Er lernte gerade schwimmen, brauchte aber immer noch die Schwimmflügel. Carrie und Damian gingen weiter, während Charlie neben ihnen herplanschte. Das Wasser schien einfach nicht tiefer zu werden, so lange sie auch geradeaus wateten. Der Hunger zwang sie schließlich zur Umkehr und auch die Tatsache, dass Charlie blaue Lippen bekam. Damian hob seinen Sohn auf die Arme und wickelte ihn in sein Hemd.

Als sie auf ihren Platz in den Dünen zusteuerten, sahen sie plötzlich einen Flamingo vor sich im Watt stehen. Carrie hielt ihn zuerst für einen aufblasbaren Plastikvogel, zu pink, um echt zu sein. Seine exotische Form und Farbe wirkten fehl am Platz in dieser blassen, wie ausgebleichten Landschaft. Dann aber beugte er den Hals und tauchte den Schnabel mehrmals ins Wasser.

»Der muss aus einem Vogelpark abgehauen sein«, sagte Damian.

Der Flamingo schüttelte sich, als hätte auch er ein wärmeres Meer erwartet, nahm dann ungelenk Anlauf und hob mit einer merkwürdigen Seitwärtsbewegung ab, Kopf und Hals lang ausgestreckt, die Beine hinter sich herziehend wie ein Anhängsel. Sie sahen ihm nach, wie er davonflog, bis er nur noch ein kleiner Punkt war.

»Kommt er wieder zurück, Mum?«

Charlie fragte das, weil er clever genug war, den Anfang einer Geschichte zu wittern, wenn er sich bot, und tatsächlich dachte Carrie schon über eine mögliche Gutenachtgeschichte nach, in der ein Flamingo namens Fabian vorkam und vielleicht Florette, eine verirrte Flamingo-Dame.

»Warum ist er rosa?«

Damian wusste, dass die Farbe mit seiner Nahrung zusammenhing, konnte aber auch nicht sagen, was an einem Strand in Norfolk rosa genug wäre, um diese Gefiederfärbung zu erhalten.

»Wird er dann nach einer Weile grau?«, fragte Charlie besorgt.

»Ich weiß es nicht, Kumpel«, sagte Damian. »Vielleicht findet er wieder nach Hause, wo seine Brüder und Schwestern schon mit einem Eimer voll Krabben auf ihn warten.«

Nachdem Charlie sich eine Fleecejacke hatte überziehen lassen, nahmen sie ihr Picknick ein. Er aß sein Brot und einen Apfel und sagte, er wolle sich den Kuchen für später aufsparen. Eine Zeitlang saß er da und beobachtete den Jungen nebenan. Der hockte auf den Fersen und buddelte energisch vor sich hin. Daran, wie Charlie unruhig mit den Füßen im Sand scharrte, merkte Carrie, dass er mit ihm spielen wollte.

»Warum gehst du nicht rüber und freundest dich mit ihm an?«

»Ich glaube, er ist älter als ich«, sagte Charlie, der es hasste, im Nachteil zu sein.

»Mir scheint, er ist ungefähr genauso alt.«

Charlie stand auf und schlenderte lässig-befangen in Richtung des Sand schaufelnden Jungen. Eine Weile tat er so, als suche er Muscheln, gab die Verstellung aber bald auf und ging zu ihm, betrachtete seine Arbeit mit kritischem Blick.

Nach einer Zeitspanne, die er offenbar für angemessen hielt, sprach er ihn schließlich an.

»Ich heiße Charlie. Ich bin fünf. Wie alt bist du?«

Der Junge sah zu ihm auf und antwortete. Carrie bekam nicht mit, was er sagte, aber es musste etwas Einladendes gewesen sein, denn Charlie ließ sich auf die Knie nieder und begann ebenfalls zu buddeln. Sie gruben von verschiedenen Enden aufeinander zu, und jedes Mal, wenn ihre Hände sich im kühlen Sand trafen und wieder ein Tunnel gebaut war, stießen sie überraschte Schreie aus. Carrie sah ihnen eine Zeitlang zu, doch irgendwann taten das Mittagessen und die Sonne ihre Wirkung, und sie streckte sich auf der Decke aus. Sie hörte Damian seine Zeitung umblättern, hier und da ein Rufen und einmal so etwas wie Hubschrauberknattern, aber die Geräusche waren gedämpft. Schwarze Formen schwammen hinter ihren Augenlidern, und sie döste ein. Sie wachte auf, als Damian sie an den Füßen kitzelte.

»Tut mir leid, dich zu wecken, Schlafmütze«, sagte er, »aber ich muss mal. Die Klos sind ganz hinten beim Parkplatz.«

Carrie schüttelte sich und setzte sich auf, um nach Charlie zu sehen, der immer noch mit seinem neuen Freund spielte. Sie holte ihre Zeitschrift aus der Tasche, rollte sich auf den Bauch und versuchte zu lesen, aber der Text verschwamm vor ihren Augen. Ihr Kopf sank auf das Papier, und sie nickte wieder ein. Diesmal weckte sie Charlies Stimme. Sie drehte sich auf die Seite und blinzelte zu ihm hinauf, ohne sein Gesicht in der grellen Sonne zu erkennen.

»Kann ich noch mal zum Wasser runtergehen?«

»Nur, wenn dein Vater dabei ist.«

»Dad ist noch nicht wieder da.«

»Tja, dann musst du auf ihn warten. Wo ist denn der andere Junge hin?«

»Er musste mit seiner Mum spazieren gehen.«

»Ist er nett?«

»Ja.« Charlie begründete seine Antwort, indem er die Eigenschaften seines neuen Spielkameraden an den Fingern abzählte. »Erstens, er ist fünf. Zweitens, er hat blonde Haare. Drittens, er ist kein Fan von Fledermäusen. Viertens, er mag Scooby-Doo. Bitte, bitte, kann ich runter ans Wasser gehen?«

»Warte noch ein bisschen, ich kann unsere Sachen nicht hier allein lassen. Dad kommt bestimmt gleich.«

Carrie setzte sich auf. Charlie ließ sich neben ihr nieder und hielt immer wieder nach Damian Ausschau. Schließlich entdeckte er ihn von fern, wie er über den Strand auf sie zusteuerte.

»Kann ich ihm entgegenlaufen? Bitte! Und dann können wir schwimmen gehen, ja?«

»Nur, wenn du mir zuerst einen Kuss gibst«, sagte Carrie und legte sich wieder hin. Er kniete sich neben sie und gab ihr einen Schmatz auf die Wange, strich ihr mit sandiger Hand übers Gesicht.

»Ich hab dich lieb, jeden und jeden Tag«, sagte Charlie.

»Ich dich auch, jeden und jeden Tag«, erwiderte Carrie und schloss die Augen.

Hinterher war sie nicht sicher, wie lange sie geschlafen hatte. Es konnten eigentlich nur ein paar Minuten gewesen sein.

»Wo ist Charlie?«, fragte Damian, der plötzlich über ihr aufragte.

Wie alle Eltern geriet Carrie schnell in Panik. Sie brauchte ihren Sohn nur aus den Augen zu verlieren, wenn er irgendwo in einer Menschenmenge hinterhertrödelte oder ihn eine Rutsche auf dem Spielplatz verbarg, und schon wurde ihr ganz anders. Auch jetzt fuhr ihr der Schreck in die Glieder.

»Ich dachte, er wäre bei dir.«

»Nein, er war doch noch hier, als ich zur Toilette bin. Ich habe nur eine kleine Joggingrunde gedreht.«

Carrie stand auf und suchte den Strand mit den Augen ab. Da war eine Reihe von Kindern, die Charlie hätten sein können; es war nicht leicht, so weit zu schauen. Auf den ersten Blick sah sie keines mit seiner auffälligen gelben Hose.

»Bleib du hier, falls er inzwischen zurückkommt. Ich gehe ihn suchen.«

Carrie lief hinunter zum Meer.

Zweites Kapitel

Molly sah zu, wie Max, der bäuchlings auf dem Boden lag, seine Plastiktiere in strikter Formation aufreihte. Er benutzte das geometrische Muster am Rand des Teppichs dazu, alle Hufe und Pfoten genau auf Linie zu bringen. Die Arche stand mit heruntergelassenem Landungssteg bereit, und ein winziger, bärtiger Noah wartete in strammer Haltung an Deck. Sie fand Max' Neigung, alles in eine Reihe zu bringen, manchmal etwas bedenklich – Miniatursoldaten standen da, als würden sie gleich ein Wettrennen laufen, Buntstifte zogen sich als ordentlicher Regenbogen durch den ganzen Flur, Postkarten schmückten den Kaminsims in Fünfergruppen wie Royal Flushs. Er ordnete sogar das Essen auf seinem Teller der Reihe nach, wobei das, was er am wenigsten mochte, natürlich zuletzt kam. Da er diese Gewohnheit erst vor Kurzem angenommen hatte, überlegte Molly, ob sich darin möglicherweise eine seelische Störung ausdrückte. Vielleicht sollte sie über dieses anscheinend zwanghafte Bedürfnis, die Welt zu ordnen, besorgt sein. Vielleicht las sie auch zu viel hinein, und er legte nur einen schon immer da gewesenen Hang an den Tag, der bloß auf den richtigen Satz Spielzeugtiere oder die neue Schachtel Buntstifte gewartet hatte. Wahrscheinlich war er mit der Vorliebe für gerade Linien geboren worden und würde zu einem Mann heranwachsen, der Balkendiagramme und Bügelfalten mochte und sein Bierglas stets mitten auf dem Deckel abstellte. Sie dachte, dass sie im Grunde nur eine Bestätigung für ihre eigene Traurigkeit in seinem Verhalten suchte.

Auch wenn der Weihnachtsbaum sich leicht nach links neigte, fand Molly ihn hübsch mit seinen bunten Lichtern, die in einem rätselhaften Rhythmus blinkten. Sie hatten den Baum zusammen ausgesucht und ihn im Auto nach Hause transportiert, seine Spitze zum Fenster hinausragen lassen. Großmütig hatte sie der Versuchung widerstanden, das Schmücken selbst in die Hand zu nehmen, als Max die unteren Zweige mit den schwersten Kugeln behängt hatte, so dass die Enden fast bis auf den Boden gebogen wurden.

Sie begann, das Bild wegzuräumen, an dem sie vormittags gearbeitet hatte, ein kleines Aquarell von der Aussicht aus dem Wohnzimmerfenster. Es war das Erste, das sie seit Langem gemalt hatte, und es war ein gutes Gefühl gewesen, endlich mal wieder etwas zu tun, das ihr richtig Freude machte. Sie blickte zum Fenster hinaus, auf ein weites, dunkles Feld, über dem sich Vögel sammelten und dann zerstreuten. Obwohl es erst drei Uhr nachmittags war, dämmerte es bereits. Sie war bedrückt und ängstlich, als würde dieses kleine Haus auf reißenden Fluten dahintreiben, ohne Kompass oder ausreichende Vorräte. Molly hatte ein Faible für die Beschaffung und Haltbarmachung von Vorräten. Als Kind hatte sie solche Geschichten am meisten geliebt, in denen es um Familien ging, die große Not litten, die sich mit einer kleinen Kiste voller Zwiebeln und Rüben durch harte Winter schlugen und ärmliche, aber bewunderungswürdige Spielsachen aus Zweigen und Wollknäueln bastelten. Sie mochte literarische Figuren, die sich einweckend und pökelnd ihr Überleben sicherten und ihre Vorratskammern stolz mit der Arbeit ihrer vermutlich schwieligen roten Hände füllten oder die, wenn sie auf einsamen Inseln ausgesetzt wurden, mit einfachsten Mitteln geniale Behausungen und raffinierte Regenwassersammelanlagen zustande brachten. Von jeher hatte sie jede Jahreszeit gefeiert, indem sie sie konservierte. Marmelade aus den warmen Erdbeeren, die sie in saftverschmierte Obstkörbchen gehäuft hatte. Brombeeren, in Krügen und Tupperdosen nach Hause gebracht und in Tiefkühlbeuteln gehortet. Jede Schlehe sorgfältig angestochen, in Gin eingelegt und zum Ziehen ins Dunkel gestellt.

»Wann gibt es Abendessen?«, fragte Max, der sich mit einem Rhinozeros in jeder Hand, Horn an Horn gegeneinander, auf den Rücken rollte.

»Noch lange nicht«, sagte sie. »Hast du Hunger?«

»Kann ich eine Schokoladenglocke vom Baum haben, nur eine?«, sagte er. »Das sollte mir über die Runden helfen.« Mit einem schmerzlichen Stich erkannte sie eine von Ruperts Redewendungen. Sie dachte daran, wie er vor Jahren einmal für eine Autofahrt den Kofferraum mit Essen und Trinken vollgeladen hatte, mehr, als sie jemals brauchen würden. »Das sollte uns über die Runden helfen«, hatte er lächelnd gesagt, und sie erinnerte sich an die Geborgenheit, die sie dabei empfunden hatte.

Max band einen der Schokoanhänger vom Baum los und achtete dabei darauf, nicht das Kabel der Lichterkette zu berühren. Er war auf geradezu morbide Weise von Tod durch Stromschlag fasziniert, und jede Verdunkelung des Himmels rief düstere Warnungen hervor, wie gefährlich es war, unter Bäumen zu stehen und Schuhe mit Ledersohlen zu tragen. Rupert hatte ihm diesen Horror eingepflanzt, indem er ihm einmal eine haarsträubende Geschichte erzählte, wie er als Junge in eine Steckdose gefasst hatte, durchs Fenster geschleudert worden war und sich dabei die Zunge durchgebissen hatte, so dass er fast an seinem eigenen Blut erstickt wäre.

Er war von jeher ein großer Märchenerzähler gewesen. Molly dachte an den Abend, an dem sie sich kennengelernt hatten. Rupert hatte lebhafter und interessanter gewirkt als alle anderen im Raum, er war ihr sofort aufgefallen, sie hatte ständig zu ihm hinsehen müssen. Er hatte sie an einen Fuchs erinnert oder irgendein anderes Tier mit schimmerndem Fell. Sich selbst, mit ihren blassblauen Augen und mausbraunen Haaren, hatte sie schon immer für alles andere als bemerkenswert gehalten. Ihre weichen, beinahe kindlichen Gesichtszüge hatten sie oft regelrecht zur Verzweiflung getrieben, viel lieber wollte sie ausgeprägte Wangenknochen und schwarze, dramatisch lange Wimpern haben, ein Aussehen, bei dem Männern der Atem stockte, und daher war sie überaus erstaunt gewesen, als er geradewegs auf sie zugekommen war, so als hätte er nur auf sie gewartet, obwohl sie sich noch nie begegnet waren.

»Sie können neben mir sitzen«, hatte er gesagt und sie zu seinem Platz am Tisch geleitet. Während der gesamten Mahlzeit hatte er sich mit ihr unterhalten, sein Blick aufmerksam, seine Hände fürsorglich mit Butter und Wein. Als ihr die Serviette vom Schoß rutschte und unter den Tisch fiel, bestand er darauf, sie aufzuheben. Erschrocken und erregt zugleich merkte sie, wie seine Hand ihren Knöchel streifte und zart auf ihrem Bein verweilte.

Ein halbes Jahr später hatten sie geheiratet. Molly hatte ihr Herz an ein Kleid gehängt, das sie in einem Schaufenster entdeckt hatte. Es war zartrosa und mit Glasperlen bestickt, hatte eine enge, den Busen betonende Korsage und schmiegte sich sexy um die Hüften, so dass sie sich darin wie eine dekadente Prinzessin fühlte. Sie fand, als Braut hatte man die einmalige Chance, in puncto Sinnlichkeit aufs Ganze zu gehen, ohne dafür schief angesehen zu werden. Ruperts Mutter, die sie zuvor erst einmal getroffen hatte und deren Blick bei dieser Gelegenheit flüchtig über sie hinweggeglitten war, als würde sie einen Meter Stoff begutachten, hatte darauf bestanden, das Brautkleid nicht nur zu bezahlen, sondern auch mit auszusuchen. Sie verwarf Mollys rosa Traum mit einem leisen Laut des Widerwillens und wählte stattdessen ein strenges, schlichtes Etuikleid. Es war perlmuttfarben, hervorragend geschnitten und kostete viermal so viel wie das andere, doch Molly fühlte sich einfach nicht wie sie selbst darin – eher so, als würde sie die Rolle der Person spielen, die eigentlich neben Rupert in der kleinen, nach Flieder duftenden Kirche stehen sollte.

Die Flitterwochen verbrachten sie in Umbrien, in einer Villa mit Blick auf terrassierte Olivenhaine und einen Nachthimmel voller Glühwürmchen. Tagsüber erkundeten sie die Städtchen der Umgebung, in denen Rupert Hunderte von Fotos von ihr machte, an Brunnen oder gelbe Mauern gelehnt, die mit Kapernblüten und flinken Eidechsen getupft waren. Manchmal, wenn sie auf halber Höhe einer Treppe stehen bleiben und sich zu seiner Linse umdrehen musste oder wenn er beim Essen die Gabel ablegte, um ihren Kopf exakt in einem Torbogen einzurahmen, bekam sie den Eindruck, dass die Diashow die eigentliche Geschichte für ihn ausmachte.

»Lächle!«, sagte er, und es fiel ihr nicht schwer zu gehorchen, denn alles hatte einen Zauber für sie. Sie fand es liebenswert, dass er ihr gemeinsames Glück so minutiös festhalten wollte. Und in ihrem musselinbehangenen Himmelbett widmete Rupert ihrem schlanken Körper die gleiche ernste Aufmerksamkeit.

»Du bist wunderschön«, sagte er, als seine Finger sich auf und in ihr bewegten, als könnte er durch seine Berührung ihre Geheimnisse ergründen. Er entdeckte die winzige silbrige Narbe an ihrer Brust, verursacht durch die Entfernung einer Zyste, die Delle oberhalb ihres Fußknöchels, wo sie als Kind von einem Hund gebissen worden war, und das erhobene Muttermal an der Innenseite ihres Oberschenkels.

»Das ist eine Art Bestandsaufnahme«, sagte er, als sie protestierte, dass sie sich unter die Lupe genommen fühle. »Damit ich dich wiedererkenne, falls ich mal blind werde.«

Er öffnete sie mit den Fingern und liebkoste sie mit der Zunge, und sie war froh und ein wenig überrascht, dass er sie so sehr begehrte. Bei ihrer Rückkehr trug er sie achtsam über die Schwelle ihres neuen Zuhauses. Auf den Rat seiner Mutter hin hatte Molly sich darangemacht, es vorwiegend cremeweiß zu streichen, nur hier und da eine Wand in Hellgrau oder mit großen, pastellfarbenen Blumen tapeziert. Im ersten Jahr nahm er sie zu den Lieblingsplätzen seiner Kindheit mit. Da gab es einen Wald, der nach Bärlauch duftete und von einem schnellen braunen Fluss durchströmt wurde, und einen Garten mit kindskopfgroßen Hortensien in Blau und Rosa und einer niedrigen Steinmauer, an die sie sich schmiegten wie verlorene Lämmer.

Das Klingeln des Telefons riss Molly ruckartig aus ihren Erinnerungen.

»Hallo?« Schweigen am anderen Ende. »Hallo?« Niemand antwortete, und sie legte wieder auf. Sie sagte sich, dass es wahrscheinlich ein Callcenter im Ausland gewesen war, wo ein junger Mann mit einem ausgedachten englischen Namen nun von einer Leitungsstörung davon abgehalten wurde, ihr eine Versicherung zu verkaufen, oder dass irgendwo eine Hand in einer Tasche unabsichtlich ein Mobiltelefon aktiviert hatte, aber im Grunde wusste sie, dass er es war. Er rief oft am frühen Abend an, als fühlte er sich von der Dämmerung aufgefordert, sich zu vergewissern, wo sie war.

»Ist alles in Ordnung, Mum?« Max setzte sich zu ihr aufs Sofa und legte ihr die Arme um den Hals. Sie sah ihr Gesicht im mittlerweile dunklen Fenster gespiegelt, so blass und durchscheinend wie die Geister, die diesen Teil der Fens bevölkerten. Von einem solchen Fenland-Geist, einem Farmer, hieß es, er spuke immer noch regelmäßig auf seinem Land. So wertvoll war die fette schwarze Erde, dass er große Brocken davon aß. Sein unsichtbares Fressen hinterließ zerteilte Schollen, wo kein Traktor gefahren war.

»Ja, alles in Ordnung, mein Schatz«, sagte sie und nahm ihn auf den Schoß. Sie streichelte über seinen Kopf, fühlte dessen Form unter ihren Händen. Nach einer Weile machte er sich los, um sich wieder auf den Boden zu lümmeln, und sie stand auf und zog die Vorhänge vor den dunklen Feldern zu.

Drittes Kapitel

Carrie wachte früh auf am Tag der Ladeneröffnung. Sie machte das Licht im noch dunklen Schlafzimmer an, warf die Quilt-Bettdecke zurück und zog den chinesischen Seidenmorgenrock über, der an dem Haken an der Tür hing. In dem vorweihnachtlichen Versuch, ein paar Pfunde zu verlieren, um der bevorstehenden Schlemmerei etwas entgegenzusetzen, hatte sie beschlossen, den Tag mit einer Schale Porridge mit fettarmer Milch und ein paar Rosinen zu beginnen. Ihre Diätvorsätze waren jedoch nur halbherzig, denn mit siebenunddreißig, fand sie, war sie ohnehin bald an dem Punkt, da sie sich zwischen ihrem Hintern und ihrem Gesicht entscheiden musste. Ihre Theorie lautete, dass ab vierzig je dürrer der Hintern, desto mehr Trockenpflaume das Gesicht, es sei denn, man übertrieb es mit dem Schnippeln, und dann sah man einfach nur schräg aus. Carrie war groß und langbeinig und hatte ein Gesicht, das mit lebhaftem Ausdruck am schönsten wirkte. Ihre braunen Augen standen ein bisschen zu weit auseinander, aber ihr Mund war weich und voll, und ihre schwarzen Haare fielen seidig glatt über ihre hohe Stirn. Beim Reden rieb sie oft mit der Hand darüber, als wollte sie ihre Gedanken formen, bevor sie ihr entschlüpften.

Sie setzte sich aufs Sofa, um ihr Porridge zu essen und Betrachtungen über den bevorstehenden Tag anzustellen. Ihr fiel auf, dass sie zum ersten Mal seit drei Jahren wieder so etwas wie Vorfreude empfand, aber weil es so lange her war, erkannte sie das Gefühl zuerst nicht und hielt das leichte Flattern im Bauch für eine Rebellion ihres Magens gegen die Haferbreiklumpen, die sie zu ihm hinunterschickte. Sie hatte die *Schatzkiste* mit schönen Dingen von Wert gefüllt, der sich nicht notwendigerweise im Preis ausdrückte, sondern darin, dass sie mit Sorgfalt hergestellt worden waren. Es sollte die perfekte Adresse sein, um ein Geschenk zu finden oder sich selbst etwas zu gönnen, wenn man niedergeschlagen war. Ein Ort, an dem die Leute sich gern aufhielten und all die feinen Sachen berühren wollten. Sie hatte hart daran gearbeitet, ein ausgewogenes Verhältnis zwischen neuen, ausgefallenen Produkten und alten, aufgearbeiteten Gegenständen, die eine Patina und eine Geschichte hatten, hinzubekommen. Dazu war sie wochenlang im Land herumgereist und hatte sich die Sachen von Kunsthandwerkern und Künstlern angesehen. Sie hatte eine Frau in Northumberland gefunden, die wunderbar leichte, seidenglatte Schals aus einem Wollgarn herstellte, das in den Pink- und Orangetönen gefärbt war, wie man sie oft am nordöstlichen Himmel sieht. Außerdem hatte sie mehrere Aquarelle von einem Maler in Manchester gekauft, der kaum ein höfliches Wort an sie richtete, während seine Bilder ungeheuren Charme besaßen. Sie zeigten kleine Gestalten, die sich vertieft über eine Arbeit beugten oder in altmodischer Gruppierung durch lichtgesprenkelte Wälder spazierten. Ihr machte diese Schatzsuche großen Spaß, besonders, wenn sie Schätze in unerwarteten Ecken fand.

In den ersten weißen, betäubten Monaten, nachdem es passiert war, hatte sie gedacht, dass sie von Cambridge wegziehen müsse. Die Stadt war zu klein, es gab keine Flucht vor den Erinnerungen. Doch nach einer gewissen Zeit war sie froh über das, was ihr geblieben war, und merkte, dass sie es nicht über sich brachte, woandershin zu gehen. Sie musste bleiben, wo sie gefunden werden konnte. Außerdem war da etwas an der Düsterheit von Cambridge, an der gedämpften Atmosphäre mit grauem Himmel und grauen Häusern, das sie beruhigte. Die Stadt war wie geschaffen zum Trauern. Die offene Landschaft der Umgebung mit ihrem dunklen Boden und ihrer unscheinbaren Schönheit war ihr vertraut. Sie hatten sie zusammen erkundet, als Familie; Charlie mit hüpfendem Kopf auf Damians Schulter und später vorneweg laufend, um einen Pfad durch ebene Maisfelder oder über kreidige Deiche zu bahnen. Wenn sie jetzt seine erste wackelige Fahrradfahrt über den Platz vor sich sah oder eine Erinnerung an ihn, schon halb lachend, oben auf einer Schaukel aufblitzte, fühlte sie sich getröstet. Sie wollte nicht an einem Ort wohnen, wo er keine Spuren hinterlassen hatte, genauso wenig wie sie die Dosen mit Knetgummi wegwerfen konnte, in denen die Abdrücke seiner Finger zurückgeblieben waren.

Nachdem sie ihre Garderobe durchstöbert und Stapel von abgelegten Kleidungsstücken auf dem Bett aufgetürmt hatte, entschied sie sich schließlich für ihre enge, aber nicht zu enge Lieblingsjeans, schwarze Stiefeletten mit Knöchelschnallen und Keilabsätzen sowie eine grüne Vintage-Jacke mit großen Knöpfen und Samtkragen. Sie steckte eine schleifenförmige Strassbrosche ans Revers und schlang drei Schnüre dunkelgrüne Glasperlen um ihren Hals. Als sie das Haus verließ, vor der frühmorgendlichen Kälte mit einem riesigen Schal und einer Baskenmütze geschützt, sah sie eine kleine blonde Gestalt in einem dünnen Kleidchen und winziger Strickjacke aus dem Haus gegenüber kommen. Das war mindestens schon die sechste Frau nach ihrer Zählung, und es stellte eine ständige Quelle der Verwunderung für sie dar, wie ihr Nachbar es nur schaffte, seinen anspruchsvollen Terminplan zu bewältigen. Die blonde Gestalt trippelte in der Morgendämmerung davon, und Carrie stieg auf ihr Rad und fuhr Richtung Innenstadt. Der Berufsverkehr auf der Mill Road hatte noch nicht voll eingesetzt, aber in etwa einer Stunde würde eine lange Reihe von Windschutzscheiben lauter blasse

Montagsgesichter einrahmen. Eine Frau mit sorgfältig gewellten Haaren schloss gerade die Tür des Co-op auf. In der frisch renovierten Kirche schob jemand ein Taufbecken auf Transportrollen über den Laminatboden.

Die *Schatzkiste* lag rund eine Viertelstunde Fußweg vom Stadtzentrum entfernt, etwas versteckt in einer Nebenstraße, die zu einem Wohnbezirk mit teuren viktorianischen Reihenhäusern gehörte, günstigerweise in der Mitte einer kleinen Ladenzeile: ein Delikatessengeschäft, dessen Kunden die überzogenen Preise für Oliven und Mozzarella wegen des kecken Charmes der Inhaberin akzeptierten, die ihnen ihre Brote mit übertriebener Zuvorkommenheit in feines Papier einwickelte, ein Gemüsehändler, der dazu neigte, das Biosiegel als Ausrede für lasche Blätter und schrumpelige Karotten zu missbrauchen, ein Buchmacher und ein kleiner chinesischer Supermarkt. Auch wenn die Straße ein wenig abseits lag, sorgte die Nähe zu einer der Hauptverkehrsrouten in die Innenstadt dafür, dass die Geschäfte von der Laufkundschaft des Viertels profitierten.

Jen war schon da, als sie ankam, und hatte die Lampen mit Federfransen angemacht, die zur günstigen Ausleuchtung hier und da aufgestellt waren. Außerdem hatte sie Orangen- und Nelkenöl auf die Heizkörper geträufelt, so dass der Laden wunderbar duftete. Im Moment war sie von der Aufgabe in Anspruch genommen, die alte Ankleidepuppe aus Draht anzuziehen, die neben den Gestellen mit Secondhandkleidern stand. Carrie hatte die Sachen aus karitativen Gebrauchtkleiderläden, von Flohmärkten, bei eBay und aus ihrem eigenen umfangreichen Fundus beschafft. Den Kopf unter Falten von Seide vergraben, kämpfte Jen damit, ein um die Hüften schmal geschnittenes Kleid über das Drahtgestell zu ziehen.

»Ich wusste gar nicht, dass du schon so früh herkommen wolltest«, sagte Carrie, während sie Schal und Handschuhe auszog.

»Hmmpf … konnte vor Aufregung nicht schlafen«, erwiderte Jen undeutlich. Dann tauchte sie mit zerzausten Haaren und strahlenden Augen unter dem Stoff hervor.

Carrie und sie hatte sich im College kennengelernt, gleich am ersten Tag des Semesters. Carrie war damals ein achtzehnjähriges Küken, das noch nie von zu Hause weg gewesen war, schon gar nicht allein in London, das ihr beängstigend groß und laut vorkam und voller Leute, die zu schnell redeten oder sie schief ansahen. Sie hatte die Hauptstadt zuvor nur selten besucht und war nicht richtig auf das Heimweh gefasst gewesen, das sie in den ersten Monaten dort überfiel. Ihre Mutter hatte sie ohne viel Federlesens am Bahnhof Coventry abgeliefert, mit dem Rat: »Denk daran, Idioten in der U-Bahn schreckt man am besten dadurch ab, dass man ein Stück Faden aus dem Mundwinkel heraushängen lässt. Funktioniert immer.«

Wenn auch sparsam mit ihren Abschiedsbekundungen, war Pam doch tieftraurig über den Weggang ihrer Tochter gewesen und hatte, halb verborgen hinter dem Zeitungsstand bei WH Smith, dem davonfahrenden Zug noch lange nachgesehen. Sie, die normalerweise nicht zu Gefühlsausbrüchen in der Öffentlichkeit neigte, hatte zu ihrer eigenen Verwunderung feststellen müssen, dass ihr Tränen übers Gesicht strömten und sich im Kragen ihres pinkfarbenen Kaschmirmantels sammelten. Um sich aufzumuntern, war sie zu John Lewis gegangen und hatte sich drei Röcke, vier Paar Schuhe und einen Hut gekauft, obwohl keine Hochzeit anstand.

Jen war älter als Carrie und hatte die beiden Jahre zuvor mit Reisen und Jobben zugebracht. Sie wirkte sehr welterfahren auf die Jüngere, die nur eine einzige Schule besucht hatte, mit einem einzigen Jungen gegangen war und erst ein einziges Mal betrunken gewesen war – nach einer halben Flasche Pfirsichschnaps, gemopst aus dem Küchenschrank ihrer Eltern. Während Carrie dazu verurteilt war, in einem muffigen Studentenwohnheim zu hausen, durfte Jen sich stolze Besitzerin einer Wohnung in Clapham nennen, die ihr ihr Vater gekauft hatte, kurz bevor er mit einer jungen Anwältin aus seiner Kanzlei nach Frankreich durchgebrannt war. Nachdem die junge Anwältin ein paar Wände aus dem gemeinsamen Chateau herausgerissen und sich mit dem Erwerb einiger antiker Emailkrüge vergnügt hatte, entschied sie kurzerhand, dass Jens Vater doch nicht das war, was sie sich vorgestellt hatte, und kehrte ins heimatliche Surrey zurück, wo sie eine Pflegestation für versehrte Igel ins Leben rief.

Jen hatte sich in jenem ersten Jahr auf der Universität um Carrie gekümmert und ihr Ratschläge erteilt, wie sie allerlei glücklose junge Männer, die sich von ihren Beinen, ihren glänzenden Haaren und ihrer verletzlichen Ausstrahlung angezogen fühlten, an Land ziehen und wieder loswerden konnte. Jen selbst wusste sich vor Verehrern kaum zu retten. Dunkelhaarig und kurvenreich, wie sie war, behandelte sie die verliebten Jünglinge, die das Pech hatten, ihren Vorzügen zu erliegen, mit kaum verhohlener Verachtung. In ihrem dritten Studienjahr verliebte sie sich, sehr zu ihrer Demütigung, Hals über Kopf in einen prominenten verheirateten Politiker, der ihr gerade so viel Gleichgültigkeit entgegenbrachte, dass sie verrückt nach ihm blieb. Sie fand schließlich die Kraft, dem Treiben ein Ende zu bereiten, als sie an ihrem dreiundzwanzigsten Geburtstag wieder einmal Sex mit ihm in der Toilette eines Restaurants hatte. Dabei kam es ihr in den Sinn, dass sie vielleicht etwas mehr von einer Beziehung verlangen sollte, als hin und wieder gegen einen Behälter für benutzte Damenbinden gerammt zu werden.

Jen hatte ein gutes Herz und eine große Abneigung dagegen, kleinen Lebewesen zu schaden, aber wenn man sie gegen sich aufbrachte, war sie eine furchterregende Feindin. Die einstmals so strahlenden blauen Augen des Politikers trübten sich merklich, als er herausfand, dass Gerüchte (seiner demoralisierten Sekretärin ins Ohr geträufelt) mit bestimmten Einzelheiten über ihn kursierten, von denen nur seine Frau (und jede der fünf anderen jungen Damen, mit denen er sich an weißen Kacheln und WC-Reiniger-Duft erfreut hatte) etwas wissen konnte. Informationen, wie zum Beispiel dass sein Penis einen Knick hatte und er dazu neigte, beim Orgasmus zusammenhanglose französische Ausdrücke zu brüllen, wurden von seinen politischen Gegnern so wirkungsvoll genutzt, dass er nie wieder öffentlich auftreten konnte, ohne dass irgendein Scherzkeks halblaut »Brioches massives!« oder Ähnliches murmelte.

Nach dem Politiker machte Jen einen Bogen um jede Art von ernsten oder dauerhaften Verstrickungen und zog es vor, die Zügel fest in der Hand zu behalten. Hin und wieder gabelte sie freitags- oder samstagsabends einen Typ mit guten Zähnen oder liebenswürdigem Lächeln auf und lud ihn in ihre staubige Wohnung mit den durchgesessenen Sofas und den schweren Samtvorhängen ein. Am Morgen danach wachte sie jedoch stets allein auf, bereit für einen einsamen Spaziergang im Park, gefolgt von zwei butterbeladenen Croissants und einer Schale Milchkaffee. Während der gesamten Unizeit und auch danach passte Jen auf Carrie auf. Sie nahm angehende feste Freunde unter die Lupe (»Macht mir den Eindruck, als könnte er heimlich Frauenschuhe tragen«), gab Reisetipps (»Stell dich nie hinter einen Esel«) und beriet sie über die besten Strategien bei Bewerbungsgesprächen (»Sieh ihnen in die Augen und stell sie dir auf der Toilette vor«). Im Gegenzug versuchte Carrie, sie vergeblich dazu zu bewegen, sich einen anständigen Haarschnitt zuzulegen und so zu kleiden, dass ihr üppiger Busen und ihre schmale Taille besser zur Geltung kamen. Sie konnte sich den Mund fusselig reden, Jen trug weiter sackartige Klamotten, wie man sie an Frauen sah, die sich in ihrer Freizeit gern als mittelalterliche

Angelsächsinnen verkleideten, und verweigerte sich hartnäckig jedem Versuch, ihre Wuschelmähne zu einer Frisur zu stylen. Die beiden Freundinnen waren über die Jahre stets in Kontakt geblieben, auch wenn sie an entgegengesetzten Enden der Welt und später an entgegengesetzten Enden des Landes wohnten.

Carrie dachte lächelnd, dass sie wirklich durch dick und dünn miteinander gegangen waren und sie sich glücklich schätzen konnte, dass Jen nach wie vor zu ihrem Leben gehörte. Sie sah auf ihre Armbanduhr. Es wurde Zeit, den Laden zum allerersten Mal aufzuschließen.

»Los, Mädel«, sagte sie. »Öffnen wir den Horden Tür und Tor!«

Viertes Kapitel

Molly wachte oft mit einem Gefühl der Dringlichkeit auf. An diesem Morgen brauchte sie mehrere Minuten, um sich zu erinnern, dass Samstag war und es nichts geben konnte, was sofort erledigt werden müsste. Obwohl sie schon seit über einem Jahr in diesem Haus wohnte, hatte sie sich immer noch nicht an seine Geräusche gewöhnt. Überall knarrte und knackte es, als würden Ziegelsteine und Balken nervös auf ihrem Platz herumrutschen. Es war ein Haus mit einer ruhelosen Seele, sagte sie sich, auch wenn ihre prosaische Seite recht gut wusste, dass das spätnächtliche Rascheln vor allem auf Ratten zurückzuführen war. Ein paar Tage, nachdem sie ein Loch am Rand der Küchendielen mit Holzfüllmasse geschlossen hatte, fing es an, unverwechselbar nach verwesendem Tier zu stinken, ein süßlicher Geruch wie nach überreifen Äpfeln, vermischt mit etwas Fleischigem, Ranzigem. Sie vermutete, dass sie eine Rattenfamilie unter dem Holzboden gefangen hatte. Der Gestank ließ fast zwei Wochen lang nicht nach, bis sie sich schon beinahe daran gewöhnt hatte.

Sie streckte sich unter dem Deckenberg, den sie auf sich getürmt hatte. Ein Teil der Hausgeräusche kam von dem altersschwachen Heizungskessel, der obendrein ziemlich eigensinnig war. Im Moment schien das launische Ding zu schmollen und produzierte nur gerade genug Wärme, um die Unterseite der Heizkörper lauwarm werden zu lassen. Sie hoffte, dass Max noch ein wenig länger schlief. Wenn er erst einmal auf war, würde sie ihn und sich durch einen weiteren Tag dirigieren müssen.

Jetzt war dieser Moment zwischen Nacht und Morgen, wenn alles ringsum den Atem anhielt, wenn der neue Tag über dem Horizont hing, als wartete er auf ein Signal.

Molly konnte sich nicht mehr genau erinnern, wann sie aufgehört hatte, glücklich zu sein. Manchmal wünschte sie, es gäbe eine Möglichkeit, rechtzeitig zu erkennen, wann etwas zu Ende war, so dass man das Vorübergehen bewusst erleben konnte. Sie hatte die Angewohnheit, gemietete Ferienhäuser stets mit einer kleinen gedanklichen Zeremonie zu verlassen. Danke, sagte sie, während sie sich ein letztes Mal umsah. Danke, liebes Haus, für diese schönen zwei Wochen, ich hoffe, wir sehen uns eines Tages wieder. Das war albern, das wusste sie, und sie würde es nie laut aussprechen, aber es half ihr, Abschied zu nehmen, wenn sie sowohl die Zeit des Glücks als auch deren Ende mit einem Ritual markierte. Auch das Muttersein setzte eine Reihe von letzten Malen in Gang, dachte sie. Gewiss gab es für jedes Kind, das das Glück eines Schoßes kannte, auf dem es sitzen durfte, ein letztes Mal, da es diese innige Nähe mit seiner Mutter auskostete, und erst rückblickend wurde beiden bewusst, dass da etwas zu Ende gegangen war.

Mittlerweile schienen die ersten Jahre ihrer Ehe zu einem anderen Leben zu gehören. Dabei war es nicht so, dass Rupert sich plötzlich verändert hätte, sondern eher, dass bestimmte Aspekte seiner Persönlichkeit, die sie zuvor nur aus dem Augenwinkel bemerkt hatte, immer stärker ins Blickfeld rückten. Ihr Zusammenleben war anfangs wunderbar gewesen. Sie liebte ihr Erwachsenenzuhause mit dem zusammenpassenden Geschirr und den Sofakissen. Sie liebte ihren Beruf als Lehrerin an einer örtlichen Grundschule, aber vor allem liebte sie es, Ruperts Frau zu sein. Sie fühlte sich wie im siebten Himmel und glaubte, das Glück kaum zu verdienen, mit dem sie überhäuft wurde. Rupert schien es sich zum Ziel gesetzt zu haben, ihr jeden Wunsch von den Augen abzulesen. Oft waren kleine Geschenke für sie im Haus versteckt, Zettel mit zärtlichen Worten am Kühlschrank angebracht. Er massierte ihr den Rücken und schleppte Wärmflaschen an, sobald sich erste Menstruationsbeschwerden ankündigten. Er merkte sich Bücher oder Filme, die sie beiläufig erwähnt hatte, und brachte sie ihr mit. Er sorgte für Batterien in ihren Fahrradlampen, Papier in ihrem Drucker und ein neues Guthaben auf ihrem Prepaid-Handy und stellte sicher, dass ihr Flakon mit Chanel No.19 nie leer wurde. Einmal forschte er sogar nach einem ungewöhnlichen, ovalen blauen Knopf, der von der Manschette eines ihrer Lieblingskleider abgefallen war, und fand einen Ersatz über eine obskure Website. Sie lachte bei dem Gedanken daran, wie er das ganze Internet nach einem Knopf durchsucht hatte, aber Rupert fand das nicht komisch.

»Du weißt doch, dass ich alles für dich tun würde«, sagte er und streichelte ihr auf seine typische Art übers Haar, indem er abschließend an den Spitzen zupfte, wie um die Festigkeit zu prüfen.

Sie begingen ihren ersten Hochzeitstag in dem Hotel, in dem sie auch die Flitterwochen verbracht hatten. Molly hätte gern etwas Neues ausprobiert, wollte aber keine kleinlichen Einwände erheben, wenn Rupert sich die Mühe gemacht hatte, eine Kopie der Speisekarte ihres ersten gemeinsamen Abendessens mit den Flugdaten in ein Seitenfach ihrer Handtasche zu stecken. Sie fand das Blatt in der Arbeit, als sie nach einem Stift suchte, und im ersten Moment, als sie es herauszog und sah, was es war, stockte ihr der Atem. Sie stellte sich vor, wie er auf die richtige Gelegenheit gelauert hatte. Darauf gelauert hatte, dass sie nach oben ging oder hinaus in den Garten, um dann ihre Tasche aufzumachen, womöglich auf der Suche nach dem besten Versteck in ihren Sachen zu kramen und dann hastig den Reißverschluss des Seitenfachs zuzuziehen, damit sie die Kopie später entdeckte und an ihn dachte. Falls es sie ärgerte, dass er einfach alles über ihren Kopf hinweg entschieden hatte, so ließ sie es sich nicht anmerken. Genauso wenig wie ihre Verlegenheit, als er in der marmorverkleideten Hotellobby eine Szene machte, weil sich herausstellte, dass man ihnen ein anderes Zimmer zugewiesen hatte als beim ersten Mal. Die honigfarbene Haut der jungen Rezeptionistin überzog sich unter dem Ansturm von Ruperts Empörung mit Röte, doch sie blieb ruhig und sachlich.

»Es tut mir wirklich leid, Sir, aber wir können die anderen Gästen nicht bitten umzuziehen«, sagte sie und biss sich mit kleinen weißen Zähnen auf die Unterlippe.

»Ich habe ausdrücklich Zimmer Nummer acht verlangt. Es steht definitiv in meiner E-Mail. Sehen Sie nach. Sehen Sie bitte sofort nach.«

Sie sah nach und sah noch einmal nach, und dann erschien ein äußerst gepflegter junger Mann und drückte mit zur Seite geneigtem Kopf und tadellosem Englisch sein tiefstes Bedauern aus, aber alles Gezeter von Ruperts Seite führte zu nichts.

»Es tut mir ausgesprochen leid, Sir, aber wir haben nur dieses eine Zimmer frei. Ist es Ihnen recht, wenn ich Ihr Gepäck nach oben bringen lasse?«

Als Rupert der Rezeptionistin den Schlüssel aus der Hand riss, bemerkte Molly, wie diese die Lippen schürzte und ihr einen schnellen Blick zuwarf, bevor sie den Kopf senkte, und begriff, dass sie ihr leidtat. Sie verstehen das nicht, hätte sie am liebsten gesagt, Sie wissen nicht, wie er sonst ist, wie sehr er mich liebt. Sie war wütend und dann voller Wehmut, weil ihr dieser Ort mit all seinen schönen Erinnerungen durch diesen zweiten Besuch vergällt wurde.

Rupert blieb während des gesamten Abendessens kühl und gereizt und sagte kaum etwas, trotz all ihrer Versuche, die Stimmung aufzuheitern. Sie aß Scheibchen von Entenbrust, die ihr zu rosa waren, und er schob seine Dorade auf dem Teller herum und trank zu schnell, bestellte eine zweite Flasche Wein, ehe die erste geleert war. Da er nicht mit ihr reden wollte, beobachtete Molly die anderen Gäste und dachte sich Geschichten zu ihnen aus. Am Tisch gegenüber saß ein älterer Herr mit einer atemberaubend schönen jungen Frau, die ihre lange Mähne um die Finger wickelte, während er ihr zeigte, wie man Langusten aß. Nebenan speiste eine Frau, die ein Tuch mit Schmetterlingsmuster um den Kopf trug und einen jungen Mann bei sich hatte, der offensichtlich ihr Sohn war. Beide waren mager und eckig und hatten die gleichen spitzen rosigen Ellbogen, die in gleicher Haltung auf dem Tisch ruhten. Es sah aus, als hätte die Frau geweint. »Was mich so traurig macht«, hörte Molly sie sagen, »ist, dass ich sie nie zu Gesicht bekommen werde.« Der Sohn schien sich weit weg aus diesem Speisesaal mit seinen Wandleuchten, Tischtüchern und Besteckreihen zu wünschen.

»Es werden wahrscheinlich hässliche kleine Kerle«, sagte er, sein Gesicht mit einer Hand beschirmend.

»Unsinn«, entgegnete seine Mutter, »sie werden entzückend sein«, und blickte lächelnd auf eine Stelle hinter ihm, als wären sie dort aufgereiht, hübsch und extra für sie herausgeputzt.

Zurück in ihrem Zimmer bearbeitete Rupert sich selbst, hielt sie dann an den Handgelenken fest und ergoss sich schnell in sie, als nähme er sie gar nicht wahr. Sie wartete, bis sie an seiner Atmung hörte, dass er eingeschlafen war, und stand dann so leise wie möglich auf. Sie zog den gleichen weißen Baumwollbademantel über, an den sie sich von ihren Flitterwochen her erinnerte, und stieß die breite Tür auf, die hinaus auf den Balkon führte. Irgendwann im Laufe des Abends hatte es geregnet, und die Luft war frisch und roch nach feuchtem Staub. Zwei Heißluftballons trieben träge über den Himmel wie Öl auf Wasser.

Am nächsten Morgen war Ruperts Launenhaftigkeit wie weggeblasen und er wieder ganz sein liebevolles, aufmerksames Selbst. Er bestellte Frühstück für sie beide und bestand darauf, dass sie im Bett blieb, während er sie mit kleinen Löffeln voll Joghurt fütterte. Danach zog er sie vom Bett und drängte sie gegen die Wand, und sie schlang ihre Beine um seine Mitte, während er hart in sie hineinstieß, bis sie laut aufschrie und er ihr die Hand auf den Mund legen musste, damit die Leute nebenan sie nicht hörten. Er verabscheute den Gedanken, dass andere etwas von ihnen mitbekamen. Sie stand unter der Dusche, und er kniete vor ihr und wusch sie sorgsam zwischen den Beinen, seine Hände glitschig vom nach Honig duftenden Duschgel, das warme Wasser lindernd an ihrem Rücken, wo die Haut von dem unebenen Putz der Wand aufgeschürft war. Sie fuhren nach Gubbio und nahmen die schwankende Seilbahn hinauf zum Bergkloster Sant' Ubaldo. Molly tat ängstlicher, als sie beim Anblick des steil abfallenden Berghangs unter ihren Füßen war, so dass er sie an sich zog und seine Hand in ihre Bluse schob, um sie abzulenken; seine findigen Finger schlüpften durch den Baumwollstoff und zupften an ihrer Brustwarze. Über dem Kloster breitete sich in wunderbarer Harmonie die Abendlandschaft aus, nur für sie beide, und sie fragte sich, wie sie nur je hatte denken können, dass sie etwas anderes als absolut glücklich war.

Molly hörte Max' Füße durch den Flur tapsen, und ein schneller Blick auf die Uhr sagte ihr, dass sie eine ganze Weile dagelegen und vor sich hingebrütet hatte. Sie spürte ein Kribbeln in den Armen und Händen, das sie als Schreck- oder Angstreaktion kannte; ein unerwarteter Stoß von einem Fremden am Rand eines Bahnsteigs, ein plötzliches Flügelschlagen, das aus einer stillen Hecke aufstob. Die Tür öffnete sich knarrend, und Max steckte zögerlich den Kopf herein.

»Bist du schon wach?«, fragte er hoffnungsvoll, mit klappernden Zähnen und über der Brust gekreuzten Armen. Zur Antwort zog Molly die Decken zurück, worauf er herbeigerannt kam und in die warme Kuhle neben ihr sprang.

Fünftes Kapitel

Er war nicht im Meer. Dort sah Carrie als Erstes nach, suchte das Wasser nach seinem Kopf ab, blickte hinaus bis zum äußersten Horizont, der auf einmal noch weiter weg schien als zuvor. Sie rannte am Strand entlang und blieb hier und dort stehen, um Leute zu fragen, ob sie einen kleinen Jungen in gelben Badeshorts gesehen hätten. Alle schüttelten die Köpfe, standen auf und blickten sich ebenfalls um. Die meisten waren selbst Eltern und sahen ihr an, was in ihr vorging. Sie sagten: »Er wird schon wieder auftauchen« oder »Wo sind Sie, falls ich ihn sehe?«, aber sie hörte kaum hin. Sie stolperte durch den Sand, atemlos, schon verzweifelt. Sie sah den Jungen, der vorhin noch mit Charlie gespielt hatte, zurück zu seinem Platz gehen und stürzte auf ihn zu. »Hast du meinen Sohn gesehen?«, fragte sie ihn. Er schüttelte den Kopf und ging weiter, die Hände in den Taschen seiner Shorts.

Inzwischen war Flut, und die Sonne glänzte auf der See. Das gleißende Licht und die Panik füllten Carries Kopf aus wie statisches Rauschen. Sie lief vor und zurück, ins flache Wasser hinein und wieder den Strand hinauf, suchte die Dünen nach kleinen Mulden ab, in denen Charlie sich versteckt haben könnte. Der Wunsch, seine vertraute Gestalt zu sehen, war so brennend, dass sie wimmerte. Vielleicht wollte er ihnen einen Streich spielen. Sie dachte daran, wie er im Jahr zuvor in einen Unterschrank ihres Urlaubscampers gekrochen und dort eingeschlafen war. Als sie ihn fanden, hatte er einen halbmondförmigen Abdruck von einem Tellerrand auf der Wange. Er mochte enge Höhlen. Womöglich war er irgendwie in den alten Spähposten ein Stück entfernt von ihrem Lagerplatz hineingelangt. Carrie rannte zu dem halb versunkenen Betonbunker und lugte von außen durch die schmale Sehscharte. Sie machte ein kleines Bündel in der Ecke aus, doch dann gewöhnten sich ihre Augen an die Dunkelheit, und sie sah, dass es nur ein Haufen alter Kleider war. Sie lief zurück zu Damian, der hoch aufgerichtet dastand und den Blick über den Strand schweifen ließ.

»Ich kann ihn nicht finden«, sagte sie und klammerte sich an seinen Arm.

»Wo hast du ihn zuletzt gesehen? Wie lange ist das her?«

»Hier, wo wir gesessen haben. Ich weiß nicht genau, es kann noch nicht lange her sein.« Sie bekam die Worte kaum heraus.

»Ich sage besser der Strandaufsicht Bescheid. Du bleibst hier, falls er inzwischen zurückkommt. Keine Angst. Wir finden ihn. Wir finden ihn, Carrie.«

Carrie blieb stehen und wartete. Sie sah sich um, drehte sich von rechts nach links. Die leere Welt erstreckte sich vor ihr, und sie hörte sich keuchen. Einatmen, ausatmen. Wo war er? Wo war er? Sie hob die Fleecejacke auf, die Charlie halb im Sand vergraben zurückgelassen hatte, und drückte sie an ihr Gesicht.

Man schickte zwei Hubschrauber, und kleine Grüppchen versammelten sich am Ufer, erregt vom Kitzel der Katastrophe. »Wie alt ist er?«, fragten sie, um bei dem Drama mitzuwirken. Mit einer Art ehrfürchtigem Schauder sahen sie das Boot hinausfahren. Hinterher, wenn sie nach Hause kamen, noch klebrig von Salz und Sand, würden sie in gedämpftem Ton darüber sprechen, mit einem Auge auf ihrem eigenen, wohlbehaltenen Nachwuchs, und die Nachrichten anstellen, neugierig auf das Ende der Geschichte. Manche blieben auch und bildeten Ketten, die methodisch die Dünen abgingen, bis zum Parkplatz hinüber und wieder zurück. Einige von ihnen hatten Stöcke dabei, und Carrie musste an Suchtrupps im Moor denken, die das Heidekraut forschend nach Spuren umbogen. Das Boot schaukelte so langsam übers Wasser, als hätte es alle Zeit der Welt.

Es wurde dunkel, aber Carrie stand immer noch wartend am Strand. Damian wollte, dass sie in die Rettungsschwimmer-Station ging und etwas Heißes trank, doch sie musste bleiben, wo Charlie sie finden konnte.

»Komm, Carrie, du kannst jetzt nichts weiter tun …«

Jemand hatte ihr eine Jacke zum Überziehen gegeben, trotzdem zitterte sie. Sie spürte ihren Körper nicht, der sich seltsam bewegte, als hätte sie die Kontrolle über ihn verloren. Charlie würde kommen, wenn sie nur lange genug wartete. Er würde bestimmt kommen. Etwas anderes war undenkbar. Wie konnte sie ohne ihn hier weggehen? Er würde ihr die Arme um den Hals werfen, und sie würde ihn hochreißen, ihn an sich drücken und das Salz auf seiner warmen Haut riechen.

Sechstes Kapitel

Der erste Tag im neuen Laden wurde ein Riesenerfolg. Der Bericht über die Eröffnung, den Carrie in der Lokalzeitung untergebracht hatte, und die Handzettel, die sie mit Jen in zahllose Briefkästen gestopft hatte, hatten ihren Zweck erfüllt und einen steten Strom von Kunden hereingeschwemmt, von denen die meisten nicht wieder gegangen waren, ohne wenigstens eine Kleinigkeit zu kaufen. Sie hatten die *Schatzkiste* zum richtigen Zeitpunkt eröffnet, um vom vorweihnachtlichen Kaufrausch zu profitieren. Carrie gefiel der Gedanke, dass sie etwas für jeden Geschmack bot: eine Kette mit Schmetterlingen aus filigranem Silber und Süßwasserperlen für das Mädchen, das schon alles hatte, einen alten, ledergebundenen Band über Seevögel für den Vater, der behauptete, sich nichts zu wünschen.

Zu Carries Überraschung erwies sich Jen als exzellente Verkäuferin. Sah sie selbst auch so aus, als würde sie sich im Dunkeln anziehen, wusste sie bei anderen doch genau, wann sie ein farbiges Accessoire vorschlagen oder vor der Umkleidekabine warten musste, um mit dem passenden Kleidungsstück, das schlanke Hüften machte oder schöne Beine betonte, eine Katastrophe in einen Triumph zu verwandeln. »Jeder hat eine schöne Seite«, verkündete sie vollmundig, und die Wirkung ihrer Worte wurde in keiner Weise von den Plätzchenkrümeln auf ihrem Oberteil gemindert. Fasziniert verfolgte Carrie, wie sie einer schüchtern wirkenden jungen Frau in Beige einen leuchtend roten Glockenhut verkaufte, mit dem diese strahlend davontänzelte: »Sie sehen aus wie eine Filmheldin aus den Vierzigern, Darling.« Einem Mann, der auf der Suche nach einem Badeset zum Geburtstag seiner Frau hereingekommen war, drehte sie sogar ein Korselett aus schwarzer und kirschroter Spitze an: »Lingerie, ist doch so viel gewagter, finden Sie nicht?« Und einen Satz gut erhaltener Zierkissen mit einem Dessin aus zerzausten Kohlrosen verkaufte sie an eine Frau, die ihre Einrichtung als »minimalistisch« beschrieben hatte: »Schließlich kann zu viel Weiß einen auch erschlagen, nicht wahr?«

Gegen vier Uhr versammelte sich eine Gruppe von Sternsingern von der nahe gelegenen Schule vor dem Schaufenster, und Carrie und Jen machten die Tür weit auf und lauschten auf der Treppenstufe einer etwas kreischigen Darbietung von »Away in a Manger«. Das weiche Licht ihrer Laternen gab den kleinen Gesichtern etwas Strahlendes und Feierliches, das zeitlos war. Abgesehen von dem einen oder anderen unter den Kopfbedeckungen hervorlugenden Kopfhörerkabel hätten es auch Sternsinger aus früheren Jahrhunderten sein können. Als sie fertig waren, drängelten sich alle fünfzehn hinein, um sich Mince Pies und kleine Schokoladensterne abzuholen, und drängelten anschließend wieder hinaus, wobei sie brav darauf achteten, nicht gegen die gläsernen Weihnachtskugeln und die Kerzen auf den Regalen zu stoßen. Carrie steckte einen Zehn-Pfund-Schein in ihren Eimer, und sie zogen Laternen schwingend und sich gegenseitig schubsend und kichernd weiter die Straße hinunter. Jen merkte, wie sie den Kindern nachsah.

»Wie geht's dir?«, fragte sie, schloss die Tür und hakte sich bei ihr ein.

»Gut«, sagte Carrie. »Wirklich. Ich halte immer noch nach ihm Ausschau, wenn ich eine Gruppe von Kindern sehe. Damit kann ich nicht aufhören, es ist schon zu einem Reflex geworden. Ich sehe mir Kinder an, die zwei oder drei Jahre älter sind als er damals, und bekomme auf diese Weise einen Eindruck, wie er jetzt aussähe, wie groß er wäre und all das.«

»Es ist schwer, sich jemanden älter vorzustellen, selbst bei einem Kind. Diese Alterungsbilder, die man manchmal in den Nachrichten sieht, wirken immer total künstlich«, sagte Jen.

»Das stimmt. Ich male mir dann immer aus, wie sich die Eltern ein computergeneriertes Bild von ihrem Kind ansehen und denken: ›So hätte ich ihre Haare nie frisiert‹ oder ›Nie hätte ich sie in so eine Bluse gesteckt‹. Es muss schrecklich sein, so ein Kind zu betrachten und zu wissen, dass das alles ist, was man wahrscheinlich noch von ihm zu sehen bekommen wird«, sagte Carrie, und Jen merkte, wie sie schluckte. Der Schmerz war ständig da, wartete nur darauf, sich auf sie zu stürzen.

»Jedenfalls macht es mich froher und nicht trauriger zu sehen, wie Kinder Spaß haben und all das machen, was Kinder machen sollten«, fuhr Carrie fort, während sie durch den Laden ging, die Kleider an den Ständern glattstrich und verschobene Gegenstände wieder an Ort und Stelle rückte.

Um sechs schlossen sie, und Jen ging nach Hause, um »ein Fußbad zu nehmen und ein verdammt großes Glas Rotwein zu trinken«. Carrie bestellte noch Ware nach, blätterte durch einige Kataloge und addierte die beachtlichen Tageseinnahmen. Es war schon acht, als sie endlich auch ging. Beim Aufschließen ihres Fahrrads stellte sie fest, dass das Hinterrad platt war. Den Halsabschneider verfluchend, der die Dreistigkeit besessen hatte, ihr ein Fahrrad mit derart abgefahrenen Reifen zu verkaufen, machte sie sich daran, es durch die schmalen Straßen nach Hause zu schieben. Es roch nach Kohlefeuern, die einstige Heizmethode der Eisenbahnarbeiter, die früher in diesen Reihenhäuschen gewohnt hatten. Jetzt hatten die meisten davon natürlich Fußbodenheizung und schlanke, schicke Wandheizkörper. Echte Kohlefeuer waren nur noch nostalgisches Beiwerk, keine

Notwendigkeit, um das Haus warm zu bekommen. Ein Liebespaar ging vorbei, das sich eine Tüte Pommes mit zwei Holzgäbelchen teilte. Sie sahen so glücklich und sorglos aus in ihren gleichen Mützen – wie eine andere Spezies, dachte Carrie bitter, und in dem Moment fiel ihre Fahrradkette ab.

»Verdammt. Verdammte Scheiße!«, fluchte sie und versetzte dem Rad einen kräftigen Tritt.

»Nanu, was hat das arme Fahrrad Ihnen denn getan?«, fragte eine belustigte Stimme hinter ihr.

Carrie drehte sich um und sah den Mann von gegenüber auf sich zukommen. Sie gab ein Hüsteln von sich, das die Kurzfassung für »Ha, ha, sehr witzig, und jetzt lassen Sie mich in Ruhe« war, aber er blieb stehen und nahm das widerspenstige Gerät in Augenschein.

»Die Kette ist abgesprungen«, bemerkte er.

Sie unterdrückte den Impuls, ihm zu seiner scharfen Beobachtungsgabe zu gratulieren, und schob das Rad weiter den Bürgersteig entlang.

Er gesellte sich an ihre Seite. »Ich glaube, ich habe mich noch gar nicht vorgestellt«, sagte er. »Ich bin Oliver Gladhill. Carrie, nicht wahr? Mrs Evans aus Nummer acht hat mir gesagt, wie Sie heißen. Ich wollte sowieso demnächst vorbeikommen – schön, dass wir uns hier zufällig begegnen. Ich gebe nämlich eine Weihnachtsparty. Jetzt wohne ich schon seit beinahe einem Jahr in dem Haus und kenne die meisten meiner Nachbarn immer noch nicht.«

»Was für eine hübsche Idee«, sagte Carrie. Wenn er glaubte, Weihnachtsstimmung verbreiten zu können, indem er die Roses und die Foxtons unter einem Dach versammelte, wollte sie ihm die Illusion nicht rauben. Sollte er doch selbst herausfinden, dass die beiden Familien eine erbitterte Fehde gegeneinander ausfochten, die schon so lange währte, dass niemand mehr wusste, am wenigsten die Beteiligten selbst, was sie zum Ausbruch geführt hatte. Fragte man Greta Rose mit ihrem verkniffenen Mund und dem bemerkenswerten Mangel an Ausstrahlung, sagte sie, die Schuld liege bei den Foxtons und einer Gartenmauer, die über Nacht fünfzehn Zentimeter nach rechts gerückt sei. Fragte man Lydia Foxton – die einen Ehrgeiz hatte, dass die Marathonläuferin Paula Radcliffe daneben entspannt wirkte – nach dem Ursprung der Feindschaft, behauptete sie, die Roses hätten ihre Regenrinne heimtückisch mit Kugeln aus Alufolie verstopft. Das Ganze hatte im vergangenen Jahr einen neuen Höhepunkt erreicht, als herauskam, dass der fünfzehnjährige Ben, das älteste der Rose-Kinder, die sechzehnjährige Emily Foxton mit großem Eifer im Altenteil-Anbau der Roses gebumst hatte, dem einstigen Wohnsitz der schlimmsten Rose von allen, die im Jahr zuvor beim Ausspähen des Foxton-Domizils mit einem starken Fernrohr plötzlich tot umgefallen war. Lydia sagte, Ben habe ihre unschuldige Tochter verführt, und Greta hielt dagegen, dass jeder Mensch von Verstand in Emily mit ihren superkurzen Miniröcken und der Neigung, vor dem Guildhall-Gebäude in der Innenstadt herumzulungern, die geborene Schlampe erkenne.

»Am kommenden Freitag? Gegen acht?«, sagte Oliver.

»Danke, ich komme gern«, antwortete Carrie, leicht verärgert über seine selbstbewusste Art, mit der er obendrein den halben Bürgersteig einzunehmen schien. Sie beschloss, am Freitagnachmittag akute Kopfschmerzen zu bekommen.

Vor ihrem Haus verabschiedeten sie sich, und sie bog in den dunklen Seitenweg ein, der zu ihrem kleinen Garten führte.

In dieser Nacht träumte sie wieder von Charlie. Diesmal saß er am Fußende ihres Betts, mit runden Schultern in seinem hellblau gestreiften Schlafanzug, der vom vielen Waschen ganz weich geworden war. Er las ihr aus seinem Lieblingsbuch über einen Hund namens Crispian vor, der einen kleinen Jungen einlud, mit ihm in seiner überaus ordentlichen zweigeschossigen Hundehütte zu wohnen, wo alles seinen Platz hatte.

Die Tasse auf dem Unterteller, der Stuhl unterm Tisch, die Sterne am Firmament, der Mond am Himmel und er selbst in seinem eigenen kleinen Bett.

Charlie konnte noch nicht gut lesen, aber diese Geschichte kannte er auswendig. Sie setzte sich im Bett auf, sah sein Gesicht im Schummerlicht des Schlafzimmers jedoch nicht. Einen Moment lang lähmte sie die Furcht, dass sie ihn nicht mehr erkennen würde. Panisch rief sie seinen Namen, woraufhin er sich lächelnd zu ihr umdrehte, und die Klarheit ihrer Erinnerung tröstete sie. Natürlich würde sie nie auch nur die kleinste Einzelheit seiner Züge vergessen. Sie hatten sich in ihr Herz eingeprägt. Flach auf dem Rücken liegend wachte sie auf und starrte an die Decke, fuhr die länglichen Risse dort mit den Augen nach. Ihr Gesicht spannte von den geweinten Tränen, das Kissen war feucht unter ihrem Kopf. In diesen ganz und gar stillen Momenten war der Schmerz besonders groß. Er kam mit dem fahlen grauen Morgenlicht hereingeschlichen und legte sich um sie, zwang sie, daran zu denken, wie er einen Löffel gehalten hatte, an seine schlenkernde Art zu rennen und wie er sie mit zur Seite geneigtem Kopf und dieser ungetrübten Freude angesehen hatte.

Siebtes Kapitel

Damian und Carrie hatten es nicht überstanden. Schwere Verluste neigen dazu, sich zu vervielfachen wie Schimmelpilzsporen an einer Wand, und keinem von ihnen beiden war es gelungen, die Fäulnis aufzuhalten. In den ersten Tagen und Wochen, nachdem es passiert war, hatte sie sich an ihn geklammert, aus Angst, jeden Halt zu verlieren, falls sie losließe, doch letztendlich war er es dann, der sie losließ.

Sie waren bis in die frühen Morgenstunden am Strand geblieben, obwohl alle sich bemühten, Carrie dazu zu bringen, nach Hause zu gehen. Sie hatte die Sonne aufgehen sehen und gehofft, ihre wärmenden Strahlen würden auf den Sand fallen und ihr Kind zurückbringen. Er würde da sein, dachte sie, würde in der Senke einer Düne auf sie warten, sein Haar von der gleichen Farbe wie der Strandhafer, sein Gesicht hell und leuchtend.

»Ich möchte hierbleiben«, hatte sie zu der Polizistin gesagt, die ihre Hand gehalten und ihre Finger gerieben hatte wie gegen Erfrierungen.

»Das hat doch keinen Zweck. Komm jetzt mit nach Hause. Komm«, sagte Damian mit grauem Gesicht im blassen Morgenschein.

»Wie denn? *Wie?*«, rief sie und brach daraufhin zusammen, ihr Körper schwach und knochenlos. Jemand hob sie auf, klopfte sogar den Sand von ihrer Jacke, und schließlich ließ sie sich wegführen, zurück zum Auto, das mit leeren Stickerpackungen übersät war und nach der Bananenschale roch, die er auf dem Rücksitz hatte liegen lassen. Hinterher konnte sie es nicht fassen, dass man sie dazu überredet hatte, ihn aufzugeben. Ungläubig dachte sie daran, wie ihre Füße über den Strand gegangen waren, fort von ihm. Wie hatte sie das nur tun können? Warum hatte sie sich nicht einfach hingelegt und darauf gewartet, dass der Wind sie mit Sand zuwehte? Warum war sie nicht ins Meer gerannt und hatte sich von den Wellen fortspülen lassen? Sie hatten ihn zurückgelassen und waren dieselben Straßen entlanggefahren wie am Vortag, in einem anderen Leben. Es erschien absurd, obszön, dass alles war wie eh und je. So glatt wie eine Wasseroberfläche, die sich über einem hineingeworfenen Stein geschlossen hatte.

Zu Hause legte Carrie sich aufs Bett und stellte sich vor, wie er irgendwo allein und frierend umherirrte, sich fragte, wo sie war, sie nicht finden konnte. Vielleicht rief er nach ihr und war ganz durcheinander, weil sie nicht kam. Vor Qual darüber krümmte sie sich zuckend, als würde sie verbrennen. Sie drehte und wand sich, wickelte die Bettlaken um ihre Hände und Arme, zerrte unaufhörlich daran. Drei Tage lang schlief sie nicht und aß nichts. Stattdessen saß sie beim Telefon, betete, dass es klingelte, und zitterte dann vor Furcht, wenn es dazu kam. Am vierten Tag fuhr sie zurück an den Strand und setzte sich, vollständig angezogen, ins Wasser. Damian, der bei der Polizei gewesen war, stellte beim Nachhausekommen fest, dass sie fort war, und fuhr sogleich zu der Stelle, von der er wusste, dass er sie dort finden würde. Als er auf sie zuging, starrte sie ihn an, als hätte sie ihn noch nie gesehen. Er führte sie, vorbei an Familien, die achtlos ihr Picknick verzehrten, durch einen neuen perfekten Sommertag.

Nachts saß sie in Charlies Zimmer und hielt sich an seinem Kissen und seinem Geruch fest. Jeden Tag erfand ein Polizist, der gelernt hatte, mit einfühlsamer Stimme zu sprechen, neue

Formulierungen, um ihnen zu sagen, dass es nichts zu sagen gab. Zwei Wochen nach Charlies Verschwinden wurde ein Paar gelber Badeshorts an einem Strand hinter der nächsten Küstenbiegung gefunden. Der vorsichtige Polizist brachte sie ihnen in einer Plastiktüte und legte sie an die Kante des Küchentischs. Carrie sah ihre eigene Nähnaht am Bund. Es war, als würde sie auf etwas blicken, das aus einem anderen Zeitalter stammte. Eine Art Relikt.

Danach kam nichts mehr. Er tauchte nicht auf, weder begraben in den Dünen noch ans Ufer gespült. Er blieb verschwunden. Eine Frau rief bei der Polizei an und behauptete, sie habe einen Jungen, auf den Charlies Beschreibung zutraf, mit einem Mann im Bus gesehen, aber wie sich herausstellte, war sie dafür bekannt, die Vermissten und Ermordeten zu sehen. Einmal hatte sie angegeben, eine ganze Familie Eis essend auf einem Jahrmarktskarussell erspäht zu haben. Es erwies sich, dass der Vater alle in der Woche zuvor umgebracht hatte.

Anfangs wollte Carrie keine Neuigkeiten. Keine Neuigkeiten bedeuteten, dass er immer noch irgendwo sein konnte. Ihr Kopf spuckte Bilder aus, die sich von Fernsehnachrichten und nachträglich gruseligen Überwachungsvideos eingeprägt hatten. Voller Entsetzen dachte sie an flackernde Computerbildschirme und Männer mit einer Vorliebe für schmale, blasse Kinderkörper. Sie stellte sich ihren Sohn hinten in einem Lastwagen auf einer Matratze vor, vielleicht zusammen mit anderen Kindern, wie er weit, weit weggebracht wurde, irgendwohin, wo er nie gefunden würde. Sie sah ihn in unbekannten Kleidern auf Bettkanten in fremden Zimmern sitzen. Manchmal sah sie ihn auf Waldlichtungen, in flachen Gräbern, wo die Erde seine bleichen, violett schimmernden Lider nur knapp bedeckte. Als aus Tagen Wochen wurden, bestand der Hauptquell ihres Schmerzes zunehmend darin, nicht zu wissen, wo er war. Und die ganze Zeit quälte sie das Wissen, dass sein Verlust ihre Schuld war. Sie war eingeschlafen, als sie wachen sollte, und er war ihrer Pflichtvergessenheit zum Opfer gefallen. Sie hatte ihre Aufgabe nicht erfüllt, und das war die furchtbare, grausame Strafe dafür. Wenn sie irgendwann doch einschlief, träumte sie von ihm, die Arme weit ausgestreckt, auf Wellenkämmen treibend.

Mit schief gelegtem Kopf, als hätte sie einen steifen Hals, betonte ihre psychologische Beraterin immer wieder, wie wichtig es sei, dass sie miteinander über ihre Gefühle sprächen. »Trauern Sie gemeinsam«, empfahl sie in einem Ton, als würde sie zu einem Sportkurs raten. Das Problem war, dass Carries Art zu trauern sich völlig von Damians unterschied. Während sie das Geschehene immer und immer wieder durchgehen wollte, als könnte dem Unfassbaren durch Wiederholung irgendein Sinn abgerungen werden, zog er es vor, sich mit anderen Dingen zu beschäftigen. Er reparierte den kaputten Zaun. Er entrümpelte den Gartenschuppen. Er ordnete seine CDs alphabetisch. Dann beschloss er, wieder zur Arbeit zu gehen.

»Es hilft uns beiden nicht, nur im Haus herumzusitzen«, sagte Damian, während sie dalag und zusah, wie er sich anzog. Bei der Wahl der Krawatte hielt er kurz inne, entschied sich für eine mit schmalen dunkelblauen Streifen. Es war dieses leichte Zögern mit der Hand über dem Krawattenfach, das Carrie so befremdete und ihr bewusst machte, wie allein sie beide waren. An den Tagen, an denen sie sich überhaupt die Mühe machte, sich anzuziehen, nahm sie einfach denselben schwarzen Pullover und dieselbe Jeans. Sie wusste im Grunde, dass es ihm nicht darauf ankam, welchen Schlips er trug, sondern dass dieses kleine Morgenritual ihm Halt und Trost gab, aber zugleich fühlte sie sich durch seine offenkundige Beherrschtheit ausgeschlossen, die ihr irgendwie doch als Kaltherzigkeit erschien.

Damian gewöhnte sich an zu sagen, er sei lange im Büro geblieben, um Sachen aufzuarbeiten, aber wenn er nach Hause kam, waren seine Kleider von dem metallischen Geruch der nächtlichen Stadt durchdrungen, diesem bitteren Aroma, das sie bei längerem Gehen am Straßenrand annahmen. Er vermied es, zur selben Zeit wie sie ins Bett zu gehen, und saß lieber bis spätnachts vorm Fernseher, während sie still auf Charlies Hochbett lag. Als sie aus einem Kaufhaus in der Stadt nach Hause gebracht wurde, weil man sie in der Kinderabteilung aufgefunden hatte, die Arme voller kleiner Shorts und fröhlich-bunter T-Shirts, mit offenem Mund über die Ungeheuerlichkeit ihres Verlustes weinend, wurde er ungeduldig mit ihr.

»Du musst nach vorn schauen«, sagte er, aber sie wusste nicht, wo das sein sollte.

»Sprich mit mir«, flehte sie ihn an. »Erzähl mir, wie er war. Erzähl mir, was er alles gemacht hat.«

»Ich kann nicht«, erwiderte er, aber sie konnte nicht damit aufhören.

»Weißt du noch, wie er als Baby immer wohlig erschauert ist, wenn wir ein Musselintuch über seinen nackten Bauch gezogen haben?«, sagte sie. »Weißt du noch, wie er mit krummem Finger Rosinen aus diesen kleinen Packungen geangelt und dabei immer so komische Knurrlaute von sich gegeben hat?«

Schlimmer noch, als dass sie die ganze Zeit über Charlie reden wollte, war für ihn, wie sie auf dem Ablauf der Ereignisse herumritt, der zum Verschwinden ihres Sohnes geführt hatte. Sie erinnerte ihn an den Bären, den er vor Jahren einmal in einem spanischen Zoo gesehen hatte und der endlos in seiner Betonschlucht auf und ab gelaufen war. Sie gab keine Ruhe, sondern schlug ständig in dieselbe Kerbe, die ihnen nichts als Kummer und Schmerz bereitete.

»Ich habe geschlafen, Damian. Ich habe geschlafen. Wie

konnte ich nur schlafen? Jeder weiß doch, dass man Kinder am Strand nicht aus den Augen lassen darf, nicht für eine Minute. Sag mir, wie konnte ich nur schlafen?« Jedes Mal, wenn sie ihn das fragte, sah sie ihn mit der gleichen großäugigen Ungläubigkeit an. Zuerst empfand er Mitleid mit ihr und sah seine eigene Fassungslosigkeit in ihrem Gesicht gespiegelt, doch als sie ihn immer wieder fragte, wurde er wütend auf sie und hatte nicht mehr die Kraft, sie zu schonen. Wie es schien, gab es keine Möglichkeit für sie beide, einander zu helfen. Wie es schien, verstärkten sie nur gegenseitig ihre Qual.

Eines Nachts fand er sie, wie sie in Charlies Zimmer stand. Er berührte sie an der Schulter, und sie wirbelte zu ihm herum.

»WO IST ER?«, schrie sie und zerrte brutal mit den Fingernägeln an der weichen Unterseite ihrer Arme.

»Komm wieder ins Bett«, sagte er, erschrocken darüber, wie sie geworden war.

»Ich kann nicht schlafen. Ich weiß nicht, wo er ist.« Sie versuchte, es zu erklären. »Fragst du dich nicht, wo er ist?«

Er antwortete nicht.

»Warum willst du nicht mit mir reden?«

Damian sah den Schlafanzug seines Sohnes zusammengefaltet auf dem Kopfkissen liegen, und er wusste, dass er das Ende einleiten würde.

»Du solltest auf ihn aufpassen. Warum hast du ihn fortgelassen?«, sagte er, und Carrie wusste, dass es das war, was er versucht hatte nicht zu sagen, seit Charlie weg war.

Sosehr seine Worte sie trafen, verspürte sie auch eine gewisse Erleichterung. Sie hatte nur darauf gewartet, dass er ihr Vorwürfe machte, denn sie glaubte, sie zu verdienen.

»Ich habe ihn doch bei dir gelassen. Ich habe ihn bei dir gelassen …«

Damian verbarg sein Gesicht nicht, sondern sah sie direkt an, als ihm die Tränen aus den Augen strömten. Er machte ein Geräusch, das eher nach Zorn als nach Trauer klang.

Achtes Kapitel

Kurz nachdem Molly und Rupert aus Italien zurückgekehrt waren, beherrschte eine Nachricht wochenlang die Schlagzeilen. Eine junge Frau, die in dem Park in ihrer Nachbarschaft joggen gewesen war, war nicht nach Hause gekommen. Man fand sie in einem Gebüsch, mit durchgeschnittener Kehle, das T-Shirt über den Kopf gezogen und oben mit einem Stoffband zusammengebunden.

»Wenn dir das passieren würde«, sagte Rupert, »würde ich mich umbringen. Ich möchte, dass du fürs Erste abends nicht mehr allein ausgehst, zumindest bis sie den Dreckskerl gefasst haben, der das gemacht hat.«

Monate später sah Molly ein Foto von dem sogenannten Stoffband-Mörder in der Zeitung. Er starrte direkt in die Kamera, während er aus einem Polizeitransporter stieg. Er hatte ein normales, sogar recht sympathisches Gesicht. Ein Gesicht, dem man vertrauen würde. Man konnte es noch so lange unter die Lupe nehmen, da war kein Anzeichen für das, was er getan hatte.

Was als vorübergehende Vorsichtsmaßnahme gegen die Bedrohung durch den Frauenmörder begonnen hatte, wurde für Molly zu einer Lebensweise. Ohne sich dessen richtig bewusst zu werden, hörte sie auf, allein auszugehen. Sie gewöhnte sich daran, alles von Rupert bestimmen zu lassen, und vergaß darüber, dass andere Menschen nicht über jede Minute ihres Tages

Rechenschaft ablegen mussten so wie sie. Er hatte sie mit solch behütender Sorge in ihrer Bewegungsfreiheit eingeschränkt, dass sie ihre Gefangenschaft gar nicht bemerkte. Es fing damit an, dass er sie während der Arbeit anrief, und dann wartete er immer öfter am Ende ihres Arbeitstages vor dem Schultor auf sie. Irgendwann fand er, dass ihr Rock zu kurz sei, und ersetzte ihn durch zwei Wickelkleider von Diane von Fürstenberg. Sie waren sehr schön und standen ihr gut, so dass sie ihren Ärger darüber vergaß, dass er einfach ohne zu fragen etwas von ihr weggeworfen hatte. Er sagte, sie werde langsam zu alt dafür, ihre Haare einfach ungestylt lang zu tragen wie ein Mädchen, und brachte sie zu einem teuren Salon, wo ein junger Mann mit spitzer Schere und spitzen Hüftknochen ihre Naturwellen zu einem eleganten Bob kürzte. Ihr Spiegelbild mit den neu umrahmten Augen wirkte fremd auf sie. Als der Frisör sich geschmeidig mit dem Handspiegel um sie herumbewegte, sah sie ihren freigelegten weißen Nacken, der seit ihrer Kindheit verborgen gewesen war, und fühlte sich an die ausgebleichten Knochen eines prähistorischen Funds erinnert.

Ohne dass sie es anfangs gewahr wurde, schliefen ihre Freundschaften ein. Die Leute wurden es leid, ständig Absagen zu bekommen oder feststellen zu müssen, dass, wohin Molly ging, Rupert unvermeidlicherweise auch hinging. Viele von ihnen beneideten sie auch um das, was sie als romantische Liebe ansahen. Nur ein oder zwei von ihren engsten Freundinnen stellten diese ausschließliche Innigkeit in Frage, und als ihre Stimmen zu kritisch wurden, säte Rupert sehr geschickt Zweifel an ihren Beweggründen.

»Die sind doch nur neidisch auf unser Glück, Schatz«, sagte er. »Die würden alles dafür geben, an unserer Stelle zu sein.«

Sie waren etwa anderthalb Jahre verheiratet, als Rupert vorschlug, dass sie die Pille absetzen solle. Obwohl Molly theoretisch gern Kinder haben wollte, bemerkte sie ein seltsames Widerstreben in sich.

»Können wir nicht einfach noch ein paar Jahre unsere Zweisamkeit genießen?«, fragte sie. »Außerdem wäre jetzt gerade kein guter Zeitpunkt, schwanger zu werden, wo meine Schule sich auf eine Inspektion durch die Schulaufsicht vorbereitet.«

Ruperts Reaktion darauf war, die Pillen aus dem Kulturbeutel in ihrem Nachttisch zu nehmen und sie ins Waschbecken zu werfen, eine nach der anderen durch die Folie zu drücken und in den Abfluss zu feuern wie kleine Geschosse, Molly dann aufs Bett zu ziehen und seine eigene »Inspektion« bei ihr vorzunehmen. Vom ersten Moment, da das Kinderthema aufkam, war er auf so charmante Art Feuer und Flamme, so aufmerksam um jedes ihrer Bedürfnisse bemüht, dass Molly ihr Zögern bald als Mangel an Zutrauen in ihre eigene Reife betrachtete, in ihre Fähigkeit, eine gute Mutter zu sein. Er stürzte sich voller Eifer in die Aufgabe, ein Baby zu machen, las über den optimalen Zeitpunkt und empfohlene Ernährungsweisen nach und befasste sich mit einer Theorie, die besagte, dass ein Mann mit größerer Wahrscheinlichkeit einen Sohn zeugte, wenn er einen hohen Anteil an geräucherten Nahrungsmitteln zu sich nahm.

»Ich hätte gern einen Sohn«, erklärte er, als sei die Sache damit entschieden. »Mädchen sind zu kompliziert. Sieh dir nur an, wie verschlungen *dein* Verstand arbeitet … Außerdem bist du schließlich die Prinzessin hier, du willst doch keine Rivalin um Daddys Zuneigung, oder?«, sagte er und machte sich daran, Salate mit geräuchertem Schinken und geräuchertem Lachs zuzubereiten und sich über die Vorteile einer Wassergeburt zu informieren.

Sie wusste genau, wann sie Max empfangen hatte. Von jeher eine leichte Schläferin, war sie an diesem Morgen von lautem

Vogelgezwitscher geweckt worden und hatte eine Weile träumerisch zugesehen, wie der Musselinvorhang vor dem halb geöffneten Fenster im lauen Lüftchen wehte. Rupert lag mit dem Rücken zu ihr, und sie strich mit der flachen Hand über seine Wirbelsäule und kletterte dann über ihn, berührte ihn ganz sanft, so dass er noch halb schlief, als sie sich auf ihn setzte und in sich einführte. Hinterher lag sie ganz still, spürte die Luft auf ihrer Haut, achtsam mit sich selbst, während der Keim ihres Babys sich fest in ihr einnistete. Drei Wochen später bestätigte ein Test, was sie schon wusste. Sie behielt das Wissen noch zwei Tage für sich, wollte, dass es für kurze Zeit ein Geheimnis zwischen ihr und ihrem Kind war. Rupert, als er die Nachricht bei Kerzenschein und mit angemessener Feierlichkeit mitgeteilt bekam, war hocherfreut und schmiedete sogleich Pläne für ein Kinderzimmer mit Unterwassermotiven, einschließlich kreisender Haie und Lampenschirme in Form von Quallen.

Drei Monate, nachdem Molly schwanger geworden war, erkrankte ihre Mutter unheilbar an Brustkrebs. Ausnahmsweise setzte sie sich darüber hinweg, dass Rupert es nicht mochte, wenn sie allein wegging, und fuhr so oft wie möglich zu ihren Eltern. Ihre Mutter und sie hatten sich nie in großen Zärtlichkeitsbekundungen ergangen, und die Krankheit änderte nichts an der Zurückhaltung zwischen ihnen, weckte aber lang verschüttete Kindheitserinnerungen in Molly. Sie dachte daran, wie ihre Mutter oft geheime Botschaften im Haus hinterlegt hatte, die sie finden sollte, wenn sie aus der Schule kam. Ein winziger, selbstgestrickter Schal für ihren Spielzeugaffen, ein bei Nacht und Nebel vervollständigtes Puzzlebild, ihr über die warme Heizung gebreiteter Schlafanzug. Sie hatte eine Lieblingspuppe namens Beth, die immer wieder verschwand und die sie dann irgendwo im Haus oder im Garten fand, mitten in einem Abenteuer begriffen. Einmal entdeckte sie sie auf dem Ast eines

Baumes, ein anderes Mal saß Beth im Kühlschrank und tauchte ihre Plastikfinger in einen Becher Erdbeerjoghurt. Eines Tages brachte sie sogar der Postbote, mit einer Briefmarke auf ihrer Brust. Die Puppe herumzubewegen und mit heimlichen Erlebnissen auszustatten, war die Art ihrer Mutter, ihr Geschichten zu erzählen, ohne sie lang und breit aussprechen zu müssen.

Max wurde in den letzten Lebenswochen ihrer Mutter geboren, und an einem kräftezehrend heißen Sommernachmittag, nachdem Molly ihr die Haare gebürstet und aufgesteckt hatte, um ihr ein wenig Kühlung zu verschaffen, legte sie ihr Max in die Arme. Da lag er und sah aus wie ihre alte Puppe, die sich auf ein weiteres Abenteuer eingelassen hatte.

»Danke«, sagte ihre Mutter und blickte auf Max herunter, der einen ihrer weißen Finger fest in seiner kleinen roten Faust hielt.

»Wofür?«, fragte Molly.

»Dafür. Für ihn. Und für dich.« Sie wandte ihrer Tochter ein friedvolles Gesicht zu. Die tiefen Falten um ihren Mund und die Augen hatten sich geglättet, als wäre sie in einen Umkehrprozess eingetreten. Molly sah, dass Max' Geburt ihre Vertäuung ans Leben gelöst, die Rampe bereitgestellt hatte, über die sie ihnen allen davonsegeln würde.

Mollys Vater fand nach dem Tod seiner Frau keine Ruhe. Nachdem er zahllose Runden durch das leere Familienheim gedreht hatte, Türen geöffnet und geschlossen, in Schränke hineingesehen und die ganze Nacht den hellblauen Teppich abgeschritten hatte, den sie erst vor einem Jahr zusammen ausgesucht hatten, dachte er unbestimmt über die Vergeudung von sowohl Teppich als auch Leben nach und kaufte sich ein One-Way-Ticket nach Australien. Im ersten Monat wohnte er bei Mollys Schwester, die vor zehn Jahren dorthin ausgewandert war, zog dann aber weiter. Er ließ sich nie lange irgendwo nieder und rief Molly von Zeit zu Zeit aus Orten an, von denen sie noch nie gehört hatte. Es stand für sie fest, dass er für den Rest seines Lebens auf Wanderschaft sein würde.

»Wir sind uns Familie genug«, sagte Rupert, wenn er sie dabei überraschte, wie sie um ihre Mutter weinte oder sich Sorgen um ihren Vater machte. »Wir drei gegen die Welt.« Statt sich von solchen Äußerungen eingeengt zu fühlen, fand sie Trost in seiner Stärke und Gewissheit. Und wenn er sich manchmal unerreichbar in düstere Stimmungen einkapselte oder wegen einer eingebildeten Beleidigung oder eines Gesprächs, das eine ihm unliebsame Wendung nahm, in unerklärlichen Jähzorn ausbrach, so wurde das von seinem enormen Schwung in Max' ersten Lebensjahren mehr als wettgemacht. Seine Energie und sein Enthusiasmus kannten keine Grenzen; einmal weckte er sie morgens, als es noch dunkel war, und bestand darauf, dass sie ihre Jacken über die Pyjamas zogen und auf einen nahe gelegenen Hügel stiegen, um den Sonnenaufgang zu beobachten. Ein anderes Mal sprang er über einen Zaun, der neugierige Spaziergänger während der Ablammsaison von der Weide fernhalten sollte, und streckte seine Hände gerade rechtzeitig aus, um ein schleimüberzogenes Lamm aufzufangen, als es in die Welt hinausschoss. Er kletterte auf Bäume, um Kastanien, Äpfel und Blüten herabzuschütteln, je nach Jahreszeit. Er jubelte lauthals über jeden von Max' Entwicklungsschritten, als hätte noch kein Kind zuvor einen Zahn bekommen oder sich durch einen Flur gerobbt, und wachte weiter aufmerksam über Mollys Körper, streichelte ihre weichen Kurven, vermerkte die alten, vertrauten Male und hielt Ausschau nach neuen.

Neuntes Kapitel

Als sie am Morgen von Olivers Party aufwachte, war Carrie sicher, dass sie nicht hingehen würde. Ihr Nachbar hatte etwas an sich, auf das sie gereizt reagierte. Er wirkte viel zu selbstsicher, und sie wollte ihm nicht den Eindruck vermitteln, auch nur das geringste Interesse an seinem oft erprobten Charme zu haben.

Auf dem Weg zur Arbeit regnete es. Ihr Fahrrad schlingerte durch die Pfützen, die sich auf dem unebenen Straßenpflaster gebildet hatten, spritzte ihre Beine nass und jagte Schlammfontänen auf die Rückseite ihres Kamelhaarmantels. Schon leichte Schauer schienen Cambridge innerhalb kürzester Zeit zu durchtränken, so dass die Häuserfronten mit hässlichen Flecken gestreift waren und die uralten, unzureichenden Gullys am Straßenrand überflossen. An solchen Tagen und in diesem Teil der Stadt schienen die lieblichen Grünflächen um die pergamentfarbenen Colleges der altehrwürdigen Universität plötzlich sehr weit weg zu sein.

Als sie endlich an der *Schatzkiste* ankam, war nicht nur ihr Mantel, sondern auch die Bluse darunter völlig durchweicht. In der kleinen Toilette neben der Küche trocknete sie sich mit dem Händehandtuch die Haare und besah sich ihr ruiniertes Makeup in dem fleckigen Spiegel. Sie rieb ihr Gesicht mit der Gurken-Zitrone-Reinigungsmilch aus der Serie ab, die sie im Laden verkaufte. Es gab auch eine Feuchtigkeitscreme und eine Körperlotion, alles aus biologischen Inhaltsstoffen auf einer Farm in Yorkshire hergestellt und in hübsche grüne Glasflaschen abgefüllt.

Carrie schälte sich aus ihrer nassen Bluse und trocknete sich so gut es ging mit dem winzigen Handtuch ab. Zuhinterst auf einem der Kleiderständer fand sie eine puderblaue Strickjacke mit Perlmuttknöpfen und zog sie über, dankbar für das wärmespendende, weiche Kaschmir. Woher die Jacke stammte, wusste sie nicht mehr genau, aber sie würde sie tragen und dann waschen und verkaufen. Es musste schließlich seine Vorteile haben, seinen eigenen Laden zu führen. Ihre Jeans würde sie wohl einfach im Laufe des Tages trockentragen müssen. Sie klemmte ein Paar Clips von der gleichen Farbe wie die Strickjacke an ihre Ohrläppchen, schüttelte die immer noch feuchten Haare aus ihrem Gesicht und fühlte sich endlich bereit für den Tag. Es gab viel zu tun, um die letzten Einkaufstage vor Weihnachten gut zu nutzen, und sie musste die Arbeit allein bewältigen, weil Jen sich den Tag freigenommen hatte, um ihre eigenen Weihnachtseinkäufe zu erledigen.

Sie hatte gerade die Lieferung einer Partie Filzbroschen entgegengenommen, die ideal als kleine Geschenke in letzter Minute waren. In schönen dunklen Rot- und Grüntönen gehalten, waren sie Kirschen oder Äpfeln nachgebildet und mit Goldfaden umsäumt. Carrie beschloss, sie als Inspiration für eine ganze Auslage zum Thema Essen zu verwenden, und nachdem sie eine CD mit Weihnachtsliedern aufgelegt hatte, machte sie sich daran, den Tisch in der Ladenmitte mit Bahnen von dem roten Gingham-Stoff zu dekorieren, den sie in einem Sortiments-Ausverkauf erstanden hatte. Sie war so in ihr Tun vertieft und so von dem hellen Gesang eingenommen, dass sie die Türglocke nicht hörte und zusammenzuckte, als plötzlich Olvier Gladhill vor ihr stand.

»Guten Morgen!«, rief er fröhlich und beäugte ihre nassen Jeans. »Wie ich sehe, sind Sie vom Regen erwischt worden.«

Carrie wurde auf einmal bewusst, dass ihre Hose sich enger um ihre Figur schmiegte, als ihr lieb war.

»Weihnachtsparty. Heute Abend. Ich brauche Servietten und dachte, Sie geben mir vielleicht Rabatt.« Oliver brauchte keine Servietten, so was war eigentlich ein Fremdwort für ihn, aber er hatte den hübsch bekleideten Hintern seiner Nachbarin im Vorbeigehen durchs Schaufenster erspäht und sich gedacht, er könne unter dem Vorwand mal nachhaken, ob sie auch wirklich kam. Zwar war sie eindeutig von der missmutigen Sorte, aber irgendwie hatte die Frau was, vor allem Beine bis zum Hals. Carrie zeigte ihm die Papierservietten mit den lila Stiefmütterchen, die bestimmt nicht sein Ding waren, aber er nahm zwei Packungen und legte sie auf die Theke.

»Und Sie kommen auch heute Abend?«

Carrie, die noch nie eine gute Lügnerin gewesen war, überlegte, dass eine plötzliche Migräne wohl wenig überzeugend wäre. So gern sie geantwortet hätte, dass sie viel mehr Lust darauf hatte, alte Folgen der Häusersuche-Doku-Soap »A Place in the Sun« zu gucken und dazu Berge von Toast mit Sardinen zu essen, gewann der Anstand doch die Oberhand.

»Ja«, sagte sie. »Ich freue mich drauf.«

Er schenkte ihr ein zerknautschtes Lächeln, das, wie sie säuerlich dachte, bestimmt schon scharenweise Frauen in sein Bett gelockt hatte, gegen das sie aber völlig immun war. Trotz seiner wohlgeformten Schultern und schlanken, langfingrigen Hände war der Mann ein totaler Lackaffe, von dem stylish zerknitterten Hemd bis hin zu seinen ach so zuverlässigen Halbschuhen.

Carrie bediente den ganzen Vormittag über Kunden und freute sich über das positive Echo, das der Laden hervorrief. Gerade half sie einem kleinen Jungen, der ein Geschenk für seine Mum suchte und sich nicht zwischen einem Schirm mit Spitzenbesatz und einem paillettenverzierten Bilderrahmen entscheiden konnte, als Jen mit Einkaufstüten beladen hereinkam.

»Geschafft!«, rief sie mit dem gewohnten Überschwang. »Ich habe alles bekommen. Sogar was für meinen nervigen Bruder!«

Jens Bruder Paul, der nach diversen Auslandsaufenthalten zu Weihnachten nach Hause kommen würde, war vermutlich der am schwersten zu beschenkende Mensch der Welt, nicht, weil er schon alles hatte, sondern weil er nichts hatte. Carrie war vor Jahren einmal bei ihm zu Hause gewesen, wo Jen ihr lachend seinen Küchenschrank gezeigt hatte, der einen kleinen Milchtopf und einen eingedellten Blechteller enthielt. Paul war ein heller Kopf auf astronomischem Gebiet und hatte seinen Blick fest auf die Sterne statt auf materielle Besitztümer gerichtet. Manchmal war es gar nicht so leicht, die vor sich hin murmelnden Akademiker, die in der Stadt umherstreiften, von ausgemachten Spinnern zu unterscheiden, fand Carrie. Aber jedenfalls war sie Jens Bruder sehr dankbar dafür, dass er seit Monaten an einem Observatorium in Chile zu den Entfernungen zwischen den Galaxien forschte und Jen sein Haus überlassen hatte. Unnötig zu sagen, dass die Küchenschränke jetzt zum Platzen gefüllt waren, vorwiegend mit Raubgut aus der *Schatzkiste.*

Nachdem Damian ausgezogen war, hatte Carrie sich im Haus verkrochen und strikt geweigert, auszugehen oder jemanden hereinzulassen. Einmal die Woche machte sie die nötigsten Einkäufe, aber die restliche Zeit über lag sie im Bett und starrte an die Decke oder saß in Charlies Zimmer, das noch genauso aussah wie an dem Morgen, als er es verlassen hatte. Ihr Chef in dem kleinen Buchverlag, in dem sie fünf Jahre lang gearbeitet hatte, hielt ihr die Stelle drei Monate frei, doch als klar wurde, dass sie nicht zurückkam, musste er sie neu besetzen.

Carries Mutter durchbrach schließlich die Barrikade und

bestand darauf, dass sie zu einer Selbsthilfegruppe für Trauernde ging. Sie nahm nur daran teil, damit ihre Mutter endlich Ruhe gab, und obwohl die Treffen ein wenig halfen, stellte sie doch fest, dass ihre eigene Traurigkeit nicht geringer wurde, wenn sie sich mit der von anderen befasste. Das gab ihr lediglich das Gefühl, dass man dem Unglück nicht entrinnen konnte. Es durchtränkte jeden Lebensbereich. Es lauerte hinter den gewöhnlichen Vorhängen gewöhnlicher Häuser. Es grub sich in die Mundfalten von Menschen ein.

Sie freundete sich mit ein paar Leuten aus der Gruppe an und blieb mit ihnen in Kontakt, besonders mit einem Mann namens Peter Fletcher, dessen Sohn und Frau bei einem Verkehrsunfall ums Leben gekommen waren. Auch jetzt traf sie sich noch ab und zu mit ihm, immer dann, wenn einer von ihnen das dringende Bedürfnis hatte, über das Immergleiche zu sprechen. Manchmal musste sie einfach mit jemandem reden, der den besonderen Kummer verstand, ein Kind zu verlieren. Der diese Fassungslosigkeit kannte, wenn ein Kind vor einem stirbt. Trauernde Menschen haben eine hohe Toleranzschwelle, wenn es darum geht, sich die Geschichten anderer Trauernder immer wieder anzuhören, weil sie wissen, dass sie sich damit das Recht verdienen, selbst alles wieder und wieder durchzukauen. Sie sprachen über die kleinen Dinge: wie lange es zwischen jedem Atemzug gedauert hatte, wie er am Ende noch mal den Kopf gedreht hatte, letzte Diskussionen über Einkäufe oder Müllraustragen oder die Katze, den genauen Todeszeitpunkt. Sie sprachen über die Einzelheiten, damit sie ihren Verlust nach und nach in sich aufnehmen konnten. Sie ließen ihn Stück für Stück in sich ein, in dem Versuch, den Schmerz zu beherrschen und sich nicht von ihm verschlingen zu lassen.

Das Einzige, was Carrie in dieser Phase bei der Stange hielt, war ihre Suche nach Charlie. Trotz ihres ständigen Drängens und Beharrens hatte die Polizei anscheinend aufgehört, irgendetwas in der Richtung zu unternehmen. Die nette Polizistin, die ihr an dem Morgen am Strand die Hände gerieben hatte, wurde vorbeigeschickt, um ihr mitzuteilen, dass man mit einiger Sicherheit davon ausgehe, dass Charlie ertrunken sei. Als sie das sagte, blickte sie angestrengt über Carries Kopf hinweg, als sähe sie irgendetwas in der Ferne, und ihr Mund wurde ganz klein, wie bei der Erinnerung an einen unangenehmen Geschmack. Doch Carrie weigerte sich aufzugeben. Immer wieder kehrte sie in die Dörfer und Städtchen an Norfolks Küste zurück. Sie ging durch die Straßen, zeigte Charlies Foto herum und fragte die Leute, ob sie ihn gesehen hätten. Sie hängte Steckbriefe an Hunderten von Laternenpfählen auf. Sie richtete eine Website ein und startete eine Spendenaktion für die weitere Suche. Sie brachte die örtliche Polizei dazu, eine Rekonstruktion seines Verschwindens vorzunehmen, die am ersten Jahrestag auf *Crimewatch* gesendet wurde. Bei den Dreharbeiten stand sie bei gleichem Wetter vor dem gleichen Meer und sah einen anderen kleinen Jungen in gelben Shorts auf den Horizont zulaufen, und es zerriss ihr erneut das Herz. Die üblichen Wirrköpfe riefen an und sagten, dass Charlie bei Jesus sei oder bei ihrem geschiedenen Mann oder gar, dass er weggelaufen sei, um mit den Delfinen zu schwimmen, aber ernstzunehmende Hinweise kamen keine. Es schien ihr nicht möglich, dass jemand, der so geliebt und behütet worden war wie Charlie, einfach spurlos verschwinden konnte, wie ein gelöschtes Bild auf einer Zaubertafel.

Jen war als Einzige mutig genug, so etwas wie eine Gedenkfeier anzuregen. Eine Bestattung kam natürlich nicht in Frage, aber sie meinte vorsichtig, dass es Carrie vielleicht helfen würde, eine Zeremonie zum Andenken an ihren Sohn abzuhalten. Als sie zum ersten Mal mit dem Vorschlag ankam, reagierte Carrie mit einem Zornesausbruch und jagte sie aus dem Haus.

»Er ist nicht tot«, schluchzte sie. »Ich bin seine Mutter, ich wüsste es, wenn er tot wäre, oder?«

Zwei Wochen lang sprach sie nicht mit Jen, dann rief sie an, um sich zu entschuldigen.

»Es tut mir leid. Ich weiß, dass du es gut meinst, aber ich kann ihn nicht aufgeben.«

Erst als ein paar Mitglieder ihrer Trauergruppe sagten, sie könne den Anlass ja auch als eine Art Wache begreifen, änderte sie ihre Meinung.

»Ich glaube, es wäre schön, wenn wir einfach zusammenkämen, um an ihn zu denken und uns gegenseitig zu erzählen, wie er ist«, sagte sie, und die entschiedene Verwendung des Präsens versetzte Jen einen Stich ins Herz.

So trafen sich dreißig enge Freunde und Verwandte an einem kühlen Aprilmorgen an dem Strand. Außer ihnen war kaum jemand dort - abgesehen von vereinzelten Vogelbeobachtern, die Brust geschwellt von Ferngläsern –, so dass sie die weite Ausdehnung von Sand und Himmel für sich hatten, um ihn zu betrauern. Carrie stand starr und mit trockenen Augen da, sah die Wellen heranrollen und dachte daran, wie er sich in ihr angefühlt hatte, gewiegt von ihrem Fruchtwasser.

Diese Gedenkfeier am Meer stellte eine Art Wendepunkt für sie dar. Zum ersten Mal begriff sie, dass sie vor einer Wahl stand. Sie konnte sterben ohne ihn, oder sie konnte leben ohne ihn, und sie musste herausfinden, was von beidem sie wollte. Sie hatte eine Handvoll von den Schlaftabletten aufgehoben, die sie in den ersten Wochen nach Charlies Verschwinden von ihrem Arzt bekommen hatte. Wenn die Nacht ihr besonders lang wurde oder wenn die Erinnerung sie traf wie eine Sturzwelle, die ihr den Boden unter den Füßen wegzog und sie unter sich begrub, holte sie das Fläschchen aus dem Badezimmerschrank. Es gab Zeiten, da hätte sie es sofort getan, hätte sie daran geglaubt, dass der Tod sie wieder mit ihm vereinte.

Jen gab nicht vor, sie zu verstehen. Oft sagte sie gerade das Falsche, weil es keine Formulierungen gab, die dem, was passiert war, gerecht geworden wären. Aber sie war da, als Carrie gegen das Gedicht von Henry Scott Holland mit dem Titel »Der Tod bedeutet gar nichts« wütete, das ihr eine wohlmeinende Verwandte geschickt hatte.

»So ein Schwachsinn, natürlich ist er nicht mal kurz nebenan gegangen. Wenn er bloß in einem beschissenen Nebenzimmer wäre, gäbe es kein beschissenes Problem, oder?«

Als Carrie endlich beschloss, dass es an der Zeit war, Charlies Sachen durchzusehen, war es Jen, die ihr half, alles in Kisten mit solchen, die aufgehoben, und solchen, die weggegeben werden sollten, zu sortieren. Jen hielt sie in den Armen, als sie sich bei der Entdeckung einer Muttertagskarte zwischen zwei Kochbüchern im Regal das Gesicht zerkratzte. Am zweiten Jahrestag seines Verschwindens blieb Jen nüchtern, während Carrie einen Wodka nach dem anderen trank und sich dabei an Charlies Jacke klammerte.

Die beiden hatten schon vor vielen Jahren einmal daran gedacht, zusammen einen Laden aufzumachen, aber damals war das nur eine Idee unter vielen gewesen. Da gab es auch noch die herrliche Schnapsidee einer Pension, die exklusiv auf Frauen mit Liebeskummer ausgerichtet war. Romantisch gelegen in einem Fischerdörfchen in Cornwall und im Farbton von Clotted Cream gestrichen, sollte ihr Personal aus jungen Männern in abgeschnittenen Jeans und mit Surfbrettbäuchen bestehen. Jedes Zimmer sollte einen Minikühlschrank enthalten, bestückt mit Jumbobechern von Eiscreme, und im Preis inbegriffen wären Schönheitsbehandlungen und Salsakurse. Eine weitere Lieblingsfantasie war das Projekt Schokoladenschule. Diese abgefahrene Bildungseinrichtung bestand aus einem kirschroten Chalet in den Schweizer Alpen. Die Schülerinnen und Schüler, wundgelaufen von den steilen Hängen, aber schick in ihrer Skibekleidung von Chanel, würden dort lernen, aus der köstlichen dunklen Masse ausgefallenes Konfekt zu kreieren. Carrie und Jen würden das Vermengen und Kosten natürlich anleiten und, falls etwas übrig blieb, die fertigen Produkte in feines Seidenpapier einwickeln und in herzförmige, mit violettem Samt ausgeschlagene Schachteln legen.

Als Jen die Idee mit dem Laden wieder aufbrachte, erkannte Carrie darin die Chance, ihr Leben neu auszurichten. Seit Charlie fort war, hatte sie nur von einem Tag auf den anderen gelebt und nichts gehabt, was sie von ihrer Trauer ablenkte. Sie nahm eine neue Hypothek auf das Haus auf, und Jen verkaufte die Wohnung in Clapham, die ihr Vater ihr damals gekauft hatte und die jetzt sehr viel mehr wert war, trotz der langen Reihe von Studenten, die sie im Laufe der Jahre gemietet und demoliert hatten. Sie war gerade mal wieder arbeits- und beziehungslos und verbrachte ohnehin so viel Zeit mit Carrie, dass es sich geradezu anbot, in das leerstehende Haus ihres Bruders zu ziehen.

Sie brauchten nur zwei Wochen, um das kleine Ladengeschäft zu finden und anzumieten. Die Miete war schwindelerregend hoch, aber sie wussten, dass sie es mit ein wenig Glück und viel harter Arbeit schaffen konnten. Für eine Stadt von der Größe Cambridges gab es nicht sehr viele Geschäfte, in denen man ausgefallene Dinge fand, die man nicht schon woanders gesehen hatte. Im Vorleben war der Laden ein Optikergeschäft gewesen, mit Wänden in einem deprimierenden Grauton, als hätte der Inhaber entschieden, dass lebhafte Farben an die Sehschwachen verschwendet wären. Sie rissen alles heraus, sämtliche Regale und Spiegelglasscheiben, und ersetzten sie durch eine helle Tapete mit einem Muster aus lavendelfarbenen Vögeln auf kleinen Zweigen. In einem karitativen Secondhandladen fanden sie einen riesigen alten Spiegel und malten den abgestoßenen Rahmen silbern an; eine alte Glastheke aus einem Unterwäschegeschäft stammte vom selben Fundort. Unter dem Teppichboden entdeckten sie schöne, solide Holzdielen, die sie weiß anstrichen.

Am Tag, als die *Schatzkiste* aufmachte, erhielt Carrie ihre Scheidungspapiere sowie eine Karte von Damian, mit der er ihr alles Gute für den neuen Laden wünschte. »Das ist ein Neuanfang für dich«, schrieb er. »Eine Chance für Veränderung. Ich wünsche dir Glück und keinen Kummer mehr.«

Carrie wünschte, es wäre so einfach, wie er es darstellte. Ein Neuanfang setzte ein Ende voraus, doch für sie würde es kein Ende geben, bis sie Gewissheit hatte, was mit ihrem Kind geschehen war.

Zehntes Kapitel

In der Mittagspause erhielt Molly einen Anruf von der Schulsekretärin, die ihr mitteilte, dass die Direktorin von Max' Schule sie zu sprechen wünsche.

»Es ist kein Notfall«, sagte die Sekretärin, »aber Sie möchten bis heute Abend zurückrufen, wenn es geht.«

Molly verteilte rasch Gefäße mit Malfarben und Glitzerpulver für die Kunststunde am Nachmittag auf den Tischen. Sie dachte daran, was es im Jahr zuvor für eine Hektik gewesen war, mit dreißig Kindern in der halben Stunde vor den Weihnachtsferien dreißig Papp-Bilderrahmen mit silbern angemalter Pasta zu dekorieren, und schwor sich, die Geschenke für die Eltern diesmal rechtzeitig fertigzubekommen. Im Gang vor dem Lehrerzimmer rief sie bei Max' Schule an. Sie wurde mit Mrs Plumstead verbunden, einer Frau, die gern schnell zur Sache kam und wahrscheinlich in ihrer gesamten Laufbahn noch nie etwas auf die letzte Minute erledigt hatte. Max nannte sie »Dalek«, nach den kriegerischen Außerirdischen in der Science-Fiction-Kultserie *Doctor Who*, weil sie gern in einem abgehackten Befehlston sprach. »Wasch dir die Hände«, sagte er mit Dalek-Stimme. »Hol dein Pausenbrot. Hör auf zu rennen. Stell dich hinter dein Pult. Sing lauter. Sprich leiser. Wir werden eliminiiieren! Eliminieren!«

»Ich mache mir Sorgen um Max«, erklärte Mrs Plumstead. »Ich fürchte, es gab heute Morgen wieder einen kleinen Zwischenfall.«

Molly wurde schwer ums Herz. »Kleiner Zwischenfall« bedeutete, dass Max sich in die Hose gemacht hatte.

»Es kommt leider immer häufiger vor. Ich denke, Sie sollten deswegen wirklich mit ihm zum Arzt gehen. Er wirkt ein wenig nervös. Außerdem fällt mir schon länger auf, dass er offenbar nicht in der Lage ist, über etwas zu schreiben, das auch nur im Entferntesten mit seinem Alltag zu tun hat. Ich musste schon ein paarmal ein ernstes Wort mit ihm reden wegen solcher Lügengeschichten. Wir ermutigen die Kinder durchaus zu fantasievollem Schreiben, aber in ihren Schultagebüchern sollen sie über das berichten, was sie tatsächlich gemacht haben. Es ist eben ein Tagebuch.« Die Direktorin hielt einen Moment inne und fuhr dann fort: »Manchmal ist es schlicht absonderliches Zeug, aber dann wieder schreibt er etwas durchaus Glaubwürdiges, von dem ich allerdings weiß, dass es nicht stimmen kann. Gestern zum Beispiel schrieb er, dass sein Vater wieder im Land sei. Soweit ich weiß, hält er sich aber schon seit Längerem im Ausland auf …«

»Ja, er ist seit einem halben Jahr in Amerika«, sagte Molly. »Ich rede mit Max. Vielleicht verstört es ihn mehr, als ich dachte, dass sein Vater … nicht bei uns ist. Ich weiß auch nicht …«, endete sie unsicher. Das Schweigen der Direktorin war vernichtend. Wahrscheinlich dachte sie, dass sie es hier mal wieder mit Eltern zu tun hatte, die Verhaltensstörungen ihrer Kinder in Kauf nahmen, indem sie sich und ihre eigenen Probleme an die erste Stelle setzten. Nach ein wenig Hin und Her darüber, wie ratsam es sei, Max mit Kleidern zum Wechseln zur Schule zu schicken, beendete Mrs Plumstead das Gespräch, und Molly musste ihre Beklemmung für die nächste Stunde hintanstellen und dafür sorgen, dass der meiste Glitzerstaub zum Schluss auf dem Papier und nicht in den Haaren der Kinder klebte.

Als sie Max abholte, hatte er sich schon aus der Nachmittagsbetreuung verdrückt und wartete auf sie am Tor. Er stand abseits von den anderen und hatte eine Hose aus der Fundsachenkiste der Schule an, die ihm ein bisschen zu kurz war. Eine Plastiktüte an sich drückend, die den Beweis seiner Schmach enthielt, stieg er vorne ein.

»Es tut mir leid, dass es wieder passiert ist, Schatz«, sagte Molly gleich, weil sie wusste, wie schwer es ihm fiel, es ihr selbst zu gestehen. Vermutlich wusste er nicht, dass Mrs Plumstead die frohe Kunde schon verbreitet hatte.

Max zuckte mit den Achseln und sah zum Seitenfenster hinaus. Sie spürte seine Anspannung.

»War es nur, weil du es nicht rechtzeitig zur Toilette geschafft hast?«, fragte sie und legte die Hand auf seinen verkrampften kleinen Oberschenkel.

Er zuckte leicht weg von ihr.

»Macht dir etwas Sorgen, Max? Oder ist jemand gemein zu dir? Erzähl's mir, Liebling.«

Max drehte sich zu ihr um, und sie sah, dass er versuchte, nicht zu weinen. »So was machen nur kleine Babys. In die Hose pinkeln. Ryan hat gesagt, ich hätte seine Schuhe bepinkelt, aber es ist nur in meine Hose gegangen und auf den Stuhl.«

»Ich werde Ryan gleich mal selbst bepinkeln, wenn er nicht aufpasst«, sagte Molly mit der tiefen Drohstimme, die Max immer zum Lachen brachte. »Du kannst über alles mit mir reden. Das weißt du doch, oder? Du kannst mir alles sagen, und …«

Max fiel ihr ins Wort. »Und du hast mich trotzdem lieb, ich weiß.«

Er starrte wieder eine Weile aus dem Fenster, aber sie spürte, dass er nicht mehr ganz so niedergeschlagen war.

»Was wäre, wenn ich dein ganzes Geld stehlen würde? Hättest du mich dann auch noch lieb?«

»Ja«, sagte Molly.

»Und wenn ich einen Bär in kleine Stücke hacken würde?«

»Dann auch.«

»Und wenn ich einem Baby die Ohren abschneiden würde?«

»Auch.«

»Und wenn ich jemandem einen Hammer auf den Kopf hauen würde?«

»Kein Problem.«

»Und wenn du einen Schokoladenkuchen backen würdest und ich würde nachts aufstehen und ihn ganz allein essen?«

»Hey, nun mach aber mal 'n Punkt. Irgendwo ist Schluss!«, sagte Molly und war erleichtert, als er lachte.

Nachdem Max gebadet und seinen Schlafanzug angezogen hatte und die anstößigen Kleider gewaschen und über einen der widerspenstigen Heizkörper gebreitet worden waren, wo sie einen künstlichen Jasmingeruch veströmten, machten sie es sich mit dem Film *Buddy – Der Weihnachtself* gemütlich. Das war ein vorweihnachtliches Ritual, das nicht ausgelassen werden durfte. Max hatte großen Spaß an dem skurrilen Mann im Elfenkostüm, der all den Quatsch machte, den Erwachsene früher selbst gern angestellt hatten.

»Max?«, sagte Molly, als Max sich vor Vergnügen kringelte, weil Will Ferrell Zuckerstreusel und Ahornsirup über seinen Teller Spaghetti kippte. »Was schreibst du eigentlich in dein Schultagebuch?«

»Nur, was wir so gemacht haben«, antwortete Max geistesabwesend, ganz auf den Film konzentriert.

»Schreibst du immer, was wirklich passiert ist?«, hakte Molly nach.

»Manchmal, wenn mir nichts einfällt, erzählt mir Charlie was«, sagte Max und prustete beim Anblick des Riesenelfen los, der Wattebäusche verspeiste, als wäre es Zuckerwatte.

Elftes Kapitel

Bei Oliver ging es schon hoch her, als Carrie es endlich nach gegenüber schaffte. Die Haustür stand einen Spalt offen, also trat sie, ohne anzuklopfen, ein. Auch wenn es sie große Willensanstrengung gekostet hatte, ihrem kuscheligen Sofa und dem Freitagabendpyjama zu widerstehen, die ihr zur Gewohnheit geworden waren, hatte sie sich doch sorgfältig zurechtgemacht. Sie trug ein schwarzes Spitzenkleid mit hohem Kragen und enganliegenden Ärmeln, große Gold-Creolen und die weinroten Samtpumps von Max Mara, die sie für sechs Pfund im Rote-Kreuz-Shop erstanden hatte. Ihre Haare waren mit einer langen Goldnadel zu einem losen Knoten hochgesteckt. Oliver hatte sich offensichtlich richtig ins Zeug gelegt mit dem Schmücken – die Flure waren nicht nur mit Stechpalmenzweigen dekoriert, sondern geradezu davon überwuchert –, und ein Duft nach warmem Wachs und etwas zu lange gebackenen Mince Pies lag in der Luft.

Mit einem schnellen Blick in die Runde vergewisserte sie sich, dass sowohl die Roses als auch die Foxtons erschienen waren und sich von entgegengesetzten Seiten des Zimmers finstere Blicke zuwarfen. Mrs Evans, die sich in einem permanenten Zustand ängstlicher Besorgnis über alles befand, angefangen von der Arbeitsweise des Stadtrats bis hin zur Arbeitsweise ihrer Gedärme, untersuchte gerade sehr eingehend das Essen. Carrie sah sie an einem Crostino schnuppern, ehe sie es vorsichtig in den Mund schob. Emily Foxton, in einem winzigen Paillettenkleid, das einem Chihuahua gepasst hätte, hockte auf der Sofalehne und starrte Oliver an – zumindest sah es so aus, als starre sie ihn an; es war schwer zu sagen, da ihre Augen halb unter riesigen falschen Wimpern verborgen waren. Das Ehepaar aus Nummer vierzehn hatte ALLE seine Kinder mitgebracht, selbst das, das noch krabbelte, und Carrie stellte mit Schrecken fest, dass ein paar davon Instrumente umklammert hielten. Sie war heilfroh, dass sie das Harfen- und Klaviergeklimper und das Krachen der Becken nur hörte, wenn sie an deren Haus vorbeiging. Für die Bewohner der Nummern zwölf und sechzehn musste es eine tägliche harte Prüfung sein. Mrs Hausmusik verbrachte den größten Teil ihrer Zeit damit, ihren Wunderkinder-Transporter in der Almond Street ein- oder auszuparken. Sie hatte das gerötete, ungeschminkte Gesicht und die breiten Hüften einer Frau, die billig im Unterhalt war. Eine, die man mit einer Mischung aus Stolz und Trotz sagen hörte: »Ich gehe *nie* shoppen. Diese Handtasche habe ich seit zweiunddreißig Jahren!«

Mr Hausmusik hatte den gehetzten Ausdruck eines Mannes, der sich nach einem heimlichen Blick auf schwarze Nylonstrümpfe sehnte und unter schlimmem Tinnitus litt. Die Kinder hingegen waren blass und spitzgesichtig nach zu vielen Stunden des Beugens über Notenständer in ungelüfteten Räumen.

Oliver entdeckte Carrie und eilte sofort herbei.

»Da sind Sie ja. Ich dachte schon, Sie hätten es sich anders überlegt. Haben Sie schon was zu trinken?«

Er führte sie zum Tisch und schöpfte für sie einen großzügigen Schluck von seinem Glühwein. Er trug ein weißes Hemd, das er in eine dunkle Hose gesteckt hatte, und seine Haare waren ordentlicher frisiert als sonst, aus dem Gesicht zurückgekämmt und leicht gelockt über dem Hemdkragen endend. Seine Finger streiften Carries Hand, als er ihr das Glas reichte, nicht ganz unabsichtlich, wie sie argwöhnte.

Zu ihrer Überraschung stellte sie fest, dass sie es richtig genoss, sich mit Leuten zu unterhalten, die sie bislang nur am Haus hatte vorbeigehen oder in ihre Autos steigen sehen. Beim Plaudern mit ihren Nachbarn blickte sie immer mal wieder unwillkürlich zu Oliver, der von Grüppchen zu Grüppchen ging und sich große Mühe gab, damit seine Gäste sich wohlfühlten. Irgendwann wurde Mrs Evans, die dem Glühwein sehr zugesprochen hatte, heiß und schwindelig, so dass sie aufs Sofa gebettet werden musste. Oliver holte ihr ein Glas Eiswasser und setzte sich zu ihr, bis es ihr wieder besser ging. Carrie hörte sie sagen, was er doch für wunderbar starke Arme habe.

Von Zeit zu Zeit erschien er an ihrer Seite und füllte ihr Glas aus einer Karaffe mit Glühwein auf, und zwar so, dass sie sich besonders aufmerksam behandelt fühlen musste. Es lag an der Art, wie er sie ansah, interessiert und bewundernd, aber auch, als hätte sie gerade eine witzige Bemerkung gemacht oder als läge ihr eine auf der Zunge. Sie vermutete, dass das zu seiner Masche gehörte – Frauen das Gefühl zu geben, etwas Besonderes zu sein.

Als sie den Glühwein selbst zu spüren begann, ging sie zu einer gepolsterten Bank hinüber, die in den Erker eingebaut war. Die untere Hälfte des Schiebefensters stand offen, und die kühle Luft tat ihrem erhitzten Gesicht gut. Draußen ging eine Gruppe von Mädchen mit Lametta im Haar vorbei, laut und großtuerisch singend, wie Mädchen es in der Öffentlichkeit gern tun, als wollten sie sich ausprobieren, solange es sicher war. Auf einmal erinnerte sie sich daran, wie es war, in diesem Alter zu sein und vor Lebenslust nicht zu wissen, wohin mit sich. Diese Furcht tief drinnen bei dem Gedanken daran, berührt zu werden, und zugleich eine Sehnsucht danach, dass die Haut vor Bereitschaft kribbelte.

Oliver kam und setzte sich zu ihr. Es gab nicht viel Platz auf dem Fenstersitz, und sie spürte den Druck seines Beins an ihrem Knie.

»Geht es Ihnen gut?«, fragte er. »Kann ich Ihnen noch etwas anderes zu trinken anbieten?«

»Nein, danke. Ich glaube, ich hatte genug«, antwortete Carrie.

»Ich weiß gar nichts über Sie«, sagte er, und die aufrichtige Neugier in seiner Stimme weckte in ihr den spontanen, absurden Wunsch, ihm ihre Gedanken anzuvertrauen. Dann fiel ihr ein, dass er bestimmt ein Meister darin war, Frauen die richtigen Fragen zu stellen, in genau dem richtigen Ton. Der Mann konnte einfach nicht anders. Schließlich hatte er sogar Mrs Evans (»Sie müssen mich unbedingt Jean nennen«) in einem Zustand der Verzückung über seine Unterarme zurückgelassen.

»Dafür weiß ich eine Menge über Sie«, entgegnete Carrie beißend und dachte an den frühmorgendlichen Aufbruch einer Phalanx von schlanken, derangierten Blondinen.

»Ach ja?«, sagte Oliver belustigt. Er sah sie an, als hätte er tatsächlich bemerkt, wie sie von ihrem Fenster aus schändlich seinem Liebesleben hinterherspionierte. Zu ihrem Ärger stellte sie fest, dass sie immer wieder seinen Mund ansehen musste, diese weichen Lippen, von denen die untere sich im Mundwinkel ganz leicht nach unten bog. Wieder wurde sie sich seiner Berührung bewusst und wie ihr Körper mit dem gleichen Druck, der gleichen Hitze, darauf reagierte.

In diesem Moment ertönte ein mächtiges Gebrüll von der anderen Seite des Raums, und die Menge teilte sich und brachte Mr Foxton und Mr Rose kämpfend auf dem Boden zum Vorschein. Mr Foxton saß rittlings auf seinem Gegner und schlug, eine Hand in die flaumigen grauen Haare gekrallt, dessen Kopf immer wieder kräftig auf den Boden. Roger Rose blutete aus beiden Nasenlöchern. Lydia Foxton stand daneben und feuerte ihren Mann mit flammend triumphierendem Gesicht zu noch größeren Gewaltexzessen an. Greta Rose hatte ihr Handy am Ohr und telefonierte erregt mit der Polizei.

Oliver warf sich auf die beiden Männer und schaffte es nach einigem würdelosen Geraufe, sie voneinander zu trennen. Er musste sich praktisch auf Gerald Foxton werfen, um ihn daran zu hindern, sich erneut auf den Erzfeind zu stürzen.

»Was ist denn hier los?«, fragte er.

Mit zitternder Hand wischte Roger Rose sich das Blut aus dem Gesicht. »Er behauptet, ich hätte ihm ein Bein gestellt«, keuchte er.

»Das hat er, das Arschloch, ich hab's mit eigenen Augen gesehen«, kreischte Lydia Foxton und bog die Finger durch, als erwöge sie, bei dem Handgemenge mitzumachen.

Mrs Musikwunderkinder hielt dem Sprössling, der ihr am nächsten stand, die Ohren zu. »Wie wäre es jetzt mit ein wenig musikalischer Unterhaltung?«, schlug sie in fröhlichem Ton vor. »Ophelia, Schatz, hol deine Harfe. Wir werden die Wogen schon glätten.«

Diese Drohung genügte, damit die meisten Gäste zu ihren Mänteln und Handtaschen griffen, zumal nur ein paar Straßen entfernt eine Polizeisirene zu hören war.

Lange, nachdem auch die letzten Gäste sich verabschiedet hatten, ging Carrie in ihr Wohnzimmer, um die Vorhänge zuzuziehen. Als sie kurz hinausblickte, sah sie, wie Oliver auf der Türschwelle eine dunkelhaarige Frau küsste. Es war kein flüchtiger Gutenachtkuss; er ließ sich Zeit dabei. Darauf bedacht, nicht wieder beim Starren ertappt zu werden, schloss sie die Vorhänge mit viel Stoffgezerre und war beinahe sicher, dass Oliver über die Schulter seiner neuesten Eroberung hinweg zu ihr hinsah, aber es war natürlich dunkel draußen, und sie hätte es nicht beschwören können. Außerdem, sagte sie sich entschieden, war sie sowieso nicht besonders interessiert.

Zwölftes Kapitel

Nachdem Max drei Stunden hintereinander *SpongeBob* geguckt hatte, setzte Molly ihn auf kalten Entzug und bestand trotz seines Maulens auf einem flotten Spaziergang bis zum Dorf, vorbei an dem eisgeränderten Ententeich und dann zurück durch das kleine Wäldchen hinterm Haus. Als sie zur Tür hereinkamen, fiel Molly auf, wie staubig und unwohnlich es überall aussah, sie hatte wohl schon länger nicht mehr gründlich geputzt. Sie versorgte Max oben in seinem Zimmer mit etwas zum Spielen und fing im Wohnzimmer an, säuberte den Kamin und bestückte ihn mit frischen Scheiten und Anmachholz, fegte dann den leicht abschüssigen Holzboden und schüttelte die Läufer an der Hintertür aus. Der Garten war klein und quadratisch und fast vollständig mit Steinplatten zugepflastert. Wäre es ihr eigener gewesen, hätte Molly die Terrasse aufgebrochen, die hochragende dunkle Hecke kurz geschnitten, die bei nassem Wetter faulig roch, und halbkreisförmige Blumenbeete mit einem Stück Rasen angelegt. Während sie dort auf der kalten Treppe stand, malte sie sich einen anderen Garten mit einem blühenden Kirschbaum und Glockenblumen und vielleicht einem weißen Flieder in der Ecke aus. Sie hätte sich dieses mitten in den Fens gelegene Haus, rund acht Kilometer entfernt von dem Städtchen Ely in Cambridgeshire, nicht selbst ausgesucht – es war zu sehr Wind und Wetter ausgesetzt, zu abgelegen –, aber da sie keine andere Wahl hatte, musste es fürs Erste genügen.

Sie ging wieder hinein, zerrte den Staubsauger aus dem Wandschrank und begann, den Treppenläufer abzusaugen. Nach etwa fünf Minuten schaltete sie das protestierende Gerät wieder aus. Wie alles im Haus hatte es seine besten Tage hinter sich und neigte dazu, sich zu überhitzen, weshalb es regelmäßige Ruhepausen brauchte. Sie stieg die Treppe ganz hinauf, und weil sie Max nicht stören wollte, der stillvergnügt beschäftigt war, blieb sie an der halb offenen Tür seines Zimmers stehen und sah ihm zu. Er saß auf dem Boden und hatte mehrere Bögen Papier um sich herum verteilt. In letzter Zeit hatte er die Marotte, etwas zu zeichnen, es dann nicht gut zu finden und sofort ein neues Blatt anzufangen. Er verbrauchte Unmengen davon. Sie konnte ihm noch so oft sagen, dass er bei einer Zeichnung bleiben und sie zu Ende bringen solle, er weigerte sich trotzdem, damit weiterzumachen, sobald ihm erste Zweifel kamen. Jetzt malte er gerade etwas, das wie eine Burg umgeben von Schlangenlinien aussah. Auf einmal sagte er etwas, aber er sprach offenbar nicht mit ihr.

»Ich weiß nicht genau, was du meinst«, sagte Max. »Du musst es deutlicher beschreiben, sonst kriege ich es wieder nicht hin.«

Er hatte sein Tun unterbrochen und sah hoch zu seinem Bett. Er schien auf eine Antwort zu warten, denn er neigte den Kopf zur Seite wie er es tat, wenn sie ihm etwas erklärte, das er nicht richtig begriff.

»Ach so, o. k. Jetzt kapier ich's«, sagte Max, beugte sich wieder über sein Blatt und zeichnete mit jetzt sichererer Hand. »Es muss so sein, dass sie alle miteinander verbunden sind.«

Molly ging zu ihm ins Zimmer. »Mit wem redest du denn da, Max?«, fragte sie. Es beunruhigte sie, dass er sie nicht ansah, sondern auf eine Stelle irgendwo hinter ihr schaute. Sein Blick war so aufmerksam, dass sie sich unwillkürlich umdrehte, um zu sehen, auf was er starrte, doch da war nichts. Nur sein zerwühltes Bett mit dem hingeworfenen Schlafanzug und der üblichen Sammlung von Kuscheltieren, ohne die er nicht schlief.

»Mit Charlie natürlich«, antwortete Max in dem Ton, der »Logisch, was denn sonst« bedeutete.

Molly setzte sich zu ihm und zog ihn an sich. Sie wusste, dass Kinder oft Fantasiefreunde hatten, besonders Einzelkinder wie Max, fragte sich aber, weshalb er sich so auf ein Kind fixierte, dem er nur einmal begegnet war. Immer wieder beschlich sie die Furcht, dass die Probleme mit Rupert einen Schaden bei ihm hinterlassen, ihn sonderbar und unzugänglich gemacht haben könnten. Vielleicht sollte sie versuchen, weniger zu arbeiten und mehr Zeit mit ihm zu verbringen.

»Warum redest du mit Charlie?«, erkundigte sie sich. »Du kannst immer zu mir kommen und mit mir reden, wenn du dich einsam fühlst.«

»Charlie weiß, was ich meine«, sagte Max und dann, als er ihr Gesicht sah: »Du weißt auch, was ich meine, aber Charlie ist so wie ich.«

Molly dachte wieder an jenen Tag am Strand, der so glücklich begonnen und so schrecklich geendet hatte. Max war damals fünf gewesen. Es war während einer Phase, als mit Rupert alles relativ gut lief, er aber oft eine Pause vom Geplapper seines Sohnes brauchte, daher war sie mit Max ans Meer gefahren. Alles war wunderbar, bis der Junge vermisst wurde. Obwohl Max eine Weile mit ihm gespielt hatte, konnte sie sich nicht so recht an ihn erinnern, aber das Gesicht seiner Mutter stand ihr noch lebhaft vor Augen. Nie würde sie ihren Ausdruck vergessen, als sie über den Sand auf sie zugelaufen kam, keuchend vor Anstrengung und Furcht. Ihre Augen waren dunkel in ihrem weißen Gesicht, und ihr ganzer Körper stand unter Spannung, als mache er sich bereit für das, was bevorstand. Molly hatte ein schlechtes Gewissen gehabt, weil sie nicht länger geblieben war und bei der Suche nach dem Kleinen geholfen hatte, aber sie war von dem verzweifelten, unkontrollierbaren Bedürfnis beherrscht gewesen, von dort wegzukommen und Max an einen sicheren Ort zu bringen. Max selbst hatte von dem Vorfall scheinbar gar nichts mitbekommen, doch etwa zwei Monate später fragte er zu ihrem Erstaunen plötzlich danach.

»Die Mutter an dem Strand hat ihren Jungen nicht gefunden, oder?«, sagte er eines Abends, als sie ihn zu Bett brachte.

»Ich weiß es nicht, Schatz«, hatte sie gesagt und ihn fest zugedeckt, so wie er es gern hatte. Dabei wusste sie es sehr wohl. Es war in der Zeitung darüber berichtet worden und auch in den Fernsehnachrichten, und sie hatte die Geschichte verfolgt, ohne es wirklich zu wollen.

Max stand vom Boden auf und streckte sich. Molly sah ihn an.

»Möchtest du darüber reden, was mit deinem Dad passiert ist, Max?«, fragte sie.

»Nein«, sagte Max mit dem verschlossenen Gesicht, das er immer machte, wenn von seinem Vater die Rede war. Sie hatte mehrfach versucht, ein Gespräch über Rupert einzuleiten, aber Max hatte jedes Mal das Thema gewechselt. Was sie ihm kaum verübeln konnte, schließlich wollte sie auch nicht gern darüber sprechen. Schon allein der Gedanke an ihren Mann erfüllte sie mit quälender Scham.

Als Rupert Molly zum ersten Mal schlug, war sie so verblüfft, dass sie nicht einmal den Schmerz spürte. Rupert arbeitete damals sehr viel, und die wenige gemeinsame Zeit, die ihnen blieb, wurde von Streits und Spannungen überschattet. Sie lebte unter einem ständigen Druck, weil er bei der geringsten Kleinigkeit in die Luft ging. Ob sie eine Gabel im Spülbecken liegen ließ oder sich zehn Minuten länger als die zugeteilte Stunde im Supermarkt aufhielt, alles war ein möglicher Auslöser für einen

Wutausbruch, oft gefolgt von anhaltenden Perioden strafenden Schweigens. Max, der gerade vier geworden war und mit der Vorschule angefangen hatte, war alt genug, dass ihn das sprunghafte Verhalten seines Vaters in Verwirrung stürzte – manchmal überhäufte er ihn mit Küssen und kaufte ihm ausgefallene, teure Spielsachen, und dann wieder reagierte er beim geringsten Geräusch, das er machte, furchtbar gereizt. Es gab Tage, da brauchte Max nur auf dem Sofa herumzuhüpfen oder durch den Flur zu rennen, und schon schrie er in fürchterlichem Jähzorn herum. Einmal entdeckte Molly ihren Sohn unter seinem Bett. Er versteckte sich dort, weil er den Papierkorb im Arbeitszimmer seines Vaters umgeworfen hatte und sich vor Ruperts Reaktion fürchtete.

Molly dachte, dass die Sonne Kretas und zwei gemeinsame Wochen Rupert helfen könnten, sich zu entspannen; seit der Geburt von Max hatten sie keinen Urlaub im Ausland mehr gemacht. Sie führte einen Großteil seiner Launen darauf zurück, dass mögliche Entlassungen in seiner Firma anstanden. Offenbar stresste ihn der Gedanke, dass er, selbst wenn er seine Stelle behielt, noch mehr würde arbeiten müssen, um die Lücken zu füllen.

»Wo hast du das Geld her?«, fragte er, ohne das Foto des Ferienhauses anzusehen, das sie ihm zeigen wollte, und fuhr stattdessen fort, seine Scheibe Toast in vier exakte Quadrate zu zerteilen.

»Ich habe ein paar Bilder verkauft und jeden Monat ein bisschen was auf die Seite gelegt«, erklärte sie. »Es wird bestimmt schön; das Haus liegt ein Stück landeinwärts, aber es hat einen Pool, und wir könnten ein Auto mieten.«

»Das geht nicht«, sagte er. »Lass dir das Geld erstatten. Ich kann keinen Urlaub nehmen.«

Doch bis zum Abend hatte er seine Meinung geändert und kam mit einem Kreta-Reiseführer von der Arbeit zurück. Er zeigte Max die Bilder darin und markierte bestimmte Seiten mit Eselsohren.

»Guck mal, Knossos«, sagte Rupert. »Dort hatte König Minos den Minotaurus eingesperrt. Er war sein Kind, wurde aber als halber Stier und halber Mensch geboren.«

»Lebt er noch?«, fragte Max.

Molly lachte lauter, als die Frage es rechtfertigte, vor lauter Erleichterung, dass Rupert dem Urlaub doch noch zugestimmt hatte.

Die Ferienvilla war wunderschön, mit Blick auf die Weißen Berge und ein kleines Stückchen Meer. Bei Tag erkundeten sie die heißen Berghänge voll uralter Steine und Thymian und schwammen anschließend in dem warmen, wogenden Meer. Jeden Abend aßen sie Brot und Salat auf ihrer Veranda und sahen zu, wie die Scheinwerfer der Autos, die auf der schmalen Serpentinenstraße unterhalb des Hauses fuhren, aufleuchteten und wieder erloschen. Sie ließen sich mit einem Schnorchelboot zu einer Stelle bringen, wo das Wasser so tiefblau war, dass man glaubte, eine Scheibe davon abschneiden zu können. Max hatte zuerst Angst, aus dem Boot zu springen, aber Rupert redete ihm gut zu und fing ihn in seinen Armen auf. Er hielt ihn fest und zog ihm seine Schnorchelbrille über Augen und Nase. Vater und Sohn schwammen Hand in Hand, ihre Schwimmflossen paddelten im Einklang. Später konnte Max nicht aufhören, von der neuen Welt zu schwärmen, die er entdeckt hatte.

»Es ist wie bei uns hier oben«, sagte er mit leuchtenden Augen. »Es gibt Hügel und Täler und Bäume und alles, aber es ist ein geheimes Land unter Wasser. Es gleitet unter einem hinweg, dass einem ganz schwindelig wird.«

Molly kaufte ihm eine eigene Schnorchelbrille, woraufhin er den restlichen Urlaub mit der Brille vorm Gesicht verbrachte und sie nur noch zum Essen und Trinken abnahm, die Haut aufgeweicht vom Wasser, Druckrillen von den Gummirändern um die Augen. Am letzten vollen Tag ihres Urlaubs fuhren sie nach Chania und bummelten durch die Läden in den schmalen Gassen am Hafen. Rupert kaufte Molly ein Paar Ohrringe in Form winziger Meerjungfrauen. Sie setzten sich in ein Café mit Korbstühlen und Bastmarkise und sahen den silbrigen Fischen im Hafenbecken zu, die in dichten Schwärmen durchs Wasser glitten.

Am Abend leerten sie den Rest ihrer Flasche Ouzo aus dem Supermarkt. Max schlief längst, erhitzt und mit offenem Mund, seine Schnorchelbrille in sein rotes Köfferchen gepackt, zusammen mit einem in mehrere Lagen Klopapier eingewickelten Seeigelgehäuse. Sie hatte Rupert dabei angetroffen, wie er seinen schlafenden Sohn betrachtete. »Er ist großartig, nicht wahr?«, sagte er, und als er sich zu ihr umdrehte, sah sie, dass ihm Tränen übers Gesicht liefen. Er breitete das Moskitonetz sorgfältig aus, damit es auch Max' Füße bedeckte.

»Ich habe so ein Glück mit euch beiden«, sagte er, und Molly bekam das Gefühl, dass zwischen ihnen doch noch alles gut werden würde. Vielleicht hatte ihre kleine Familie doch noch eine Chance. Vielleicht konnten sie sogar wieder daran denken, ein zweites Kind zu bekommen. Sie streichelte ihrem Mann übers Gesicht und führte ihn hinaus zum Pool. Er nahm die Polsterkissen von den Sonnenliegen, und sie legten sich zusammen darauf. Er begann an ihren Füßen und arbeitete sich langsam ihren Körper hinauf. Ließ sie zappeln, obwohl sie sich ihm mit durchgebogenem Kreuz entgegenschob. Sie hielt seinen dicken, dunklen Schwanz in der Hand und rieb ihn an der Innenseite ihres Oberschenkels. Er nahm ihre Brüste in den Mund und bearbeitete ihre Brustwarzen mit seiner trockenen, rauen Zunge und ließ sich immer noch Zeit, drang ein Stück in sie ein und zog sich wieder zurück, hielt ihren Kopf mit beiden Händen, beobachtete, wie sich ihr Mund bewegte. Hinterher schwammen sie nackt, Molly spürte das Wasser an ihrem Körper und fühlte sich frei und wieder jung, und dann saßen sie in Handtücher gewickelt dicht beieinander und blickten hinüber auf die Berge. Es roch nach Jasmin und Chlor.

»Tut es dir leid, nach Hause zu fahren? Graut dir vor der Arbeit?«, fragte sie ihn.

Er sah sie an und lächelte. »Ich gehe nicht wieder in die Firma zurück. Ich habe vor fünf Wochen gekündigt«, sagte er. »Ich nehme mir eine Auszeit. Die Buchhaltung nervt mich nur noch, ich glaube, ich werde etwas Neues ausprobieren.«

Unter ihnen, in Georgioupolis, dem kleinen, drei Kilometer entfernten Badeort, gingen plötzlich die Lichter an, als wäre ein großer Schalter umgelegt worden. Sie fröstelte, obwohl sie noch von der Sonne durchwärmt war.

»Wann hast du das beschlossen?«, fragte sie. »Wie sollen wir zurechtkommen?«

Rupert stieß sie zur Seite, als er aufstand. »Ich wusste, dass du negativ reagieren würdest. Deshalb habe ich dir nichts gesagt.«

»Ich bin nur ziemlich überrascht, das ist alles«, entgegnete sie.

Er stand mit dem Rücken zu ihr und starrte auf den Berghang.

»Schatz?«, sagte sie, stand auf und ging zu ihm hin. »Reg dich nicht auf, uns wird schon etwas einfallen. Du findest bestimmt etwas anderes. Ich wünschte nur, du hättest es mit mir besprochen …«

Ohne Vorwarnung fuhr er herum und versetzte ihr einen Fausthieb. Der Schlag war so hart, dass sie hinfiel. Im ersten Moment dachte sie noch, sie wäre von etwas anderem getroffen worden; sie hielt es für unmöglich, dass ihr Mann sie gerade geschlagen hatte. Doch dann blickte sie zu ihm auf und sah so etwas wie Triumph in seinem Gesicht, ein lustvolles Leuchten, und glaubte es.

Dreizehntes Kapitel

Carrie und Jen verbrachten die letzten Tage vor Weihnachten damit, den Schlussverkauf vorzubereiten. Sie wussten, dass die Dinge, die vor den Feiertagen so verlockend schimmerten, plötzlich glanzlos wirkten, sobald das Fest vorbei war, und so hatte Carrie in dem Versuch, der nachweihnachtlichen Flaute etwas entgegenzusetzen, jede Menge neue Ware geordert, von der sie glaubte, dass sie den Optimismus und die guten Vorsätze zu Beginn des neuen Jahres widerspiegelte. Sie hatte eine Sportbekleidungskollektion entdeckt, die garantiert auch die Trägsten dazu anregen würde, sich körperlich zu betätigen. Aus einem weichen Frotteestoff gemacht, der keine Ähnlichkeit mehr mit den kratzigen Bademänteln ihrer Jugend hatte, waren die Tops und Jogginghosen im Retrostil angenehm zu tragen und wurden in hübschen Pastelltönen angeboten. Außerdem erwartete sie noch ein paar bunte Sporttaschen mit kleinen Anhängern für den Umkleidespind daran, dazu passende Wasserflaschen sowie recht unpraktische, aber schicke Sportschuhe mit Keilabsätzen. Für die weniger Aktiven gab es Taschenkalender und Tagebücher mit Textileinbänden in schönen alten Blumenmustern.

Carrie zeichnete gerade einen Korb mit gläsernen Christbaumkugeln billiger aus und dachte daran, dass ihre Mutter in weniger als fünf Stunden eintreffen würde, als die Türglocke bimmelte und Peter Fletcher hereinkam, ein in Silberpapier verpacktes Geschenk mit einer riesigen violetten Schleife in der Hand.

»Ich wollte doch die Adventszeit nicht verstreichen lassen, ohne dich gesehen zu haben«, sagte er und umarmte sie.

Sie hatten so viel miteinander geteilt, dass Carrie sich mit ihm stets entspannt fühlte. Er war einer der wenigen Menschen in ihrem Leben, bei denen sie sich nicht verstellen musste.

»Kommt der Laden ein Stündchen ohne dich aus, so dass du mit mir Mittagessen gehen kannst?«, wollte er wissen, und sie fand, dass er müde aussah.

»Geht es dir gut, Peter?«, sagte sie und merkte gleich, was für eine blöde Frage das war. Weihnachten war immer die schwerste Zeit im Jahr für Menschen, die ein Kind verloren hatten. Wo man auch hinsah, wurde man auf die gedankenlos glücklichen Jahre mit seinem Kind gestoßen und auch auf all die kommenden Jahre ohne es.

»Nicht wirklich«, antwortete er.

Jen war nur allzu froh über einen Grund, mit dem Aufräumen des Lagers und dem Herunterzeichnen der Ware aufhören zu können, und kam herüber, um sich um die Kundschaft zu kümmern. Sie versetzte Carrie noch einen heimlichen Rippenstoß, als diese ihren Mantel überzog und rasch etwas von dem Lipgloss mit Erdbeergeschmack auftrug.

»Was?«, fragte Carrie streng, obwohl sie nur zu gut wusste, dass Jen mit ihrer Verkupplungsmanie sie bereits fix und fertig in die Arme des Witwers übergeben hatte, dessen tragischer Verlust ihn in ihren Augen zu einer hochromantischen Figur machte.

»Er will was von dir. Denk an meine Worte, er will was«, flüsterte sie. »Ich glaube, er hat seinen besten Pulli angezogen.«

»Sei nicht blöd«, sagte Carrie und warf ihr noch einen warnenden Blick durchs Fenster zu, als sie mit Peter losging.

Sie sicherten sich einen Tisch in der Ecke des lokalen Bistros, das günstigerweise in einer Sackgasse hinter der *Schatzkiste* lag, und bestellten beide eine Schale Bohnen-Kastanien-Suppe mit Vollkornbrot und Butter.

»Ich kann nicht aufhören, an sie zu denken«, sagte Peter unvermittelt. »Sie erscheinen mir an jeder Ecke.«

Carrie wusste aus Erfahrung, dass sie nichts dazu zu sagen brauchte. Es genügte, wenn sie da war und ihm zuhörte.

»Und der Tag selbst. Ich habe ihn immer noch nicht hinter mir gelassen, auch wenn ich inzwischen so weit sein sollte, wie alle sagen. Ich spule ihn ständig wieder in meinem Kopf ab. Das Krankenhaus, wie sie dalagen.«

Carrie nahm Peters Hand und drückte sie.

»Entschuldige. Bitte entschuldige.«

»Nicht nötig«, sagte sie.

Sie ließ ihn reden, und sie tranken eine Flasche Wein, und auf der Straße draußen vor dem Laden hielt er sie fest an sich gedrückt. Carrie sah Jen durchs Schaufenster, die hin und her tänzelte wie eine schelmische, wenn auch etwas sehr stämmige Elfe.

»Hör mal«, sagte Peter, »ich wollte dich fragen, ob du zum Abendessen zu mir kommen möchtest … Ich habe überlegt, ein paar Leute aus der alten Gruppe einzuladen, weißt du. Sag's ruhig, wenn du keine Lust dazu hast.«

»Das wäre schön«, sagte Carrie lächelnd. »Ruf mich nach Weihnachten an, dann sprechen wir darüber.« Sie stand noch ein Weilchen auf dem Gehweg und sah ihm nach, wie er mit seiner typischen, leicht gebeugten Haltung davonging. Flüchtig fragte sie sich, ob die Trauer seinen Gang verändert hatte. Vielleicht war er früher, bevor sie ihn kannte, kerzengerade einhergeschritten. Vielleicht hatte sie selbst auch etwas an sich, etwas äußerlich Sichtbares, woran die Leute merkten, dass sie trauerte.

Jen folgte ihr ins Hinterzimmer, als sie Schal und Mantel aufhängte. Sie wollte alles genau wissen.

»Was hat er gesagt? Hat er dir seine Gefühle gestanden?«, fragte sie gespannt und fuhr sich mit von Fetakäse klebrigen Fingern durch die Haare. Sie hatte ihr Baguette mit griechischem Salat im Stehen bei der Arbeit gegessen. Trotz Carries regelmäßiger Ermahnungen neigte sie dazu, die Ware mit fettigen Fingern anzufassen.

»So ist das nicht zwischen uns«, erwiderte Carrie gereizt. »Wir reden nur miteinander. Er trauert immer noch um seine Frau.«

»Das bestreite ich ja nicht. Ich habe nur mitgekriegt, wie er dich mit seinen traurigen Augen ansieht. Als könntest du das Heilmittel für ihn sein.«

»Hör mal, Schätzchen«, sagte Carrie und versprühte Glasreiniger gefährlich nah an Jens Augen, während sie den großen gerahmten Spiegel hinter der Ladentheke bearbeitete, »ich bin kein Heilmittel, für niemanden. Ich habe immer noch genug mit mir selbst zu tun.«

»Vielleicht könnt ihr euch ja gegenseitig retten«, bemerkte Jen und verkrümelte sich schnell, bevor Carrie fand, dass sie noch ein paar Spritzer Glaspolitur nötig hatte.

»Er ist ja auch nicht ganz unattraktiv. Braucht ein bisschen was auf die Rippen, aber ich meine, einen durchaus passablen Hintern unter seinem Sonntagspullover ausgemacht zu haben.«

»Mir scheint, du solltest dich etwas weniger mit meinem Liebesleben beschäftigen«, sagte Carrie, »und dafür mehr mit deinem.«

»Nicht, dass es dich etwas anginge, aber du stehst vor einer Frau, die sich noch heute Abend mit einem begehrenswerten Junggesellen aus eben diesem Stadtteil treffen wird«, erwiderte Jen grinsend.

»Was!?«, rief Carrie. »Du hast mir noch gar nicht erzählt, dass du wieder mit jemandem zusammen bist!«

»Bin ich ja auch noch nicht«, sagte Jen. »Ich habe ihn über eine dieser Partnerbörsen im Internet kontaktiert. Bisher kenne ich ihn nur vom Foto.«

Carrie musste ihren Fragenstrom unterbrechen, weil sich der Laden plötzlich mit Kundschaft füllte. Erst eine halbe Stunde später, nachdem eine Frau sich so gut wie jedes Paar Ohrringe hatte zeigen lassen, mit jedem gehadert hatte und dann gegangen war, ohne etwas zu kaufen, konnte Carrie ihr Verhör fortsetzen.

»Wo trefft ihr euch? Was ziehst du an? Was macht er?«, sprudelte sie hervor.

»Bei Browns. Was ich anhabe. Irgendwas in der IT-Branche«, antwortete Jen ungewohnt sparsam, während sie rote Bänder durch die dafür vorgesehenen Löcher der *Schatzkisten*-Tüten fädelte.

Carrie besah sich den schlammgrünen, über ausgeleierten dunkelblauen Leggings hängenden Sack, den ihre Freundin trug.

»Das ist jetzt nicht dein Ernst, dass du in dem da zu einem ersten Rendezvous gehen willst?«, empörte sie sich. »Bitte lass mich was anderes für dich aussuchen.«

Nach einigem Bitten und Betteln erklärte sich Jen schließlich zu einem Umstyling bereit. Da sie direkt vom Laden zu ihrer Verabredung gehen würde, musste die Verwandlung im Hinterzimmer stattfinden. Sie stieß beim Anprobieren der Sachen ständig fluchend mit den Ellbogen gegen die Wand, während Carrie immer wieder nach vorn flitzte, wenn die Türglocke ertönte.

Einige Vorführungen und Musterungen und ziemlich viel Gemaule später musste selbst Jen zugeben, dass das Endergebnis sich sehen lassen konnte. Sie trug einen hübschen Rock mit einem Muster aus Segelbooten und Leuchttürmen am Saum und dazu eine Bluse in exakt dem gleichen Korallenrosa wie die Segel. Die Bluse war stark tailliert, so dass sie ihre üppigen Kurven gut zur Geltung brachte, und der Roséton unterstrich ihren honigfarbenen Teint und die bernsteinfarbenen Einsprengsel in ihren braunen Augen. Carrie hatte sie gezwungen, ihre ausgelatschten Stiefeletten wegzuwerfen und sie durch ein Paar blaue Wildlederschuhe mit Bänderschleifen zu ersetzen, dazu eine hellbeige Netzstrumpfhose als Clou. Außerdem hatte sie ihr die widerspenstigen Haare mit einem Elastikhaarband, das mit einem türkisfarbenen Vogel verziert war, zurückgebunden und nur ein paar einzelne Locken in die Stirn gezupft. Zu guter Letzt, ungeachtet Jens Protesten, hatte sie ihre Wimpern mit drei Schichten Mascara getuscht, etwas beerenfarbenen Lippenstift auf ihren Mund getupft und »Mitsouko« in ihr Dekolletee gesprüht.

»Hau ihn um, Mädchen!«, rief sie ihrer Freundin hinterher, woraufhin diese im Gehen einen ausgelassenen Shimmy vollführte und dabei beinahe einen Mann in einem Wintermantel umstieß, der ihr nachstarrte, als hätte er in seinem ganzen Leben noch nie etwas so Prachtvolles gesehen.

Als Carrie nach Hause kam, türmte sich der übliche Haufen Werbemüll auf der Fußmatte, den sie beim Hineingehen müde aufsammelte. Oben auf dem Stapel aus Pizza-Gutscheinen und Speisekarten von chinesischen Imbissen lag ein gelber Flyer, der die Dienste eines Mediums namens Simon Foster anpries. Das Foto von dem Typ darauf war so schlecht und unscharf, dass es sonst wer hätte sein können. Sie hielt nichts von Leuten, die das Unglück anderer ausnutzten; vorzugeben, man höre Botschaften von Verstorbenen, um Menschen um ihr sauer verdientes Geld zu betrügen, war ihrer Ansicht nach nichts Geringeres als ein Verbrechen. Carrie warf den ganzen Kram angewidert in den Altpapierkorb und ging in die Küche. Während sie darauf wartete, dass das Teewasser kochte, sah sie in den dunklen Garten hinaus und konnte sich nicht vorstellen, dass er je wieder etwas anderes sein würde als dieses starre, geduckte, winterliche Stück Land.

Gegen Mitternacht hatte sie ihre Mutter trotz wiederholter Anrufe auf deren Handy immer noch nicht erreicht. Kaum aber hatte sie die Hoffnung aufgegeben, dass sie noch an diesem Tag eintreffen würde, klingelte es an der Tür. Fluchend schnappte sie sich ihren Morgenmantel und zog ihn beim Hinunterlaufen über. Pam stand von Taschen und Tüten umringt auf der Schwelle, ein breites, erwartungsvolles Lächeln im Gesicht. Sie warf die Arme um ihre Tochter.

»Mein Liebling, du siehst wunderbar aus! Ich habe eine Weltreise hinter mir und brauche dringend was Starkes zu trinken.«

Carrie stapelte die zahlreichen Taschen in der Diele und fragte sich bang, wie lange ihre Mutter wohl vorhatte zu bleiben.

Vierzehntes Kapitel

Die Post fiel mit einem Plumps auf die Matte, und Molly sammelte eine Handvoll Weihnachtskarten auf. Ein kleiner Schreck durchfuhr sie, als sie eine bunte Ansichtskarte unter den weißen Umschlägen entdeckte, denn sie wusste sofort, dass sie von Rupert kam. Diese seltsam exaltierte Handschrift, die so gar nicht zu ihm passte, war unverwechselbar. Sie fand es merkwürdig, wie so manch andere Eigenschaft eines Menschen verblassen konnte, während man die Handschrift auf den ersten Blick erkannte. Rasch überflog sie die Nachricht, in der er seinen Job in einer Ferienanlage an der nördlichen Küste Kaliforniens beschrieb, wo Jurten als Unterkünfte angeboten wurden. Jurten, erklärte er für Max, hatten die Form von Zelten, bestanden aber aus Holz, und es gab richtige Betten darin. Er hatte eine kleine Zeichnung in einer Ecke der Karte hinzugefügt, mit einem Strichmännchen vor dem Eingang der Jurte und einem Pfeil zu dem Wort »Ich«. Das Bild auf der Vorderseite zeigte ein paar dicke Seeleoparden, die sich auf einem Strand vor einem mit hellroten, kaktusähnlichen Pflanzen bedeckten Hang räkelten. Nach dem ersten Schock war Molly beruhigt, weil er so positiv klang, und sagte sich, dass die Zeit im Ausland ihm möglicherweise gutgetan hatte. Vielleicht hatte er so etwas wie einen Nervenzusammenbruch gehabt und war jetzt auf dem Weg der Besserung. Molly sah immer gern das Gute in jedem Menschen. Das machte sie zu einer ausgezeichneten Lehrerin, bewahrte sie aber nicht davor, regelrecht niedergeschmettert zu sein, wenn die Menschen sie enttäuschten.

Molly sagte niemandem etwas davon, dass Rupert sie geschlagen hatte. Den letzten Abend ihres Urlaubs verbrachte sie zusammengekauert beim Pool, während er sich bis zur Besinnungslosigkeit betrank. Auf dem Heimflug hielt sie ihr mit Make-up übertünchtes Gesicht von ihm abgewandt. Sie saß am Fenster neben Max, der hilflos zwischen seinen stummen Eltern hin und her blickte. Ihren geschwollenen, sich violett färbenden Unterkiefer hatte sie ihm mit einer Wespe erklärt, die sie beim Abendessen draußen gestochen habe.

Als sie wieder zu Hause waren, dachte Molly kurz daran, den Vorfall der Polizei zu melden, wusste aber schon, dass sie es nicht tun würde. Sie malte sich aus, was sie am Telefon sagen und was sie zur Antwort bekommen würde. Man würde sie zuerst warten lassen, wahrscheinlich mit irgendeinem Gedudel im Ohr, das besänftigen sollte, bis sie mit einer Abteilung verbunden wurde, in der die Beamten dafür ausgebildet waren, die entsprechenden sachdienlichen Fragen zu stellen. Sie sah einen Raum neben dem Hauptflur der Wache vor sich, mit einer fest schließenden Tür und einer zur Wandfarbe kontrastierenden Fußleiste, die Parodie eines Wohnzimmers. Sie dachte an die Person, die man zu ihr nach Hause in ihr eigenes Wohnzimmer schicken würde, die Knie sittsam zusammen, eine Tasse Tee in der Hand, die Worte freundlich, aber der Blick durchs Zimmer schweifend, über sie hinweg, ihre Kleidung begutachtend, ihre Worte. *Also, mit was haben wir es hier zu tun? Einer rachsüchtigen Ehefrau, die es ihrem untreuen Gatten heimzahlen will? Einer Mythomanin? Einer Verrückten?* Oder, schlimmer noch, einer Frau, die man bemitleiden musste. Einer, die sich erdreistete zu glauben, dass so etwas in Ehen, die mit geschmackvollen Überwürfen und Flitterwochen in Umbrien begannen, nicht vorkam. Molly hatte immer gedacht, wenn sie überhaupt darüber nachgedacht hatte, dass Frauen, die sich schlagen ließen, nichts mit ihr zu tun hatten. Die Vorstellung, zu einer Frau zu werden, deren Mann ihr wehtat, war genauso abwegig wie die, zu einem dieser formlosen Bündel unter Pappkartons oder in den Eingängen von Bürogebäuden zu werden, die man in jeder größeren Stadt sah.

Ruperts Reaktion auf das Vorgefallene bestand darin, die ersten paar Tage gar nichts zu sagen und sich dann zu betrinken und seine Reue mit tiefen, keuchenden Klagelauten herauszuschreien. Er fiel vor ihr auf die Knie, das Gesicht tränennass, der Mund schlaff vor Zerknirschung, und bat sie um Verzeihung.

»Das war ich nicht. Das war nicht ich!«, rief er. »Es war, als hätte ein anderer in meinem Körper gesteckt und mich dazu getrieben. Aber du weißt auch wirklich, wie du mich auf die Palme bringen kannst, Moll, ehrlich«, sagte er und wischte sich mit dem Ärmel übers Gesicht.

Molly dachte an den flinken schimmernden Fuchs, den sie in ihm gesehen hatte, und hielt ihn in den Armen wie ein verwundetes Tier, bis er aufhörte zu schluchzen.

Noch eine Zeitlang danach erinnerte sie sich an das Geräusch, das seine Faust auf ihrer Wange gemacht hatte, und wie er hinterher seine Finger gespreizt hatte, beinahe sorgsam, aber so beiläufig, als hätte er sich die Hand an der Kante eines Fensterrahmens gestoßen. Dann, als die Tage und Wochen ins Land gingen, schien es immer mehr, als hätte sie sich das Ganze nur eingebildet, oder jedenfalls ließ ihre Erschütterung darüber nach. Je mehr Zeit verging, desto absurder kam es ihr vor, dass so etwas mit ihnen beiden passiert war. *Sie* war nicht der Typ Frau, der geschlagen wurde. *Er* war nicht der Typ Mann, der zuschlug. Was Rupert ihr angetan hatte, hing irgendwie immer weniger mit seiner Gewalttätigkeit zusammen und immer mehr mit dem Zustand ihrer Beziehung und wurde so teilweise zu ihrer eigenen Verantwortung. Es endete damit, dass sie ihre Anstrengungen verdoppelte, es ihm recht zu machen und dafür zu sorgen, dass ihn nichts ärgerte oder aufregte. Solange sie alles im Gleichgewicht hielt, war Rupert der alte, fröhliche Rupert, voller Charme und Lebensfreude.

Als er irgendwann schließlich zugab, dass er entlassen worden war, statt selbst gekündigt zu haben, sah sie das als die beste Erklärung für sein Verhalten an. Er hatte unter enormem Stress gestanden und die Nerven verloren, wie es jedem unter derartigem Druck gehen würde. Und als sie durch einen Anruf bei der Bank herausfand, dass er drei Kreditkarten bis ans Limit ausgeschöpft hatte, und zwar, weil er der Online-Spielsucht verfallen war, tat sie ihr Bestes, sich die heillose Panik nicht anmerken zu lassen, in die diese Nachricht sie stürzte. Wie sollten sie überleben mit einer beträchtlichen Hypothek auf dem Haus, Ruperts Schwierigkeiten, wieder eine Arbeit zu finden, und nur dem Geld aus ihren gelegentlichen Bilderverkäufen als Einkommen? Die naheliegende Antwort war, dass sie wieder unterrichten musste, und trotz Ruperts Protest, dass das nicht nötig sei, weil er bestimmt bald eine neue Stelle hätte, fragte sie bei ihrer alten Schule an, wo man sie nur zu gern wieder nahm.

Um seine Fehler wiedergutzumachen und etwas gegen seine Spielsucht zu unternehmen, wie er es versprochen hatte, trat Rupert einer örtlichen Selbsthilfegruppe für Menschen mit Suchtproblemen bei. Dort tat er sich mit einem traurig aussehenden Mann mit Pferdeschwanz zusammen, der Heim und Herd durch Rubbellose verspielt hatte. Dieser Mann holte Rupert immer zu den Treffen ab und wartete trotz Mollys wiederholter Einladung, doch hereinzukommen, beharrlich in der Diele, die Hände fest in die Jackentaschen gestopft, als traute er ihnen nicht über den Weg.

Eine Weile gelang es ihnen noch, das Haus zu behalten. Molly verwendete ihr ganzes Erbteil von ihrer Mutter für die rückständigen Hypothekenzahlungen. Sie malte so viel sie konnte an den Wochenenden und verkaufte auch ein paar ihrer Bilder an eine Galerie in der Stadt. Abends saß sie am Küchentisch und schrieb Zahlenkolonnen auf sauberes, kariertes Papier, um sich das Gefühl zu geben, die Lage wieder in den Griff zu bekommen. Doch ungeachtet ihres akribischen Rechnens, des Sparens an jedem Ende und der Bitten um mehr Aufschub, fiel ihr gemeinsames Heim schlussendlich zurück an die Bank. In der letzten Nacht lag Molly wach und dachte an all das, was sie in dem Haus getan und gehofft hatten. Sie dachte an den Tag des Einzugs: Rupert, der sie über die Schwelle trug wie etwas Kostbares, sie beide auf der Treppe sitzend, Fish and Chips essend, glücklich die kahlen Wände betrachtend. Sie dachte an die Tage, die sie gebraucht hatte, um den alten Lack vom Treppenländer zu lösen, und an die winzige Eberesche, die sie im ersten Monat gepflanzt hatten und die nun doppelt so hoch war wie der Gartenschuppen. Sie erinnerte sich, wie sie an der Hintertür zum Garten gestanden und den Regen im Gesicht gespürt hatte, als der Schmerz des sich ankündigenden Max durch sie hindurchgeschossen war.

Rupert konnte auch nicht schlafen. »Ich brauche dich, Babe«, sagte er. Er zog ihr Nachthemd hoch und kniff sie in die Brust. Er hielt sie um die Taille gefasst und rieb seine Erektion an ihrem Bauch. Obwohl sie nicht für ihn bereit war, drang er rasch in sie ein. Sie schloss die Augen und ließ ihn gewähren, damit es schnell vorbeiging. Als er eingeschlafen war, lag sie neben ihm und musterte sein von der Flurlampe halb beleuchtetes Gesicht. Er stöhnte im Schlaf und zuckte ruhelos mit den Händen, als wollte er Fliegen verscheuchen. Sie empfand etwas, das Zärtlichkeit hätte sein können, wäre sie in der Lage gewesen, wirklich etwas zu empfinden.

Ein Freund von Molly hatte das kleine Haus in der Nähe von Ely vor Kurzem von einer verstorbenen Tante geerbt und war so freundlich, sie für eine geringe Miete dort wohnen zu lassen. Er habe vor, es zu verkaufen, sobald die Immobilienpreise sich ein wenig erholten, sagte er, aber bis dahin könnten sie es gerne nutzen. Es lag so isoliert, dass man zwanzig Minuten zu Fuß bis zur nächsten Ortschaft brauchte, einem Weiler namens Parson's Bridge. Die Entfernung nach Cambridge bedeutete außerdem, dass Molly jeden Tag eine Stunde zur Arbeit fahren musste, aber sie war dankbar für ein sicheres, bezahlbares Dach über dem Kopf, während sie sich bemühte, einen Teil der von Rupert verursachten Schulden abzubezahlen.

Auch wenn Mollys Freund die meisten Möbel seiner Tante ausgeräumt hatte, war alles im Großen und Ganzen noch so, wie sie es verlassen hatte. Die Arbeitsplatte in der Küche hatte Brandringe, und herrenlose Schlüssel hingen an den Becherhaken, die in die Anrichte mit Tellerbord geschraubt worden waren. An der einen Hausseite gab es einen kleinen Anbau, überdacht mit Wellplastik und mit einem schmalen, umlaufenden Bord versehen, auf dem wackelig dürre Geranien in Joghurtbechern standen.

Mollys erste Handlung bestand darin, aus der Dachkammer so gut es ging ein hübsches Zimmer für Max zu machen. Sie schrubbte den alten Linoleumboden und breitete seine vertraute Bettdecke über das knorrige Bett. Sie verteilte alle seine Spielsachen auf den Regalen und hängte Vorhänge mit roten Flugzeugen und silbergrauen Lastwagen vor dem kleinen Bleiglasfenster auf. Der Umzug hatte ihm schwer zu schaffen gemacht. Zuerst hatte er sich geweigert zu gehen und sich dann mit einer Resignation ins Unvermeidliche gefügt, die ihr das Herz brach. Am Tag des eigentlichen Auszugs wartete er, bis sie ihre letzten Besitztümer aufgeladen hatten, und rannte dann zurück ins Haus mit der Behauptung, er habe etwas vergessen. Als Molly ihm fünf Minuten später hinterherging, wanderte er ziellos von Zimmer zu Zimmer, ohne genau sagen zu können, was er suchte.

Rupert dagegen schien sehr angetan von dem neuen Haus und meinte, dass er hier draußen in den Fens, wo der Himmel so weit war und das Land grenzenlos, endlich frei atmen könne wie schon lange nicht mehr. Er beschloss, wieder mit dem Fotografieren anzufangen, das er vor Jahren aufgegeben hatte.

»Ich glaube, das ist der Grund, weshalb alles so schiefgelaufen ist«, sagte er. »Ich war nie glücklich damit, in ein Büro eingesperrt zu sein. Ich bin ein kreativer Mensch, und das alles hat mich schrecklich frustriert, glaube ich.« Er streifte jeden Tag durch die Gegend, machte Fotos und friemelte dann damit auf dem Computer in dem kleinen keilförmigen Zimmer im oberen Stockwerk herum. Außerdem verlegte er sich aufs Angeln, was ihn ruhiger zu machen schien. Manchmal traf er sich mit einem älteren Mann, der sein ganzes Leben in der Gegend verbracht hatte und ihm zeigte, wie man Aalreusen aus Weidenzweigen flocht. Zusammen erkundeten sie die Kanäle und Entwässerungsgräben in einem Flachboot, das fast geräuschlos durchs Wasser glitt.

»Die Landschaft hier ist so schön, Moll. Sie wartet nur darauf, entdeckt zu werden«, sagte Rupert, und sie war froh, dass er glücklicher wirkte. Über ihr eigenes Glück gestattete sie sich gar nicht erst nachzudenken. Jedes Mal, wenn sie an ihre Beziehung zu ihrem Mann dachte, wich ihr Verstand schnell zu Einkaufslisten aus oder der Überlegung, wie sie genug Gläser für alle in der Klasse zusammenbrachte, damit die Kinder Bohnen keimen lassen konnten. Wenn sie nicht darüber nachgrübelte, sagte sie sich, würde sich alles vielleicht von allein richten, so wie diese Zeichnungen von Max auf Plastiktafeln, die man in den Ofen legte und die sich schrumpfend verzogen und zu verderben schienen, aber sich wundersamerweise wieder glätteten, sobald man aufhörte, durch die Ofentür zu gucken.

Rupert gab sich ernsthaft Mühe, mehr Zeit mit Max zu verbringen. An den Wochenenden nahm er ihn manchmal mit hinaus und erlaubte ihm, mit seiner Kamera zu fotografieren. Jeden Abend, nachdem Max gebadet hatte, las er ihm vor. Max' Lieblingslektüre war das Gedicht »The Highwayman« von Alfred Noyes, das er sich von Rupert immer wieder vorlesen ließ. Sie hörte, wie sie die Zeilen zusammen sprachen, sich an der blutrünstigen Tragik ergötzten.

Look for me by moonlight;
Watch for me by moonlight;
I'll come to thee by moonlight,
though hell should bar the way!

Suche nach mir im Mondschein,
halt Ausschau nach mir im Mondschein,
ich komme zu dir im Mondschein,
mag die Hölle auch den Weg versperren!

Fünfzehntes Kapitel

Jen war unnatürlich still am Tag nach ihrer Verabredung. Kein Drängen und Schmeicheln von Carries Seite ergab mehr als nur die dürrsten Eckdaten. Sogar das gezielte Schwenken von Macarons mit Rosenaroma konnte ihr keine Reaktion entlocken. Das war ein derart untypisches Verhalten, dass Carrie befürchtete, der Abend könnte ein Desaster gewesen sein.

»Also, wie war er so?«, bohrte sie. »Ein bisschen langweilig? Körpergeruch? Wohnt noch bei seiner Mutter? Besessen von seiner Sammlung von Bahnhofsschildern? Hat sein Kleingeld in einem Blümchenportemonnaie ...?«

Jen schüttelte mitleidig den Kopf über ihre plumpen Versuche, etwas aus ihr herauszukitzeln, und fuhr fort, das Kartenkarussell mit Karten aufzufüllen, die mit kleinen Silberanhängern zum Verstecken im Plumpudding bestickt waren. Besonders besorgniserregend fand Carrie, dass sie allem Anschein nach schon bei Tagesanbruch in den Laden gekommen war, was entweder auf ein enttäuschend kurzes Tête-à-Tête hindeutete oder auf eine hastige, frühmorgendliche, ungeduschte Flucht aus seiner Wohnung. Überall gab es Anzeichen umtriebigen Schaffens: Jen hatte eine große Glasvase mit beerenbeladenen Stechpalmenzweigen und roten und silbernen Federn gefüllt, hatte eine wackelige Pyramide aus Badesalzwürfeln gebaut und die Auswahl an Kaschmirpullis nach Farben geordnet, so dass sie jetzt eine abgestufte Palette von Cremeweiß und Blassrosa über Flieder, Blau und Orange bis hin zu Schokoladenbraun und

Schwarz bildete. Am bedenklichsten allerdings war das Fehlen von Frühstückskrümeln auf dem nach Lavendelwachs duftenden Holzfußboden.

Carrie gab den Versuch auf, sie zum Reden zu bringen, und beschloss, ihre stumme Emsigkeit dazu zu nutzen, in die Stadt zu gehen und ein paar eigene Weihnachtseinkäufe zu erledigen. Ihre Mutter hatte angedeutet, sie für ein paar Stunden mit ihrer Anwesenheit im Laden beehren zu wollen, und obwohl Pam erfahrungsgemäß nichts weiter tat, als mit der Ware herumzuhantieren, als wäre sie in ihrem privaten Spielzimmer, hieß das doch immerhin, dass Jen das Lager auffüllen oder zur Toilette gehen konnte, ohne das Geschäft sich selbst zu überlassen. Carrie brauchte nur zwanzig Minuten zu Fuß ins Stadtzentrum von Cambridge. Der Marktplatz wurde von einem etwas dürftigen Lichtervorhang an der Fassade des Guildhall-Gebäudes beleuchtet, und es hing ein adventlicher Duft nach gerösteten Kastanien, Kiefernharz und Urin in der Luft. Zwei Männer, für die schon Weihnachten war oder die möglicherweise tranken, um das ganze verfluchte Fest zu vergessen, hatten sich auf der Treppe um den Brunnen niedergelassen und pöbelten vorbeikommende ausländische Touristen an, die erpicht darauf waren, vor der Heimreise noch ein Paar Boxershorts mit Union Jack oder einen Teller mit Kate und William darauf zu erstehen. Carrie kaufte einen Mistelzweig und vier mit Nelken gespickte Orangen, ein Buch aus den Fünfzigern über das Mixen von Cocktails für Jens Bruder und eine kurze hellgrüne Jacke an der Bude mit Secondhandmode, die ihr genau das Richtige für ihre Mutter zu sein schien. Gerade überlegte sie, ob sie zu *Office* hineingehen und die Lacklederstiefel anprobieren sollte, die sie aus dem Schaufenster heraus anblinkten, als ihr jemand von hinten auf die Schulter tippte. Beim Umdrehen sah sie zu ihrem Missfallen Rachel vor sich stehen, eine Frau aus der Zeit

»Bevor Charlie« oder »B. C.«, wie sie es im Stillen nannte. Sie hatten sich bei einem Geburtsvorbereitungskurs kennengelernt, den sie in einem überheizten Wohnzimmer irgendwo im Vorort Cherry Hinton hatten über sich ergehen lassen. Carrie wusste noch, dass Rachel ständig herumgeunkt und Fragen nach den schlimmstmöglichen Komplikationen gestellt hatte, wodurch sie Ängste und Befürchtungen hervorrief, die vorher kein Thema gewesen waren.

»Was passiert genau, wenn die Nabelschnur sich um den Hals des Babys wickelt?«, hatte sie einmal wissen wollen.

»Stimmt es, dass Männer, die die Geburt miterlebt haben, hinterher so abgestoßen von der Vagina sind, dass der Sex nie wieder so gut ist?«, ein anderes Mal.

Damian und Carrie hatten sie auf der Heimfahrt im Auto immer kichernd nachgeäfft, vor allem ihre Stimme, die ganz hoch und vornehm wurde, sobald sie Geschlechtsorgane erwähnte.

»Sind Sie *hundertprozentig* sicher, dass auch ein *sehr* großer Penis dem Fötus in der Gebärmutter nicht schaden kann?« Dabei hatte sich der ganze Kurs zu Rachels Mann umgedreht, dessen zu kurzer Pony ihm einen Ausdruck permanenten Erstaunens verlieh und der sich in diesem Moment gerade hechelnd auf allen vieren befand.

Carrie war überzeugt, Rachel seit der Party, die eine Frau aus der Gruppe gegeben hatte, nachdem die Letzte von ihnen ihr Kind zur Welt gebracht hatte, nicht mehr gesehen zu haben. Damals hatten sie alle ihren kostbaren Nachwuchs auf einem Sofa aufgereiht und ein Erinnerungsfoto gemacht. Carrie erinnerte sich noch gut an den Moment. Charlie hatte in der Mitte gesessen, gegen ein Sofakissen gelehnt, und seine Fäuste wie im Triumph über den Kopf gereckt.

»Hallo, Carrie!«, sagte Rachel. »Wir haben uns ja seit einer Ewigkeit nicht gesehen. Wie geht es dir?«

»Oh, gut, gut«, sagte Carrie und wollte sich am liebsten in Luft auflösen. Sie wusste genau, wohin dieses Gespräch führen würde.

»Ich habe noch ein zweites bekommen seitdem. Ein Mädchen, schon anderthalb jetzt. Wir haben sie Florence getauft. Es hat lange gedauert, bis wir zum zweiten Mal schwanger wurden. Wie sich herausstellte, ist Petes Sperma nicht eben erste Sahne. Evan macht sich gut, hat gerade in St. Faith's angefangen ... Wie geht es Charlie? Er heißt doch Charlie, oder?«

Es war für Carrie abzusehen, was Rachel für ein Gesicht machen würde, wenn sie ihr von Charlie erzählte. Sie hatte das in den vergangenen drei Jahren nur allzu oft erlebt. Zuerst wäre da Fassungslosigkeit, schnell gefolgt von Entsetzen und schließlich Panik, sobald dem Gegenüber klar wurde, dass es etwas Angemessenes sagen musste. Zum Schluss würde sich eine lähmende Verlegenheit breitmachen. Neben dem Schock, der Unfähigkeit, die richtigen Worte zu finden, und ja, dem Mitgefühl, wäre da auch Erleichterung. Man sah es nur, wenn man darauf achtete, aber dann war es unverkennbar.

Sieben kleine Babys sitzen auf 'nem Schal, und kommt ein kleines Baby zufällig zu Fall, sitzen sechs kleine Babys noch viel sicherer auf dem Schal.

Carrie nahm es den anderen nicht übel, dass sie so empfanden, es würde ihr wahrscheinlich genauso gehen. Ihr Herz hämmerte in ihrer Brust, und sie befürchtete, eine Panikattacke zu bekommen, wie damals in der ersten Zeit nach Charlies Verschwinden. Mindestens ein halbes Jahr lang war sie immer dann, wenn sie sich unversehens in weiten, relativ offenen Räumen wiederfand, von einer furchtbaren Angst überfallen worden. Es war, als hätte sie keinerlei Kontrolle mehr über sich, ihr Herz schlug immer schneller und schneller, bis zum Explodieren. Alles, was sie jetzt wollte, war weglaufen, aber sie blieb wie gelähmt stehen. Die andere Frau sah sie an, sicherlich befremdet. Wie sollte sie dieser Person, die sie doch kaum kannte, anvertrauen, dass für sie eine Welt zusammengebrochen war? Wie sollte sie erklären, dass sie einen schrecklichen Verlust erlitten hatte und trotzdem hier im Weihnachtsgetümmel stand und begehrlich ein Paar Stiefel beäugte, als wäre nichts passiert? Es gab nichts zu sagen, was sich für sie oder Rachel halbwegs vernünftig anhören würde. Schon der Gedanke an den Versuch, irgendetwas von alldem begreiflich zu machen, erfüllte sie mit einer Mischung aus Erschöpfung und Widerwillen.

»Oh, ihm geht's gut«, sagte sie mit taubem Herzen. »Ganz prima.«

»Wir müssen die beiden demnächst mal zusammenbringen«, sagte Rachel und kramte in ihrer geräumigen Tasche, in der sich zweifellos die unverzichtbaren Feuchttücher und Rosinentütchen befanden. Dinge, die alle Mütter mit sich herumschleppten, die sie selbst auch immer dabeigehabt hatte, als sie noch eine Mutter war. Rachel zog einen Briefumschlag und einen Stift hervor. »Ich schreibe dir meine Nummer auf, dann können wir fürs neue Jahr was ausmachen.«

Erstaunlich, wie man selbst in den schmerzlichsten Situationen die Form wahrte. Carrie merkte, dass ihre Hand zitterte, als sie die Telefonnummer entgegennahm. Sie konnte sich kaum genug zusammenreißen, um die Laute zu produzieren, die von ihr erwartet wurden, bis Rachel sie endlich freigab und davonmarschierte. Blindlings zwängte sie sich durch die Menschenmassen und rannte beinahe in ihrer Hast wegzukommen. Sie warf Rachels Zettel in den nächsten Mülleimer, als wollte sie einen Beweis vernichten. Es war nicht nur der Verlust eines geliebten Menschen allein, an dem man für den Rest seines Lebens zu tragen hatte, sondern auch der Verlust des Menschen, der man selbst hätte sein können, wäre es einem vergönnt gewesen, den anderen bei sich zu behalten. Es war ihre Schuld, das alles. Ihre Schuld, dass Charlie fort war. Ihre Schuld, dass ihre Ehe zerbrochen war. Ihre Schuld, dass sie zu einer Person geworden war, die nicht einmal den Mut hatte, sich zu ihrer Trauer zu bekennen.

Sie stolperte auf die King's Parade und fühlte, wie ihr trotz der Kälte der Schweiß über den Rücken rann und sich um ihre Taille sammelte. Den Mantel aufknöpfend setzte sie sich kurz auf die Mauer vor der King's College Chapel, wo ein paar Männer auf einem Gerüst in Vorbereitung auf die Heiligabendmesse, die in die ganze Welt übertragen wurde, die hohen gotischen Fenster putzten. Zwei Frauen, die fast vollständig hinter enormen Vasen voll weißer Rosen verborgen waren, wurden von einer dritten Frau mittels lauter Anweisungen über den verbotenen Rasen vor der Kapelle dirigiert. Nachdem sie sich ein wenig erholt hatte, ging Carrie weiter. Sie hatte jede Lust aufs Shoppen verloren und sollte ohnehin zurück zur *Schatzkiste*, um Jen abzulösen, aber irgendein Impuls zog sie weiter. Der innere Aufruhr von eben hatte sie in einen entrückten, traumartigen Zustand versetzt, und sie wandelte wie in Trance über den Bürgersteig, ohne etwas von dem Geplapper und Tütenschwingen um sie herum mitzubekommen. Sie hatte das Gefühl, aus dem Tritt geraten zu sein und sich auf einer ganz anderen Bahn zu bewegen als ihre Umgebung. In der üblichen kleinen Menschenansammlung, die sich an der Ecke zur Benet Street gebildet hatte, um die goldene Grashüpfer-Uhr zu bewundern, fielen ihr eine Frau und ein Junge auf, die etwas abseits standen. Die Frau bückte sich und sagte etwas zu dem Jungen, der mit gruselnder Faszination auf den monströsen, zeitfressenden Grashüpfer starrte, während dieser sich durch eine weitere Stunde hindurchnagte. Die Art, wie der Junge seine Mutter an der Hand hielt und ihr zuhörte, traf Carrie mitten ins Herz. Da war so eine ruhige und doch unverkennbare Vertrautheit zwischen ihnen, eine Nähe, die sie einst auch mit Charlie gehabt hatte. Sie wandte sich ab, gerade als die Uhr mit dumpf warnendem Schlag die Stunde verkündete.

Sechzehntes Kapitel

Am Ende des Herbsttrimesters war Molly vollkommen erschöpft. Sie hatte Zimtkekse mit ihrer Klasse gebacken und allen geholfen, ihre Bilderrahmen für Eltern und Verwandte weihnachtlich zu dekorieren. Sie hatte sich als der kleinste Bär im Weihnachtsspiel der Schule verkleidet und alle zum Lachen gebracht, indem sie sich auf einen Stuhl setzte, der unter ihr zusammenkrachte, und sie hatte jedem Kind ein Porträtfoto von ihm selbst mit einem persönlichen Gruß auf der Rückseite geschenkt. Sogar für Grace Bennett fand sie ein paar nette Worte, ein mürrisches Mädchen, das sich nie freiwillig am Unterreicht beteiligte, aber immer toll frisiert war.

»Frohe Weihnachten, Grace«, hatte sie geschrieben. »Ich hatte wirklich viel Freude an deinem Haarschmuck in diesem Trimester. Du kannst mir jederzeit die Haare machen, wenn du möchtest.«

Sie war ein bisschen spät dran, um Max abzuholen, aber bei ihrer Ankunft spielte er zufrieden auf dem Fußboden mit Rosi, der jüngsten Tochter der Tagesmutter. Kate Jefferies, die mit ihrem Mann und zwei Kindern ein Stück die Landstraße hinunter in Parson's Bridge wohnte, war so zu etwas wie einem Rettungsanker für Molly geworden. Nicht nur war sie eine ausgezeichnete Betreuerin mit anscheinend grenzenloser Geduld und einer komischen Ader, auf die die Kinder ansprachen, sondern wusste auch, da sie ein echtes Interesse an Menschen hatte, die richtigen Fragen zu stellen und zuzuhören. Es machte ihr nichts aus,

Max länger bei sich zu behalten als vereinbart, falls Molly mal wieder bei einer Besprechung in der Schule aufgehalten wurde. Max, sah sie, hatte Rosis sämtliche Stofftiere in einer Reihe aufgestellt und ließ jedes davon tanzen, in der Hoffnung, ihr dadurch einen der ulkigen, kehligen Gluckser zu entlocken, für die sie berühmt war.

»Er war ganz lieb, wie immer«, sagte Kate, die eine Weihnachtsmütze und einen langen, mit Sternen besetzten Rock anhatte. »Wir haben Verkleiden gespielt«, erklärte sie unnötigerweise. »Hast du Zeit für eine Tasse Tee?«

Kate hatte oft den Eindruck, dass Molly unglücklich war, zögerte aber, nach dem Grund zu fragen, weil sie sich noch nicht gut genug kannten. Es hatte hier und da Momente gegeben, da Molly kurz davor schien, sich ihr anzuvertrauen, aber im letzten Augenblick, als wäre sie im Begriff, etwas Falsches zu tun, hatte sie sich jedes Mal gebremst und das Thema gewechselt. Kate wusste nicht genau, was zwischen ihr und Rupert vorgefallen war, hatte jedoch so ihre Vermutungen, die strikt zwischen ihr und ihrem freundlichen, knochigen Mann Dave, Betreiber eines Haushaltswarengeschäfts in Ely, blieben.

»Sie wird immer ganz komisch, wenn man sie auf ihren Mann anspricht«, hatte sie einmal zu ihm gesagt und ihre weichen Kurven um seine harten Kanten auf dem Diwan geschmiegt. »Ich habe das Gefühl, dass er etwas wirklich Schlimmes getan hat.« Ihr Mann, der im Bett nicht gern redete, sagte, sie habe wahrscheinlich recht, denn das hatte sie meistens.

»Danke, aber ich muss noch tausend Sachen zu Hause erledigen«, antwortete Molly, sammelte Spielzeug und Kleider ein und versuchte, Max' Schuhe in dem Durcheinander des Wohnzimmers ausfindig zu machen.

Kate nahm sie beiseite und sagte leise: »Ich bin sicher, dass es kein Grund zur Sorge ist, es ist ja praktisch normal bei Einzelkindern in Max' Alter, Fantasiefreunde zu haben, aber er hat wieder von diesem anderen Jungen gesprochen. Das hat er lange nicht mehr gemacht, und ich dachte, die Phase wäre vorbei, aber heute Morgen haben wir Pfannkuchen gebacken, und da fragt er aus heiterem Himmel, ob er auch einen für seinen Freund backen darf.«

»Ja, zu Hause macht er das zur Zeit auch dauernd«, erwiderte Molly. »Es beunruhigt mich schon ein bisschen, ehrlich gesagt. Und es ist nicht nur, dass er mit ihm redet … Es klingt verrückt, aber neulich hatte ich den Eindruck, dass er jemanden ansieht. Jemanden, der nicht da war, meine ich.«

»Er ist ein sehr kreatives Kind«, sagte Kate. »Ich denke, es kommt recht häufig vor, dass Kinder sich in ausgeklügelten Fantasiewelten bewegen, aber manchmal ist es auch eine Reaktion auf einen Verlust, wenn sie sich einen Spielkameraden erschaffen. Kann es sein, dass Max seinen Vater vermisst?«, erkundigte sie sich vorsichtig, ohne neugierig erscheinen zu wollen.

Ehe Molly dazu kam zu antworten, tauchte der Gegenstand ihres Gesprächs aus der Küche auf, eine Tupperdose unter dem Arm. Mit einem dankbaren Lächeln an Kate schob Molly ihn hinaus zum Auto, und Max winkte Kate wie immer fröhlich zu, die trotz der kalten Luft an der Haustür stehen blieb, bis sie außer Sicht waren.

Als Molly und Max ins Haus kamen, klingelte das Telefon. Max rannte hin, um abzunehmen. In letzter Zeit meldete er sich gern sehr förmlich mit: »Hier spricht Max Reardon. Was kann ich für Sie tun?« Er hielt den Hörer ans Ohr und machte ein zunehmend verwirrtes Gesicht.

»Wer ist dran, Schatz?«, fragte Molly, während sie ihre Jacken aufhängte.

»Ich bin nicht sicher«, sagte Max. »Aber ich glaube, es war Daddy.«

»Was hat er gesagt?«

»Er hat gar nichts gesagt, aber ich weiß, dass es Daddy war, wegen dem komischen kleinen Geräusch, das er immer macht, wenn er durch die Nase atmet.«

Als Molly ihm den Hörer abnahm, hörte sie nur noch das Freizeichen.

Vier Tage vor Weihnachten fuhr Molly mit Max nach Ely, um ein paar Einkäufe zu machen und ihm den Weihnachtsbaum in der Kathedrale zu zeigen. Berühmt für seine enorme Größe, reichte er auch in diesem Jahr bis zur Decke und war mit weißen Sternen und aus Stroh geflochtenen Kerzen geschmückt. Darunter stand eine Krippe mit lebensgroßen Schafen und einem lebensgroßen Jesuskind mit starrem Lächeln. Die schon winterliche Temperatur war erneut gefallen, und die Wärme, die die großen Heizkörper in den Ecken der Kirche abgaben, fühlte sich nur wohlig an, wenn man direkt davor stand, verflüchtigte sich aber schnell auf dem kalten Stein. Molly sah zu dem edelsteinfarbigen Fenster-Oktagon hinauf und spürte den mit leichter Übelkeit verbundenen Schwindel, den große Höhen stets bei ihr auslösten. Das Gebäude war fast leer, abgesehen von ein paar Kindern, die Weihnachtslieder für die Abendandacht übten. Es war ein reiner Mädchenchor, und sie standen aufgereiht in ihren weißen Blusen und kurzen, wenig züchtigen Röckchen und sangen »Once in Royal David's City«, als hinge ihr Leben davon ab.

Max interessierte sich sehr für die Marienstatue in einer Seitenkapelle, der »Lady Chapel«. Die heilige Maria trug ein hellblaues Gewand und stand mit erhobenen Armen und gesenktem Kopf da. Sie wirkte irgendwie fehl am Platz inmitten der alten, abgenutzten Steinplatten und der schmucklosen Fenster.

»Hat sie das Jesuskind verloren?«, fragte Max. »Fleht sie deshalb zum Himmel?«

»Nein, das glaube ich nicht, Schatz«, sagte Molly. »Sie hat Jesus noch nicht bekommen, aber sie zeigt, wie froh sie darüber ist, dass sie bald Mama wird.« In der Leere der Kapelle überkam sie wieder dieses Gefühl der Schwerelosigkeit, ein gefährliches Losgelöstsein, und sie tastete nach der Wand in dem Versuch, sich zu erden. Sie dachte an eine Empfindung, die sie oft als Kind gehabt hatte, nämlich dass alles sich sehr schnell bewegte und ungebremst abwärtssauste. Meistens hatte sie das beim Zubettgehen gespürt, und das Einzige, was dagegen half, war, nach unten zu tapsen und eine Weile sicher eingezwängt zwischen ihrer Mutter und ihrem Vater auf dem Sofa zu sitzen.

Molly und Max gingen langsam zurück ins Hauptschiff der Kirche. Sie half ihm, eine Kerze vor der Statue der heiligen Etheldreda anzuzünden, auch bekannt als Audrey, Königin der Fenlands, Äbtissin der Kathedrale und Teil einer langen Reihe eindrucksvoller weiblicher Heiliger, die seit dem zehnten Jahrhundert hier verehrt wurden. Sie steckte die Kerze neben die anderen auf einen Dorn und sah zu, wie die Flamme flackerte, beinahe ausging und dann wieder auflebte. Molly ging nicht zur Kirche und glaubte daher, kein Recht auf ein richtiges Gebet zu haben, aber sie schloss trotzdem die Augen und hoffte, der Frieden der Kathedrale und etwas von Audreys Stärke würden sich auf sie übertragen.

Als sie durch das Mittelschiff auf den Ausgang zusteuerten, entdeckte Max eine Gruppe von Leuten, die auf dem Boden knieten und mit Stiften über Papierbögen rieben, die sie auf den dort eingelassenen Messingplatten befestigt hatten. Er zog Molly an der Hand, begierig mitzumachen. Molly war froh, eine Beschäftigung bis zum Abendessen gefunden zu haben, und kaufte Klebeband, Papier und zwei dicke goldfarbene Wachsmalstifte im Andenkenladen der Kirche. Max suchte sich eine Tafel des heiligen Georg mit dem Drachen aus, weil ihm der Schwung des

Drachenschwanzes und die geblähten Nüstern so gut gefielen. Molly nahm eine von einer Dame mit breiter Stirn, einem gemusterten Umhang und elegant spitz zulaufenden Füßen. Zuerst schien ihr mehr oder weniger planloses Rubbeln über das schwarze Papier nichts hervorzubringen, doch dann bildeten sich die Formen von Rüstung und Lanze heraus, und schließlich, als sie fleißig weitermachten, traten auch Details wie die feinen Muster der Kleider unter ihren Fingern hervor.

»Das ist wie ein Wunder«, sagte Max mit leuchtendem Gesicht. Er hockte sich auf die Fersen und hielt ihr sein Ergebnis zur Begutachtung hin.

»Ja, fast so ein Wunder wie du«, sagte sie, rollte das Blatt vorsichtig zusammen und befestigte ein Gummiband darum.

Siebzehntes Kapitel

Als Carrie aus der Dusche stieg und nach dem Handtuch auf dem Halter greifen wollte, musste sie feststellen, dass es weg war. Ungefähr zum dritten Mal in dieser Woche verfluchte sie ihre Mutter, die Handtücher verbrauchte wie Papiertaschentücher. Neulich hatte sie sie in nicht weniger als vier Frotteetücher eingewickelt angetroffen, den Turban auf dem Kopf mitgezählt, wie sie auf ihrem, Carries, Bett lag und sich frech ihrer taufrischen Ausgabe von *Heat* bemächtigt hatte. Das einzig übrig gebliebene Handtuch im Wäscheschrank war ein ziemlich kleines, das sie, so gut es ging, um sich knotete, bevor sie in ihr Schlafzimmer hinüberging, um sich die Haare zu trocknen. Sie beugte sich vornüber und stellte den Föhn auf höchste Stufe, in der Hoffnung, dass die heiße Luft ihre schlechte Laune wegblasen würde. Auf einmal drang ein lautes Geräusch von unten herauf, also schaltete sie den Föhn wieder aus und ging hinaus auf den Treppenabsatz. Aufgeregtes Kreischen und Getrampel waren zu hören. Sie rannte die Treppe hinunter und sah sich mit dem Anblick ihrer Mutter konfrontiert, die auf dem Wohnzimmersofa stand und ein Geschirrtuch über ihrem Kopf schwang, das Gesicht rot und angstverzerrt, die entsetzten Augen auf eine Amsel geheftet, die im Zimmer herumflatterte. Der Vogel ließ sich kurz auf einer Vorhangstange oder der Tischkante nieder und flog dann wieder auf, sein Flügelschlag laut in dem beengten Raum.

»Fang sie, fang sie ein!«, schrie Pam hysterisch.

»Komm vom Sofa runter und geh nach nebenan«, sagte

Carrie. »Ich werde versuchen, sie zu erwischen. Wie zum Teufel ist sie denn hereingekommen?«

»Ich weiß nicht. Vielleicht stand die Tür offen … aaahhh«, kreischte Pam, als der Vogel auf sie zuschoss.

»Komm einfach da runter und beweg dich langsam«, sagte Carrie. »Sie tut dir nichts. Sie ist verängstigt, und dein Geschrei macht es nicht besser.«

»Sie wird sich in meinen Haaren verfangen«, stöhnte Pam, während sie widerstrebend vom Sofa stieg und vorsichtig durchs Zimmer zurückwich, den Blick fest auf die Amsel gerichtet, die nun auf einer Ecke des Bücherregals hockte. Als sie an der Tür war, warf sie sich praktisch hindurch, und kaum hatte sie die sichere Küche erreicht, begann sie, Anweisungen zu schreien, den Mund an den schmalen Türspalt gepresst. »Schleich dich von hinten an!«, schlug sie vor. »Soll ich dir ein Nudelsieb geben?«

Carrie klatschte sachte in die Hände, um den Vogel von seinem luftigen Platz aufzuschrecken und ihn woanders besser zu fassen zu bekommen, aber er blieb, wo er war; seine Flügel bebten leicht, und seine Augen glänzten in den charakteristischen gelben Ringen. Carrie wedelte mit der Hand, woraufhin er endlich das Bücherregal verließ und wieder wild im Zimmer herumflatterte, dabei hohe, fiepende Rufe ausstoßend. Einmal ließ er sich auf der Sofalehne nieder, und Carrie näherte sich ihm vorsichtig, doch gerade als sie glaubte, ihn packen zu können, flog er erneut hoch, auf das geschlossene Fenster gegenüber zu. Kurz davor beschleunigte er noch, als meinte er, den Weg ins Freie gefunden zu haben, und knallte mit einem dumpfen Geräusch gegen die Scheibe. Für den Bruchteil einer Sekunde schien er in der Luft zu schweben, ehe er zu Boden fiel. Carrie ging zögerlich auf ihn zu. Verletzt fand sie den Vogel wesentlich erschreckender als zuvor. Sie empfand eine plötzliche Abscheu, zwang sich aber, ihn aufzuheben. Er war so viel kleiner, als er im Flug gewirkt hatte, und seine Brust hob sich kaum merklich. Was sollte sie mit ihm machen? Ob er Schmerzen hatte? Sollte sie ihn töten? Carrie rannte hinaus in den Garten, die Amsel vor sich hertragend. Sie hastete den schmalen Seitenweg entlang und spürte das Herz des Vogels in ihren Händen schlagen, und obwohl sie ihn am liebsten weit von sich schleudern wollte, wusste sie doch, dass sie ihm nicht noch mehr schaden durfte. Suchend blickte sie sich nach jemandem um, den sie um Rat fragen könnte, und just in dem Moment kam Oliver zur Haustür heraus. Carrie stürzte auf ihn zu und hielt ihm den Vogel hin.

»Was soll ich machen?«, fragte sie kläglich. »Ich glaube, er ist schwer verletzt.«

Oliver nahm ihn ihr ab und beugte sich über ihn. Sie sah, wie er die Lippen spitzte, und dachte zuerst, er würde anfangen zu pfeifen, doch er blies nur sanft auf das Gefieder, das sich unter seinem Atem teilte.

»Ich glaube, er ist nur benommen«, sagte er. »Ich lege ihn erst mal in eine Schachtel und behalte ihn im Auge, aber ich bin sicher, er wird wieder.«

Er sah sie an, und erst da fiel ihr ein, dass sie nichts als das winzigste Handtuch der Welt am Leib trug.

»Tut mir leid, ich bin ziemlich überstürzt aus dem Haus gelaufen«, sagte sie und merkte, wie sie unter seinem interessierten Blick errötete.

»Sie brauchen sich nicht zu entschuldigen«, sagte Oliver. »Ich finde, Sie sehen toll aus.«

Sie merkte, wie sein Blick über ihre Schultern wanderte und auf der Wölbung ihrer kaum bedeckten Brüste verweilte. Sie sah auf seine Hände, die den Vogel so fest und zugleich so sanft hielten, als mache er das jeden Tag. Die Welle des Verlangens, die sie bei der Vorstellung durchfuhr, so von diesen Händen gehalten zu werden, überraschte sie derart, dass sie vor Schreck zurückwich, die Arme um ihren Oberkörper geschlungen.

»Danke«, sagte sie, »wegen des Vogels. Ich hoffe, er ist okay.« Damit drehte sie sich um und flüchtete.

Oliver sah ihrer entschwindenden Gestalt nach und streichelte geistesabwesend über das Gefieder der immer noch bewusstlosen Amsel.

Nachdem sie ihre Haare glatt geföhnt und die Federn vom Wohnzimmerteppich aufgesammelt hatte, schlug Carrie ihrer Mutter einen kleinen Ausflug vor, damit sie noch etwas vom Tag hätten. Beide waren sie mit ihren Weihnachtsbesorgungen fertig, und sie meinte, dass sie statt in die Innenstadt doch einmal nach Ely fahren könnten.

»Die Kathedrale ist wunderschön, und ich glaube, ich habe dich noch nie mit dorthin genommen.«

»Warum nicht?«, sagte Pam. »Ich besuche gern mal eine Kirche in der Vorweihnachtszeit, dann fühle ich mich so heilig.«

Sie ging nach oben und kam mit einer übergroßen Kosakenmütze wieder, als ginge es in die hinterste Mongolei.

»Es ist immer kalt in den Fens«, erklärte sie auf Carries spöttischen Blick hin.

Sie fanden eine freie Lücke auf dem Parkplatz und gingen das kurze Stück zur Kathedrale hinüber. Carrie musste insgeheim zugeben, dass ihre Mutter gut daran getan hatte, sich warm anzuziehen. Die Luft war irgendwie kälter als in Cambridge, und der Abend dämmerte schon und brachte einen lavendelfarbenen Himmel und das Prickeln baldigen Frosts mit sich. Auf dem Rasen vor der Kirche saßen zwei Jungen rittlings auf einer Kanone und schlugen die Zeit tot. Die Schönheit dieses Ortes begeisterte Carrie immer wieder von Neuem, auch wenn sie ihn schon oft besucht hatte. Ganz egal, wie viele Menschen dort herumwimmelten, die Kathedrale nahm sie allesamt dem Lärm, den sie machten, in sich auf und stand unbeeindruckt in ihrer Pracht. Während Pam im Kirchenschiff herumging, setzte Carrie sich und sah zu dem Hochaltar mit dem gerankten Schnitzwerk und dem Buntglasfenster dahinter auf, dessen Farben das letzte Abendlicht einfingen.

Sie hätte nicht sagen können, warum sie sich gerade in diesem Augenblick umdrehte. Es war beinahe, als hätte sie etwas gehört, das sie veranlasste, sich in die Richtung des Geräuschs zu bewegen, dabei war ihr nicht bewusst, irgendetwas Bestimmtes gehört zu haben. Die Frau und das Kind, die sie am Vortag bei der Uhr in Cambridge gesehen hatte, befanden sich nur wenige Meter von ihr entfernt. Sie knieten auf dem Boden, und zuerst sah es für Carrie so aus, als beteten sie, aber dann erkannte sie, dass sie sich über Buntstifte und Papier beugten. Etwas an der Art, wie die Frau kniete und ihr das Profil zukehrte, kam ihr bekannt vor, aber dann war der Eindruck auch schon vorbei. Ein Phänomen, das sie bereits öfter erlebt zu haben glaubte: dieselben Unbekannten innerhalb von wenigen Tagen oder Wochen in einer anderen Umgebung wiederzusehen. Jedes Mal verstörte sie das ein wenig, als hätte sie diese Menschen aus einem bestimmten Grund bemerkt oder als bekäme sie flüchtig jemanden gezeigt, den sie hätte kennen können, wenn sie ein anderes Leben gelebt hätte.

Achtzehntes Kapitel

Mit dem Gedanken, dass Molly sich einsam fühlen könnte, wenn sie die ganze Zeit allein mit Max zu Hause saß, der sich ganz klar in einen Weihnachtsrausch hineinsteigerte, rief Kate Molly an und lud sie zu Wein und Mince Pies ein.

»Es macht dir hoffentlich nichts aus, das alles ein bisschen improvisiert und auf die letzte Minute ist«, sagte sie, »aber ich dachte, falls du nichts Besseres vorhast, könntest du rüberkommen. Das würde dir eine Atempause von Max verschaffen – es werden noch andere Kinder da sein, mit denen er spielen kann.«

Molly hörte die Güte in Kates Stimme und merkte, wie ihr die Tränen kamen. Es war schon eine Weile her, dass sie sich auf freundschaftliche Nähe zu jemandem eingelassen hatte. Rupert hatte ihr so lange eingeredet, sie seien sich selbst genug, dass sie beinahe vergessen hatte, wie es war, entspannt mit anderen Leuten zusammen zu sein, geschweige denn einem Menschen genug zu vertrauen, um sich ihm zu öffnen. Kate könnte sie wohl vertrauen, dachte sie. Eigentlich war sie schon fast so weit, indem sie ihr erlaubte, sich um Max zu kümmern, und Kate hatte so etwas Klares und Bodenständiges an sich, das sie sehr anziehend fand. Sie ließ sich nicht so leicht aus der Bahn werfen und war anderen mit ihrer freundlich zupackenden Art eine Stütze. Dennoch hatte Molly Zweifel, ob sie ihr je sagen könnte, was sich zwischen ihr und Rupert abgespielt hatte.

Sie versuchte, nicht daran zu denken, aber die Erinnerungen brachen gegen ihren Willen über sie herein. Rupert war zwar anfangs entspannter in der neuen Umgebung gewesen, wurde jedoch wieder zusehends gereizter, als er keine Arbeit fand. Er hatte sich auf mehrere Stellen beworben, ohne je über das erste Vorstellungsgespräch hinauszukommen, was sich allmählich auf seine Stimmung niederschlug. Er gab das Fotografieren und das Angeln wieder auf und saß meistens brütend auf dem Sofa herum. Außerdem wurde er höchst geräuschempfindlich, zuckte zusammen, wenn Max durchs Haus rannte und gegen Möbel stieß, und schrie Molly an, sobald sie irgendwelche Elektrogeräte anschaltete. Am schlimmsten war, dass er wieder anfing, sie ständig zu überwachen und jederzeit wissen zu wollen, mit wem sie Umgang hatte.

Zum zweiten Mal schlug er sie an einem Samstagvormittag, nachdem sie mit Max schwimmen gewesen war. Das Wasser in diesem Schwimmbad war nur lauwarm, die Abflüsse der Duschen waren mit Haarklumpen verstopft, und über allem lastete ein schwerer Schwefelgeruch, aber es hatte den großen Vorteil, dass es häufig leer war. Die meisten Bewohner von Ely zogen die sauberen Rinnen und Kacheln und warmen Duschen des anderen, zuletzt sanierten Schwimmbads vor. Molly sah Max furchtbar gern in seiner Badehose. Er war so schmal und glatt, wie fürs Wasser geschaffen. Er konnte bereits schwimmen und planschte und tauchte für sein Leben gern, kam seehundgleich wieder an die Oberfläche. Sie war der Krebs und er die Krabbe, und sie hielt ihn mit ihren Scheren fest, genoss es, wie geschmeidig er sich anfühlte. Alle Geräusche waren gedämpft, und der Widerschein der Wellen tanzte an der Decke.

An diesem Samstag hatte sie besonders lange gebraucht, um Max aus dem Wasser zu bekommen. Er hatte gebettelt, noch einmal und noch einmal nach dem Ring tauchen zu dürfen, den sie für ihn auf den Grund warf. Als sie versuchte, ihn in der engen Umkleidekabine trockenzurubbeln, wurde ihr klar, dass sie später nach Hause kommen würden als angekündigt. Und dann brauchte Max noch eine gefühlte Ewigkeit, bis er sich etwas Süßes aus dem Automaten in der Vorhalle des Schwimmbads ausgesucht hatte. Er war ein Kind, das sich auch mit den kleinsten Entscheidungen schwertat. »Meinst du, ich habe das Richtige genommen?«, fragte er oft nach langwierigem Abwägen, wenn es um die Wahl eines Comics oder eines Spielzeugs ging. »Habe ich einen Fehler gemacht?«, fragte er mit besorgt aufgerissenen blauen Augen. Sie beruhigte ihn dann immer und zählte die Nachteile der verworfenen Dinge auf, aber er schien sich nie sicher zu sein. Als sie zurückkamen, sprang Max aus dem Auto und lief ins Haus, während sie mit den Badetaschen und den Einkäufen, die sie auf dem Hinweg besorgt hatten, folgte. Rupert saß im Wohnzimmer und wartete auf sie. Sie wusste, dass er wartete, weil er so still war.

»Tut mir leid, dass wir so lange weg waren«, sagte sie und merkte, wie gezwungen sie klang, als redete sie mit jemandem, den sie kaum kannte. »Der Verkehr war die Hölle. Wir haben allein eine Dreiviertelstunde gebraucht, um durch die Stadt zu kommen.«

Er sprach ruhig, fast beiläufig, wie wenn man sich nach etwas Nebensächlichem erkundigt. »Wo wart ihr?«

»Im Schwimmbad, das habe ich dir doch gesagt, bevor wir los sind. Wir gehen samstagsmorgens immer ins Schwimmbad.«

Die Art, wie sich seine Hände über die Sessellehne bewegten, veranlasste sie dazu, zu Max zu gehen und ihm über den Kopf zu streicheln.

»Schatz, lauf doch schon mal nach oben und such was zum Spielen raus, ja? Mummy kommt gleich nach.«

Max sah sie an, als wollte er widersprechen, verließ dann aber gehorsam das Zimmer. Sie hörte seine langsamen Schritte auf der Treppe und stellte sich vor, wie er sich am Geländer hochzog, die Tür aufstieß und staubgefleckter Sonnenschein auf seinen Kopf fiel, als er die Dachkammer betrat.

Rupert stand abrupt auf, als wäre ihm gerade etwas Wichtiges eingefallen. »Gib mir die Tasche«, sagte er, und sie verstand zuerst nicht, dass er die Badetasche meinte, die sie noch in der Hand hielt. Er nahm sie ihr ab, zog den Reißverschluss auf und kippte den Inhalt auf den Boden. »Zeig mir dein Handtuch«, befahl er.

»Was meinst du? Es liegt da.«

»Heb es auf.« Er kickte es auf sie zu, und sie bückte sich danach. Er schnappte es sich und befühlte die Frotteeränder. »Es ist nicht nass.«

»Ich habe es kaum benutzt. Ich bin praktisch von allein getrocknet, während ich Max angezogen habe«, sagte sie und hörte bereits das Flehen in ihrer Stimme.

»Wo warst du?«, fragte er.

Sie hörte Max oben herumgehen. »Im Schwimmbad, Schatz. Im Schwimmbad. Wo soll ich denn sonst gewesen sein?«

»Du verlogene kleine Schlampe«, sagte er in dem Ton, wie man eine Bemerkung übers Wetter macht. »Du verlogenes Miststück.« Er holte aus und schlug ihr mit voller Wucht ins Gesicht.

Der Schlag war so hart, dass sie seine Kraft in den Zähnen spürte. Sie legte die Hand ans Gesicht und stellte fest, dass ihre Nase blutete. Taumelnd hielt sie sich an der Tischkante fest, hielt sich aufrecht.

Die Tür ging auf, und Max kam herein. Er sah sie an und lief auf sie zu.

»Geh wieder raus, Max. Geh nach draußen und warte auf mich«, sagte sie, aber er klammerte sich an ihrem Arm fest.

»Geh raus, Max«, sagte Rupert und kam auf sie beide zu. »Deine Mutter und ich haben etwas zu klären.«

»Nein«, sagte Max. »Ich bleibe hier.«

»Tu, was man dir sagt!«, brüllte Rupert ihn aus nächster Nähe an, so dass er zurückwich.

Es waren diese kleine Bewegung und das leise Protestwimmern ihres Sohnes, die Molly aktiv werden ließen. Sie packte ihn und zog ihn schnell aus dem Zimmer und die Treppe hinauf. Oben schloss sie die Schlafzimmertür hinter sich ab und setzte sich mit Max auf die Bettkante. Halb weinte sie, halb rang sie nach Atem. Das Blut tropfte ihr vom Kinn, und Max wischte es ihr mit einem Taschentuch aus der Schachtel auf dem Nachttisch ab.

»Was hat Daddy gemacht?«, fragte er mit weißem, bestürztem Gesicht.

Vor allem um Max zu schützen, weniger Rupert, erfand sie Ausreden für ihren Mann. Sie ertrug den Gedanken nicht, dass Max erfasste, was Rupert da Hässliches getan hatte. Mit einer plausiblen Erklärung, dachte sie, konnte sie ihn den Zwischenfall vergessen machen.

»Es war ein Versehen, Max«, sagte sie. »Daddy ist nicht ganz er selbst, weil er sich solche Sorgen wegen der Arbeit macht. Er möchte gern wieder Geld verdienen, damit es uns gut geht, verstehst du?« Ihre Stimme schwankte.

Max sah ängstlich zu ihr auf und betupfte weiter ihre Nase mit dem Taschentuch. »Du hast Blut in deiner Nase, Mummy«, sagte er mit blassen, schmalen Lippen.

»Er wollte mir nicht wehtun, Maxy. Er hat nicht gewusst, dass ich da stehe, und hat mich beim Umdrehen mit dem Arm im Gesicht getroffen.«

Sie tröstete ihn und brachte ihn ins Bett und wachte bei ihm, bis er einschlief. Als sie wieder nach unten ging, war Rupert weg. Eine Woche später kam er zurück. Sie fand nie heraus, wo er gewesen war, und obwohl sie ihn halb für das hasste, was er getan hatte, konnte sie sich ein Leben ohne ihn nicht vorstellen. Es half ihr, ihn als krank zu betrachten, und so perfektionierte sie die Kunst des Leisesprechens weiter; die Kunst, einem Schatten so ähnlich zu werden, wie es nur ging, ohne ganz und gar zu verschwinden.

Als Max und Molly bei Kate eintrafen, schmückte eine Horde Kinder gerade lärmend den Baum, während sich die Erwachsenen in die geräumige Küche geflüchtet hatten. Molly nahm sich ein Glas Wein, und Kate stellte sie den anderen vor. Zuerst saß sie nur still dabei und hörte der Unterhaltung zu, gab ihre Scheu angesichts des freundlichen Geplauders jedoch bald auf. Da war ein Paar aus Ely, das mit Kate zur Schule gegangen war, außerdem eine Frau, ebenfalls eine Tagesmutter, die am anderen Ende von Parson's Bridge wohnte, und Kates Schwester Ruth, die in London lebte und mit Kates Neffen und Nichte zu einer vorweihnachtlichen Stippvisite vorbeigekommen war. Dave, Kates Mann, war auch da, schenkte Getränke aus und wärmte Mince Pies auf. Molly trank noch ein Glas Wein und wurde zunehmend lockerer. Max hatte sich freudig dem Baumschmückkommando angeschlossen, und sie hörte ihn ab und zu einen Vorschlag trompeten. Bestimmt forderte er die anderen auf, die untersten Zweige mit dem schwersten Schmuck zu behängen.

Die Zeit verging schnell, und Molly fühlte sich langsam angenehm beschwipst. Das Paar aus Ely verabschiedete sich, bald gefolgt von den anderen Gästen, einschließlich Ruth, die noch vor Einbruch der Dunkelheit losfahren wollte. Als Molly ebenfalls aufstand, bat Kate sie, noch zu bleiben.

»Ich habe gerade *Ice Age* in den DVD-Player geworfen, und Max sitzt zufrieden zwischen meinen Mädels und futtert sein

Körpergewicht in Popcorn«, sagte sie. Sie musste auch Dave einen Wink gegeben haben, denn der entschuldigte sich murmelnd und verschwand in seiner gut ausgestatteten Werkstatt, wo er letzte Hand an das Puppenhaus legen wollte, das die ältere Tochter zu Weihnachten bekommen sollte. Kate schenkte Molly noch ein Glas Wein ein und stellte einen Teller mit Käse und Crackern vor sie hin.

»Danke«, sagte Molly, die wusste, dass sie etwas essen sollte, um ein wenig von dem Alkohol zu absorbieren. »Es ist schön, einfach hier in deiner gemütlichen Küche zu sitzen.«

»Ich hoffe, es macht dir nichts aus, wenn ich frage – du kannst ruhig sagen, dass es mich nichts angeht –, aber was ist eigentlich zwischen dir und deinem Mann passiert?«, fragte Kate, während sie sich ebenfalls wieder an den Tisch setzte und einen Haferkeks mit einem Stück Brie belud.

Die Gewohnheit des Verheimlichens saß so tief, dass Molly zuerst abwehrend reagieren wollte. Doch dann drängte es sie, Kate die Wahrheit zu sagen.

»Ich habe das noch nie jemandem erzählt«, begann sie. »Weil ich mich so lange geschämt habe.« Sie zögerte, aber als Kate sie so freundlich und teilnahmsvoll ansah, schwanden auch ihre letzten Hemmungen. »Er hat mich geschlagen. Rupert, mein Mann. Er hat mich oft geschlagen.« Sie wartete ab, wie Kate reagierte, doch die sah sie nach wie vor ruhig an. »Er hat mich geschlagen, wenn er müde oder gereizt war oder wenn es regnete oder wenn ich zu laut mit dem Besteck geklappert habe.«

»Ich weiß, das werden Frauen, die unter häuslicher Gewalt gelitten haben, immer gefragt«, sagte Kate, »aber warum hast du ihn nicht verlassen? Warum hast du dich nicht jemandem anvertraut und eine Möglichkeit gesucht, von ihm wegzukommen? Was ist mit der Polizei?«

»Ich schäme mich, es zu sagen, aber je häufiger er mich

schlug, desto schwerer fiel es mir, einen Schlussstrich zu ziehen. Er hat immer gesagt, dass er mich finden würde, wenn ich ihn je verlassen sollte. Und ich habe es geglaubt.«

»Scheißkerl«, sagte Kate. »Wo ist der Bastard jetzt?«

Jetzt, da Molly einmal angefangen hatte, über Rupert zu reden, konnte sie nicht mehr aufhören.

»Er ist in Amerika. Ich habe mich lange von ihm verletzen lassen, aber als er Max zum ersten Mal wehgetan hat, habe ich endlich den Mut gefunden, die Polizei anzurufen.«

»Was hat er gemacht?«, fragte Kate.

»Ich habe mir eingebildet, ich könnte das Schlimmste von Max fernhalten. Rupert schlug mich meist nur, wenn er nicht dabei war. So viel Selbstbeherrschung hatte er noch. Max erzählte ich dann, ich wäre gefallen oder gegen etwas gestoßen.« Kate bemerkte, wie Molly die Hände rang.

»Hat er dir geglaubt?«, fragte sie. »Er ist ein sehr sensibler Junge.«

»Ich dachte es, aber eines Morgens ging er an unserem Schlafzimmer vorbei und sah, wie Rupert mich an den Haaren zog. Er hatte sie um die Messingleiste oben am Bett gewickelt und zerrte meinen Kopf gegen die Stange. Ich versuchte, nicht zu schreien, wegen Max. Aber Max kam hereingestürmt und warf sich auf seinen Vater und fing an, ihn mit Fäusten zu bearbeiten. Es war schrecklich. Er weinte vor Wut. Ich hatte ihn noch nie so erlebt. Ich wollte ihn davon abhalten, aber er war nicht zu stoppen. Und dann … Selbst nach alldem, was Rupert mir angetan hatte, glaubte ich nicht, dass er Max schlagen würde, aber er knallte ihm eine, dass er ans andere Ende des Zimmers flog.«

»O Gott.« Kate nahm eine von Mollys verkrampften Händen und drückte sie.

»Danach habe ich gewartet, bis er aus dem Haus war, und die Polizei angerufen. Sie kamen ziemlich schnell und waren wirklich gründlich. Sie haben Fotos von dem gemacht, was er mit Max und mir angestellt hatte, und meinten, die Beweise würden ausreichen, um ihn festzunehmen, aber bevor sie etwas tun konnten, ist er abgehauen. Als Nächstes hörte ich, dass er nach Amerika gegangen war. Seine Mutter rief mich an, um es mir zu sagen, und sie stellte es so dar, als wäre es meine Schuld.«

Molly fing an zu weinen, und Kate stand auf und nahm sie in die Arme.

»Du weißt aber doch hoffentlich, dass nichts davon deine Schuld ist, oder?«, sagte sie.

Neunzehntes Kapitel

Jen lud Carrie und Pam für den ersten Weihnachtstag zu sich ein. Die beiden beschlossen, zu Fuß zu ihr zu gehen, weil Carrie sich auf ein paar von ihren granatenhaften Cocktails freute und Pam nicht Auto fuhr. Es gab ein kleines Gerangel in der Diele, als Carrie ihre Mutter dabei erwischte, wie sie die schweren Sachen aus ihrer Tasche in Carries umpackte, aber nachdem Carrie auf einer gerechten Verteilung von Geschenken und Wein bestanden hatte, gingen sie einträchtig in den kalten, sonnigen Tag hinaus.

Unterwegs erhaschten sie hinter Wohnzimmerfenstern Eindrücke von Kindern, die von Zucker und Geschenken berauscht waren, und viele Familien waren bereits mit den neuen Rollerblades, Rollern und Fahrrädern draußen. Carrie dachte an Charlies drittes Weihnachten, das erste, an dem er bewusst mitbekommen hatte, dass etwas Aufregendes in der Luft lag. Als sie sich an Heiligabend in sein Zimmer geschlichen hatte, hatte er fest geschlafen, mit offenem Mund und ausgestreckten Armen, seinen leeren Weihnachtsstrumpf in der Hand. In seinem grünen Schlafoverall hatte er ausgesehen wie der Frosch, den sie versehentlich im Hof plattgefahren hatte, als sie die Mülltonne herausrollte. Früh am nächsten Morgen war er ins Elternschlafzimmer gestürmt, seinen magisch verwandelten Strumpf an sich gedrückt, und hatte dann eine geschlagene Stunde damit zugebracht, jedes kleine Geschenk ausgiebig zu würdigen. Er hatte alles nacheinander ausgepackt, das Papier ordentlich beiseitegelegt und jedes Spielzeug, jede Süßigkeit genau untersucht. Sie sah ihn noch vor sich, wie er geborgen in dem Tal zwischen ihren Beinen saß, Schokolade um den Mund, die Haare noch platt vom Schlafen, seine Augen fast schwarz vor Freude. Leute, die sich offenbar damit auskannten, sagten, ihre Trauer werde sich im Laufe der Zeit mit ihrem übrigen Leben verweben, wie Fäden mit einem Wandteppich, aber sie wartete immer noch darauf, dass das geschah. Manchmal schien es, als würde der Schmerz sie nie verlassen. Manchmal fürchtete sie, dass es so weit kommen könnte.

Jen wohnte in einem schmalen Haus in einer schmalen Seitenstraße der Chesterton Road. Klein, aber optimal aufgeteilt, hatte es einen offenen Wohnbereich unten und zwei Schlafzimmer oben, die Schiffskajüten ähnelten, mit geschickt eingebautem Stauraum in jeder verfügbaren Ecke. Sogar die Stufen der kurzen Treppe waren so konstruiert, dass sie zugleich als Schubfächer für Schuhe dienen konnten. Jens Bruder Paul, dem das Haus gehörte, war am Abend zuvor angekommen und recht erschrocken über die Zahl der Ziergegenstände gewesen, die sich während seiner Abwesenheit angesammelt hatten. Als Carrie und Pam an die Tür klopften, war er gerade dabei, Scheite für das Holzfeuer nachzulegen, während Jen schon reichlich zerzaust von der Anstrengung des Essenkochens aussah. Den Vorzugsplatz vor dem Kamin hatte ein etwas heruntergekommen wirkender Jagdhund inne, den Paul als Enif vorstellte, was offenbar »Nase« auf Arabisch hieß.

»Ich habe ihn so genannt, weil er einen wirklich ausgezeichneten Geruchssinn hat. Er trieb sich vor dem Bahnhof King's Cross in London herum und hat sich irgendwie an mich gehängt. Ich habe versucht, ihn loszuwerden, aber er hat mich immer wieder gefunden. ›Enif‹ heißt auch ein Stern im Sternbild

Pegasus«, erklärte Paul, während sein neuer Gefährte träge den Kopf hob und sich dann mit überdrüssiger Miene wieder hinlegte, als fände er, dass die Unterkunft zu wünschen übrig ließ, auch wenn sie fürs Erste wohl genügen musste.

Pam zog sich zu einem Nickerchen in eine der Kajüten oben zurück, ungefähr zu dem Zeitpunkt, als das Thema Abwasch aktuell zu werden drohte. In den leeren Stunden zwischen dem Wein zum Mittagessen und den Fünf-Uhr-Cocktails, als Carrie und Jen auf dem Sofa lümmelten, stöhnend wünschten, sie hätten nicht so viel gegessen, und halbherzig überlegten, sich zu einem Spaziergang aufzuraffen, erzählte Jen plötzlich, dass sie sich verliebt hatte.

»Glaube ich jedenfalls. Ich bin's wirklich ... glaube ich«, sagte sie und kraulte geistesabwesend Enifs Ohr. Er machte ein herablassendes Auge auf.

»Der Internet-Typ? Mit dem du dich am Freitag zum ersten Mal getroffen hast?«, fragte Carrie und starrte ungläubig in das errötende Gesicht ihrer Freundin. War das dieselbe Frau, die geschworen hatte, sie beide würden ohne Männer auskommen und das Ende ihrer Tage in einem Fantasie-Altersheim zubringen, wo sie nebeneinander in einem luftigen Raum mit Blick aufs Meer in Schaukelstühlen wippten, Sahnetorte aßen und lila Sobranies rauchten?

»Er ist nicht mal mein Typ«, sagte Jen, als könnte sie es selbst nicht fassen. »Er hat einen Erste-Hilfe-Kasten im Auto.«

»Hast du mit ihm geschlafen?«, wollte Carrie wissen, denn sie argwöhnte, dass Jen, benebelt vom weihnachtlichen Gepichel und ausgehungert nach einer Phase ohne Liebhaber, eher von Lust als Liebe gepackt war.

»Wir haben im selben Bett geschlafen. Aber wir haben nichts gemacht. Uns nur in den Armen gehalten. Es war schön.«

»Er ist über Nacht geblieben?« Carrie wusste, dass es etwas Ernstes war, wenn ihre Freundin einen Mann neben sich aufwachen ließ.

»Ja. Er hat mir Frühstück ans Bett gebracht. Mit dem letzten verschrumpelten Winter-Stiefmütterchen in einer kleinen Vase. Das war so süß.«

»Kommt dir das nicht ein bisschen überstürzt vor, Jen? So habe ich dich noch nie erlebt. So hin und weg. Jedenfalls nicht mehr seit Ihm, dessen Name nicht genannt werden darf«, sagte Carrie in Anspielung auf den Casanova-Politiker.

»Er ist ganz anders als dieser Arsch. Wenn du ihn kennenlernst, wirst du es sehen«, sagte Jen und stand auf, um ein paar von ihren tödlichen Cocktails zu mixen, deren geheimes Rezept sie, wie sie behauptete, vor vielen Jahren von einem Barkeeper in Barcelona nach einer Liebesnacht auf der Dachterrasse seines Hauses bekommen hatte. Kaum hatte sie einen davon intus, ertappte Carrie sich dabei, wie sie an Oliver dachte. Sie fragte sich, wie er wohl Weihnachten verbrachte. Hoffentlich nicht mit der Dunkelhaarigen, die er so leidenschaftlich vor seinem Haus geküsst hatte. Hoffentlich verbrachte er den Tag bei greisen Verwandten, die ihn in ihrem überheizten Haus in Beschlag nahmen.

Zwanzigstes Kapitel

An Heiligabend war Max so aufgedreht, dass ihm beinahe schlecht wurde. Er hängte seinen Weihnachtsstrumpf von einem Platz an den anderen und konnte sich nicht entscheiden, welcher für den Weihnachtsmann wohl am einfachsten zu erreichen war.

»Ich lege ihn neben den Kamin«, erklärte er ernst, »dann weiß er zwar nicht genau, dass es meiner ist, aber wenn ich ihn ans Ende von meinem Bett hänge, hat er vielleicht Angst, mich aufzuwecken.«

Als das Dilemma mit dem Strumpf gelöst war, indem er ihn an den Türgriff vor seinem Zimmer hängte, überlegte er hin und her, ob er dem Weihnachtsmann ein Glas mit Milch oder Wein hinstellen sollte. Danach kam das Drama, was genau er in seinem Brief an ihn schreiben sollte.

»Ich möchte so vieles«, sagte er, »aber er soll mich ja nicht für gierig halten. Wenn ich mir bloß eine Sache wünsche, weiß er dann trotzdem, dass ich nur höflich bin?«

Nachdem Molly ihn endlich dazu gebracht hatte, schlafen zu gehen, schenkte sie sich ein Glas Wein ein und begann, die Geschenke einzupacken. Eine Stunde später waren alle unter dem Baum aufgestapelt, und sie schlich nach oben, um nachzusehen, ob Max auch eingeschlafen war. Er sah friedlich aus und zeigte nichts von der Unruhe, die sein waches Selbst quälte. Ein Pfad aus Comic-Heften, eingefasst von Murmeln, führte in gerader Linie ans Fußende seines Bettes, wo der rote Weihnachtsstrumpf hing. Er musste es sich noch mal anders überlegt und ihn wieder vom Türgriff weggenommen haben. Sein Bett war mit den Papierschneeflocken übersät, die er den ganzen Tag über fleißig ausgeschnitten und mit Klebemasse an sämtliche Fenster geklebt hatte. Molly setzte sich für eine Minute, lauschte dem beruhigenden Geräusch seines Atems und stopfte dann den Strumpf mit kleinen, in Papiertaschentücher eingewickelten Geschenken voll, bis er sich ausbeulte. Wieder unten aß sie die Mince Pies und trank die Milch, die Max für den Weihnachtsmann bereitgestellt hatte. Anschließend holte sie tief Luft und rief ihre Schwester in Sydney an, für die vermutlich schon ein sonniger Weihnachtstag angebrochen war. Sie war noch nie in Australien gewesen, hatte nicht einmal Fotos vom Haus ihrer Schwester gesehen und konnte sich daher nicht bildlich vorstellen, wo sie sich aufhielt, wo das Telefon stand oder wie das Licht in ihrer Umgebung war. Als würde man mit einem Phantom sprechen. Es klingelte eine Ewigkeit, dann nahm ihre Schwester ab. Sie klang nicht mehr ganz wie sie selbst, sondern hatte einen unnatürlichen Tonfall, der die Entfernung zwischen ihnen noch unterstrich.

»Hallo Moll, fröhliches Fest. Wie viel Uhr ist es bei euch? Hat es geschneit? Ist überhaupt schon Weihnachten? Ich krieg das immer noch nicht auf die Reihe.« Der übliche Ansturm von Fragen, um nur ja keine Pause entstehen zu lassen.

»Mitternacht, also fast so weit«, sagte Molly. »Wann bist du geweckt worden?« Sie dachte an ihre beiden robusten Nichten mit ihren straffen Zöpfen und gleichen Reißverschluss-Tops und konnte sie sich nicht hüpfend vor Weihnachtsfreude vorstellen.

»Wir sind gerade aufgestanden. Die Geschenke machen wir nach dem Frühstück und einem kleinen Spaziergang auf. Ich versuche, die Mädchen an Belohnungsaufschub zu gewöhnen.« Molly dachte, dass es eine riskante Übung sein konnte, die Belohnung aufzuschieben. Wenn man es zu gut lernte, vergaß man womöglich, was man eigentlich wollte. Die zwölfjährige Delphine und die vierzehnjährige Daphne hatten England vor zwei Jahren gemeinsam mit ihren Eltern besucht und waren weitgehend teilnahmslos geblieben, selbst gegenüber den schönsten Touristenattraktionen Londons. Eine Fahrt mit dem London Eye, Eisbecher bei Fortnum & Masons und die besten Plätze bei *König der Löwen* hatten sie ziemlich kalt gelassen. Nur ein einziges Mal legten sie ein wenig Lebhaftigkeit an den Tag, nämlich auf der Rolltreppe hinunter zu »Topshop« in der Oxford Street. Dort hatten sich ihre Gesichter angesichts der Auswahl an Reißverschluss-Tops flüchtig gerötet.

»Ich gehe jetzt gleich ins Bett, wollte dich aber noch erwischen, bevor ihr das Haus verlasst. Ich wünsche euch einen schönen Tag«, sagte Molly.

»Dir auch, Süße!«, flötete Susanna und driftete schon in ihr eigenes Weihnachten ab, ließ ihre Schwester hinter sich zurück.

Als Molly auflegte, wünschte sie, es würde sie mehr miteinander verbinden als Pflichtgefühl. Durch die zehn Jahre Unterschied zwischen ihnen war ihre Kindheit größtenteils getrennt verlaufen, Susanna stets beneidenswert voraus. Sie hatte den Weg gebahnt, ob es Jungs oder Liebeskummer oder Babys waren. Immer hatte sie alles schon gemacht, sie war der Profi, Molly die Amateurin. Als ihre Mutter schwer krank wurde, hatte Susannas schlechtes Gewissen, weil sie am anderen Ende der Welt lebte und nicht helfen konnte, die Kluft zwischen ihnen noch vertieft. Ihre Unzulänglichkeitsgefühle hatten sich in Kritik darüber geäußert, wie Molly die Situation handhabte, und nun schien es kein Zurück mehr zu geben.

Molly war schon am Einschlafen, als das Telefon erschreckend laut unten in der Diele klingelte. Benommen tastete sie sich die Treppe hinunter und nahm den Hörer ab. Zuerst hörte sie nichts, nur so etwas wie fernes Verkehrsrauschen, dann meldete er sich.

»Ich wollte dir nur frohe Weihnachten wünschen, Schatz«, sagte Rupert. »Kann ich mit Max sprechen?«

»Es ist drei Uhr morgens«, sagte Molly mit Blick auf ihre Uhr. »Er schläft. Ich werde ihn jetzt nicht wecken.«

»Ach so, natürlich, hatte ich vergessen. Ich habe amerikanische Zeit. Tut mir leid. Wünsch ihm schöne Weihnachten von mir.«

»Mach ich«, sagte sie und dann nichts mehr, weil sie wusste, dass er noch nicht fertig war. Sie spürte dieselbe Drohung in seinem Schweigen wie in den Momenten, bevor er sie geschlagen hatte.

»Du«, sagte er leise, aber im Plauderton, »hast mein Leben zerstört. Das ist dir doch klar, oder? Du hast mein Scheißleben zerstört …«

Molly legte auf, nahm den Klang seiner Stimme aber mit sich nach oben und ins Bett, das sich trotz täglichem gewissenhaftem Lüften immer ein bisschen feucht anfühlte.

Es war noch dunkel, als Max auf ihr Bett sprang, seinen Strumpf an sich gedrückt. Molly riss sich mühsam aus dem Schlaf und nahm ihm, nachdem sie ihn warm unter ihre Decke gesteckt hatte, das Versprechen ab, seinen Strumpf nicht auszupacken, bis sie sich eine Tasse Tee gemacht hatte.

»Du brauchst keinen Tee am Weihnachtstag«, sagte Max, die knubbeligen Konturen unter der Wolle betastend. »Trink doch einen Sherry, das geht schneller.«

Der Küchenfußboden war eiskalt unter ihren bloßen Füßen, und sie fragte sich ungefähr zum fünfzigsten Mal, warum sie sich so gegen das Tragen von Hausschuhen wehrte. Katze Toffee, die sie aus ihrem Haus in Cambridge mitgebracht hatten, stolzierte mit gut isolierten Pfoten herbei. Sie war noch nie das ausgeglichenste Tier gewesen, und der Umzug hatte sie vollends verstört. Was sich darin äußerte, dass sie ruhelos von einem Zimmer zum anderen streifte, mit zuckendem Schwanz und angelegten Ohren, als würde sie sich ständig bereit machen, durch einen Feuerring zu springen. Nur während der Mottenzeit im Frühsommer wirkte sie zufriedener. Offenbar verschaffte es ihr eine gewisse Erleichterung, die größten Falter, die sie finden konnte, zu fangen, mit ihnen zu spielen und sie langsam zu Tode zu quälen. Molly fand die armen Tiere dann am nächsten Tag mit zerfetzten Flügeln am Teppich kleben.

Ihren warmen Becher an die Brust gepresst kletterte sie wieder ins Bett. Max hatte der Versuchung nicht widerstehen können und seinen Weihnachtsstrumpf schon ausgeleert. Nach einer gemütlichen Stunde mit Aufziehspielzeugen und Schokotalern gingen sie nach unten, wo Molly den Truthahn in den Ofen schob und Kartoffeln schälte, während Max sich neben den Baum setzte und stolz immer wieder seine darunter gefundenen Beutestücke zählte. Der Boden war mit den ausgeschnittenen Schneeflocken bedeckt, und Molly musste ihm sagen, dass sie es schön fände, wenn noch ein bisschen was vom Teppich zu sehen wäre. Eine Lehrerkollegin aus ihrer Schule, eine alleinerziehende Mutter, würde später mit ihren beiden Kindern zum Essen kommen, und bis dahin sollte alles bereit sein. Durch das Küchenfenster konnte sie den Himmel sehen, der nun von hellen Streifen durchzogen war, und darunter die reifbetupften Büsche und Bäume. Sie machte das Radio an, und das Haus füllte sich mit Chormusik und Weihnachtsstimmung und dem Gefühl, dass das Leben, trotz all der Hürden, die es einem in den Weg stellte, kostbar war und wert, gefeiert zu werden. Säuberlich schnitt sie kleine Kreuze in die Unterseite der Rosenkohlknospen in einer Schüssel, die sie mit ihrem frischen Grün an den Frühling erinnerten.

Max war begeistert von seinen Geschenken, vor allem von einer elektronischen Infotafel über Dinosaurier, die statistische Angaben von über hundert Arten der Urzeitviecher enthielt.

»Rate mal, was der Kraftquotient eines Al-ber-ta-saurus ist …«

»Hm, weiß nicht …«

»56!«

»Rate mal, was der Intelligenzquotient eines Mega-lo-saurus ist …«

»Hm, weiß nicht …«

»95!«

»Rate mal, was …«

»Warum machst du nicht noch ein anderes Geschenk auf, Max?«, sagte sie hastig, um die Flut an Dinosaurier-Informationen zu stoppen. Max zog ein in unbekanntes Papier eingewickeltes Päckchen hervor, das halb versteckt hinter dem Baum lag.

»Ist das vom Weihnachtsmann?«, fragte er und riss es auf.

»Oh, keine Ahnung«, sagte sie. »Ich weiß nicht mehr, wer dir das geschickt hat. Vielleicht jemand aus der Schule.«

Ein paar glänzend rote Boxhandschuhe fielen auf den Teppich, zusammen mit einem Blatt Papier. Molly hob es auf und erkannte sofort die Handschrift.

»Von wem sind die?«, fragte Max, der versuchte, einen Handschuh über seine klebrige Faust zu stülpen.

»Ich bin nicht sicher, Schatz, vielleicht von Tante Susanna. Auf dem Zettel steht nur ›Frohe Weihnachten‹«, sagte sie und zerknüllte das Blatt fest in ihrer Hand. Max gab es auf, den zweiten Handschuh überziehen zu wollen, und fing an, gegen die Sofakissen zu boxen.

»Wamm! Wamm! Wamm!«, johlte er. »Das macht ein tolles Geräusch!«

Der Boden kippte unter ihr weg. Mit erschreckender Klarheit erkannte sie, dass Rupert letzte Nacht im Haus gewesen war. Das Päckchen war noch nicht da gewesen, als sie die anderen unter den Baum gelegt hatte. Bei seinem Anruf mitten in der Nacht war er überhaupt nicht in Amerika gewesen. Er war ganz in der Nähe.

Einundzwanzigstes Kapitel

Am 27. Dezember rief Damian bei Carrie an und fragte, ob er nach Cambridge kommen und sie sofort sehen könne. Seine Stimme klang fremd, gepresst, als hielte er mit etwas hinterm Berg, und obwohl sie mehrmals nachfragte, wollte er nicht sagen, worum es ging. Anderthalb Stunden später war er da. Sie sah mit Verwunderung, wie dünn er geworden war. An seinen Schläfen zeigte sich das erste Grau, aber es stand ihm, fand sie. Außerdem trug er Sachen, die sie noch nie an ihm gesehen hatte, einen kastanienbraunen Pullover, den er sich garantiert nicht selbst ausgesucht hatte. Er hat eine Frau kennengelernt, dachte sie, verblüfft, wie weh ihr das tat. Damian küsste sie auf die Wange und zog sie dann sanft aufs Sofa. Da wusste sie, dass er ihr etwas wirklich Wichtiges zu sagen hatte. Im ersten Moment wurde ihr heiß vor Freude, doch das verging gleich wieder; Damian hätte es ihr sofort am Telefon gesagt, wenn sie ihn gefunden hätten. Sie wunderte sich, dass ihr Herz noch arbeitete nach den schweren Schlägen, die es hatte verkraften müssen, und stellte es sich in ihrer Brust vor, ganz blau und schwarz vor Blutergüssen. Das dachte sie, als Damian berichtete, dass die Polizei ihn am Morgen angerufen hatte. Offenbar war infolge der Festnahme eines Mannes, der beschuldigt wurde, seinen Stiefsohn sexuell missbraucht zu haben, einiges Fotomaterial auf dessen Computer sichergestellt worden. Auf einen der abgebildeten Jungen traf Charlies Beschreibung zu.

»Sie sind sich natürlich nicht sicher. Die Beschreibung passt auf viele Jungen dieses Alters«, fuhr Damian fort, als er ihr Gesicht sah. »Mit höchster Wahrscheinlichkeit ist er es nicht. Das ist dir doch klar, Carrie, oder? Oder?«, fragte er, während sie schon Mantel und Tasche nahm und in den Spiegel sah, sich mit den Fingern durch die Haare fuhr.

Sie war erst ein einziges Mal auf der Polizeiwache gewesen, vor vielen Jahren, um den Diebstahl ihres vor dem Grafton Centre abgestellten Fahrrads anzuzeigen. Jetzt wäre sie froh, wenn ihr jemand ihre derzeitige Schrottmühle abnehmen würde, damit sie sich einen funktionierenden Ersatz kaufen konnte. Doch selbst wenn sie das Rad unabgeschlossen und mit dem Schild »Bitte nimm mich mit« auf die Straße stellte, wäre es vermutlich nach einer Woche immer noch da. Sie wusste, dass sie unsinniges Zeug dachte, um sich nicht mit dem befassen zu müssen, was sie zu sehen bekommen würde. Ein Kriminalbeamter, der aussah wie der junge Kevin Costner, nahm sie im Vorraum in Empfang. Er trug einen dunklen, gut geschnittenen Anzug und war offensichtlich immun gegen die Versuchung von Donuts. Zu ihrem Entsetzen hatte Carrie plötzlich den Titelsong von *Bodyguard* im Ohr.

Sie wurden in ein Büro geführt, in dem ein beruhigend traditioneller Wachtmeister mit großen Ohren an einem Computer saß. Kevin Costner sprach in kurzen Sätzen, wie um emotionalen Ausbrüchen vorzubeugen.

»Also, ich will Ihnen keine Hoffnungen machen«, sagte er. »Es ist unwahrscheinlich, dass die Aufnahmen, die Sie sehen werden, von Ihrem Sohn sind. Wir haben keine Anhaltspunkte, woher dieser Junge stammt. Er könnte von überall auf der Welt sein. Wir müssen es jedoch überprüfen, um ausschließen zu können, dass es sich um Charlie handelt. Möchten Sie sich setzen? Vielleicht ist es Ihnen lieber, wenn Ihr Mann zuerst …«

Carrie schüttelte den Kopf. Sie musste das sehen, und das ging nur im Stehen. Wenn sie sich setzte, würde sie das irgendwie schwächen, glaubte sie.

Kevin Costner fuhr mit seiner kühlen Stimme fort. »Es ist wichtig, dass Sie sich diese Fotoserie sehr genau ansehen. Manche Bilder sind leider etwas erschreckend, auch wenn wir uns bemüht haben, die eigentlichen Vorgänge unkenntlich zu machen.«

Der Polizist mit den Segelohren scrollte mit entschuldigender Miene durch die Datei und hielt an, als eine Reihe von fünf Fotos erschien. Verlegen bedeutete er Carrie und Damian, näher heranzukommen, und sah dabei aus, als wünschte er sich sonst wohin. Er rieb sich ständig mit einer Hand die Brust, als täte ihm dort etwas weh.

Das erste Bild zeigte einen blonden Jungen, der mit nacktem Oberkörper in einem anonymen Raum stand, ein Hotelzimmer vermutlich. Hinter ihm gestreifte Tapete und eine Wandleuchte. Der Junge hatte riesige erstaunte Augen und die Arme fest an die Seiten gepresst. Auf dem zweiten Bild lag er auf einem gelb bezogenen Bett und wurde von jemandem festgehalten. An der Größe der Hände, die ihn niederdrückten, erkannte man, wie klein der Junge war. Auf dem dritten Foto lag er zusammengekauert auf der Seite, nackt, mit einem Strick um einen Fußknöchel, der irgendwo außerhalb des Bildes endete. Das vierte und fünfte Foto konnte Carrie sich nicht ansehen. Es war stickig in dem Büro, sie bekam keine Luft.

»Ich brauche ein Glas Wasser«, sagte sie, und ihre Stimme schien von weither zu kommen. Sie ging hinaus. Keines der Fotos war von Charlie. Sie zeigten einen Jungen etwa im gleichen Alter, mit ähnlich heller Haut und blonden Haaren, vielleicht sogar den gleichen schön gewölbten Augenbrauen, die sie so geliebt hatte, aber er war es nicht. Irgendwo trauerte eine andere

Mutter um dieses Kind mit seinen geballten kleinen Fäusten und den verwunderten Augen.

Carrie beugte sich über den Trinkbrunnen im Vorraum, trank mit hastigen, großen Schlucken und setzte sich dann auf den Plastikstuhl, der wenig einladend neben den Eingang gestellt worden war. Sie dachte an die Hände, die auf die schmale bleiche Brust drückten, und fing an zu weinen.

Damian und Carrie gingen schweigend durch Parker's Piece, einen Park nahe dem Stadtzentrum. Es hatte über Nacht geschneit, und einige Kinder hatten die kärgliche weiße Decke bereits zusammengerafft und zwergenhafte Schneemänner mit erdigen Pockennarben gebaut. Vereinzelte Möwen streiften zwischen den Figuren umher, als hätten sie sich verirrt und suchten nach dem Strand. Sie gingen in den erstbesten Pub und setzten sich an einen Ecktisch nahe beim Kamin.

»Es tut mir leid, dass du das über dich ergehen lassen musstest«, sagte Damian, während er einen großen Brandy vor sie hinstellte.

»Ich schäme mich so«, sagte Carrie. »Ich schäme mich, weil ich diesen armen kleinen Jungen dafür gehasst habe, dass er nicht Charlie ist. Ob sie ihn finden werden?«

»Wen?«, fragte Damian und trank in großen Zügen von seinem Bier.

»Den Jungen auf den Fotos. Werden sie ihn finden und nach Hause bringen?«

»Ich weiß es nicht, Carrie. Vielleicht. Er sah Charlie schon ein bisschen ähnlich, oder?«

»Diese verdammten Schweine«, sagte sie, und Damian streichelte ihr sanft über die Wange. Sie lehnte sich an ihn und stellte fest, wie natürlich ihr das selbst nach so langer Zeit vorkam. »Denkst du noch an ihn?«

»Ständig«, antwortete Damian.

»Ich denke an ihn, wenn ich morgens aufwache«, sagte Carrie. »Ich denke an ihn, wenn ich etwas sehe, das er gern mochte oder ihn zum Lachen brachte. Ich denke an ihn, wenn ich traurig bin oder wenn ich beinahe glücklich sein könnte. Ich denke an ihn vor dem Schlafengehen und wenn ich nachts aufwache. Ich denke an ihn, wenn ein Kind seinen Kopf nach mir dreht. Bei jedem Weinen. Jedem Lachen.«

Pam war nicht zu Hause, sonst wäre der Nachmittag womöglich anders verlaufen. So aber dachte Carrie später, dass sie Damian aus Traurigkeit heraus die schmale Treppe hinauf und in ihr kleines Schlafzimmer mit dem Balkon über dem Garten geführt hatte. Sie zog sich aus, ließ ihre Kleider in einem Haufen neben das Bett fallen und kroch schnell unter die Decke, leicht fröstelnd, als ihre Haut mit den kalten Laken in Berührung kam.

Damian kniete sich vor die Bettkante und küsste sie auf den Mund. »Ich weiß nicht, ob das so eine gute Idee ist«, sagte er. Er legte sich neben sie, angezogen und mit Abstand, als wartete er auf eine Antwort.

Carrie rieb ihn durch die Jeans hindurch, bis sie merkte, wie er unter ihrer Hand steif wurde. Sie setzte sich auf, zog den unvertrauten Pullover über seinen langen Oberkörper und küsste seinen Halsansatz. Sie waren vorsichtig miteinander, wie um dem anderen nicht durch abrupte Bewegungen oder übermäßige Eile wehzutun.

Hinterher schliefen sie aneinandergeschmiegt im sanften Nachmittagslicht ein.

Zweiundzwanzigstes Kapitel

Eine Woche nach Weihnachten präsentierte Pam ihr den Flyer wie eine besondere Überraschung. Carrie machte gerade ziemlich missmutig Frühstück, während ihre Mutter tat, was sie am liebsten tat, nämlich auf dem Sofa zu residieren und von dort das Geschehen indirekt, aber beharrlich zu bestimmen. So gern Carrie sie mochte, war es mit ihr doch manchmal, wie mit einer Stechmücke in einem Glasgefäß gefangen zu sein. Sie zerbrach sich den Kopf darüber, wie sie das Thema Besuchsdauer ansprechen sollte, ohne ihre Mutter zu beleidigen. Pam hatte davon geredet, dass sie beide im neuen Jahr doch »mal wieder zusammen ausgehen« könnten, was darauf hindeutete, dass sie nicht vorhatte, bald die Heimfahrt nach Coventry anzutreten.

»Ich hätte nichts gegen einen kleinen Pfannkuchen einzuwenden, falls du welche machst«, flötete Pam. »So amerikanische mit einem Spritzer Ahornsirup.«

»Ich habe kein Ahornsirup«, blaffte Carrie und knallte die Pfanne auf die Herdplatte. Ihre Mutter nervte, aber was sie wirklich beschäftigte, war die Frage, was sie mit Damian machen sollte. Als sie von ihrem gemeinsamen Nachmittagsschlaf erwacht waren, hatte er verlegen gewirkt und sich hastig angezogen und verabschiedet, doch seitdem hatte er ihr zwei SMS geschrieben und einmal auf ihre Mailbox gesprochen und gefragt, ob er sie wiedersehen könne.

»Es hat sich richtig angefühlt, Carrie«, hatte er gesagt. »Hat es sich für dich auch richtig angefühlt?«

Sie wusste nicht, was sie darauf antworten sollte. Es war schön und tröstlich gewesen, mit Damian zu schlafen, und es hatte sie verblüfft, wie sehr sie ihn immer noch begehrte, aber sie war nicht sicher, ob das genügte, um noch mal von vorn anzufangen und möglicherweise Kummer zu verursachen, nicht zuletzt der Person, die ihm teure Pullis kaufte.

»Ich finde, wir sollten da hingehen«, sagte Pam.

»Wohin?«

»Zu dieser … hast du mir überhaupt zugehört? Ich wollte schon immer mal ein Medium erleben«, sagte Pam und wedelte mit einem gelben Faltblatt, das Carrie irgendwie bekannt vorkam. »Das ist ein Zeichen. Gestern im Laden haben sich zwei Frauen über ihn unterhalten, die bei einer Sitzung waren, und eben finde ich das hier, als ich das Altpapier rausbringe. Wir müssen da hin.«

»Nein, müssen wir überhaupt nicht«, sagte Carrie.

»Es könnte sich lohnen …«

»Ich gehe nicht zu so einem Betrüger, der sich mit menschlichem Leid eine goldene Nase verdient.«

»Du weißt doch gar nicht, ob er ein Betrüger ist«, sagte Pam. »Hier heißt es, dass er große Säle füllen könnte, es aber vorzieht, mit kleinen Gruppen zu arbeiten.«

»Der nutzt doch nur die Dummheit der Leute aus. So was ist zynisch und gemein, ich hasse das.« Carrie schlug den Pfannkuchenteig etwas zu kräftig, so dass es spritzte.

»Er nimmt kaum Eintritt, nur einen Fünfer. Offenbar hat er auch schon mit der Polizei zusammengearbeitet.«

»Ich glaube nicht an so was«, sagte Carrie, ihre vollen Lippen zu einem harten Strich verkniffen.

»Ich hätte nie gedacht, dass du mal zu so einer engstirnigen Person werden würdest. Als kleines Mädchen warst du total neugierig und voller Fragen«, sagte Pam traurig.

»Ja, und meistens habe ich mich gefragt, warum meine Mutter ständig woanders ist statt bei mir.«

»Herzlos warst du früher auch nicht«, sagte Pam mit dieser speziell betroffenen Miene, die sie immer machte, wenn sie einen Sieg witterte.

Noch am selben Abend fand sich Carrie in einem kleinen Nebenraum des Stadtteilzentrums von Romsey wieder. Pam, die für diesen Anlass in strenges Grau gekleidet war, mit lediglich einem Tupfer Pink in dem Schal um ihren Hals, rutschte aufgeregt auf ihrem Stuhl herum.

»Hör auf mit dem Gezappel«, zischte Carrie. »Ich kann es nicht fassen, dass du mich hierhergeschleppt hast.«

Als sie sich unter den anderen Teilnehmern umsah, dachte sie ungnädig, dass es sich um genau die Sorte verblendeter, einfältiger Leute handelte, die zu einem Medium pilgern würden: die Alten, die geistig Minderbemittelten und die schlecht Gekleideten. Da saßen eine ältere Frau, die so mager war, dass man sie an ihrem Pullover an einen Garderobenhaken hätte hängen können, ein Mutter-Tochter-Paar, beide mit den leicht vorstehenden Augen der unheilbar Leichtgläubigen, ein Mann, der sich ständig die Nase putzte und offensichtlich jetzt schon den Tränen nahe war, und eine weitere Frau mittleren Alters, die anscheinend nur noch von ihren eng geschnürten Kleidern zusammengehalten wurde. Ihre Haltung war stocksteif, ihr Mantel bis zum Kinn zugeknöpft und ihr Halstuch so fest gebunden, dass es ihr fast die Luft abschnürte. Die Letzte in der fröhlichen Runde war ein junges Mädchen mit einem schmalen, blassen Gesicht und extrem langen Haaren. Carrie dachte mürrisch, dass sie Haare, auf denen man sitzen konnte, wohl als Grund zum Stolz betrachtete statt als die betrübliche Absonderlichkeit, die sie in Wirklichkeit waren.

Gerade als Carrie beschlossen hatte, das Weite zu suchen und ihre Mutter sich selbst zu überlassen, ging die Tür auf, und Simon Foster kam herein. Aus irgendeinem Grund hatte sie ihn sich dicklich und theatralisch vorgestellt, während er mager war und sich langsam und verhalten bewegte. Sie schätzte ihn auf Ende fünfzig, Anfang sechzig. Es war schwer zu sagen, denn sein Körper sah zwar sehnig und fit aus, aber er hatte tiefe Falten zwischen den Augen und um die Mundwinkel, und seine Haut wirkte gegerbt. Seine grauen Haare trug er sehr kurz, beinahe rasiert, seine Kleidung bestand aus einem dunkelblauen Pulli und einer dunklen Hose. Er setzte sich auf den einzigen noch freien Platz in dem Stuhlkreis und lächelte in die Runde.

»Hallo zusammen. Ich bin Simon Foster. Ich bin das, was man einen medial veranlagten Menschen, kurz Medium, nennt.« Seine Stimme klang weich, aber ein wenig schneidig, als hätte er eine frühere Sprechweise nicht ganz ablegen können. »Ich dachte, ich erzähle Ihnen zuerst ein bisschen was über mich selbst und das, was Sie bei unserer Sitzung heute Abend erwartet.«

Carrie bemerkte, dass seine Hände mit den schlanken Fingern, die er scheinbar entspannt im Schoß verschränkt hatte, hin und wieder kurz zuckten, als wollte er etwas abwehren.

»Ich komme aus einer Soldatenfamilie«, sagte er. »Mein Vater war ein Generalmajor, und man ging allseits davon aus, dass ich in seine Fußstapfen treten würde. Mit sieben Jahren hatte ich einen schweren Autounfall, bei dem ich beinahe gestorben wäre. Mein Herz stand dreimal still, aber irgendwie habe ich überlebt. Meine Mutter hatte nicht so viel Glück. Sie starb nach einem Monat im Koma. Bald nach dem Unfall, noch während meiner Genesungszeit, fiel mir auf, dass ich bestimmte Ereignisse vorhersagen konnte. Nichts Weltbewegendes, ich wusste beispielsweise im Voraus, wann eine Tür aufgehen würde, oder erriet, was jemand sagen würde, bevor er es aussprach.«

An dieser Stelle stieß Pam Carrie aufgeregt in die Rippen, und das langhaarige Mädchen schnappte hörbar nach Luft. Carrie, die über seiner Geschichte ihre ablehnende Haltung für einen Moment vergessen hatte, rief sich in Erinnerung, was der Mann zu können behauptete. Vielleicht war er nicht die Sorte Scharlatan, mit der sie gerechnet hatte, aber ein Scharlatan war er trotzdem.

»Mit acht Jahren wurden diese Erfahrungen dann noch sehr viel ausgeprägter, und zusätzlich zu meinen Vorahnungen begann ich nun auch, Stimmen zu hören. Diese Stimmen machten mir Angst, weil ich nicht wusste, ob sie aus mir selbst oder von außen kamen. Schließlich erzählte ich meinem Vater davon, und er brachte mich zu einem Arzt, der meinte, die Stimmen könnten möglicherweise ein körperliches Symptom sein, verursacht von der Kopfverletzung, die ich bei dem Unfall erlitten hatte.«

Simon Foster stand auf und setzte seinen Lebensbericht auf die Lehne seines Stuhls gestützt fort. Carrie fiel auf, wie hell seine Augen waren: von einem derart blassen Blau, dass man die Iris kaum vom Weiß des Augapfels unterscheiden konnte.

»Die Stimmen gingen nicht weg. Manchmal verschwanden sie für eine Weile, aber sie kamen immer wieder, und als ich älter wurde, begriff ich, dass das, was ich da hörte, die Stimmen der Toten waren. Zu der Zeit, als ich das erkannte, lebte ich schon so lange mit ihnen und war so an sie gewöhnt, dass ich nicht so sehr erschrak, wie man vielleicht erwarten könnte. Das Schlimmste war, dass ich manchmal kaum zur Ruhe kam und während besonders intensiver Phasen an furchtbarer Migräne litt. Das passiert mir auch heute noch regelmäßig. Trotzdem schlug ich die mir vorgezeichnete Laufbahn ein und versuchte, mich von den Stimmen nicht zu sehr beeinträchtigen zu lassen. Je aktiver ich war, desto weniger hörte ich sie. Schlussendlich konnte ich sie in einem Grad beherrschen, dass ich sie nur noch wahrnahm, wenn ich mir bewusst erlaubte, still zu werden. Ich ging aufs Internat und dann nach Sandhurst, auf die Militärakademie, bis ich Ende der siebziger Jahre schließlich als Nachrichtenoffizier in Nordirland diente. Die Arbeit dort war abwechselnd langweilig und nervenzerreißend, weil wir ständig erwarteten, dass etwas passierte, aber immer im Ungewissen darüber waren, was genau. Menschen, die ich kannte, mit denen ich zusammengearbeitet hatte, starben um mich herum. Es fiel mir immer schwerer, die Stimmen unter Kontrolle zu halten. Wir kämpften alle mit der Gefahr von Bomben und Heckenschützen und dem Druck des Unerwünschtseins, aber ich musste zusätzlich mit dem Lärm der Toten fertig werden.«

Der Mann mit dem Taschentuch putzte sich lautstark die Nase und sah mit tränenverschleierten Augen zu Simon auf. Carrie blickte verstohlen auf ihre Uhr. Das war ja alles schön und gut, aber wann kam er endlich zum Punkt? Je eher es losging, desto eher konnte sie wieder nach Hause zu einem schönen Glas Wein und einem Teller von dem Hähnchenauflauf, der fünf Straßen weiter in dem Schongarer vor sich hin brutzelte.

»Um es kurz zu machen, ich hielt dem Stress nicht mehr stand, zumal ich niemandem erzählen konnte, was mit mir los war. Stimmen zu hören ist mit einer Militärlaufbahn nicht unbedingt vereinbar, und irgendwann nahm ich schließlich meinen Abschied. Mein Vater war furchtbar enttäuscht von mir und machte das auch so deutlich, dass ich mich nicht mehr nach Hause wagte. Nach all den Jahren, in denen ich immer genau gewusst hatte, was von mir erwartet wurde, in denen jede Handlung vorgezeichnet war, fand ich es ausgesprochen schwierig, mich in der zivilen Welt zu bewegen. Ich hing völlig in der Luft, wenn ich nicht nach einem straffen Zeitplan funktionieren musste, und hatte obendrein keine Ahnung, was ich weiter mit meinem Leben anfangen sollte. Ich fing an zu trinken. Freunde, die mich anfangs gern bei sich aufgenommen hatten, wurden es bald leid, und allmählich konnte ich von niemandem mehr Hilfe erwarten. Eines Abends, als ich wieder durch London zog und trank, wurde mir plötzlich bewusst, dass ich keinen Platz zum Schlafen hatte, also schlief ich in einem Park. In diesem Park und in anderen, ähnlichen, wohnte ich zwei Jahre lang. Wenn ich mich betrank, brauchte ich mich mit nichts auseinanderzusetzen, und außerdem hielt es die Stimmen fern. Es würde zu lange dauern, Ihnen zu erzählen, wie ich mich schließlich aus dem Sumpf gezogen habe, aber ich habe es geschafft. Was mir vor allem geholfen hat, war, endlich zu akzeptieren, dass ich eine Gabe habe. Eine lästige, oft auch belastende Gabe, aber eine, die ich dazu benutzen kann, Menschen zu helfen und ihnen Trost zu spenden.«

Foster fing an, außen um den Stuhlkreis herumzugehen, und streifte dabei fast die Rücken der Leute. Er ging langsam, und seine Stimme wurde leise, beinahe träumerisch.

»Noch zwei Bemerkungen zum Schluss. Sie sollen wissen, dass alles, was hier drin gesagt wird, von mir vertraulich behandelt wird, und ich baue darauf, dass Sie einander respektieren und sich ebenso verhalten. Im Übrigen höre ich nicht immer die Personen, die ich hören möchte. Es kommt vor, dass niemand im Raum eine Stimme erkennt, die durch mich spricht.«

Ach, wie praktisch, dachte Carrie. Das hat er ja schön eingefädelt, so kann er jede Menge Hokuspokus reden, und wenn sein Gefasel dann niemandem etwas sagt, zieht er sich einfach mit »Sorry, falsche Leute, falscher Zeitpunkt« aus der Affäre. Es ärgerte sie, dass sie sich auch nur flüchtig von dem Mann hatte beeindrucken lassen. Zweifellos hatte er eine gewisse Präsenz, aber so jemand brauchte schließlich ein bisschen Charisma, damit man ihm seine Show abnahm.

»Ich möchte nun, dass Sie sich so ruhig und empfänglich machen, wie es Ihnen möglich ist. Sie sollen mir helfen, diejenigen zu hören, die heute hier gehört werden wollen«, fuhr Foster fort. Er blieb stehen und hob den Kopf zur Decke, woraufhin so etwas wie ein Schauder über sein Gesicht zuckte und seine Züge sich verschoben, so dass sein Mund schlaff und die Haut um sein Kinn glatt und weich wurde. Gegen ihren Willen war Carrie verblüfft über diese Verwandlung.

»Es sind eine Reihe von Personen bei mir«, sagte er. Sein Tonfall war monoton geworden, scheinbar entkleidet von jeder Persönlichkeit. »Sie drängen sich um mich, es ist schwer, die herauszupicken, die am dringendsten gehört werden wollen … Ich habe eine Frau bei mir. Starker Charakter, laute Stimme … Sie sagt etwas über jemanden in diesem Raum, der krank ist. Ist hier jemand unter uns, der sich Sorgen wegen seiner Gesundheit macht? Sie ist sehr beharrlich. Ist sie eine Mutter? Hat jemand hier eine verstorbene Mutter?«

»Ziemlich sichere Sache, Mr Foster«, murmelte Carrie, was ihr einen vorwurfsvollen Blick von Pam eintrug.

Simon Foster sah sich um, und sein Blick blieb an der zugeknöpften Dame hängen, die rot geworden war und aufgewühlt die Hände aneinanderrieb.

»Meine Mutter ist vor einem halben Jahr gestorben«, erklärte sie.

»Das wird sie sein«, sagte Simon. »Kein scheues Reh, diese Dame.«

»Nein«, erwiderte Miss Zugeknöpft, und der Schatten eines Lächelns huschte über ihr Gesicht. »Sie hatte sehr entschiedene Ansichten, gelinde gesagt.«

»Sie sagt, sie weiß, dass Sie wegen eines gesundheitlichen Problems besorgt sind. Kommt Ihnen das bekannt vor? Ich zitiere wörtlich: ›Sagen Sie der Mimose, dass sie aufhören soll, sich Gedanken zu machen. Sie hat nichts, was ein Stärkungsmittel und eine gute Nachtruhe nicht beheben können. Und sagen Sie ihr, sie soll ihren Mantel ausziehen.‹«

Miss Zugeknöpft rieb sich mit kindhaften Fäusten die Augen. »Danke«, sagte sie. »Sie ist es ganz sicher, unverwechselbar.«

Simon ging weiter. Es gab ein paar Stimmen, auf die niemand reagierte, eine Botschaft, die vielleicht, vielleicht auch nicht, vom Bruder des weinerlichen Mannes stammte, und doch änderte sich die Atmosphäre im Raum während der zweistündigen Sitzung. Es wurde deutlich, dass die Teilnehmer Trost in unterschiedlichem Ausmaß erfahren hatten. Sogar diejenigen, die keine Botschaften erhielten, wirkten heiter und beschwingt. Carrie sah, dass Simons Einfluss positiver Art war, fühlte sich aber trotzdem sehr fremd unter diesen Menschen, die so bereitwillig zu glauben schienen, dass ihre lieben Verstorbenen irgendwo im Äther herumlungerten und nur darauf warteten, ihnen durch einen übergeschnappten Exsoldaten Nachrichten zukommen zu lassen. Sie war erleichtert, als das Ganze zu Ende war, und strebte sofort dem Ausgang zu, während Pam hinter ihr schnatterte wie jemand, dem man gerade das Klebeband vom Mund gezogen hatte. Simon verabschiedete sich von allen an der Tür, und als sie an der Reihe war, sah er ihr mit seinen seltsam hellen Augen ins Gesicht. Er gab ihr die Hand, und die Kraft seines Händedrucks überraschte sie.

»Ihr Widerstand ist groß«, sagte er mit seiner fast überkorrekten, knappen Sprechweise. »Die Grenzen sind nicht so eindeutig, wie Sie denken.«

»Ich glaube einfach nicht an so etwas«, erwiderte sie und zog ihre Hand weg, doch sein verstörender Blick ging ihr noch eine ganze Weile nach.

Dreiundzwanzigstes Kapitel

In ihr Schlafzimmer vertrieben durch Pam, die nicht nur keine Anstalten machte abzureisen, sondern sich auch noch erdreistete, Ratschläge in Fragen der Wohnraumgestaltung zu erteilen, beschloss Carrie, ein wenig auszumisten. Nach der ausgedehnten Schwelgerei über Weihnachten fand sie, dass es an der Zeit war, eine Bestandsaufnahme zu machen und sowohl ihre Taille als auch den Inhalt ihrer Schränke zu verschlanken. Außerdem bestand die Gefahr, dass sie ihre Mutter erwürgte, wenn sie der im Wohnzimmer stattfindenden Umdekorierung beiwohnte. Durch die Bodendielen hindurch hörte sie, wie Holzbeine über den Holzfußboden gezerrt wurden, und knirschte mit den Zähnen. Nicht zum ersten Mal fragte sie sich, woher ihre Mutter die Energie nahm. Während Pam sich regelmäßig in die Rückenlage begab, wenn Essenszubereitung oder Abwasch anstanden, wurde sie zu einem Derwisch, sobald es darum ging, ihren Geschmack unter Beweis zu stellen. Am Vortag hatten sie zusammen den Versuch unternommen, im Schlussverkauf einen schwarzen Mantel für Carrie zu erstehen, und danach hatte Carrie sich gefühlt wie damals mit zwölf Jahren, als ihre flehentlichen Bitten um einen modischen Schulrock oder Schuhe ohne Schnallen auf nichts als Verachtung gestoßen waren. »Das sieht furchtbar billig aus, Schätzchen«, hatte Pam jedes Mal über ihre Wahl gesagt. Sie begriff bis heute nicht, dass es nicht darauf ankam, ob ein Teil gefüttert war oder nicht, Hauptsache, es hatte die richtige Länge und Taschen an den korrekten Stellen.

Ganz hinten im Schrank, hinter so ungleichartigen Gegenständen wie Lockenwicklern, abgelaufenen Taschenkalendern und halb fertiggestellten Kreuzstickereien (Carrie neigte dazu, sich von dem Gedanken an flinke Finger, die mit farbigen Wollsträngen hantierten, verführen zu lassen, wurde aber unweigerlich frustriert, weil es ewig dauerte, auch nur die kleinste Ecke zu vollenden), fand sie ihre alte Kamera. Sie hatte sich im letzten Jahr eine digitale gekauft und diese daher nicht mehr gebraucht. Jetzt nahm sie den Apparat in die Hand und untersuchte ihn, überlegte, ob es sich lohnte, ihn aufzubewahren, oder ob sie ihn zum Trödler bringen sollte. Als sie den Objektivdeckel abnahm, rieselte ein bisschen Sand in ihre Hand, und sie spürte dieses leichte Wegsacken in ihrem Innern, wie immer, wenn sie an Charlie dachte. Es wunderte sie, dass der Schock jedes Mal wie neu war und immer noch die Macht hatte, sie aus der Bahn zu werfen. Das war die Kamera, die sie am Tag seines Verschwindens dabeigehabt hatte. Die Polizei hatte sie ihr später zurückgegeben, zusammen mit all den anderen Sachen, die sie am Strand hatte liegen lassen, und sie hatte sie weggepackt und vergessen. Sie sah, dass der Film darin voll war, und öffnete das Fach an der Rückseite, um ihn herauszunehmen. Sie hatte Hunderte Fotos von Charlie, angefangen von dem allerersten mit verschrumpeltem Gesicht, das wenige Minuten nach seiner Geburt gemacht worden war, bis hin zu den Bildern von der Party zu seinem fünften Geburtstag, auf denen er fröhlich in einem Dennis-The-Menace-Outfit herumtollte. In der ersten Zeit nach dem fatalen Strandtag hatte sie sich überhaupt keine Fotos anschauen können, aus Furcht, dass es die Wunde neu aufreißen, den Schmerz wieder ins Unerträgliche steigern würde, ihn zu sehen. Doch im Laufe der Zeit musste sie feststellen, dass seine Gesichtszüge dabei waren, ihre Klarheit zu verlieren, was sie in eine noch viel größere Furcht stürzte. Sie hatte Mühe, sich zu erinnern, wie seine Haare in seine Stirn fielen oder wo genau die Grübchen in den Mundwinkeln saßen, und griff mit Erleichterung wieder zu den Fotoalben. Tatsächlich wurden die Bilder von Charlie zu einem großen Trost für sie. Sie sah, dass kein Schatten auf seinem Gesicht lag. Sie war es, die zurückgeblieben war, um mit der Dunkelheit fertig zu werden. Die Jahre würden vergehen, und hier würde er immer bleiben, klar umrissen und geliebt. Carrie wusste, dass Aufnahmen von ihm auf dem Film sein mussten, und wollte sie sofort sehen. Das war ein kleines Stück von ihm, dessen Besitz ihr nicht bewusst gewesen war.

Eine Verkäuferin übergab ihr das blaue Päckchen, und Carrie eilte über die Straße, vorbei am Busbahnhof und ein Stück durch den Park Christ's Pieces, bis sie eine Bank neben einem leeren Blumenbeet fand. Die Stadtgärtner hatten die frostbraunen Chrysanthemen in Schubkarren weggeschafft und die Erde umgegraben. Es war kein Wetter zum Hinsetzen, die Kälte biss ihr ins Gesicht und in den Hals, aber sie konnte nicht länger warten. Mit zitternden Händen machte sie den Umschlag auf. Die ersten Fotos waren von einem Restaurantbesuch mit ein paar Kollegen. Sie erinnerte sich vage, dass es etwas zu feiern gegeben hatte, aber nicht mehr, weshalb sie alle so strahlten. Es gab ein Bild von ihr mit diesem schieläugigen Gesicht, das sie oft machte, wenn Leute, die sie nicht sehr gut kannte, eine Kamera auf sie richteten. Sie sah dümmlich aus, fand sie, nichtssagend, wie ein »Nachher«-Foto in einer Anzeige für Schönheitsoperationen. Nur dass dieses hier natürlich »Vorher« war. Danach kam ein Bild vom Strand mit einem von einem unsichtbaren Flugzeug über den Himmel gezogenen Streifen und dann … Charlie. Oh Charlie. Den Kopf zurückgelegt, die Hände ausgestreckt und voller Sand. Charlie. Mit gesenktem Blick vor sich hin stapfend. Ein Schnappschuss von ihm, wie er mit einem Stück orangefarbenem Fischernetz um den Kopf eine Grimasse zog. Ihr Herz zog sich bei seinem breiten Grinsen mit den zwei fehlenden Zähnen zusammen. Sie dachte an die Zähne, die mit noch ein wenig Blut daran in einem Kordelzugbeutelchen in ihrer Schmuckschatulle lagen. Eine Beute der Zahnfee und jetzt nicht nur ein Andenken, sondern alles von ihm. Da war ein Foto, wie er mit dem anderen Jungen, mit dem er sich angefreundet hatte, im Sand buddelte; die Mutter saß im Hintergrund auf einem Handtuch. Eines, wie er einen komisch geformten Stock in die Kamera hielt. Und dann nichts mehr.

An diesem Abend rief sie Damian an, um ihm von den Fotos zu berichten, und zögerte nur kurz, als er fragte, ob er herüberkommen und sie sehen dürfe. Sie schälte Kartoffeln, marinierte ein paar Lammkoteletts und schnippelte gelbe und rote Paprika zum Mitbraten. Sie machte eine Flasche Rotwein auf und nahm ein Glas davon mit nach oben. Sie zog sich um, einen überlangen schwarzen Pullover und eine neue dunkle, enge Jeans, und legte die Kette mit Jettsteinen und Perlen an, die Damian ihr vor vielen Jahren während eines gemeinsamen Wochenendes in Whitby gekauft hatte. Sie wusste noch, dass es neblig gewesen war und sie sich gegenseitig in einem verhangenen Kloster erschreckt und mit Vampirblut beziehungsweise Erdbeersoße beträufeltes Eis gegessen hatten.

Jen hatte sich nie viel aus Damian gemacht, auch wenn sie versuchte, sich ihre Vorbehalte nicht anmerken zu lassen, aber letztlich hatte sie sich aus keinem von Carries Freunden je viel gemacht. Carrie hatte ihn mit siebenundzwanzig kennengelernt, als sie in London lebte und als Rechercheurin in der Fundraising-Abteilung einer Krebshilfeorganisation arbeitete. Er war drei Jahre älter und arbeitete in der Kommunikationsabteilung, wo er Tag für Tag versuchte, gleichgültige Zeitungsredakteure dazu zu bringen, etwas über die Bedeutung von Kurzzeitpflege zur Entlastung der Angehörigen von Sterbenskranken zu schreiben. Aus welchem Grund sollten wir jetzt über so etwas berichten?, fragten sie, um ihn möglichst schnell loszuwerden. Liefern Sie uns einen Aufhänger. Er stotterte leicht, was deutlicher hervortrat, wenn er unter Stress stand. Carrie mochte es, wie er sich oft verzweifelt durch die Haare fuhr und dass er Kaffee für das ganze Büro kochte.

Sie kamen nach der Weihnachtsfeier ihrer Organisation zusammen. Eine zugige Angelegenheit in einem Gemeindesaal, bei der die Mitarbeiter aus lauter Angst vor dem Vorwurf, Geld ausgegeben zu haben, das für andere Zwecke besser angelegt wäre, Würstchen im Schlafrock knabberten und süßen Rotwein aus Plastikbechern schlürften. Carrie ging früh, aus Hunger und weil sich erste, billigweinbedingte Kopfschmerzen bemerkbar machten. Damian sah, wie sie sich verdrückte, und folgte ihr hinaus. Sie gingen zusammen chinesisch essen, und obwohl Carrie es verführerisch fand, wie er die ganze Zeit ihren Mund ansah, wenn sie redete, küssten sie sich nicht, als er sie vor ihrer Wohnung absetzte. Bei der zweiten Verabredung saßen sie zusammen im Kino. Sie berührte seinen Oberschenkel, und er zeichnete mit dem Finger eine Linie um ihr Ohr und über ihren Hals. Den zweiten Teil des Films verpassten sie, weil sie sich an eine Mauer gelehnt in der Seitengasse neben dem Kinogebäude küssten, und Carrie war verblüfft darüber, wie kühn er ihren Rock hochschob und ihren Slip beiseitezog, um sie zu befühlen. Am Wochenende darauf übernachteten sie in einem Hotel in Hunstanton und wurden nass, als sie von Buhne zu Buhne über den regengepeitschten Strand spazierten. Sie fand es toll, wie sich sein von feuchter Wolle kalter Bauch anfühlte und dass er nicht stotterte, wenn er beim Orgasmus ihren Namen sagte.

»Als wir miteinander geschlafen haben, hat sich das einfach gut angefühlt«, hatte sie am nächsten Tag am Telefon zu Jen gesagt, die zu der Zeit in Paris arbeitete und ihren dortigen Journalisten-Liebhaber mit ihrer speziellen Art von Desinteresse peinigte.

»Wie sieht er aus?«

»Er ist groß, gut zehn Zentimeter größer als ich. Rote Haare, aber dunkel, nicht karottenrot wie Ron Weasley …«

»Wimpern?«

»Also … sie sind hell …«

»Boris Becker«, sagte Jen abfällig. BB war in ihren Augen ein Widerling, nicht nur, weil er unsichtbare Wimpern hatte, sondern weil er beim Sex im Besenschrank eines Restaurants ertappt worden war. Aus offensichtlichen Gründen hegte sie einen Hass auf Männer, die gern Sex in beengten, öffentlich zugänglichen Räumen hatten.

»Nein, viel mehr wie Damian Lewis. Du wirst begeistert von ihm sein, glaub mir.«

Als sich die beiden schließlich kennenlernten, wurde es kein vielversprechender Anfang. Damian war nervös, weil er einer Person vorgestellt werden sollte, die für Carrie so wichtig war und die so viel Einfluss auf sie hatte. Zu viel Einfluss, seiner Ansicht nach, auch wenn er es lange schaffte, den Gedanken für sich zu behalten. Sie hatten sich in einem italienischen Restaurant in der Nähe der Tottenham Court Road verabredet, in das Jen und Carrie als Studentinnen gern gegangen waren, wenn sie etwas zu feiern (und das nötige Kleingeld) hatten. An »ihrem« Ecktisch direkt neben dem Tresen hatten sie auf das Ende von Prüfungen, auf neue Wohnungen und neue Jobs angestoßen, so dass das Lokal ein geschichtsträchtiger Ort war, nur dass Damian in keiner der Geschichten vorkam. Er neigte dazu zu schmollen, wenn Carrie von irgendwelchen Erlebnissen erzählte, die er nicht mit ihr geteilt hatte. Im Grunde fand er, dass ihr Leben ein unbeschriebenes Blatt sein sollte, bis zu dem Moment, da er zum ersten Mal ein Auge auf sie geworfen hatte, wie sie dort an ihrem Schreibtisch saß, mit ihren sinnlichen Lippen und ihrer nervösen Art, sich die Haare hinter die Ohren zu streichen. Spröde, aber auch so sexy, dass er einen Ständer bekam.

Jen kam zu spät, was Damian schon mal auf die Palme brachte. Falls jemand nicht eine wirklich verdammt gute Entschuldigung hatte, wie zum Beispiel von Bankräubern gefesselt oder von einem Tsunami hinweggespült worden zu sein, betrachtete er Unpünktlichkeit als den Gipfel der Unhöflichkeit. Als sie schließlich in einem pflaumenfarbenen Mantel erschien, der weit genug war, um mehreren kleinen Kindern Obdach zu gewähren, schickte sie ihn als Erstes mit einem herrischen Winken ihrer armreifgeschmückten Hand hinaus, um das Taxi zu bezahlen, das draußen wartete. Im Laufe des Abends kam Damian zu dem Schluss, dass Jen sich zu gern reden hörte, und Jen kam zu dem Schluss, dass Damian manipulativ und kontrollierend war und sie es nicht mochte, wie er seine Spaghetti in sich hineinsaugte. Carrie vergaß nie, was Jen am folgenden Tag am Telefon zu ihr sagte. Die Erinnerung daran brachte sie immer noch zum Lächeln.

»Er scheint nett zu sein, wirklich nett«, meinte sie betont aufrichtig, »aber wenn ich ganz ehrlich bin, ist er doch mehr Weasley als Lewis.«

Carrie ging hinaus in den Flur und horchte vor der Tür ihrer Mutter auf Lebenszeichen. Pam hatte sich am Vormittag während einer zweistündigen, gnadenlosen Wohnungsverschönerungsaktion vollkommen verausgabt. Zuerst hatte sie die weißen Vorhänge im Wohnzimmer abgenommen, gewaschen, getrocknet, gebügelt und wieder aufgehängt. Dann hatte sie ein großes Stück Stoff, das sie in einem Schrank gefunden hatte, gesäumt und einen Überwurf für das zugegebenermaßen ziemlich fleckige beige Sofa daraus gemacht. Sie hatte milchig-undurchsichtige Klebefolie am unteren Teil der Schiebefenster angebracht, um das neugierige Hereinlugen von Passanten zu vereiteln. Sie hatte den Schreibtisch aus dunklem Holz aufgeräumt und Kulis und Bleistifte in bunte Gläser gesteckt. Die Sofakissen waren hübsch aufgeschüttelt, der Fußboden glänzte poliert, und das Zimmer duftete nach dem Rosenöl, mit dem Pam gern ihren Puls und ihre Kniekehlen betupfte und das sie offenbar großzügig in der Gegend verspritzt hatte. Insgeheim und etwas unbarmherzig dachte Carrie, dass ihre Mutter inzwischen in einem Alter war, in dem es sich nicht mehr so ganz schickte, auf seine erogenen Zonen aufmerksam zu machen. Es war ihr ein bisschen peinlich, dass Pam, die auf Mitte sechzig zuging, immer noch von ihrer Anziehungskraft überzeugt war und sich hartnäckig weigerte, Gummizugbundhosen und bequemem Schuhwerk zu erliegen.

»Die Beine bleiben am längsten erhalten, Darling«, sagte sie und schlug selbstgefällig ihre mit »Wolford Velvet Touch« bestrumpften Knie übereinander. »Die Beine und die Augen. Mit guten Beinen und schönen Augen kann eine Frau verdammt weit kommen.« Im Moment waren besagte Beine eindeutig in horizontaler Stellung und die Augen geschlossen, denn es kam kein Geräusch von drinnen. Carrie seufzte erleichtert, denn so würde ihre Mutter nicht dazu kommen, ihr wissende Blicke über Damians Schulter zuzuwerfen. Als sie erfahren hatte, dass Damian am Abend kommen würde, hatte sie dieses entnervende Weise-Eulen-Gesicht gemacht.

»Hältst du das für eine gute Idee?«, fragte sie vielsagend.

»Er kommt doch nur zum Essen, Mum, das ist alles.«

»Ich weiß, Schatz. Ich meine ja nur, falls du daran gedacht hast – man bringt nichts zurück, indem man die Vergangenheit wieder aufwärmt«, hatte sie gesagt und ihr sanft übers Gesicht gestreichelt. Hätte Carrie ihre Mutter nicht besser gekannt, hätte sie das fast für einen Ausdruck echter Besorgnis gehalten.

Damian brachte Blumen mit, wie erwartet. Während ihrer Ehe hatte er ihr jeden Freitag auf dem Heimweg von der Arbeit Blumen gekauft. Nachdem sie irgendwann einmal erwähnt hatte, dass sie weiße Blumen am liebsten mochte, hatte er eine Regel daraus gemacht und war nie wieder davon abgewichen. Im Sommer gab es weiße Rosen, Iris und Freesien, im Winter weiße Nelken und Orchideen. Sie war natürlich dankbar für seinen unermüdlichen Einsatz, aber manchmal wünschte sie, er würde ihr aus einer spontanen Anwandlung heraus Blumen schenken – »Ich habe die gesehen und an dich gedacht« –, statt aus Gewohnheit. An diesem Abend hatte er ein Alpenveilchen in einem Topf dabei, umhüllt von einer Zellophanblase, eine Pflanze, die wie keine andere dazu bestimmt war, kräftig rosa zu blühen, und in dieser schneeweißen Version irgendwie verarmt wirkte. Als sie ihm den Topf und seinen Mantel abnahm, dachte sie, dass er gestresst aussah. Er hatte diese feine, dünne Haut, die den Gesundheitszustand und die Stimmung verriet wie ein Spiegel. Ein paar kurze Nächte zeigten sich im Violett eines verblassenden Blutergusses um seine Augen, eine Erkältung führte schnell zu einer rauen Rötung zwischen Nase und Mund.

»Ich habe ihr gesagt, dass es vorbei ist«, verkündete er, kaum dass er sich gesetzt und sie ihm ein Glas Wein gereicht hatte.

»Wem?«, fragte Carrie, um Zeit zu gewinnen, obwohl sie es genau wusste.

»Sarah. Der Person … der Frau, mit der ich zusammen war …«, sagte er.

Carrie merkte, dass er sie erwartungsvoll ansah, aber sie wusste im Moment nicht, was sie sagen sollte.

»Es war nicht fair ihr gegenüber. Nicht, solange ich auf dich hoffe.« Er schwieg einen Moment. »Du weißt, dass ich auf dich hoffe. Auf uns. Nicht wahr, Carrie?« Er stand auf und legte die Arme um sie, und sie drückte sich an ihn, denn sie wusste nicht, wohin sonst mit sich. Er nahm ihre Weingläser und stellte sie auf dem Kaminsims ab. Dann zog er ihren Pullover hoch und schob seine Hände unter ihren BH, und sie wurde so traurig, dass es alles andere, was sie einmal empfunden haben mochte, zunichtemachte. Doch dann lagen sie auf dem Sofa, und er zog am Reißverschluss ihrer Jeans, und sie spürte seinen harten Schwanz und fühlte, wie ihr Körper unter ihm erblühte, und für eine Weile vergaß sie alles andere, sogar dass Pam jeden Augenblick hereinkommen und Einwände gegen das erheben könnte, was sie da auf dem neuen Überwurf trieben.

Nachdem sie miteinander geschlafen hatten, machte Carrie Tee, und Damian betrachtete die Fotos von seinem Sohn. »Es gibt immer noch Tage, an denen ich es nicht glauben kann«, sagte er, und als Carrie ihn ansah, las sie keinen Vorwurf in seinem Gesicht. Damian hatte ihr vielleicht verziehen, aber sie selbst würde sich nie verzeihen. Was sie auch tat, es gab nichts, womit sie ihre Schuld an seinem Verlust sühnen konnte.

»Das hier mit dem Fischernetz um seinen Kopf mag ich besonders«, sagte Damian und zeichnete die Konturen seines Sohnes mit dem Finger nach. »Er war so lebendig.«

»Ja«, sagte Carrie zerstreut, denn ihr war etwas an einem der Fotos aufgefallen. An dem mit Charlie im Vordergrund und den Leuten, neben denen sie sich niedergelassen hatten, im Hintergrund. Die Frau, die im Profil auf dem Handtuch kniete, war dieselbe, die sie neulich zweimal kurz hintereinander gesehen hatte. Die Frau mit dem Jungen, die in der Kathedrale von Ely die Messingplatten durchschraffiert hatten. Sie spürte ein Kribbeln im Nacken und in den Fingerspitzen. Wie wahrscheinlich war so etwas? War es mehr als ein Zufall? Sie dachte wieder daran, dass sie sich ohne Anlass nach ihnen umgedreht hatte, beinahe, als hätte sie die beiden sehen sollen.

Ein Klopfen an der Haustür brachte sie wieder zu sich. Sie strich Kleider und Haare glatt und ging nachsehen, wer es war. Oliver Gladhill stand mit einer Flasche Wein in der Hand davor. Möglicherweise lag es an der leichten Röte, die ihren Hals immer noch überzog, oder daran, dass ihre Lippen noch voller wirkten als sonst, jedenfalls insistierte er nicht, als sie sagte, sie würde ihn gern hereinbitten, sei aber gerade zu beschäftigt.

»Dann vielleicht ein andermal«, sagte Oliver und fragte sich, wer wohl der Glückspilz war, der sie derart beschäftigte.

Vierundzwanzigstes Kapitel

Carrie wachte vor Damian auf und betrachtete sein schlafendes Gesicht. So seltsam sie es fand, nach all der Zeit wieder neben ihm aufzuwachen, waren seine Züge ihr doch immer noch ungeheuer vertraut, und sie sah Charlie in der Form seines Kinns und im Schnitt seiner Augenlider. Er hatte ihre Reaktion auf seine Frage hinsichtlich einer gemeinsamen Zukunft ganz klar als Ja ausgelegt, aber sie war sich ihrer Gefühle nach wie vor nicht sicher. Vor allem fragte sie sich, ob das, was sie für ihn empfand, nicht zum großen Teil mit ihrer Dankbarkeit für seine offensichtliche Vergebung zusammenhing. Andererseits, wie sollte sie ihn nicht lieben nach alldem, was sie zusammen durchgemacht hatten? Wie sollte sie einen Mann mit Charlies Augenlidern nicht lieben?

Als hätte er ihren prüfenden Blick gespürt, schlug Damian die Augen auf und lächelte sie an. »Was gibt's zum Frühstück?«, fragte er.

»Brot ist im Kasten, Saft im Kühlschrank, du wirst es dir selbst machen müssen«, antwortete sie knapp, stand auf und griff nach ihrem Morgenmantel. »Ich muss in zwanzig Minuten im Laden sein.«

Nach einer schnellen Dusche föhnte sie sich die Haare und steckte sie mit zwei Strassspangen auf. Dann zog sie einen dunkelblauen Wollrock von Reiss an, dazu einen cremeweißen Rollkragenpulli, eine warme dunkelbraune Strumpfhose und weiche Schnürstiefeletten, die sie irgendwann einmal in Spanien gekauft hatte. Mit einem Stück Marmite-Toast in der Hand küsste sie Damian zum Abschied.

»Wann sehe ich dich wieder?«, fragte er und wischte sich Marmite-Paste vom Mund.

»Ich weiß nicht genau … ich habe den Rest der Woche viel zu tun«, sagte sie, was nicht ganz der Wahrheit entsprach, aber sie brauchte Zeit, um sich zu sammeln und sich darüber klar zu werden, was sie wirklich wollte. Damian hörte ihr den Zweifel an.

»Es ist doch gut, das hier? Oder, Carrie?«

»Natürlich.« Sie streichelte ihm übers Gesicht. »Ich brauche nur ein bisschen Zeit, um mich daran zu gewöhnen. Das kommt alles so plötzlich. Ich rufe dich an …«

Sie verließ rasch das Haus, bevor er ihr weitere Fragen stellen konnte. Damian stand auf und ging ins Wohnzimmer hinüber, wo er unbemerkt zuschauen konnte, wie sie ihr Fahrrad aufschloss. Er sah, wie sie die Arme hob, um ihre Haare besser festzustecken, sah die Form ihrer Brust in der weichen Umhüllung und wie sie beim Aufsteigen das Bein zurückschwang wie ein Junge und fragte sich, wie er sie jemals hatte gehen lassen können.

Im Laden war noch keine Spur von Jen zu sehen, dabei kam sie normalerweise als Erste. Carrie hatte am Tag zuvor neue Ware entgegengenommen und musste Platz in den Regalen schaffen, um sie unterzubringen. Sie setzte den Wasserkocher auf und hörte dann den Anrufbeantworter ab. Es gab zwei Nachrichten von dem unsympathischen Künstler aus Manchester, der sich nach dem Verkauf seiner Bilder erkundigte, vier Nachrichten von Kunden und eine von Jen. Sie klang ziemlich atemlos.

»Hallo, Partner! Hier ist Jen. Wollte nur sagen, dass ich ein kleines bisschen später komme heute Morgen … hab … hmm … verschlafen … mehr oder weniger … bringe Kaffee und Kuchen und demütige Entschuldigungen mit, so gegen elf … spätestens …« Carrie hätte schwören können, ein ersticktes Lachen zu hören und außerdem etwas, das wie protestierend quietschende Bettfedern klang.

Sie machte sich eine Tasse Sweet Chai, den sie bei Al Amin an der Mill Road gekauft hatte, und las den Teebeutelspruch:

Mit einem offenen Geist fängt man Schmetterlinge. Pah, dachte sie, ich will keine Schmetterlinge zwischen meinen Ohren herumflattern haben, ich hab den Kopf auch so schon voll genug. Das Bild von der Frau und dem Jungen am Strand kam ihr wieder in den Sinn, aber sie verscheuchte es kopfschüttelnd, schnappte sich die Schere und nahm die Klebestreifen um die erste Kiste in Angriff. Die neuen Sachen begeisterten sie. Sie packte Kissen aus, die mit Tulpen appliziert waren, bunte Vogel-Aufkleber, die man an kahlen Wänden anbringen konnte, Kerzenständer aus gedrehtem, goldfarbenem Metall und Türkisperlen, Weinkelche mit Stielen wie winzige Eisskulpturen in Form von Engelsflügeln sowie eine Lieferung alter Damasttischtücher, die mit Baumwollspitze umrandet waren. Außerdem gab es eine ganze Kiste voller Partyzubehör: Cocktailshaker, kleine Plastik-Ballerinas als Anhänger am Glasrand, Ananas-Papiergirlanden und winzige Lampions. Carrie beschloss, eine Schaufenstergestaltung zum Thema »Cocktailparty« zu machen, und als Prunkstück bekleidete sie eine der Ankleidepuppen mit einem wunderschönen trägerlosen Abendkleid mit Schwalbenschwanz in einem herrlichen, satten Bordeauxrot. Sie trat gerade einen Schritt zurück, um zu entscheiden, ob sie das Kleid mit einem schwarzen Schulterwärmer aus Kunstpelz oder einer silberfarbenen Kaschmirstola als Accessoire versehen sollte, als das Schaufenster hinter ihr plötzlich scheppernd erzitterte. Jen stand davor, von einem Ohr zum anderen grinsend, zwei große Becher Kaffee auf einem Tablett in der einen Hand und eine weiße Schachtel mit Schleife in der anderen.

Bei schaumigem Milchkaffee und köstlichen süßen Brötchen in Schmetterlingsform mit Zitronencreme obendrauf nahm Carrie die Freundin ins Kreuzverhör.

»Also, hat der Internet-Lover die Erde erbeben lassen?«, fragte sie eine errötende Jen, die zwar von der Liebe verwandelt sein mochte, aber es trotzdem geschafft hatte, sich Zitronencreme übers ganze Gesicht zu schmieren.

»Tut mir leid wegen heute Morgen. Es gab da … äh … eine gewisse zeitliche Fehleinschätzung«, sagte Jen und wischte sich mit dem Ärmel eines zeltartigen Pullovers, der sowohl den Farbton als auch die stoffliche Beschaffenheit von Kunstrasen hatte, über die Nase. Ganz offensichtlich hatte die Liebe ebenso wenig etwas zur Verbesserung ihres Kleidergeschmacks beigetragen.

»Okay, dieser Tom bringt dir also Blümchen auf dem Frühstückstablett, hat eine verantwortungsvolle Einstellung gegenüber Notfällen im Straßenverkehr und legt ausdauerndes Können unter der Bettdecke an den Tag. Sonst noch was, das du über ihn herausgefunden hast?«

»Ja«, sagte Jen. »Jede Menge … Er mag Brombeeren, Blaubeeren und Himbeeren, aber von Erdbeeren wird ihm schlecht. Eine Feuerwerksrakete hat ihm mal ein Stück vom Ohr abgerissen. Er mag Thriller, die BBC-Comedy *Hancock's Half Hour* und Emmylou Harris. Er trägt Schuhgröße dreiundvierzig und kann nur nahtlose Socken tragen. Er mag lieber Rundwege als solche, bei denen man umkehren und dieselbe Strecke zurückgehen muss. Er sammelt runde Steine an Stränden und legt sie zu Hause auf seinen Fensterbänken zu Spiralen, er …«

»Schon gut, schon gut, ich hab's verstanden. Er ist ein Wunderwerk von einem Mann, und du hast dich rettungslos in ihn verliebt.«

»So in etwa.«

»Er klingt wirklich toll, nur mit den Steinspiralen bin ich mir nicht so sicher. Was für ein Mann legt in seiner Freizeit kleine Muster aus Steinen?«

»Ein kreativer eben«, entgegnete Jen erhaben.

Irgendwann im Laufe des geschäftigen Nachmittags, nachdem drei Tulpenkissen, zwei Kerzenständer und mehrere andere Artikel den Laden verlassen hatten, rutschte Carrie heraus, dass sie sich wieder mit Damian getroffen hatte. Sie merkte daran, dass Jen anfing, Wollfänden aus den Ärmeln ihres grässlichen Pullovers zu ziehen, dass die Nachricht ihre Freundin beklommen machte.

»Und was heißt das jetzt? Seid ihr zwei wieder zusammen?«

»Hör auf, an deinem Ärmel zu zupfen! Keine Ahnung. Er will es wohl. Ich bin mir nicht sicher. Es ist alles so eng mit Charlie verknüpft, und ich weiß nicht, ob es eine gute Idee ist, dass wir es noch einmal miteinander versuchen.«

»Da bin ich auch nicht sicher«, meinte Jen. »Ich hatte ja schwer auf Peter Fletcher gehofft. Der Ärmste wird am Boden zerstört sein.« Sie duckte sich, als Carrie ein Nadelkissen in Pilzform auf sie warf.

Die Ladenglocke bimmelte, aber weil Carrie gerade das Nadelkissen aufsammelte, sah sie nicht gleich, wer hereinkam. Als sie sich wieder aufrichtete, immer noch halb lachend, standen die Frau und dieser Junge vor der Theke. Sie erstarrte bei ihrem Anblick. Es war höchst merkwürdig, dass die Personen auf dem Foto ihr auf einmal in Fleisch und Blut gegenüberstanden, wie eine lebendig gewordene Erinnerung. Die Frau starrte sie ihrerseits an wie vor den Kopf geschlagen. Sie schien davonlaufen zu wollen, drehte sich panisch schon halb zur Tür, hielt aber inne, als ihr Sohn etwas sagte. Er hatte die Hände auf die Theke gelegt und beugte sich zu Carrie vor, als wollte er sie genauer in Augenschein nehmen.

»Sie sind Charlies Mum, stimmt's?«, fragte er.

»Hey, Moment mal, wer sind Sie denn?«, mischte sich Jen ein und blickte verwundert zwischen den beiden Frauen hin und her.

»Ja. Ich bin Charlies Mum«, sagte Carrie zu dem Jungen.

»Ich kenne Sie vom Strand«, erklärte er ernst. »Ich bin Max, und das ist meine Mum, Molly.«

»Ich glaube nicht, dass die Lady jetzt mit uns darüber sprechen möchte«, sagte Molly peinlich berührt. Hätte sie den Laden doch nur nicht betreten. Sie hatte ja keine Ahnung gehabt, dass die Frau mit dem vermissten Jungen in der *Schatzkiste* arbeitete. Eigentlich war sie nur hereingekommen, weil sie gehört hatte, dass man dort manchmal Bilder von Malern in Kommission nahm, und sie zwei von ihren Aquarellen zur Ansicht dabeihatte.

Max gab Carrie die Hand, die sie automatisch schüttelte.

»Es tut mir sehr leid«, sagte Molly. »Ich wäre nicht gekommen, wenn ich das gewusst hätte.«

»Was meinen Sie?«, fragte Carrie verwirrt.

»Na ja, weil wir an dem Tag dabei waren«, antwortete Molly. »Ich wollte Sie nicht daran erinnern.«

»Sie denken wahrscheinlich sowieso die ganze Zeit daran«, sagte Max. »Dazu brauchen wir nicht erst vorbeizukommen, damit Sie an Charlie denken.«

»Psst, Maxy!«, machte Molly, jetzt knallrot vor Verlegenheit.

»Warum sind Sie denn eigentlich gekommen?«, fragte Carrie.

»Ach, damit möchte ich Sie jetzt nicht belästigen … Ich komme ein andermal wieder.«

»Nein, bitte. Sagen Sie es mir«, beharrte Carrie.

Widerstrebend zog Molly zwei kleine Bilder aus einer großen Tasche und legte sie auf die Theke.

»Ich bin Malerin. Ich wollte Sie fragen, ob Sie vielleicht Interesse hätten, die hier zu verkaufen.«

Carrie nahm die Bilder in die Hand, um sie sich genauer anzusehen. Es waren sehr schön ausgeführte Landschaften. Die erste zeigte ein verfallenes rotes Backsteingebäude, von Efeu überwuchert und mit einem abgebrochenen Schornstein, darüber ein Wolkenhimmel in einem Muster, das an Schlangenhaut erinnerte. Auf dem zweiten Bild war eine Gestalt auf einem weiten Feld in den Fenlands dargestellt, die einen Spaten in der Hand hielt, über ihr ein Schwarm schwarzer Vögel.

»Ich habe früher viel davon gemalt und versuche gerade, wieder reinzukommen«, erklärte Molly. Als Carrie nicht gleich antwortete, fügte sie hinzu: »Sagen Sie es ruhig, wenn Sie nichts damit anfangen können, das macht nichts.«

»Gibt es das wirklich?«, fragte Carrie, auf das Bild mit der Ruine zeigend.

»Ja, ich male meistens nach der Natur. Das ist ein verwunschenes altes Gemäuer ein paar Kilometer von dort entfernt, wo ich wohne. Wir sind irgendwann beim Spazierengehen darüber gestolpert.«

»Die Bilder sind sehr schön, ich nehme sie gern«, sagte Carrie. »Es gibt eine recht große Nachfrage nach Landschaftsmotiven aus der Umgebung.«

»Ach, das ist toll«, sagte Molly. »Dann gebe ich Ihnen meine Nummer. Über Preise und all das können wir später sprechen.« Sie legte ihre Visitenkarte auf die Theke. Eine neue Verlegenheitspause entstand. »Es tut mir so leid«, sagte Molly schließlich. »Was passiert ist.«

»Niemand weiß, was passiert ist«, sagte Carrie.

»Nein«, bestätigte Molly hastig und wollte am liebsten im Boden versinken, während sie sich zugleich für ihren Mangel an Mut und Mitgefühl schalt. Sie wusste besser als die meisten, wie es war, sich isoliert zu fühlen, und es gab wohl kaum etwas, das einen mehr isolierte als ein tragischer Verlust, der dazu führte, dass die Leute vor einem zurückschreckten und einen mieden.

»Ich erinnere mich an Sie an dem Strand. Ich weiß noch, wie leid Sie mir taten …« Molly verstummte.

Carrie befand sich in einem Schockzustand. Es war, als würde sie den Tag von Neuem durchleben. Dieser kleine Junge war vielleicht der letzte Mensch, der Charlie vor seinem Verschwinden gesehen hatte. Sie wollte ihn berühren, ihn streicheln. Stellvertretend für Charlie. Sie ging um die Ladentheke herum und legte ihm die Hand auf den Kopf. Er sah ruhig zu ihr auf.

»Charlie ist mein Freund«, sagte Max.

Das Herz ging ihr über bei seiner kindlichen Verwendung der Gegenwartsform – niemand sprach mehr von Charlie, als gäbe es ihn noch, viele erwähnten ihn lieber gar nicht mehr –, und sie nahm ihn in die Arme, sah seine Mutter dabei wie um Erlaubnis bittend an und erhielt Mollys lächelnde Zustimmung.

»Schön, dich zu sehen, Max«, sagte Carrie, und für einen wunderbaren Moment, während sie ihn an sich drückte, war es, als wäre Charlie zurückgekehrt.

Es war schon spät, als Carrie sich auf den Heimweg machte, und während sie auf das Haus zufuhr, sah sie, dass jemand davor auf sie wartete. Die Beleuchtung war schummrig auf ihrer Straßenseite, so dass sie zuerst nicht ausmachen konnte, wer es war, doch dann hob er die Hand zum Gruß, und sie erkannte Peter Fletcher.

»Hallo«, rief Peter. »Ich hoffe, du hast nichts dagegen, dass ich dich einfach so überfalle, aber ich war in der Nähe und wusste, dass du etwa um die Zeit nach Hause kommst.«

»Und wenn ich nach der Arbeit noch ausgegangen wäre? Du hättest vorher anrufen sollen«, sagte Carrie, leicht angesäuert, weil sie jetzt nicht wie geplant sofort in ein heißes Bad sinken konnte. Sie hatte zwar viel für Peter übrig, mochte aber keine unerwarteten Besuche, besonders nicht nach so einem Tag; sie war emotional aufgewühlt und erschöpft von Mollys und Max' Auftauchen im Laden. Obendrein lag ihr die Sache mit Damian auf der Seele. Ihr war bewusst, dass sie seinen Anrufen in letzter Zeit aus dem Weg gegangen war.

»Komm rein«, sagte sie, als sie ihr Fahrrad an der Regenrinne neben der Haustür anschloss. »Es ist ziemlich kalt, ich werde den Kamin anheizen.«

Peter hängte Hut und Mantel am Treppengeländer auf, und sie legte einen Kaminanzünder hinter das schon aufgeschichtete Holz und hielt ein Streichholz daran. Peter ließ sich auf dem Sofa nieder, während sie in die Küche ging, um ihnen beiden ein Glas Wein einzuschenken. Peter lächelte sie dankbar an, als sie ihm sein Glas reichte.

»Es ist so gemütlich hier«, sagte er, sich im Wohnzimmer umblickend. »Du hast viele schöne Sachen.«

»Eher schon zu viele«, erwiderte Carrie lachend. »Ich nehme mir ständig vor, mal auszumisten, aber wenn es dann ernst wird, kann ich mich von nichts trennen.«

»Hast du Charlies Sachen alle noch?«, fragte Peter.

Sie wollte im Moment eigentlich nicht über Charlie sprechen. Manchmal fand sie das nicht tröstlich. Manchmal kam es ihr nur wie Selbstquälerei vor. Dann aber wieder gab es Tage, an denen sie nichts anderes tun wollte, an denen es nur so aus ihr heraussprudelte und sie sich nicht bremsen konnte, und mit den Worten kam die Trauer wieder, die sie leer und ausgelaugt zurückließ.

»Ich habe ein paar besondere Sachen aufgehoben. Seine ersten Schuhe, ein paar selbstgemalte Bilder, sein Lieblingskuscheltier, du weißt schon …«

»Ich habe alles aufgehoben. Ich konnte nichts wegwerfen«, sagte Peter »Sein Zimmer ist noch genauso, wie er es an dem Tag, als er starb, verlassen hat, bis hin zu seinem Schlafanzug auf dem Boden. Ich bringe es nicht über mich, irgendetwas zu verändern. Das Einzige, was ich aus dem Zimmer entfernt habe, ist dieses Elchding, das er so geliebt hat. Ich habe es zu der Stelle gebracht, wo … du weißt schon, wo es passiert ist.«

Carrie dachte an die kleinen Zellophan-Schreine an Laternenpfählen und Straßenschildern, denen man bei fast jeder Autofahrt begegnete. Sie hatte diese Gedenkstätten immer etwas schäbig gefunden, schon ein erster Regenschauer wusch die Farbe aus den Karten und Teddybär-Schleifen, aber sie verstand das Bedürfnis, immer wieder an den Ort zurückzukehren. Als sie in Peters Gesicht blickte, drückte die Last seines Kummers sie auf einmal zu sehr nieder. Sie fühlte sich überfordert und wusste, dass sie ihm nicht geben konnte, was er wirklich brauchte. Er brauchte es, geliebt zu werden, und das war ihr nicht möglich. Aus reinem Eigennutz verfiel sie auf einen Vorschlag.

»Peter«, sagte sie, »hast du schon mal daran gedacht, dir irgendwo Hilfe zu holen? Mal was anderes auszuprobieren, das dir vielleicht Trost gibt …« Sie würde Peter mit zu Simon Foster nehmen, denn es konnte ja sein, dass ihm das half, sich besser zu fühlen, auch wenn sie nicht sicher war, ob sie diesem Medium noch einmal begegnen wollte.

Fünfundzwanzigstes Kapitel

Weil sie ein vor Weihnachten begonnenes Bild unbedingt fertig bekommen wollte, hatte Molly Max' Gebettel, fernsehen zu dürfen, nachgegeben. Jetzt hockte er zufrieden auf dem Sofa, während sie sich vor dem Fenster eingerichtet hatte. Sie hatte den Dielentisch in die günstigste Position gerückt und versuchte, Farben und Pinsel um sich herum verteilt, die intensiv leuchtenden Streifen, die gerade das Blau des Himmels durchbrachen, auf die Leinwand zu bannen. Der Farbton war merkwürdig, irgendetwas zwischen Khaki und Zitronengelb, und sie bezweifelte, ob sie ihn je richtig hinbekommen würde. Sie dachte an den Tag gestern und wie unangenehm es zuerst in Carries Laden gewesen war, doch Max hatte alles zum Guten gewendet. Er besaß eine erstaunliche innere Ruhe für sein Alter und schien genau zu spüren, was in einer Situation zu sagen oder zu tun war. Ein Kind zu verlieren ist die schlimmste Angst aller Eltern, und auch wenn sie glaubte, eine Ahnung von dem Horror zu haben, wusste sie doch, dass das wahre Ausmaß des Kummers glücklicherweise über ihre Vorstellungskraft hinausging. Was Carrie durchgemacht hatte, relativierte ihre eigenen Sorgen.

Sobald sie das Päckchen von Rupert entdeckt hatte, hatte sie die Polizei angerufen, und obwohl Weihnachten war, traf der Beamte, der auch beim ersten Mal gekommen war, innerhalb von zehn Minuten ein, nur dass er diesmal einen Kollegen mitbrachte. Die Polizisten schienen ihre Befürchtung, dass Rupert sich ganz in der Nähe aufhielt, ernst zu nehmen und schlugen vor, sie solle für eine Weile zu Freunden oder Verwandten ziehen, bis sie ihn ausfindig gemacht hatten. Molly überlegte, Kate zu fragen, ob sie bei ihnen unterkommen könnten, entschied sich aber dagegen. Kate hatte nur zwei Schlafzimmer, und auch wenn sie sicher war, dass man sie gern aufnehmen würde, hieße das doch, der ganzen Familie Unannehmlichkeiten zu bereiten und obendrein ihr Weihnachtsfest zu stören. So alarmierend es war, dass Rupert sich ins Haus geschlichen hatte, um ein Geschenk für seinen Sohn dazulassen, deutete doch nichts darauf hin, dass er ihnen Gewalt antun wollte.

»Mum, was heißt Diskrepanz?«, fragte Max gerade.

»Das ist ein schwer zu erklärender Begriff«, sagte Molly, die immer noch Gelb- und Grüntöne auf ihrer zunehmend schlammfarbenen Palette mischte. »Damit ist der Unterschied zwischen zwei Dingen gemeint, aber mehr im Sinn eines Missverhältnisses ... Was guckst du denn da?«

»Eine Sendung über chemische Reaktionen«, antwortete Max.

Trotz der Wärme des Kaminfeuers spürte Molly auf einmal einen kalten Zug an ihren Beinen. Das kam davon, wenn man zu lange stillsaß. Es war unmöglich, dieses Haus gleichmäßig warm zu kriegen. Hier und da gab es zwar kuschelige Ecken, und direkt vorm Kamin ließ es sich gut aushalten, aber wenn man länger in der Nähe eines Fensters oder einer Tür saß, kroch die Kälte einem in sämtliche Glieder. Sie war sicher, die Hintertür abgeschlossen zu haben, aber vielleicht ja doch nicht. Durch das nasse Wetter der letzten Zeit hatte sich der Rahmen verzogen, und es wurde immer schwieriger, sie richtig zu schließen. Ihr Verdacht bestätigte sich, als sie hörte, wie die Tür gegen die Wand schlug. »Der Wind, der Wind, das himmlische Kind«, sagte sie, legte ihren Pinsel weg und stand auf. »Ich muss wirklich jemanden wegen dieser Tür bestellen.«

Nur ihr Beschützerinstinkt hinderte sie daran zu schreien; Max sollte nicht in die Küche kommen und sehen, was sie sah. An einer quer durch den Raum gespannten Schnur hingen fünf oder sechs tote Kaninchen. Einem waren die Ohren abgehackt worden, einem anderen die Pfoten, ein drittes war ausgeweidet worden. Blut tropfte auf die Fliesen und sammelte sich in einer Pfütze in der Ecke, dort wo der Boden sich leicht absenkte. Ein ekelhaft süßlicher Geruch hing in der Luft, und sie spürte noch die Wärme, die von den toten Tieren ausging. Sie schlug die Hintertür zu und schob einen Stuhl unter den Griff. Dann ging sie hinaus, schloss die Verbindungstür hinter sich und betete, dass die Sendung über chemische Reaktionen Max noch eine Zeitlang an den Bildschirm fesselte.

Diesmal dauerte es etwas länger, bis die Polizei kam, dafür brachten die Beamten einen Fotografen mit, der die schaurige Entdeckung dokumentierte, bevor man sie abnahm und entsorgte. Solange die Reinigungsaktion noch im Gange war, lenkte Molly Max in seinem Zimmer mit Geschichten und Spielen ab, und obwohl er natürlich merkte, dass etwas passiert war, fragte er sie nicht danach. Die Polizei durchsuchte den Garten und den Schuppen und fuhr die Straße nach Parson's Bridge ab, aber es gab keine Spur von Rupert. Trotz der dringenden Empfehlung der Beamten, mit Max an einen sicheren Ort überzusiedeln, entdeckte Molly plötzlich einen unbeugsamen Zug an sich, von dem sie dachte, dass Rupert ihn aus ihr herausgeprügelt hätte. Sie sah nicht ein, warum sie ihr Zuhause aufgeben und Max schon wieder aus seiner vertrauten Umgebung reißen sollte. Sie hatte zugelassen, dass Rupert sie schlug, aber sie wollte verdammt sein, wenn sie es zuließ, dass er sie kleinkriegte.

Allerdings erklärte sie sich damit einverstanden, eine sichere Zone im Haus zu schaffen, ein Zimmer, in dem sie sich mit

Max einschließen konnte, sollte Rupert wiederkommen und sie beide in irgendeiner Form bedrohen. Ein paar Stunden später erschien ein Team, das die Esszimmer- und die Küchentür sowie die Fenster verstärkte und das Esszimmer in einen Panikraum mit verbarrikadierten Fenstern, einer verriegelbaren Tür und einem Telefon, das einen Noteinsatz der Polizei auslöste, verwandelte. Sie sprachen mit ihr durch, was zu tun war, falls Rupert auftauchte und sich gewalttätig benahm. Auch halfen sie ihr, Max möglichst unaufgeregt zu erklären, was er machen sollte, falls sein Daddy kam und sie beide erschreckte. Max hörte sehr aufmerksam zu. Er wirkte ruhig, aber Molly erkannte seine Angst an seinen krampfhaft im Schoß verschränkten Händen. Als die Polizei wieder weg war, bekam sie mit, wie er die Zeit stoppte, die es dauerte, um von seinem Zimmer zum Panikraum zu gelangen, und es brach ihr das Herz. Am Abend setzte sie sich mit ihm aufs Sofa und hielt ihn in den Armen, bis seine Fäuste sich lockerten und die kleinen Runzeln auf seiner Stirn sich im Einschlafen endlich glätteten.

Auch wenn die nächsten Tage ohne ein Anzeichen von Rupert vergingen, wagte Molly nicht, sich zu entspannen. Sie verbrachten so viel Zeit wie möglich außer Haus, und wenn sie zurückkamen, überprüfte sie alle Fenster und Türen doppelt und dreifach und achtete beim Dunkelwerden darauf, die Vorhänge bis zum Rand der Fensterrahmen zuzuziehen. Sie versuchte, nicht daran zu denken, dass er im Garten sein und zu ihnen hineinspähen könnte, während sie sich gut sichtbar durch die beleuchteten Zimmer bewegten wie Fische in einem Aquarium. Sie dachte an Ruperts Hände und seine Art, sie nebeneinander auf den Tisch zu legen, und ihr wurde eng um die Brust. Seine Hände waren so schön gewesen an diesem ersten Abend, seine langen Finger, die sich gewandt über den Tisch bewegten und ihr Dinge in Schüsseln reichten. Sie dachte wieder daran, wie er ihr Bein berührt, sie für sich beansprucht hatte.

Nicht zu wissen, wo Rupert war und wann er wieder auftauchen würde, wurde zunehmend zur Qual, also beschloss sie, seine Mutter anzurufen, um zu hören, ob diese etwas von ihm wusste. Elizabeth nahm beim ersten Klingeln ab, als hätte sie neben dem Telefon gesessen.

»Hier ist Molly. Ich hoffe, es ist nicht zu spät, um anzurufen. Ich störe dich doch nicht beim Essen oder so?«

»Nein.« Elizabeth gelang es, diesem einen kleinen Wort einen enttäuschten Beiklang zu geben. Offenbar hatte sie mit jemand anderem gerechnet. Molly wusste, dass sie kein Interesse an ihrem Enkel hatte, aber sie musste etwas sagen, und Max war ein einigermaßen unverfängliches Thema. Irgendetwas an Elizabeths zurückhaltender Art forderte sie jedes Mal zu hirnlosem Geplapper heraus. Anscheinend wünschte sie sich immer noch ein bisschen, von dieser Frau, die sie stets abschätzig behandelt hatte, gemocht zu werden. Sie erinnerte sich daran, wie Elizabeth einmal um einen Tisch herumgegangen war, den sie, Molly, bei sich zu Hause gedeckt hatte, und die Dessertlöffel von ihrem Platz über den Tellern an die Seite bewegt hatte, und dass sie sich hinterher bei ihrer Schwiegermutter bedankt hatte.

»Max geht es gut. Vielen Dank für das Buch. Er wird dir demnächst noch selbst schreiben und sich bedanken.«

»Das freut mich«, sagte Elizabeth kühl. »Ist sonst noch etwas? Denn ich muss jetzt …« Sie machte sich nicht einmal die Mühe, den Grund für ihre Ungeduld zu nennen, sondern verstummte einfach, als würde sie schon der Gedanke daran, noch ein weiteres Wort mit Molly zu wechseln, vollkommen erschöpfen.

»Also, ich wollte gern wissen, ob du Rupert vielleicht in letzter Zeit gesehen hast.«

»Nein. Er ist in Amerika. Wie sollte ich ihn gesehen haben?«, antwortete Elizabeth, und Molly dachte, dass sie zum ersten Mal in all den Jahren ein wenig verunsichert klang.

»Könnte ja sein, dass er beschlossen hat, über Weihnachten nach Hause zu kommen.«

»Wie du weißt, leitet er eine Ferienanlage in Kalifornien. Er hat mir geschrieben, dass er die Feiertage zusammen mit ein paar neuen Freunden verbringt«, sagte Elizabeth, die ihre gewohnte Selbstsicherheit zurückgewonnen hatte.

»Ach so, verstehe«, sagte Molly, »tut mir leid, dass ich dich gestört habe, ich will dich dann nicht länger aufhalten.«

»Ich wüsste es, wenn mein Sohn wieder im Land wäre«, fügte Elizabeth noch hinzu, und in dem Moment empfand Molly Mitleid mit ihr. Bei aller Abneigung in ihrem Ton hörte sie auch den Stolz und die Einsamkeit heraus.

»Natürlich, sicher. Mach dir keine Sorgen.« Als sie auflegte, stellte sie sich Elizabeth in ihrem blassen, sorgfältig gestalteten Heim vor, wie sie Überwürfe berührte, Blätter arrangierte und keine Ruhe fand.

Sechsundzwanzigstes Kapitel

Als sie hörte, dass Carrie Peter zu einer Sitzung mit dem Medium mitnahm, bestand Pam darauf mitzukommen. Simon sei schließlich ihre Entdeckung, sie denke nicht daran, sich ausschließen zu lassen. Carrie wunderte sich mal wieder, dass ihre Mutter, die gegenüber den meisten Dingen des Lebens, einschließlich der Fähigkeit ihrer Tochter, ihre Angelegenheiten selbst zu regeln, einen geradezu ungesunden Skeptizismus an den Tag legte, so bereitwillig an die Möglichkeit eines Jenseits glaubte. Pam eilte nach oben, um ihr graues Kostüm anzulegen, das sie diesmal mit einem taubenblauen Seidenschal und passenden Ziegenlederhandschuhen als Accessoires versah.

»Es ist wissenschaftlich erwiesen, dass Männer von allen Farben am meisten von Taubenblau angezogen werden, wusstest du das?«, sagte sie und drehte sich vor dem Dielenspiegel, während Carrie ungeduldig mit dem Fuß klopfte und sehnsüchtig an ihr kamingewärmtes Sofa dachte.

Während sie müde zwischen ihren beiden Begleitern über die Eisenbahnbrücke trottete, hörte Carrie das klagende Pfeifen eines aus dem Bahnhof abfahrenden Zuges. Der schwermütige Klang machte sie niedergeschlagener denn je. Die Bäume an der Brücke zeichneten sich kahl vor dem Abendhimmel ab, und hier und da hing ein zerzaustes Vogelnest in den Wipfeln wie ein Blutgerinnsel in einer Arterie. Mit ihrem Leben stand es nicht zum Besten. Sie ging mit Riesenschritten auf die Vierzig zu, ihre

Mutter hatte sich anscheinend dauerhaft in ihrem Gästezimmer eingerichtet, sie schlief mit ihrem Exmann und wusste nicht, ob sie das sollte, und obendrein litt sie an einem derart überentwickelten Pflichtgefühl gegenüber ihrem trauernden Freund, dass sie sich freiwillig einem Abend mit den Strickwesten Tragenden und Einfältigen aussetzte.

Ungebeten kam ihr Oliver Gladhill in den Sinn, und sie fragte sich, was er wohl von der Veranstaltung im Gemeindesaal von Romsey halten würde. Wahrscheinlich würde er Simon Foster zu seinem Mentor machen, und dann konnten sie zusammen eine Schneise der Verwüstung durch die Nachbarschaft schlagen, indem sie die Verzweifelten und die Vollbusigen reinlegten. Was war wohl mit ihm passiert, dass er ständig seine sexuellen Fähigkeiten unter Beweis stellen musste? Er sah ja nicht schlecht aus, wenn man diesen sexy zerknautschten Look mochte, den er da kultivierte. Was hatte er noch mal gesagt, was er beruflich machte? Irgendwas mit Naturschutz, glaubte sie und erinnerte sich daran, wie geübt er den Vogel gehalten hatte. Er hatte ihr erzählt, dass die Amsel sich vollständig erholt hatte, nachdem sie die Nacht in einem Schuhkarton verbracht hatte. »Sie ist abgezischt wie ein geölter Blitz«, hatte er gesagt und die Flugbahn des Vogels mit schwungvollem Arm demonstriert. Er besaß viel Vitalität, und doch war sein Elan mit einer gewissen Reserviertheit durchsetzt, als gäbe es da eine Seite, die er verbergen wollte.

Als sie auf den Gemeindesaal zugingen, merkte Carrie, dass Peter sie von der Seite ansah, und rief sich ins Gedächtnis, weshalb sie die kommenden zwei Stunden auf sich nahm. Er wurde langsam viel zu anhänglich, und sie wusste, dass sie in keinerlei Hinsicht das Heilmittel für ihn war. Er brauchte unbedingt etwas anderes, worauf er sein Augenmerk richten konnte. Davon abgesehen war es die Frage, ob es überhaupt ein Heilmittel für jemanden gab, der etwas so Kostbares wie ein Kind oder in seinem Fall eine ganze Familie verloren hatte. Wie erholten sich Menschen jemals von so etwas? Das Günstigste, worauf man hoffen konnte, war vermutlich, irgendwie mit dem Kummer umgehen zu lernen. Nicht mehr zu erwarten, dass er irgendwann wegging, sondern eine Möglichkeit zu finden, mit ihm zurechtzukommen, die sich nicht allzu zerstörerisch auf das Leben auswirkte, das einem noch blieb. Sie hoffte, eines Tages an einen Punkt zu kommen, an dem sie mit mehr Freude als Schmerz an Charlie denken konnte. An dem sie ihn als den Segen betrachten konnte, der er für sie gewesen war, statt vor allem die Kurzlebigkeit dieses Segens zu sehen. Sie dachte daran, wie er ihr übers Gesicht gestreichelt hatte, dieses letzte Mal. Ihr eigen Fleisch und Blut. Das Allerbeste von ihr.

Das einzige bekannte Gesicht in der Gruppe war der weinerliche Mann. Die anderen schienen alle neu zu sein, hatten aber den gleichen erwartungsvollen, hoffnungsvollen Gesichtsausdruck wie die Teilnehmer beim letzten Mal. Simon Foster sah müde aus, als er hereinkam. Lila Schatten lagen unter seinen Augen, und die Furchen in seinem Gesicht wirkten noch tiefer. Nachdem er sich bei denen, die in der vorigen Woche dabei gewesen waren, dafür entschuldigt hatte, dass sie die Vorrede noch einmal hören müssten, präsentierte er eine verkürzte Version seiner Lebensgeschichte, wobei er ein neues Detail erwähnte, wie Carrie auffiel, nämlich dass es sein Vater war, der bei dem Autounfall am Steuer gesessen hatte. Warum hatte er das beim letzten Mal ausgelassen? Aus Versehen? Oder schmückte der Mann seine Erzählung nach Belieben aus, fügte neue Elemente hinzu, wie sie ihm gerade einfielen?

Die Sitzung verlief ganz ähnlich wie die letzte, nur dass das Medium diesmal auf eine breitgestreute Wirkung setzte und behauptete, die Stimmen würden dicht und schnell kommen und hektisch im Raum herumtönen, als fänden sie keinen Halt. Einmal führte er die Hände an den Kopf, vielleicht zum Zeichen, dass sich einer der von ihm zuvor erwähnten Migräneanfälle ankündigte. Carrie überlegte, ob die Stimmen, die er hörte, möglicherweise so etwas wie ein Auftakt zu einem Anfall waren. Also eher ein Symptom als eine Gabe, so wie die Sehstörungen und die Schwindelgefühle, die andere von Migräne Betroffene beschrieben. Möglicherweise litt der Gute sogar an einer Geisteskrankheit und sollte in einer Klinik behandelt werden, statt vor einem Haufen leichtgläubiger Menschen aufzutreten.

Wie sie vermutet hatte, ging Peter völlig in dem Erlebnis auf. Er ließ Simon keinen Moment aus den Augen, und sie hörte ihn mehr als einmal verblüfft nach Luft schnappen. Ganz und gar beeindruckt sah er sie an, als Simon vorgab, das Sprachrohr für den lange verstorbenen Bruder des weinerlichen Mannes zu sein, dessen Gesicht in seinem Taschentuch verborgen war, während seine Schultern krampfhaft zuckten vor … Trauer? Freude? Schwer zu sagen. Gerade als die Sitzung zum Ende zu kommen schien und Carrie im Geiste schon halb zu Hause war, blieb Simon plötzlich stocksteif vor ihr stehen. Sie stöhnte innerlich auf, denn sie hatte gehofft, das Ganze hinter sich zu bringen, ohne von ihm beachtet zu werden. Pam stieß einen unterdrückten Schrei aus und packte sie am Arm. Über Simons Gesicht ging wieder dieses wellenartige Zucken, an das sie sich vom letzten Mal erinnerte.

»Er erzählt mir von einem Flamingo«, sagte Simon mit seiner seltsam monotonen Sprechweise, die verwaschenen Augen weit offen.

Carrie erstarrte. Der Raum drehte sich um sie. Im ersten Moment brachte sie kein Wort heraus.

»Wer hat Ihnen das gesagt?«, fragte sie dann harsch. »Von wem haben Sie das?«

»Von ihm«, antwortete Simon. »Ein kleiner Junge. Schöne Stimme. Er sagt, er hat dem Flamingo etwas Rosanes zu fressen gegeben.«

Simons Stimme drang aus weiter Ferne zu ihr. Sie hörte sie als ein Rauschen, das durch eine enge Röhre zu ihr hinströmte, so leise, dass es kaum zu vernehmen war. Es hatte nichts mit ihr zu tun, dieses Geräusch. Sie griff nach dem Arm ihrer Mutter.

»Wovon reden Sie da?«, sagte Pam, plötzlich angriffslustig, als sie die Wirkung seiner Worte auf ihre Tochter sah. »Alles in Ordnung, Carrie?«, fragte sie, erschrocken über ihren Gesichtsausdruck.

Ohne etwas zu sagen, wandte Carrie sich ab und rannte aus dem Saal.

Siebenundzwanzigstes Kapitel

Reglos im Bett liegend, ohne Schlaf zu finden, schloss Carrie die Augen und beschwor das Bild vom Haus ihrer Großeltern in einem kleinen Dorf in Yorkshire herauf. Sie war seit mindestens fünfundzwanzig Jahren nicht mehr dort gewesen, und trotzdem hatte sie es noch lebhaft und in allen Einzelheiten in Erinnerung. Deutlicher als manch anderen Ort, an dem sie erst in jüngerer Zeit gewesen war, vielleicht, weil sie es von jeher mit Glücklichsein verband. Ihre nachsichtigen Großeltern und ein endlos langer Sommer, der sich vor ihr erstreckte. An das Haus zu denken entspannte sie normalerweise genug, dass sie einschlummerte, und das hatte sie an diesem Abend dringend nötig. Sie atmete tief durch, rollte sich auf den Rücken und ging durch eine von Weißdornkaskaden gesäumte Allee, dann durch die grüne Haustür, über den Küchenboden mit seinen Terrakottafliesen und vorbei an der Speisekammer mit ihrem Geruch nach erdigen Kartoffeln und Biskuitkuchen. Dahinter kam das Esszimmer, der lange, lackierte Tisch, versehen mit Platzdeckchen mit Ansichten von London zur Zeit von Dickens und silbernen Suppenlöffeln, die nach der stockigen, satingefütterten Schatulle auf der Anrichte rochen, in der sie aufbewahrt wurden. Sie sah die gekreuzten Säbel an der Wand über dem Kamin und die beiden chinesischen Angler mit echter Angelschnur auf dem Kaminsims. Zwei hohe Stufen hinunter in die Diele und dann das Wohnzimmer, wo sich auf dem glänzenden Beistelltisch ihres Großvaters sein Radio, seine Brille und ein Satz Spielkarten befanden, in dieser Reihenfolge. Durch das Erkerfenster hatte man einen Blick auf Rosenrabatten und einen Rasenhang zum Fluss hinunter. So sehr sie es auch versuchte, ihre Vorstellungskraft wollte sie in dieser Nacht einfach nicht weiter durchs Haus führen als bis zu dieser Stelle. Ihr blieb nichts anderes übrig, als aus dem Fenster ihrer Großeltern zu blicken und in Gedanken immer wieder durchzugehen, was das Medium gesagt hatte.

Auf dem Nachhauseweg hatte sie geschwiegen und sich geweigert, auf die besorgten Fragen ihrer Mutter einzugehen. Nachdem Peter durch ihre Übellaunigkeit und mangelnde Bereitschaft, ihm etwas zu trinken anzubieten, mehr oder weniger aus dem Haus gescheucht worden war, hatte sie ihre Mutter gefragt, ob sie vor oder nach der ersten Sitzung je mit Simon Foster gesprochen hatte, ein Verdacht, der hitzig zurückgewiesen wurde.

»Was unterstellst du mir, Carrie? Denkst du etwa, dass ich mit dem Mann unter einer Decke strecke … äh, stecke?«, haspelte Pam, was Carrie zum Grinsen gebracht hätte, wäre sie nicht so verstört gewesen. Sie traute es ihrer Mutter durchaus zu, Privates ausgeplaudert zu haben. Vielleicht hatte sie ihn schon einmal irgendwo anders getroffen? Es waren nur ein paar Gläser Weißwein als Zungenlöser nötig, damit Pam überaus auskunftsfreudig über sich selbst, Menschen, die mit ihr in Verbindung standen, und wiederum sich selbst redete. Das Problem war nur, dass Carrie sich nicht erinnern konnte, ihr je von dem Flamingo erzählt zu haben. Es war ja nur ein flüchtiges Erlebnis gewesen, das von dem, was danach geschah, völlig überlagert und bis zu diesem Moment vergessen worden war. Mit Sicherheit hatte sie seitdem nicht mehr bewusst daran gedacht.

Da der Schlaf sie offenbar hartnäckig mied, zog sie ihren Morgenmantel über und ging nach unten, wo sie sich mit einer Tasse Tee an den Küchentisch setzte und gegen die Tränen ankämpfte, die gegen ihren Willen immer wieder kamen. Aufgrund ihrer Bildung, Lebenserfahrung und Persönlichkeit war es ihr unmöglich zu glauben, dass der Vorfall vom Abend authentisch gewesen war und nicht auf Betrug basierte. Das konnte nicht sein. Die Erklärung war gewiss, dass der Mann ein gewiefter Schwindler war und sich irgendwie Informationen über den Tag am Strand beschafft hatte, um sie hinters Licht zu führen. Um sie auf seine Seite zu ziehen, damit sie an die traurigen Lügen glaubte, mit denen er hausieren ging. Sie war höllisch wütend und stellte plötzlich fest, dass sie sich die Unterlippe blutig gebissen hatte. Konnte ihm irgendjemand anders davon erzählt haben? Aber die einzigen Menschen, die wussten, was sie an jenem Tag am Strand gesehen hatten, waren Damian, sie selbst und natürlich Charlie. Ihr zog sich das Herz zusammen, als sie an die Gutenachtgeschichte mit dem verirrten Vogel dachte; sie war nicht mehr dazu gekommen, sie ihm zu erzählen. Eine weitere unerzählte Geschichte unter den vielen anderen, die sie sich noch für ihn ausgedacht hätte. Hatte sie ihm je von dem Weißdorn am Weg zum Haus ihrer Großeltern und dem nahe gelegenen Wald mit den Fossilien in den Böschungen voller Schiefer erzählt? Sie wusste es nicht mehr.

Carrie versuchte, einen klaren Kopf zu bewahren und sich auf die Tatsachen zu konzentrieren. Was gab es noch für Möglichkeiten? Simon Foster war offensichtlich ein Trickbetrüger mit einem Talent dafür, Dinge herauszufinden, die er scheinbar nicht wissen konnte. Vielleicht hatte er sie irgendwie hypnotisiert und auf diese Weise dazu gebracht, Erinnerungen preiszugeben? Hatte es einen Moment während des Auftritts gegeben, in dem sie sich irgendwie merkwürdig oder verändert gefühlt hatte? Bestimmt nicht. Hatte er eventuell Damian in einem anderen Zusammenhang getroffen? Genau, das musste es sein.

Er hatte in einem Pub oder sonst wo mitgehört, wie Damian jemandem das Erlebnis mit dem Flamingo schilderte. Blödsinn, das war zu weit hergeholt. Der Mann würde doch nicht seine ganze Show auf zufällig mitgehörten Gesprächsfetzen aufbauen. War es möglich, dass Foster Charlie selbst am Strand gesehen hatte? Hatte er sie als Familie bei ihrem Wattspaziergang beobachtet? Es wäre wohl ein etwas sehr verwickelter Plan, all die Jahre abzuwarten, bis sie den Weg zu diesem Gemeindesaal und zu ihm fand. Hatte er Charlie gar in letzter Zeit gesehen? Für einen Augenblick schien das, verbunden mit schrecklicher Angst und Hoffnung, eine Möglichkeit zu sein. Simon Foster kannte Charlie. Oder hatte ihn gar bei sich. Carrie erlaubte sich kurz, das zu glauben, wusste aber schon, dass sie sich etwas vormachte. Wenn er Charlie hätte, würde er ihr das wohl kaum sagen, schon gar nicht auf diese Weise. Die Vorstellung war absurd, dass er sie erkannt und beschlossen haben sollte, sie auf diese höchst eigentümliche Art und Weise zu quälen.

Die einzige Alternative war allerdings noch verrückter und abwegiger. Wenn sie die Möglichkeit einräumte, dass dieser Mann in irgendeiner übersinnlichen Verbindung zu ihrem Sohn stand, hieße das nicht nur zu akzeptieren, dass Charlie tatsächlich tot war, sondern auch, dass es möglich war, in dieser Welt Botschaften von den Verstorbenen zu empfangen. Vergeblich versuchte sie, eine akute Übelkeit zu unterdrücken, und musste schnell zur Spüle rennen, wo sie sich so ausgiebig übergab, dass ihre Kehle ganz kratzig und heiß wurde. Sie kippte eine halbe Flasche Scheuermittel ins Spülbecken und setzte sich wieder an den Tisch. Der neue Tag begann gerade, zwischen den Ritzen der Vorhänge hindurchzukriechen, und irgendwie erfüllte sie das heller werdende Licht mit Grauen. *Er sagt, er hat dem Flamingo etwas Rosanes zu fressen gegeben.* Da fiel ihr die ungegessene Kuchenschnitte mit Zuckerglasur wieder ein, und sie sah seine kleinen Füße ruhelos im Sand scharren, während er zu dem anderen Jungen hinüberblickte. Er hat seinen Kuchen genommen, um den Flamingo damit zu füttern. So ist es also passiert – sie war auf einmal ganz sicher. Die Gewissheit brachte einen derart heftigen Schmerz mit sich, dass sie zu sterben glaubte.

Achtundzwanzigstes Kapitel

Als es endlich Tag war, rief Carrie im Laden an und sagte Jen, dass sie sich nicht gut genug fühle, um zur Arbeit zu kommen.

»Was hast du für Symptome?«, fragte ihre Partnerin auf diese beflissene Art, die sie immer an den Tag legte, wenn es um medizinische Fragen ging. Jen gab sich dem Irrtum hin, dass regelmäßiges Ansehen der Krankenhausserie *Holby City* ein gleichwertiger Ersatz für eine medizinische Ausbildung war. Dabei strahlte sie eine Sachkenntnis aus, mit der sie schon mehreren Leuten vorgemacht hatte, dass sie wusste, wovon sie sprach.

»Ach, nur Kopfschmerzen, und ich fühle mich schlapp, weißt du, wahrscheinlich irgendein Bazillus«, sagte Carrie, aber Jen, selbst eine Simulantin erster Güte, roch den Braten sofort. Zumal sie noch nie erlebt hatte, dass Carrie sich krank meldete. Ein kurzer Anruf bei Pam, der Indiskretion in Person, genügte ihr, um alles zu erfahren, was sie wissen wollte.

»Lass dir so viel Zeit, wie du möchtest«, sagte sie, als sie Carrie zehn Minuten später zurückrief. »Ich komme hier schon zurecht, und falls mal richtig viel los ist, kenne ich jemanden, der mir gern unter die Arme greift.«

So erschöpft sie war, saß Carrie der Schalk doch noch genug im Nacken, dass sie Jen daran erinnerte, was passierte, wenn es in beengten Räumlichkeiten zu Intimitäten kam.

»Ich hoffe doch sehr, dass du keinen Gebrauch vom Hinterzimmer machst, sondern dich schön auf die Arbeit konzentrierst.«

Auf das protestierende Gekreische ihrer Freundin hin legte sie auf und zwang sich unter die Dusche, wo das Wasser sich schmerzhaft heiß auf ihrer Kopfhaut anfühlte. Sie zog sich ohne die gewohnte Sorgfalt an, schlüpfte in eine uralte Jeans, einen abgetragenen grauen Pullover, der an mehreren Stellen ausgefranst war, und in ihre Gummistiefel. Sie musste raus, irgendwohin, wo es Raum zum Atmen gab und sie ungestört über alles nachdenken konnte. Das Letzte, was sie an diesem Morgen wollte, waren die Aufmunterungsversuche ihrer Mutter. Pam war nie schwerer zu ertragen, als wenn sie einen auf mütterlich machte. Carrie zog ihr unbefangen selbstsüchtiges Selbst bei Weitem vor.

Als sie sich die Haare föhnte, stellte sie fest, dass sie leicht elektrisch von der Bürste abstanden, ein Phänomen, das sie stets mit baldigem Schneefall in Verbindung brachte. Ein kurzer Blick aus dem Fenster zeigte ihr eine schwefelgelbe, fast sepiabraune Verfärbung des Himmels, die schlechtes Wetter ankündigte. Sie legte eine hingekritzelte Nachricht für ihre Mutter auf den Küchentisch, denn auch wenn Pams Welt sich meist nur um sie selbst drehte, sorgte sie sich doch um ihre Tochter, das wusste Carrie. Sie fand, dass sie nicht genug auf sich aufpasste, und damit hatte sie nicht ganz unrecht. Seit Charlies Verschwinden war ihr nur allzu bewusst, wie zerbrechlich das Glück war; von einer Minute auf die andere konnte alles dahin sein, doch irgendwie hatte diese Erfahrung sie furchtloser gemacht, was ihr eigenes Wohlergehen betraf. Das hing mit dem Gefühl zusammen, dass das Schlimmste bereits passiert war und keine weitere Katastrophe, kein Leid, kein Verlust mehr so enorm sein konnte.

Sie fuhr die rund acht Kilometer bis Anglesey Abbey und stellte den Wagen auf dem fast leeren Parkplatz ab. Der Park war jetzt im tiefsten Winter nicht gerade ein Besuchermagnet, wenn die Orchideen auf der Wildblumenwiese tief in der Erde vergraben lagen, die lodernden Origami-Blüten der Dahlien nur noch eine Erinnerung waren und die Schneeglöckchen sich noch nicht als helle Kissen auf dem Boden verteilt hatten. Doch Carrie mochte es, wie der Winter das Gerippe von allem bloßlegte. Die Formen der Bäume mit ihren Verzweigungen und Verästelungen waren markanter und leichter miteinander zu vergleichen als auf dem Höhepunkt ihrer sommerlichen Schönheit. Ohne die Weichheit von Blättern oder Knospen zeichneten sich die dunklen Hecken als klare Strukturen ab und bildeten harte, saubere Linien vor dem Himmel. Sie ging über den Temple Lawn zu den steinernen Löwen am Eingang eines von Hecken eingefriedeten Bereichs mit klassischen Skulpturen und gefrorenen Blumenbeeten und setzte sich auf eine der Bänke. Sie dachte an das Spiel, das Damian und sie gern mit Charlie hier gespielt hatten. Abwechselnd musste einer von ihnen den männlichen Löwen bewachen und bis dreißig zählen, während die anderen beiden sich versteckten, um dann, wenn sich die Chance bot und der Wächter ihnen den Rücken zukehrte, zu der Statue hinzurennen und Anspruch auf sie zu erheben. Charlie war vorhersehbarerweise ein hoffnungsloser Fall; er lernte nie aus Erfahrung, sondern hockte sich immer wieder hinter den Löwen, weil er das für den besten Platz hielt, um triumphierend aufzuspringen, sobald zu Ende gezählt war. Sie gaben es auf, ihn dazu zu bringen, sich weiter weg zu bewegen, und spielten einfach mit, sahen sich verwundert um und sagten zueinander: »Hast du Charlie gesehen?«

»Hast *du* gesehen, in welche Richtung er gegangen ist?« Dann entfernten sie sich ein Stück, um ihm Zeit zu geben, jubelnd hervorzustürzen und sich auf den Rücken des Löwen zu werfen, die kühlen Steinflanken zwischen seine Beine geklemmt. Sie sah ihn jetzt dort, die Arme um den Hals des Tieres geschlungen, ihm Unsinn ins Ohr flüsternd, doch als sie sich kurz abwandte und erneut hinsah, war er fort.

Sie dachte wieder daran, was das Medium gesagt hatte. Wenn Charlie vorgehabt hatte, seinen Kuchen dem Flamingo zu geben, hatte er ihn sicher hinunter zu der Stelle im Watt gebracht, wo sie den Vogel gesehen hatten. Vielleicht hatte da schon wieder die Flut eingesetzt, sie wusste es nicht mehr, nur noch, dass die ganze Welt sich an diesem Tag ausgedehnt und eine neue Form angenommen hatte und ihr Sohn irgendwo zwischen Himmel und Meer verloren gegangen war. Auf einmal tauchte Damian vor ihr auf. Tief in Gedanken, wie sie war, brauchte sie einen Moment, um ihn zu erkennen. Sein Gesicht war verschwommen und wurde nur langsam schärfer. Sie sah, dass er eine von diesen Mützen aufhatte, die sie an Männern nicht mochte, so eine mit Ohrenklappen, die man besser Kindern unter fünf überließ. Er setzte sich neben sie auf die Bank und legte ihr eine behandschuhte Hand aufs Knie.

»Als deine Mutter gesagt hat, du wärst hierhergefahren, wusste ich gleich, wo ich dich finden würde.« Er legte den Arm um sie und zog sie an sich. »Du bist ja eiskalt!«, rief er, während sie sich beherrschte, um nicht mit der unwilligen Gereiztheit zu reagieren, die sofort in ihr aufwallte, wenn jemand sie ungefragt anfasste. Dann verflog das Gefühl, und sie merkte, dass sie froh über sein Kommen war. Sie wollte nicht mehr allein über all das nachgrübeln. Nach und nach berichtete sie ihm, was am Abend zuvor passiert war. Zuerst eher nachsichtig und ein wenig ungeduldig, hörte Damian dann mit wachsender Aufmerksamkeit zu. Mittendrin fing es an zu schneien, doch sie achteten beide nicht auf das langsame Treiben und Sinken der Flocken.

»Was hältst du davon?«, fragte sie ihn. »Er muss ein Schwindler sein, denke ich, aber woher weiß er von dem Tag?«

»Es gibt nur eine Möglichkeit. Jemand hat es ihm erzählt«, sagte Damian so selbstgewiss, dass sie ihm sofort zustimmte.

Natürlich, es konnte nicht anders sein. Hatte sie sich je etwas anderes eingebildet? Doch gleich darauf meldeten sich neue Zweifel. »Nur dass niemand außer mir davon gewusst hat. Kannst du dich denn noch erinnern, was damals in der Picknicktasche war?«

»Ich erinnere mich an den Flamingo«, sagte Damian, »und ich erinnere mich, dass Charlie gefragt hat, wie es kommt, dass sein Gefieder die Farbe behält.«

»Ja, aber hast du das mal jemand anderem gegenüber erwähnt?«

Damian schüttelte den Kopf, und da erst merkten sie, wie sich die Landschaft vor ihren Augen verändert hatte. Der Schnee hatte ihr etwas Geisterhaftes verliehen, hatte Bänke, Bäume und Statuen neu geformt und ein zusammenhängendes Ganzes aus zuvor Getrenntem gemacht. Arm in Arm gingen sie zum Parkplatz zurück, Schritte und Atem und Gespräch vom Schnee gedämpft. Nachdem Carrie beschlossen hatte, ihr Auto stehen zu lassen und es zu holen, wenn es getaut hatte, führte Damian sie so fürsorglich zu seinem Beifahrersitz, als wäre sie eine Invalide. Als er vom Parkplatz fuhr, sah er sie von der Seite an und sprach so sanft er konnte.

»Wenn ich es deinem Medium nicht gesagt habe und du es ihm nicht gesagt hast, dann gibt es nur noch einen Menschen, der alles über den Tag weiß, nämlich Charlie.« Er machte eine Pause. »Ich denke, wir müssen mit der Polizei über Simon Foster sprechen.«

Neunundzwanzigstes Kapitel

Am nächsten Morgen geriet Max beim Blick aus dem Fenster völlig aus dem Häuschen.

»Oh, lass uns Schlitten fahren gehen! Einen Schneemann bauen!«, rief er, setzte sich auf die unterste Treppenstufe und zog seine Gummistiefel vor Aufregung falsch herum an. Molly war nur zu froh, aus der drückenden Atmosphäre im Haus ins Freie zu kommen. Sie hatte schon früh bei der Polizei angerufen, die Rupert aber immer noch nicht gefunden hatte. Er war wie vom Erdboden verschluckt. Vielleicht blieb er diesmal endgültig weg. Sie fuhren in die Gog Magog Hills direkt hinter Cambridge, wo sich der Legende nach einst der Riese Gog und sein Kumpan Magog wild herumtobend vergnügt hatten, indem sie Eichen an den Wurzeln ausrissen und sie auf ahnungslose Reisende schleuderten. Die Riesen mussten ganze Arbeit bei ihrem Getrampel über das Gelände geleistet haben, denn die Landschaft wirkte ausgesprochen unspektakulär mit ihren bescheidenen Hügeln und vereinzelten Baumgruppen. Dennoch wimmelte es bereits von Menschen, allesamt begierig, den Schnee auszukosten. Der kleine Hang, den die Kinder mit ihren roten und blauen Kunststoffschlitten hinuntersausten, war an manchen Stellen schon braun gestreift. Als Molly Max auf seinen Schlitten lud, merkte sie, wie er am ganzen Körper bebte, wie immer, wenn er besonders aufgeregt war. Es war weniger ein flüchtiger Schauder als ein regelrechtes Vibrieren, das durch ihn hindurchging.

»Lass die Beine schön oben«, sagte sie, »und halt die Leine

fest, damit du steuern kannst.« Dann schob sie ihn an, und nach ein paar kleinen, ruckartigen Vorwärtsbewegungen sauste Max übermütig kreischend bergab. Sie sah ihm nach, bis er unten ankam, wobei er knapp einen Mann verfehlte, der mit dem Rücken zum Geschehen stand, und dann bäuchlings im Schnee landete, den Schlitten über sich wie einen Schildkrötenpanzer. Sogar durch das allgemeine Gelärme hindurch hörte sie ihn: »Das ist toll, Mum! Es macht SO EINEN Spaß!«

Sie konnte ihn erst überreden, wieder ins Auto zu steigen, als auch das letzte bisschen Schnee in Grund und Boden gerodelt worden war. Nur die fanatischsten Schlittenfahrer waren noch verbissen dabei, wie süchtig nach dem Rauf und Runter. Als sie einen Blick auf ihren Sohn im Rückspiegel warf, sah sie, dass er in dieser Nacht gut schlafen würde. Er hatte jetzt schon diesen halb weggetretenen Ausdruck, der auf extreme Müdigkeit hindeutete. Er rieb sich die Augen mit seinen Handschuhfingern und beugte sich zu ihr vor, die Lider schwer, der Atem langsam, sein Gesicht rosig vom Schnee und der Anstrengung.

»Mum«, sagte er leise und schläfrig, »das war super heute.«

»Das freut mich, mein Schatz«, sagte Molly.

»Ich hab Charlie da gesehen.«

»Tatsächlich?«, fragte Molly.

»Er war auch da und hatte einen roten Schlitten. Ich hab ihn gesehen.«

»Du weißt aber, dass Charlie nicht wirklich dort war, oder, Maxy?«, sagte Molly und sah ihn im Rückspiegel an.

Sein Mund war zu einem untypisch trotzigen Strich zusammengepresst. »Er war es ganz sicher«, sagte Max. »Er hat Tunnel in den Schnee gegraben.«

Vor dem Haus angekommen fuhr sie direkt in die offene Garage. Sie sammelte Jacken und Stiefel vom Rücksitz und scheuchte Max ins Haus. Der massige schwarze Kater, der sich angewöhnt hatte, die ohnehin schon verängstigte Toffee zu terrorisieren, trabte dreist durch die Diele und sprang dann durch die Katzenklappe in der Küche, die laut hinter ihm zuschlug. Toffee hockte auf dem Bücherregal im Flur wie das Opfer einer Flutkatastrophe, das sich vor dem anschwellenden Wasser aufs Dach gerettet hat.

Molly schickte Max nach oben, damit er schon mal das Badewasser einlaufen ließ, und ging ins Wohnzimmer, um den Kamin anzuheizen. Sie spürte ihn, noch bevor sie ihn sah. Es war, als wäre die Luft im Zimmer abgesaugt und durch ein anderes Element ersetzt worden. Er saß in dem Sessel gegenüber der Tür. Seine Hände ruhten auf den Armlehnen, die Beine waren akkurat an den Knöcheln gekreuzt. Er lächelte, als sie hereinkam, und sie wusste mit entsetzlicher Gewissheit, dass sie einen furchtbaren Fehler gemacht hatte, als sie beschloss, in diesem Haus zu bleiben.

»Da bist du ja endlich, Liebling«, sagte Rupert. »Ich habe auf dich gewartet.«

Dreissigstes Kapitel

In der Almond Street war alles wie gehabt, als Carrie am Samstagmorgen zum Lebensmittelladen ging, um einen Laib Brot und eine Dose Suppe zu kaufen. Mrs Evans stand an der Ecke und musterte prüfend den Himmel, als rechnete sie mit der baldigen Ankunft von Außeriridschen. Emily Foxton, uncharakteristisch züchtig in einem Tiger-Overall, lungerte auf dem Stichweg neben ihrem Haus herum und qualmte heimlich, während das Orchester im Heim der musikalischen Wunderkinder in den höchsten Tönen schmetterte. Sie entdeckte das blasse Gesicht von Mr Musikwunderkinder an einem der Schlafzimmerfenster im ersten Stock, quasi an die Scheibe gedrückt. Zweifellos hatte ihn die Lautstärke seiner Sprösslinge und ihrer ehrgeizigen Mutter nach oben flüchten lassen. Sie winkte ihm kurz zu, und er hob die Hand, als würde er von Bord eines Schiffes grüßen, das in einen Sturm hineinsegelt.

Die Polizei hatte am Tag zuvor angerufen, um ihr Mitteilung über die Befragung von Simon Foster zu machen, der nach bisherigen Erkenntnissen nichts mit Charlies Verschwinden zu tun hatte. Wie sich herausstellte, führte er zu steuerlichen Zwecken akribisch Buch über seine Tätigkeit und konnte daher zweifelsfrei nachweisen, dass er an dem fraglichen Tag sowie das ganze Wochenende in Edinburgh gewesen war. Er hatte dort einen Abend in einem großen Theatersaal bestritten, wofür es vermutlich Hunderte von Zeugen gab. Man werde weitere Nachforschungen anstellen und einigen der gesammelten Informationen nachgehen, sagten die Beamten, aber Damian gewann den Eindruck, dass sie die Angelegenheit nicht richtig ernst nahmen.

»Die schienen zu glauben, dass ich die Geschichte mit dem Flamingo erfunden habe«, sagte er. »Immer wieder musste ich mir anhören: ›Norfolks Strände sind nicht gerade ein Tummelplatz für exotische Vögel, Sir.‹« Dabei ahmte er nicht sehr gelungen einen sturen, wenig hilfsbereiten Fernsehwachtmeister nach. »Ich werde herausfinden, wo er wohnt, und selbst mit ihm reden«, erklärte er. »Der Kerl verbirgt garantiert irgendwas.«

»Sollen wir nicht einfach über das Gemeindezentrum einen Termin mit ihm vereinbaren?«, hatte Carrie vorgeschlagen. »Ich bin sicher, dass er auch Einzelsitzungen abhält.«

»Ich werde ihm nicht die Befriedigung gönnen, ihn wie einen seriösen Fachmann zu behandeln«, hatte Damian erwidert. »Der Mann ist ein gemeiner Dreckskerl, und ich komme schon noch dahinter, woher er von Charlie weiß.«

Trotz Carries eindringlicher Bitten, sich erst einmal abzuregen und in Ruhe nachzudenken, ehe er weitere Schritte unternahm, hatte Damian sich sogleich auf den Weg zum Gemeindezentrum gemacht. Zuerst erreichte er nicht mehr, als Simon Fosters berufliche Handynummer zu bekommen, doch schlussendlich konnte er die Dame im Büro davon überzeugen, dass er dringend auch dessen Adresse brauchte.

»Ich habe schon versucht, ihn anzurufen«, sagte er, der zwar im Allgemeinen ein aufrichtiger Kerl, aber trotzdem ganz geschickt im Lügen war, »aber es geht niemand ran, und ich muss meine Frau und meine Schwester unbedingt dort abholen, sie haben für heute Morgen eine Sitzung mit ihm gebucht.«

Die Sekretärin wusste, dass sie streng genommen zuerst

Rücksprache mit Simon halten musste, aber es war beinahe Mittagszeit, und sie freute sich auf ihren Thunfischsalat, und außerdem war der Mann wirklich attraktiv mit seiner hellen Haut und den roten Haaren …

Simon Foster wohnte in einer Wohnung am Fluss, gleich neben dem Bootshaus. Obwohl es deutlich schneller gegangen wäre, mit dem Rad zu fahren oder sogar zu Fuß zu gehen, quer durch die Grünanlage Midsummer Common, bestand Damian darauf, das Auto zu nehmen. Da er seit zwei Jahren außerhalb von Cambridge wohnte, hatte er anscheinend vergessen, wie verstopft die Straßen samstags immer waren, und so stotterte er seufzend und schnaubend die East Road hinauf. In dem Versuch, ihn von seiner zunehmend schlechten Laune abzulenken, machte Carrie das CD-Deck an und bekam einen Schock, als sie Ella Fitzgeralds Stimme hörte. Sie wäre nie auf die Idee gekommen, sich dieses Album noch einmal anzuhören; schon die ersten Takte versetzten sie wieder zu jenem Tag und Charlies Anblick im Rückspiegel zurück, wie er konzentriert mitsang. Sie sah Damian verwundert an.

»Wann hast du das zuletzt gehört?«, fragte sie.

»Ich höre es ständig. Es tröstet mich«, sagte er.

There's a somebody I'm longing to see
I hope that he turns out to be
Someone to watch over me.

Als der Text in ihr Bewusstsein drang, füllten sich Carries Augen mit Tränen, und sie drehte den Kopf entschlossen zum Seitenfenster. Wie traurig es doch war, dass Damian und sie allein hatten durchleiden müssen, wobei sie sich gegenseitig hätten stützen können. Es stimmte, dass der Tod ein großer Gleichmacher war; nur die Art und Weise, wie man mit ihm umging, machte den Unterschied aus.

Es dauerte einen Moment, bevor Simon Foster öffnete. Sie hatten ihn offensichtlich beim Mittagessen gestört, denn er kaute noch, während er sie ungerührt ansah.

»Hallo«, sagte Carrie, »entschuldigen Sie bitte, dass wir so hereinplatzen. Ich war vor ein paar Tagen bei einer Ihrer Sitzungen, und wir haben uns gedacht …«

»Was für eine Masche ziehen Sie da eigentlich ab?«, unterbrach Damian ihre zögerliche Vorrede.

Simon Foster hielt ihnen einladend die Tür auf. »Möchten Sie hereinkommen?«, sagte er und führte sie in ein äußerst spartanisch eingerichtetes Wohnzimmer. Ein Tisch stand darin, der augenscheinlich sowohl zum Arbeiten als auch zum Essen diente. Ein ordentlicher Bücherstapel und Papiere befanden sich am einen Ende, am anderen stand ein Teller mit den Überresten der Mahlzeit, die sie unterbrochen hatten. Die einzigen anderen Möbelstücke waren ein Sofa mit grauem Tweedbezug und ein dazu passender Sessel. Die Wände waren weiß und ohne Bilder, was aber das besondere Licht zur Geltung brachte, das von dem Balkon mit Blick auf den Fluss hereinströmte.

»Bitte setzen Sie sich«, sagte Foster und wies auf das Sofa. Er selbst setzte sich in den Sessel und sah sie ruhig an. »Normalerweise bitte ich Leute nicht ohne Termin in meine Privatwohnung, aber ich war von Ihrer Gefühlsintensität beeindruckt, als ich Sie eben sah«, sagte er zu Carrie. »Ich bin froh, dass Sie wieder zu mir gekommen sind.«

»Woher wissen Sie von dem Flamingo am Strand?«, fragte Damian. »War j-j-jemand, den Sie kennen, an dem T-t-tag dort?«

Carrie merkte, dass die gelassene Haltung des anderen Mannes ihn ziemlich aus dem Konzept gebracht hatte. Er stotterte nur, wenn er durcheinander oder erschöpft war.

»Ein Junge ist zu mir durchgedrungen, der offenbar Kontakt aufnehmen wollte«, sagte Simon. »Verzeihung … wie heißen Sie?«

»Oh, ach so … ich … ich bin Carrie Hudson, und das ist Damian Reynolds, mein geschiedener Mann.«

»Der Junge wollte Kontakt mit Carrie aufnehmen«, fuhr Simon fort. »Ich vermute, Sie sind seine Mutter?«, fragte er sanft.

»Ja. Wir sind seine Eltern«, antwortete Carrie.

»Du sollst ihm nichts erzählen«, mischte sich Damian ein. »So arbeiten diese Typen doch. Sie horchen dich aus, und ehe du dich's versiehst, ›kommunizieren‹ sie mit deiner geliebten Oma, die längst hinübergegangen ist. So sagen Leute wie Sie doch – ›hinübergegangen‹, oder? Verdammte Kriminelle mit einem Hang zum Euphemismus.«

»Ich habe ihn seit diesem ersten Mal noch öfter gehört«, sagte Simon, ohne von Damians Ausbruch Notiz zu nehmen. »Manchmal fällt es mir schwer, einzelne Personen zu unterscheiden. An manchen Tagen kann ich mich nicht mal selbst denken hören. Aber die Stimme Ihres Sohnes ist sehr klar.«

»Was hat er noch gesagt?«, entfuhr es Carrie spontan.

»Spiel ihm doch nicht noch in die Hände!«, schimpfte Damian und sprang wütend auf.

Carrie nahm seine Hand und zog ihn wieder auf die Couch.

»Sie haben es irgendwie geschafft, der Polizei was vorzumachen«, tobte Damian weiter, »aber mich täuschen Sie nicht, verdammt noch mal.«

»Ich denke, ich habe alle Fragen beantwortet, und die Polizei konnte sich davon überzeugen, dass ich nichts mit dem Verschwinden Ihres Sohnes zu tun habe«, sagte Simon sachlich, aber mit einem scharfen Unterton, der erkennen ließ, dass er nicht gerade erbaut davon gewesen war, von der Polizei vernommen zu werden.

»Was hat die Stimme noch gesagt?«, beharrte Carrie.

»Wir sollten einen besseren Zeitpunkt vereinbaren, um uns in Ruhe damit zu befassen. Möchten Sie, dass ich einen Termin für Sie reserviere? Möchten Sie beide kommen?«

»Ach ja, und was soll das kosten?«, sagte Damian. »Das ist doch seine Masche, Carrie.«

»Ich berechne fünfzig Pfund die Stunde für eine persönliche Konsultation«, sagte Simon.

Damian stand wieder auf, und diesmal konnte Carrie ihn nicht zurückhalten.

»Ich habe genug von diesem Mist gehört, vielen Dank. Und nein, ich möchte keinen Scheißtermin vereinbaren! Ich sage Ihnen, was ich tun werde: Ich werde herausfinden, wie Sie bei Ihrem Schwindel vorgehen, und dann mache ich Ihnen den Laden dicht, darauf können Sie Gift nehmen.« Damit stürmte er hinaus.

Carrie hörte die Tür hinter ihm zuschlagen und stand ebenfalls auf. »Ich will Sie nicht länger stören«, sagte sie.

»Mit Ihrem Sohn ist alles in Ordnung, Carrie«, sagte Simon noch, und die Worte gingen ihr durch und durch, als sie sich zum Gehen wandte. Auf dem Weg zur Wohnungstür erhaschte sie einen Blick in sein Schlafzimmer. Die Bettdecke war fest um die Matratze gesteckt, seine Schuhe ordentlich unters Bettende gestellt, alles wie bereit zur Inspektion.

Einunddreissigstes Kapitel

Molly und Max standen da wie versteinert. Nach dem Schock, Rupert zu sehen, war Mollys erste Regung, Max an sich zu ziehen und langsam vor ihrem Mann zurückzuweichen. Es war, als müsste sie ihn im Blick behalten, ihn mit den Augen auf Abstand halten; ihm auch nur kurz den Rücken zuzukehren konnte schon fatal sein. Er saß zwischen ihnen und dem sicheren Zimmer, und sie würden nicht vor ihm zu der Zwischentür gelangen können. Sie tastete nach dem Handy in ihrer Tasche und stellte zu ihrem Entsetzen fest, dass es nicht da war. Fieberhaft versuchte sie, sich zu erinnern, wo sie es zuletzt gesehen hatte, und ihr fiel ein, dass sie sich einmal Max' leerem, wegrutschendem Schlitten hinterhergeworfen hatte. Vermutlich lag das Handy dort irgendwo im Schnee.

Rupert stand auf und streckte lächelnd die Arme nach ihnen aus. »Freut ihr euch nicht, mich zu sehen? Komm her und umarm deinen Dad«, sagte er, und Molly merkte, wie Max sich versteifte und hilfesuchend zu ihr aufsah.

»Ich war weg, aber jetzt bin ich wieder da, und ich habe euch sehr vermisst. Es geht mir wieder besser, Moll. Es geht mir viel besser. Hat dir gefallen, was ich dir neulich gebracht habe?«

Sie hielt Max an der Hand fest und ging in Gedanken die beste Fluchtroute durch, versuchte, kostbare Sekunden einzusparen; die Autoschlüssel neben der Spüle in der Küche, Max' Schuhe hingeworfen an der Haustür. Der Schalter an der Wand, die kleine Verzögerung, während die Garagentür aufging, das Herumfummeln im Dunkeln, um den Schlüssel ins Zündschloss zu stecken. Warum hatte sie die Innenlampe im Auto nicht reparieren lassen? Wäre es besser, das Auto zu vergessen und zu Fuß zu Kate zu flüchten? Sie konnte sich nicht erinnern, ob Licht im Haus ihrer Nachbarin gebrannt hatte oder nicht, als sie eben daran vorbeigefahren waren. Sie dachte an die schlammige Straße und daran, wie Max versuchen würde, Schritt zu halten. Es war nicht zu schaffen. Er war zu schnell für sie. »Geh und gib deinem Daddy einen Kuss«, sagte sie und zwang sich, die blasse, ängstliche Miene ihres Sohnes zu ignorieren.

»Komm, sei nicht so schüchtern«, sagte Rupert und beugte sich herunter, damit Max ihn auf die Wange küssen konnte. Er hob den Jungen auf die Arme und schwang ihn auf seine Schultern. Schaudernd sah Molly, wie stark er war. Wo er auch im letzten halben Jahr gewesen war, er hatte dort Krafttraining gemacht. Verschwunden war der leicht gebeugte Mann, der vor ein paar Monaten das Weite gesucht hatte, und an seine Stelle war ein jüngeres und sehr energiegeladen wirkendes Selbst getreten.

Max blickte von den Schultern seines Vaters zu ihr herunter, und es schmerzte sie zu sehen, dass er zu lächeln versuchte.

»Von den Veränderungen im Innendesign halte ich übrigens nicht viel«, sagte Rupert und deutete kichernd auf die Esszimmertür. »Hab die Gelegenheit genutzt und die Telefonleitung durchtrennt. Kam mir irgendwie überflüssig vor, meinst du nicht?«

Molly wusste, wie wichtig es war, Ruhe zu bewahren und ihm ihre Angst nicht zu zeigen. Sie musste ihn einlullen und ihm weismachen, dass sie sich über seine Rückkehr freute. Sie setzte sich in den Sessel und lächelte ihn an.

»Möchtest du was zu Abend essen?«, fragte sie.

»Ach, wenn du's mir schon anbietest.« Er klopfte sich auf den Bauch. »Ist schon 'ne Weile her, dass ich zuletzt gute Hausmannskost bekommen habe.« Dabei sah er plötzlich so aus wie damals vor all den Jahren, als sie sich kennengelernt hatten, so überzeugt von sich selbst und von ihr. Er bückte sich, damit Max von seinem Rücken rutschen konnte, und Max kam herüber und setzte sich auf ihren Schoß.

»Immer noch ein kleines Muttersöhnchen, wie ich sehe«, sagte Rupert. »Aber das wird sich jetzt ändern, wo ich wieder da bin, stimmt's, Sohnemann? Hast du mich vermisst?«

Max sagte nichts, sondern nickte nur und drückte sich fest an Molly. Sie spürte die Anspannung in seinen Armen und hörte, wie schnell sein Herz schlug. Mit einem beruhigenden Tätscheln sagte sie, er solle hinauf in sein Zimmer gehen und ein bisschen spielen, während sie ihnen allen etwas zu essen machte.

Bei der Mahlzeit aus hastig zubereiteten Spaghetti Bolognese sorgte Molly dafür, dass Ruperts Weinglas nicht leer wurde. Sobald Max fertig gegessen hatte, schickte sie ihn hinauf, wo er seinen Schlafanzug anziehen und im Bett auf sie warten sollte, bis sie kam und ihm eine Geschichte vorlas. Nachdem sie abgeräumt hatte, ließ sie Rupert mit einem frisch gefüllten Glas auf dem Sofa allein und ging nach oben. Rasch zog sie eine Tasche unter ihrem Bett hervor. Max war im Bad und putzte sich die Zähne, und als er herauskam, ging sie mit ihm in sein Zimmer und schloss leise die Tür hinter sich. Flüsternd erklärte sie ihm, was sie vorhatte.

»Du und ich, wir gehen heute Nacht weg, wenn Daddy noch im Bett liegt und schläft. Du musst aber so tun, als wäre alles ganz normal, verstehst du, mein Schatz?« Max nickte mit großen, ernsten Augen. »Ehe du dich hinlegst, zieh deine Jeans und einen warmen Pulli, Socken und deine Turnschuhe an. Ich komme dann und hole dich. Wir müssen uns mucksmäuschenstill nach unten schleichen, ja? Das Auto können wir nicht nehmen, weil das zu viel Krach macht, aber wir werden versuchen, zu Kates Haus zu kommen, okay?«

»Soll ich mit den Turnschuhen ins Bett?«, fragte er. »Vielleicht mache ich die Bettwäsche dreckig.«

»Mach dir keine Gedanken wegen der Bettwäsche«, sagte sie.

»Ich nehme am besten auch meine Taschenlampe mit.«

»Das ist eine gute Idee, Liebling. Jetzt geh runter und sag Daddy gute Nacht.« Molly küsste ihren Sohn auf die Stirn.

Es war ein komisches Gefühl, mit Hose und Schuhen im Bett zu liegen. Er war so schlau gewesen, die Schlafanzugjacke wieder über den Pullover zu ziehen, obwohl seine Mummy ihm das gar nicht gesagt hatte. So würde sein Daddy nämlich, falls er noch mal zum Gutenachtsagen in sein Zimmer kam, nicht merken, dass er seine normalen Kleider anhatte. Als er ihm einen Kuss gegeben hatte, hatte seine Haut sich ganz rau angefühlt und merkwürdig gerochen, nicht so wie früher. Er hatte Angst, wusste aber nicht genau, wovor. Unten hörte er seine Mummy lachen und merkte genau, dass sie das nicht wirklich lustig fand, worüber sie lachte. Wenn sie etwas lustig fand, lachte sie nämlich so ein bisschen wie ein Maschinengewehr, und ihre Augen wurden ganz schmal dabei. Er würde jetzt nicht einschlafen, sondern wach bleiben, bis seine Mummy ihn holte. Leise sang er vor sich hin, damit die Zeit schneller verging.

Nachdem er mehr als eine Flasche Wein getrunken hatte, war Rupert ziemlich früh bettreif. Molly hatte nur das Nötigste in ihre Reisetasche werfen können – ein paar warme Sachen, Waschzeug für sie beide, Max' Asthmaspray, ihre Handtasche und ihre Pässe. Sie schob die Tasche in den Schrank im Flur und ließ sich beim Zähneputzen und Haarekämmen so viel Zeit, wie sie konnte, ohne Verdacht zu erregen, in der Hoffnung, dass er schon schlafen würde, wenn sie zu ihm hinüberging. Die Chance, sich anzuziehen, ohne ihn zu wecken, war gering, deshalb trug sie ihren wärmsten Flanellschlafanzug und baute darauf, dass ihre Gummistiefel und ihr Wintermantel, den sie neben die Tür gehängt hatte, sie warm genug halten würden. Max' Handschuhe und seinen Schal hatte sie in die Manteltasche gestopft.

Zu ihrem Leidwesen saß Rupert aufrecht im Bett, als sie ins Schlafzimmer kam. Sie achtete darauf, die Tür nicht hinter sich zu schließen, weil sie laut knarrte, wenn man den Türgriff drückte. Rupert warf einen Blick auf ihren dicken gestreiften Pyjama und zog auf seine vermeintlich schelmische Art eine Augenbraue hoch.

»Hast deine Liebestöter an, was?«, sagte er in diesem übertrieben lüsternen Ton, den er immer anschlug, wenn er auf Sex anspielte.

Sie fragte sich, ob sie das jemals lustig oder liebenswert gefunden hatte. Ganz am Anfang vielleicht, doch jetzt wurde ihr nur übel davon.

Er klopfte auf ihre Bettseite. »Ich hab dich vermisst, mein Schatz, hast du mich auch vermisst?«

Molly murmelte etwas Zustimmendes und stieg ins Bett. »Du bist bestimmt sehr müde«, sagte sie und legte sich so weit weg von ihm wie möglich. Sie würde ihren Ekel nicht unterdrücken können, wenn ihre Füße sich berührten, dachte sie.

»Nicht zu müde, um meine Freude darüber zu zeigen, dass ich wieder zu Hause bin«, sagte er, und sie musste sich am Riemen reißen, um nicht laut aufzuschreien, als er sich über sie beugte, sein Wein-Atem heiß auf ihrem Gesicht.

»Ich weiß nicht, ob ich das schon will, Rupert«, sagte sie und schob ihn von sich.

Er achtete gar nicht darauf, knöpfte ihren Schlafanzug auf

und nahm ihre Brustwarze in den Mund, biss fest hinein. Sie schrie, wollte sich wehren, wusste aber, dass es sicherer war, es einfach über sich ergehen zu lassen. Hinterher würde er fest schlafen, und Max und sie würden sich davonstehlen können. Rupert zog ihre Schlafanzughose herunter und drang gewaltsam in sie ein. Sie spürte, wie ihr ganzer Körper sich verkrampfte. Er stieß zweimal in sie hinein, erschauerte und lag dann eine Weile auf ihr, schwer und reglos, bis er sich herunterrollte. Sie zog die Hose hoch und drehte sich von ihm weg, damit er nicht sah, dass sie weinte. Sie spürte sein Sperma aus sich heraussickern und wollte sich verzweifelt gern säubern, scheute sich aber, irgendetwas zu tun, das ihn noch länger wach halten würde. Stocksteif lag sie da und lauschte auf seinen Atem, der langsamer wurde und endlich tief und resonant.

Sie lag noch mindestens eine Viertelstunde still, bis sie sicher war, dass Rupert fest schlief. Dann rutschte sie langsam an die Bettkante und stand geräuschlos auf. Ein paar Augenblicke lang hielt sie den Atem an und beobachtete sein Gesicht auf eine Regung hin, doch er lag vollkommen ruhig da, die Arme über dem Kopf, der Mund leicht geöffnet, also schlich sie hinaus. Max war schon wach und vollständig angezogen und hielt die Taschenlampe fest in seiner kleinen Hand. Der Anblick seines entschlossenen Gesichts schmerzte sie; seine Haare standen an einer Seite ab, die Turnschuhe saßen an den verkehrten Füßen. Sie holte die Reisetasche aus dem Schrank, und sie gingen leise nach unten, zuckten bei jedem Knarren zusammen. Molly zog Mantel und Gummistiefel an und half Max in seinen Anorak, setzte ihm die Mütze auf, legte ihm den Schal um. Dann schob sie langsam den Riegel an der Haustür zurück. Draußen funkelte der Sternenhimmel, aber es war trotzdem sehr dunkel und so, als würden sie ins Unbekannte treten. Molly nahm Max an der Hand, und sie gingen los.

Zweiunddreissigstes Kapitel

Carrie verbrachte die nächsten drei Tage im Bett, geschüttelt von einem grippeartigen Fieber. Stundenlang schwebte sie zwischen Wachen und Bewusstlosigkeit und bemerkte die Menschen um sie herum kaum. Pam wurde zu einer erstaunlich tüchtigen Krankenschwester, wich kaum von ihrem Lager, gab ihr in kleinen Schlucken zu trinken und spritzte Eau de Cologne auf kühle Waschlappen, die sie ihr auf die Stirn legte. Sie machte sogar unbeirrt damit weiter, als ihre Tochter ihr gereizt befahl, es zu unterlassen. Carrie wälzte sich im Fieber herum, offenbar von Halluzinationen gequält. Pam wurde nicht schlau aus ihrem Delirieren und erschrak sehr, als sie einmal in ihr Zimmer kam und sie sich im Bett aufgesetzt hatte, scheinbar bei Bewusstsein, aber unzusammenhängendes Zeug redend. Als sie das Fieber schließlich überwunden hatte, war sie so schwach, dass sie kaum den Kopf heben konnte. Sie hatte nicht einmal die Kraft, Pam zu sagen, dass sie aufhören solle, sich ständig an Vorhängen, Decken und Getränken zu schaffen zu machen. Jen hatte derweil den Laden edelmütig allein gemanagt, mit gelegentlicher Hilfe von Tom und ihrem Bruder Paul.

Als es ihr langsam besser ging, lag Carrie auf dem Bett und bemühte sich, nicht an Charlie und Simon und die Bedeutung des Ganzen zu denken. Sie wusste, wenn sie zu viel darüber nachgrübelte, würde sie komplett die Orientierung verlieren. Vielleicht sogar den Verstand. Einmal versuchte sie, Jen, die nach der Arbeit mit der frohen Kunde von tollen Verkaufszahlen und sechs glitzerbestreuten Cupcakes vorbeigekommen war, zu erklären, was in ihr vorging.

»Ich weiß nicht, was ich von Simon Foster halten soll. Ich kann nicht glauben, dass das möglich ist, was er da behauptet. Aber er hat etwas an sich ... er wirkt so sicher. Einerseits ertrage ich es kaum zu hören, was er über Charlie sagt, andererseits bringe ich es nicht über mich, die Ohren davor zu verschließen«, sagte sie, während Jen ihre Hand streichelte. »Wenn das jetzt alles ist, was ich von ihm haben kann, sollte ich dann nicht jedes bisschen annehmen? Spielt es wirklich eine Rolle, woher es kommt? Spielt es überhaupt eine Rolle, ob es wahr ist? Und selbst wenn der Mann ein Gauner ist, sollten wir dann nicht weiter mit ihm reden, um vielleicht doch noch herauszufinden, was mit Charlie passiert ist? Damian weigert sich strikt, etwas damit zu tun zu haben. Er hat vollkommen dichtgemacht, was die Möglichkeit angeht. Aber was ist, wenn wir Charlie dadurch zurückstoßen?«

Jen wusste nicht, was sie ihrer Freundin raten sollte. Sie hatte keine Erfahrung in solchen Dingen und fand das ganze Thema gruselig, aber sie saß neben Carrie und ließ sie reden, fütterte sie mit Kuchen und hoffte, dass auch ihr Herz eines Tages genesen würde. Sie versprach, mit ihr zusammen zu dem Medium zu gehen, sobald sie wieder auf den Beinen war, auch wenn sie stark davon ausging, dass der Kerl ein betrügerisches Arschloch war. Sie würde ein wachsames Auge auf ihn halten und ihn dann als den Hochstapler bloßstellen, der er war. Schließlich hatte sie ein wenig Übung darin, den Ruf von aufgeblasenen Typen zu ruinieren. In dem Moment klingelte es an der Tür, und Jen sah sich einem winzigen musikalischen Wunderkind mit einer Flöte in der Hand gegenüber. Seine Mutter habe gehört, dass Carrie krank sei, und es herübergeschickt, um ihr ein paar heilende

Klänge zukommen zu lassen. Jen jagte es zum Teufel. Hatte die arme Frau nicht schon genug gelitten?

Carrie brauchte noch fünf Tage, bis sie wieder kräftig genug war, um aufzustehen. Auf geschwächten Beinen schleppte sie sich unter die Dusche und trank die erste Tasse Kaffee seit Langem. Während ihrer erzwungenen Untätigkeit hatte sie Muße zum Nachdenken gehabt und beschlossen, eine Sitzung bei Simon Foster zu buchen. Damian würde nicht glücklich darüber sein, das wusste sie. Er hatte sie in der vergangenen Woche ein paarmal angerufen, vorgeblich, um sich nach ihrem Befinden zu erkundigen, aber vor allem, um ihr von den Fortschritten zu berichten, die er bei der Entlarvung von Simon Fosters Niedertracht machte. Während ihres letzten Gesprächs hatte er sich so beharrlich über Privatdetektive ausgelassen, dass sie ihn nur zum Schweigen bringen konnte, indem sie behauptete, sie sei noch zu krank zum Reden und müsse sich ausruhen.

Sie erreichte Simon sofort und vereinbarte einen Termin für den Nachmittag mit ihm, wonach sie den Rest des Morgens damit zubrachte, das Haus auf Vordermann zu bringen. Pam mochte sehr beflissen mit den kalten Waschlappen gewesen sein, aber sie hatte keine Wäsche gewaschen, und der Küchenfußboden klebte unter den Fußsohlen. Carrie fuhr mit dem Fahrrad zu Fosters Wohnung, ließ sich aber reichlich Zeit für den Weg, weil sie wusste, dass sie noch nicht wieder ganz bei Kräften war. Diesmal erwartete er sie und führte sie ins Wohnzimmer, das genauso aussah wie bei ihrem ersten Besuch. Er ließ sie auf dem Sofa Platz nehmen und bot ihr Tee an.

Sie fand, dass er selbst recht krank wirkte. Seine Gesichtsfarbe war grau, und die bläulichen Schatten unter seinen Augen schimmerten dunkler als sonst. Wie benahm man sich eigentlich einem Medium gegenüber? Was sah die Etikette vor? War es wie beim Arzt, den man nichts Persönliches fragte, obwohl er höchst intime Nachforschungen bei einem selbst anstellte? Oder eher wie beim Frisör, wo ein Austausch von Urlaubstipps und ein paar Häppchen aus dem eigenen Liebesleben mehr als akzeptabel waren?

»Hatten Sie wieder einen Migräneanfall?«, fragte sie ihn.

»Ja. Einen ziemlich schlimmen diesmal, ehrlich gesagt«, antwortete Simon, während er ihr die Tasse reichte. »Ist wohl ein Berufsrisiko. Je mehr die Stimmen lärmen, desto schlimmer die Kopfschmerzen.«

Er setzte sich neben sie in den Sessel, und sie wartete darauf, dass er begann.

»Ich kann Ihnen nicht versprechen, dass ich die Person höre, die Sie hören wollen«, sagte er. »Aber ich werde mein Bestes tun. Es hilft, wenn ich einfach eine Zeitlang ruhig dasitzen und diejenigen, die dort draußen sind, zu mir kommen lassen kann. In meinem Kopf herrscht manchmal eine Art weißes Rauschen, und dann brauche ich ziemlich lange, um mich auf die richtige Frequenz einzustellen.«

Trotz all ihrer Zweifel und Skepsis spürte Carrie, wie ihr Herz hämmerte. Sie war sich bewusst, dass sie so etwas wie Hoffnung empfand. Auf was sie genau hoffte, war ihr jedoch nicht klar. Auf eine Antwort, sicher, aber auch darauf, sich besser zu fühlen, entlastet, geheilt. Es war sehr still im Zimmer. Die Balkontür war geschlossen, und durch die Glasscheibe sah Carrie den trüb grünen Fluss, der hin und wieder von einem vorbeikommenden Ruderboot durchschnitten wurde. Simon schien zu meditieren, seine blassblauen Augen blickten nach innen, und da war es wieder, dieses außergewöhnliche Zucken seiner Gesichtsmuskeln, wie ein sich als Wellen äußerndes Gefühl. Dann machte er erneut diese ungeduldige Bewegung mit den Händen, an die sie sich von der ersten Begegnung erinnerte.

»Ich habe ihn«, sagte er endlich mit dieser seltsam monotonen Stimme. »Er hofft so geduldig darauf, zu Ihnen sprechen zu können … Er sagt irgendetwas davon, wie leid es ihm tut, dass er nicht gewartet hat. Er hätte warten sollen, er wusste es genau, aber sein Daddy hat so lange gebraucht … Er will, dass Sie nicht mehr traurig sind …«

Carrie traute ihren Ohren nicht. Es war möglicherweise eine Schwäche, sich das überhaupt anzuhören. Noch vor ein paar Tagen hatte sie dieses Gefasel verachtet, und nun saß sie hier und ließ sich davon einnehmen.

»Er weiß, dass Sie es nicht glauben werden, sagt er. Sie werden ein Gesicht machen wie immer dann, wenn er behauptet hat, er hätte sich die Hände gewaschen, obwohl es nicht wahr war … Jetzt ist da etwas mit einer Geschichte … ein Junge und ein Hund mit einem ulkigen Namen, der mit C beginnt, und eine Hundehütte mit Tassen und Stühlen …«

Carrie schnappte nach Luft, als sie begriff, wovon die Rede war. »*Mister Dog*«, sagte sie. »Seine Lieblingsgeschichte. Sie handelt von einem Hund namens Caspian, der Erdbeeren mag.«

Plötzlich verstand sie, was in all den Menschen in den Gemeindesälen und Theatern vor sich ging. Das hier war Liebe und Trost und eine Rettungsleine, an die man sich klammern konnte.

Simon kam mit einem leichten Schauder aus seiner Trance, als wäre ihm kalt. »Er war für Sie da, Carrie.«

»Ich weiß nicht, was ich denken soll«, sagte sie. »Anscheinend steht mir zu viel im Weg, als dass ich daran glauben könnte. Und wenn es wahr ist, dann heißt das, dass er tot ist, oder?«

»Ich kann Sie nicht zwingen, es zu glauben. An diesen Punkt müssen Sie selbst kommen – oder auch nicht. Ich kann Ihnen nur sagen, was ich höre.«

»Es ist einfach so seltsam«, sagte Carrie. »Ich weiß, dass niemand von meinen Freunden oder meiner Familie es so sieht, aber ich denke immer noch, dass er noch lebt.«

Simon stand auf und nahm ihr die Tasse ab, zum Zeichen, dass die Sitzung zu Ende war. Carrie erhob sich ebenfalls. Einen Moment lang drehte sich das Zimmer um sie herum, und sie fürchtete, ohnmächtig zu werden. Simon sah sie schwanken und streckte hilfsbereit die Hand aus.

»Es geht schon, ich war nur eine Weile krank, und das alles macht mir wohl ziemlich zu schaffen«, erklärte sie.

Als er sie hinausbegleitete, sagte Simon: »Lassen Sie sich nicht davon beunruhigen, Carrie. Es ist nichts Beängstigendes. Nur Welten, die sich überschneiden.«

Dreiunddreissigstes Kapitel

Molly wusste, dass es nur noch etwa eine Viertelstunde bis zu Kates Haus war. Sie betete zu Gott, dass ihre Freundin sich nicht ausgerechnet dieses Wochenende ausgesucht hatte, um wegzufahren. Max leuchtete mit seiner Taschenlampe voraus, brachte die Büsche am Wegrand zum Vorschein und einmal etwas, das vielleicht die Augen eines Fuchses waren. Er fing sichtlich an zu frösteln. Der Wind über den Fenlands war immer besonders beißend und wurde nur von ein paar niedrigen Hecken abgehalten, und in dieser Nacht blies er derart stark, dass er so ungehindert durch ihre Körper zu pfeifen schien wie durch die dunkle Landschaft. Molly fragte sich, ob der gespenstische Fenland-Farmer irgendwo dort draußen war, auf seinen Feldern kauerte und sich den Mund mit Klumpen von gefrorenem Torf vollstopfte. Sie erinnerte sich daran, wie Max als kleines Kind einmal in seinen Gummistiefeln in einem frostigen Garten herumgestampft war und sie gefragt hatte, warum der Boden so alt aussah. Sie packte seine Hand noch fester. An der Seite schimmerte ein schmaler Wasserlauf. Es gab nur wenige Straßen in der Gegend, die nicht von Entwässerungsgräben gesäumt waren. Der Kampf zwischen Wasser und Land schien hier auf ewig unentschieden zu sein, die beiden Gegner gaben jeweils nur um wenige Zentimeter nach. Ein paar Regentage, und das Land weichte im Nu auf und ging an den Rändern in Marschland über. Ob dies alles eines Tages zum Wasser zurückkehren würde, so dass aus Ely wieder eine Insel würde wie im Mittelalter?

Irgendwann, vielleicht schon in nicht allzu ferner Zukunft, würde der Boden hier zu ihren Füßen unter sich schlängelnden Aalen und dunkel schwankendem Schilf verborgen sein.

Er tauchte so plötzlich auf, dass Molly kaum Zeit hatte zu reagieren. Max' Hand wurde ihr entrissen, und sie hörte sein erschrockenes Keuchen. Der Strahl seiner Taschenlampe schwenkte nach oben und beleuchtete kurz Ruperts Gestalt und das Messer, das er seinem Sohn an die Kehle hielt. Dann ließ Max die Lampe fallen, die auf dem Weg landete und in das dunkle Wasser strahlte. Unwillkürlich machte Molly einen Schritt auf ihn zu.

»Nicht …«, sagte sie. Sie konnte vor Entsetzen nicht sprechen.

Rupert dagegen klang beinahe belustigt. »Na, wo wolltet ihr beiden denn hin?«

»Lass ihn los. Rupert, lass ihn los.« Molly hörte, wie ihre Stimme schrill klang vor Panik.

»Ein bisschen spät für einen Spaziergang, oder? Auch nicht das richtige Wetter für eine Nachtwanderung.« Max wollte sich ihm entwinden, worauf der Griff seines Vaters nur fester wurde und das Messer sich noch mehr der weißen Haut über dem Kragen seines Anoraks näherte.

»Max, bleib ganz ruhig, Schatz, beweg dich nicht. Es wird alles gut.«

Rupert war vollständig angezogen. Er hatte sogar die Zeit gefunden, sich sorgsam einen Schal um den Hals zu wickeln. Diese Feststellung schockierte Molly mehr als alles andere. Er hatte die ganze Zeit gewusst, dass sie fliehen wollten. Als er sie betatscht hatte und sie passiv dalag, hatte er gewusst, dass sie nur darauf wartete, dass er zum Ende kam. Molly wurde schlecht.

»Warum tust du das? Was willst du, Rupert?« Sie ging vorsichtig auf ihn zu, die Arme nach Max ausgestreckt.

»Ich will nur, dass wir alle wieder zusammen sind.« Er sagte das in einem schmollenden Ton, wie ein Kind, das um eine Nascherei gebracht worden war. »Ich will nur, was mir gehört.«

»Okay«, sagte sie besänftigend. »Wir kommen mit dir zurück, aber gib mir das Messer.«

»Versprichst du es?«, fragte er.

»Ja, ich verspreche es.«

»Gut, ich gehe mit Max, und du gehst neben uns her«, sagte Rupert mit plötzlich listiger Miene. »Und das Messer behalte ich. Ich will lieber nichts riskieren.« Er kicherte sonderbar. »Ihr zwei seid so schlüpfrig wie ein Paar Aale.«

Sie drückte Max' Schulter, um ihn zu beruhigen. Seine Zähne klapperten unablässig.

»Keine Angst. Es kommt alles wieder in Ordnung«, sagte sie und versuchte, ihm zuzulächeln.

Zu dritt machten sie sich auf den Rückweg zum Haus.

Vierunddreissigstes Kapitel

Carrie rief Damian an, um mit ihm über die Sitzung bei Simon zu sprechen, doch er reagierte unempfänglich, geradezu kühl am Telefon. Er weigerte sich nach wie vor, die Möglichkeit gelten zu lassen, dass das Medium in irgendeiner Form Kontakt zu Charlie hatte, und ärgerte sich über ihre Haltung.

»Ich bitte dich, Carrie, du redest hier mit mir! Wir leben in der Wirklichkeit, nicht in irgendeinem Paralleluniversum«, sagte er, ohne ihr auch nur richtig zuzuhören.

»Aber Damian, er hat diese Geschichte erwähnt, die Charlie so liebt … du weißt schon, die mit dem Hund, die ich ihm abends immer zwanzig Mal vorlesen musste.«

»Es gibt zig Erklärungen dafür, wie er an diese Information gekommen sein könnte. Wahrscheinlich hast du ihm selbst mal davon erzählt. Ich finde, du solltest sofort damit aufhören, Carrie, ehe du dich noch mehr darin verstrickst. Versprich mir bitte, dass du nichts mehr mit ihm zu tun haben wirst. Ich mache mir wirklich Sorgen um dich. Auch dass du krank geworden bist und all das. In den letzten Tagen war viel los in der Arbeit, aber am Wochenende bin ich da. Wir müssen mal über alles reden. Über richtige Sachen, meine ich, nicht diesen Quatsch.«

»Kannst du nicht einmal mit mir zusammen zu Simon gehen? Es würde mir wirklich helfen, wenn du dabei wärst.«

»Nein, Carrie, das mache ich nicht. Ich denke, du tust dir am Ende nur selbst weh damit. Wir sollten mal über uns sprechen und wie es weitergeht. Daran bin ich interessiert.«

Als Carrie aufgelegt hatte, spürte sie wieder die gleiche Art von Einsamkeit wie kurz nach Charlies Verschwinden, als Damian und sie so unterschiedlich mit dem Verlust umgegangen waren. Während ihre Trauer chaotisch und allumfassend gewesen war, hatte er seine, auch wenn er nicht weniger litt, in nutzbringende Aktivität umleiten können. Sie wusste, er würde sich nie erlauben, in Erwägung zu ziehen, dass Simon tatsächlich irgendeine geistige Verbindung zu Charlie gehabt haben könnte. Er war ein Mann, der die Dinge gern voneinander abgrenzte und Klarheit darüber brauchte, wo er im Verhältnis zur übrigen Welt stand. Carrie hingegen war ihrer Isolation als Einzelkind entkommen, indem sie eine Stadt erfunden hatte, die unter ihrer Bettdecke existierte. Das war ein unglaublich detailliert ausgedachter Ort gewesen, der einfach herbeigezaubert werden konnte, indem sie sich die Decke über den Kopf zog, und auch wenn sie es als erwachsene Frau längst aufgegeben hatte, Fantasieorte zu erschaffen, war sie doch ein Mensch geblieben, der dem Gedanken offen gegenüberstand, dass das, was sie kannte, nur ein Bruchteil von dem war, was existierte. Es entsprach ihrer Meinung nach dem Wunder und der Schönheit der sichtbaren Existenz, davon auszugehen, dass es irgendwo noch mehr davon gab, jenseits der Grenzen ihres Vorstellungsvermögens. Charlie war so lebendig in der Welt gewesen, hatte so viel davon für sie ausgefüllt, dass es sie keine große Anstrengung kostete zu glauben, dass er nicht einfach aufgehört hatte wie eine Straße, die an einer Klippe abbrach, oder wie ein Vogel, der mitten im Lied verstummte. Er musste noch irgendwo sein, strahlend, eine Manifestation ihrer Liebe.

Entgegen der Anweisung ihres Arztes, nicht zu arbeiten, bis sie wieder hundertprozentig auf dem Damm war, beschloss sie, für eine Weile in die *Schatzkiste* zu gehen, um sich auf andere Gedanken zu bringen. Zu Hause fand sie sowieso keinen Frieden, da Pam die ganze Länge des Sofas einnahm. Dort lag sie hingegossen in einem unschicklich engen taubenblauen Rollkragenpullover, und das Einzige, was sich an ihr bewegte, war eine träge Hand, die sich regelmäßig in eine Pralinenschachtel senkte. Nichts brachte Carrie mehr aus der Ruhe, als ihrer Mutter beim Ruhen zuzusehen. Ein paar Stündchen mit öde-beruhigender Inventur würden ihr guttun. Trotzdem hatte sie ein schlechtes Gewissen, weil sie so schnell von Pam genervt war, besonders, nachdem diese am Abend zuvor so freundlich zu ihr gewesen war. Mit einem großen Brandy in der Hand, den sie sich eingegossen hatte, ohne ihre Tochter zu fragen, ob sie auch etwas trinken wolle, hatte sie sich in dem Sessel vorm Kamin niedergelassen und die Beine auf eine mädchenhaft biegsame Art unter sich gezogen.

»Männer sind solch prosaische Geschöpfe«, hatte sie seufzend bemerkt, nachdem Carrie ihr erzählt hatte, dass Damian böse auf sie war, weil sie sich an Simon Foster gewandt hatte. »Die meisten denken einfach nur geradeaus, Komplexität ist ihnen ein Gräuel. Du kannst von ihm keinen Sinneswandel in der Hinsicht erwarten, das liegt nicht in seiner Natur.«

»Und was hältst du von Simon? Glaubst du das, was er über Charlie sagt?«, fragte Carrie.

»Warum nicht? Ich habe mich den schattenhaften Seiten des Lebens schon immer verbunden gefühlt«, prahlte Pam. »Vermutlich habe ich selbst eine übersinnliche Ader. Ich habe mindestens zwölf Uhren zum Stillstand gebracht. Dein Erzeuger hat immer behauptet, dass ich es mit Absicht mache, damit ich mir eine neue kaufen kann, aber ich schätze, es war mein Magnetismus, der sich störend auf das Uhrwerk ausgewirkt hat.«

»Ich kann es nicht fassen, dass du nach all den Jahren immer noch nicht einfach ›Vater‹ sagen kannst«, erwiderte Carrie.

»Auch wenn ich der Auffassung bin, dass es nur einen dünnen Schleier zwischen Leben und Tod gibt, Carrie, steht für mich doch eine felsenfeste Wand zwischen Richtig und Falsch.«

Carrie kam der absehbaren Tirade, die darauf folgen würde, zuvor, indem sie ihrer Mutter noch einen Drink anbot. Sie kannte die Geschichte der kurzen und unglücklichen Ehe ihrer Eltern bis ins Kleinste und war nicht scharf darauf, sie noch einmal zu hören. Ihr Vater hatte sie beide verlassen, als sie vier Jahre alt war, und alles, woran sie sich noch von ihm erinnerte, war, wie sie mit ihren kleinen Füßen auf seinen riesengroßen Stiefeln stand und mit ihm durchs Zimmer stapfte und wie er einmal beim Lachen den Kopf so fest zurückwarf, dass sein Hut davonsegelte und im Fluss landete. Sie hatte ihn nie wiedergesehen. Als Erwachsene konnte sie auf ihre Kindheit zurückblicken und Pams beinahe verzweifelte Betriebsamkeit in den Jahren nach seinem Weggang verstehen. Sie begriff jetzt, dass es der Kummer war, der ihre Mutter so unerreichbar gemacht hatte, aber als Kind hatte sie sich einfach nur verlassen gefühlt.

»Ich war keine gute Mutter«, sagte Pam, als läse sie ihre Gedanken. »Du warst eine viel, viel bessere, mein Schatz.« Bei der Erinnerung an diesen Verlust und andere wurde ihr Gesicht auf einmal ganz traurig, und Carrie merkte, wie ihr ebenfalls die Tränen kamen. Sie war so sehr an Pams forschen Egoismus gewöhnt, dass sie angesichts dieses unerwarteten Gefühlsausbruchs schlucken musste. Pam schluchzte wie ein Kind in die vorgehaltenen Hände. Als Carrie sich vorbeugte, um sie zu trösten, sah sie, dass ihre Kopfhaut durch die Haare hindurchschimmerte.

Als sie kurz darauf aus dem Haus ging, um zum Laden zu fahren, kam Oliver Gladhill ebenfalls gerade zur Tür heraus. Da sie sich immer noch nicht sehr widerstandsfähig fühlte und er eine tendenziell verunsichernde Wirkung auf sie hatte, duckte sie sich rasch hinter die Hecke, war aber nicht schnell genug. Er hatte sie bereits bemerkt und kam über die Straße. Ihr fiel auf, dass der königsblaue Schal, den er trug, unheimlich gut zu seinen Augen passte. Wieder einmal war sie hin- und hergerissen zwischen Bewunderung für seinen Kleidergeschmack und Verachtung für seine Eitelkeit.

»Hallo, Carrie!«, rief er. »Ich habe Sie ja eine Ewigkeit nicht gesehen. Wo hatten Sie sich denn versteckt?«

»Nirgends ... ich war nur eine Weile krank ...« Sie verstummte, plötzlich unerklärlicherweise den Tränen nahe.

Er musterte sie. »Sie sehen tatsächlich sehr blass aus«, sagte er freundlich. »Wo wollen Sie hin? Darf ich Sie auf einen Kaffee einladen? Ich bin für heute fertig mit der Arbeit.«

Carrie wusste nicht, ob sie wirklich mitgehen wollte oder einfach nur zu erschöpft war, um sich eine plausible Ausrede auszudenken, jedenfalls spazierte sie auf einmal mit ihm die Mill Road hinunter und in ein kleines Café, in dem es ausgezeichneten Kaffee und großzügige Tortenstücke gab. An den Wänden ringsum hingen bunte Bilder, während das große Fenster zu beschlagen war, um hinauszusehen. Carrie wärmte sich die Hände an der Kaffeetasse und stellte fest, dass sie sich entspannter fühlte als seit Tagen. Oliver dachte unterdessen, was sie doch für einen schönen Mund hatte, die Lippen klassisch geschwungen und die untere voller als die obere.

»Sie haben es mir bestimmt schon einmal gesagt, aber was machen Sie genau beruflich? Es war irgendwas mit Tierbeobachtung, oder?«, sagte Carrie, die merkte, wie er sie ansah, und nach einem neutralen Gesprächsthema suchte.

»Ich bin biologischer und landschaftsökologischer Gutachter«, sagte er, »was eine vornehme Bezeichnung dafür ist, dass ich einen guten Teil meiner Zeit im Schlamm herumkrieche und kalte Füße bekomme.«

»Arbeiten Sie hier in der Gegend?«, fragte sie und blickte auf seine auf dem Tisch ruhende Hand – langgliedrige Finger mit sauberen Fingernägeln trotz der angeblichen Naturburschenexistenz.

»Ich arbeite im ganzen Land, aber im Moment für eine private Artenschutz-Stiftung, die eine Population von Rohrdommeln in einem der Feuchtgebiete bei Ely ansiedeln möchte.«

Er kam ihrer Frage zuvor. »Rohrdommeln sind sehr selten gewordene Vögel, denn die Art von Lebensraum, die sie brauchen, ist kaum noch vorhanden. Ich versuche, die richtige Umgebung für sie zu finden, und hoffe, in den nächsten paar Jahren zehn weitere männliche Rohrdommeln zählen zu können.«

»Aha, das erklärt, wie selbstverständlich Sie mit der verletzten Amsel umgegangen sind«, sagte sie. Da war keine Spur von seiner üblichen Flapsigkeit in der Leidenschaft, mit der er von seinem Beruf sprach. Der Typ mochte ein Weiberheld sein, aber er hatte offenbar seine verborgenen Tiefen, ganz zu schweigen von tiefblauen Augen, einem entschlossenen Kinn und der Figur eines Mannes, dem das Fitnessstudio oder zumindest die Erkundung unwirtlichen Geländes nicht fremd war.

»Aber wissen Sie«, sagte er, »die Rohrdommeln können warten. Wollen Sie mir nicht erzählen, was Sie so traurig macht? Nur, wenn Sie möchten, natürlich, sonst können Sie mich gern zum Teufel jagen.«

Carrie zögerte, weil sie wusste, dass die Sache mit Charlie sich auf das Verhalten anderer ihr gegenüber auswirkte. Sogar ihre engsten Freundinnen und Freunde vermieden es, in ihrer Gegenwart von ihren Kindern zu reden, obwohl sie ihnen schon mehrmals erklärt hatte, dass es sie kein bisschen traurig machte, etwas über andere Kinder zu hören. Es war Charlie, den sie wiederhaben wollte, nicht irgendein Kind. Aber seltsamerweise machte es ihr nichts aus, mit Oliver darüber zu sprechen. Er hatte etwas an sich, das ihr sagte, dass er damit umgehen konnte, und so begann sie, ihm alles zu erzählen, und stellte zu ihrer Überraschung fest, dass es ihr sogar leichtfiel. Er hörte schweigend zu und gab nur gelegentlich ein aufmunterndes Zungenschnalzen von sich, das er wahrscheinlich auch bei seinen Rohrdommeln anwandte.

»Erst seit Kurzem«, schloss sie, »kann ich mich langsam auf den Gedanken einlassen, dass er wahrscheinlich tot ist. Ich glaube, ich habe die letzten drei Jahre mehr oder weniger immer noch damit gerechnet, dass er gefunden wird. Und jeder Zeitungsbericht über Familien, die in irgendwelchen Bunkern entdeckt wurden, oder Kinder, die am anderen Ende derselben Stadt auftauchten, in der sie verschwunden waren, hat mich in meiner Hoffnung bestärkt.«

»Und wie kommt es, dass Sie die Möglichkeit jetzt akzeptieren? Was hat sich verändert?«, fragte er, ohne Anstalten zu machen, sie zu trösten oder zu bemitleiden. Sie war froh über seine Zurückhaltung, und es schoss ihr durch den Kopf, dass er möglicherweise selbst Erfahrung mit Trauer hatte.

»Das klingt jetzt total schwachsinnig, und glauben Sie mir, noch vor einem Monat hätte ich es auch als das Geschwätz eines Irren abgetan«, sagte sie, »aber ich war bei so einem Mann, der Botschaften von Charlie zu empfangen scheint.« Sie sah Oliver an und erwartete, dass er lachte oder, schlimmer noch, herablassend reagierte, aber er verzog keine Miene.

»Und wie fühlen Sie sich dabei?«, wollte er wissen, und Carrie überlegte, warum Damian sie das nie gefragt hatte, und fand sich gleich darauf gemein und illoyal, weil sie so über ihn dachte.

»Ich bin nicht sicher. Es macht mir Angst, es verwirrt mich, und ich denke, dass ich wahrscheinlich selbst verrückt werde. Aber ich will alles von ihm bekommen, was ich kann. Ich weiß, Trauernde halten sich an jedem Fitzelchen Trost fest. Ich habe erlebt, dass Leute jeden Blödsinn schlucken, nur weil sie ihn glauben wollen, und ich bin wahrscheinlich nicht anders, aber dieser Mann wusste tatsächlich bestimmte Dinge. Dinge, von denen er eigentlich nicht auf andere Weise erfahren haben kann …«

Carrie stellte plötzlich fest, dass es draußen dunkel geworden war. Demnach saßen sie bestimmt schon zwei Stunden hier, aber sie hatte gar nicht gemerkt, wie die Zeit verging.

»Du lieber Himmel, so spät ist es? Ich muss gehen. Ich muss noch in den Laden und nachsehen, was während meiner Abwesenheit so los war«, sagte sie, nahm ihren Mantel und hob den Schal auf, der unter den Tisch gerutscht war.

»Gehen Sie mit mir essen?«, fragte Oliver. »Mittwochabend vielleicht? Es war schön, mit Ihnen zu reden.«

Carrie schwankte, dachte an Damian und dass alles schon schwierig genug war, auch ohne noch eine Komplikation hinzuzufügen, doch dann stellte sie sich vor, wie sie den Abend allein verbrachte und endlos das Erlebnis mit dem Medium durchkaute.

»Eigentlich treffe ich mich wieder mit meinem geschiedenen Mann zur Zeit, es ist alles ein bisschen kompliziert …« Sie unterbrach sich verlegen.

»Es ist nur ein Abendessen, Carrie«, erwiderte Oliver. »Kein Rendezvous … es sei denn, Sie möchten, dass es eines wird.«

»Okay, danke, das wäre schön«, sagte sie und bemerkte erstaunt, wie sehr ihn ihre Zusage freute.

Sie verabschiedeten sich draußen vor dem Café, und als sie davoneilte, um noch vor Ladenschluss zur *Schatzkiste* zu kommen, wurde Carrie bewusst, wie viel besser es ihr ging, weil sie einmal offen und ehrlich mit jemandem hatte reden können, der einfach nur zuhörte und sich nicht verpflichtet fühlte, einen Standpunkt einzunehmen. Wie merkwürdig, dass sie sich ausgerechnet Oliver ausgesucht hatte, um ihrem Herzen Luft zu machen.

Fünfunddreissigstes Kapitel

Daddy sieht nicht mehr aus wie mein Daddy. Er sieht ganz verkniffen und wütend aus. Einmal, als wir draußen vor einem Pub gesessen haben, haben wir einen Schluck Bier in ein Glas gegossen und fünf Wespen darin gefangen, und sie haben so laut gebrummt, dass man es außen am Glas fühlen konnte. Genauso hört sich jetzt mein Daddy an, wenn man die Augen zumacht. Meine Mummy ist so still wie nur was. Stiller als eine Maus, wenn Toffee in der Nähe herumschnüffelt. Ich glaube, sie weiß, dass Daddy keine plötzlichen Bewegungen mag. Bei plötzlichen Bewegungen schlägt Daddy um sich. Um-sich-Schlagen ist, was Leute machen, wenn sie böse oder erschrocken sind. Oder sich in die Enge getrieben fühlen und Angst haben. Der Euoplocephalus – Kraftquotient 96, Intelligenzquotient 53 – benutzte den langen Knochen in seinem Schwanz, um damit auf seine Feinde einzuschlagen. Er hatte so eine Art Morgenstern am Ende. Daddy hat mir gesagt, dass das so heißt. Er hat mir ein Bild von einem Ritter in seiner Rüstung gezeigt, der einen Morgenstern an einer Kette in der Hand hatte.

Daddy hat so eine Paketschnur aus der Küchenschublade geholt und Mum und mich damit an Stühle gefesselt. Er hat die Esszimmerstühle aus dem sicheren Raum geholt und Schnur um unsere Fußknöchel und die Stuhlbeine gewickelt und auch um unsere Handgelenke und sie nach hinten gebunden. Die Schnur um meine Beine hat er ganz, ganz fest gezogen, so dass sie durch meine Socken in die Haut schneidet. Aber ich glaube nicht, dass ich blute, was gut ist, denn wenn ich anfange zu bluten, brauche ich ein Pflaster, damit es aufhört, und mein Daddy weiß bestimmt nicht, wo das Heftpflaster ist. Mum sitzt ganz still, aber ich sehe, dass sie versucht, mich mit den Augen anzulächeln, weil sie ihren Mund nicht benutzen kann. Ich glaube, sie will mich aufmuntern, so wie wenn wir lange zu Fuß gehen müssen und ich total müde bin. Wenn wir einen langen Spaziergang machen, singt sie manchmal das Lied von den marschierenden Soldaten und bringt mich dazu, die Beine hochzuwerfen, und dann vergeht die Zeit schneller. Ich habe großen Durst. Daddy hat irgendetwas Weiches in meinen Mund gestopft und dann ein Geschirrtuch drum herum gebunden, damit es drin bleibt. Ich rieche Hähnchen an dem Geschirrtuch. Meine Mummy hat so zerrissenen Stoff um ihr Gesicht, aber ich kann ihre Augen sehen. Daddy macht ganz viel Krach überall im Haus. Ich glaube, er packt für eine Reise. Er hat zwei große Taschen und tut lauter Sachen dort rein, und ich zähle die ganzen Sachen, so wie im Auto, wenn wir »Ich packe meinen Koffer« spielen. Jemand sagt, ich packe meinen Koffer und tue eine Kuh hinein. Dann sagt man, ich packe meinen Koffer und tue eine Kuh und einen Hut hinein, und dann denkt sich der Nächste was aus, wie eine Zahnbürste oder einen Globus und so weiter. Einmal habe ich dreiundzwanzig Sachen geschafft, bevor ich durcheinandergekommen bin. Ich glaube, mein Dad hat mehr als dreiundzwanzig Sachen in die Taschen gepackt. Er hat einen Hammer hineingetan und ein paar Nägel und das Silberklebeband aus der Garage und ein paar Kerzen und noch ganz viel anderes Zeug, das ich mir nicht merken konnte. Ich glaube, es läuft nicht gut für uns. Das hat der Colonel in dem Film gesagt, den ich mal gesehen habe. Die Feinde rückten näher, und eine Felswand versperrte ihnen den Weg, so dass sie in der Falle saßen, und der Colonel meinte: »Irgendwas sagt mir, dass es nicht gut für uns läuft«, und das hat er ganz traurig, aber ruhig gesagt, und dann ist ihm in allerletzter Minute ein alter Tunnel eingefallen, und sie haben einen Felsbrocken weggerollt und sind hineingerannt, und da waren ganz viele Fledermäuse, aber das hat ihnen nichts ausgemacht, weil sie frei waren. Ich bin nicht so wild auf Fledermäuse. Charlie mag sie auch nicht. Charlie hat mir erzählt, dass Fledermäuse Unglück bringen und unheimlich sind, weil sie mit dem Kopf nach unten schlafen, und dass es eine Fledermausart gibt, die Vampirfledermaus heißt und sich an den Hintern von einem Schwein hängt und ihm das ganze Blut aussaugt. Daddy hat den Stuhl von meiner Mum umgeworfen, weil sie versucht hat, damit herumzurücken, als er oben war, um Handtücher zu holen. Jetzt liegt sie auf dem Boden, und ich sehe, dass ihre gefesselten Arme ihr wehtun, weil sie auf ihnen liegt. Aber sie weint nicht, weil sie so tapfer ist wie der Colonel. Es ist schon sehr spät, was heißt, dass ich die ganze Nacht aufgeblieben bin, denn die kurze Zeit im Bett zählt nicht, als ich meine Kleider unter dem Schlafanzug anhatte, um meinen Dad zu täuschen, und außerdem denke ich, er hat es die ganze Zeit gewusst.

Sechsunddreissigstes Kapitel

Als Carrie am nächsten Tag aufwachte, galt ihr erster Gedanke Charlie. Vielleicht war es noch der Nachklang eines Traums, aber während sie im Halbschlaf dalag, hatte sie plötzlich das starke Gefühl, dass er bei ihr war. Nicht dass sie etwas sah, es war eher eine Art Schwingung im Zimmer, ein Erzittern der Luft, nicht mehr. Sie hatte Beschreibungen von anderen Leuten gehört, die einen geliebten Verstorbenen bei sich gespürt hatten, aber noch nie selbst so etwas erlebt. Sie blieb noch eine Weile im Bett und dachte an ihn. Vor Kurzem erst hatte sie herausgefunden, dass es weniger schmerzte, wenn sie ihren Erinnerungen freien Lauf ließ. Gegen den Schmerz anzukämpfen machte ihn nur schlimmer.

Nach einem schnellen Kaffee zog sie eine blassrosa Seidenbluse an, eine blaugrüne Strickjacke und Jeans. Sie drehte ihre Haare zu einem Knoten, befestigte ihn mit einer Spange und legte Kristallohrringe und einen dicken Silberarmreif an. Als sie mit schnellen Strichen ihr Make-up auftrug, einen Klecks pfirsichfarbenes Rouge gegen die Blässe und einen Tupfer dunkelgrauen Lidschatten, fiel ihr auf, dass ihr Gesicht sich verändert hatte. Zum Teil war es wohl die gerade überstandene Krankheit, die ihre Wangen ausgehöhlt und deren Form verändert hatte, aber da war auch ein neuer Ausdruck um ihre Augen, eine gespannte Vorsicht, die sie zuvor nicht bemerkt hatte. Sie sah älter aus, fand sie, oder jedenfalls von Erfahrung gezeichnet.

Sie traf zur selben Zeit bei der *Schatzkiste* ein wie Jen, die eine keck schräg sitzende Baskenmütze mit Leopardenfellmuster auf dem Kopf trug.

Jen sah sie besorgt an. »Bist du sicher, dass du schon wieder fit genug bist?«, fragte sie und beäugte Carrie aus nächster Nähe, als suche sie nach Anzeichen für Missetaten. »Rouge ist ja gut und schön, meine Liebe, aber mich täuschst du damit nicht.«

»Mir geht's gut«, sagte Carrie. »Ehrlich. Ich brauche was zu tun, das hält mich vom Grübeln ab, und außerdem kann ich dich den Laden nicht ewig allein schmeißen lassen.«

Die Wahrheit war, dass die Arbeit im Geschäft sie beruhigte. Während ihr übriges Leben ein einziges Durcheinander zu sein schien, konnte sie hier wenigstens Klarheit und Ordnung schaffen. Sie konnte alles nach ihren eigenen Vorstellungen und Wünschen gestalten. Das half ihr, diese innere Ruhe wiederherzustellen, die sie schon als Kind gespürt hatte, wenn sie im Garten spielte und Blätter, Blütenköpfe und Rindenstücke auf dem wackeligen Naturtisch anordnete, den sie aus zwei Brettern und ein paar Backsteinen gebaut hatte.

Nach dem Schlussverkauf waren diverse Verkaufsflächen geleert, und sie machte es sich zur ersten Aufgabe des Tages, die restlichen reduzierten Artikel nach hinten auf den Fußboden zu schaffen und dafür zu sorgen, dass die reguläre Ware in verlockenden Stapeln präsentiert wurde. Sie faltete ein paar weiche graue Wolldecken zusammen, die mit feinen, erikafarbenen Streifen durchwebt waren, und legte sie in die Fächer eines alten Küchenschranks, den Jen in einem Trödelladen aufgetrieben und aufgehübscht hatte, indem sie ihn von innen mit alten Landkarten tapezierte. An eine der offenen Türen hängte sie eine gelbe Umhängetasche und einen knallblauen Hut mit einer Pfauenfeder. Es machte ihr Spaß, mit Farben zu spielen und originelle Auslagen zu kreieren, und so bestand die *Schatzkiste* aus einer Reihe von unterschiedlichen Bereichen, von denen jeder seinen eigenen Charakter hatte. Besonders stolz war sie auf den Tisch in der Mitte, auf dem das neueste Sortiment an Körperlotionen und Raumdüften dargeboten wurde, alle in alte Parfümflaschen und Apothekengläser abgefüllt und um ein Arrangement aus silbernen Haarbürsten und großen floralen Krügen voll von schwerköpfigen Chrysanthemen in der Farbe alten Goldes herum angeordnet.

Es war ungewöhnlich ruhig an diesem Morgen, der ohne besondere Zwischenfälle verging. Natürlich gab es Stippvisiten von ein paar Stammkunden wie dem Mann, der aus irgendeinem längst vergessenen Grund mit einem Hirtenstab herumlief. Sie hatten ihn »Little Bo Creep« getauft wegen seiner etwas gruseligen Angewohnheit, die Ware zu befingern, besonders die seidigen Teile. Dann bekamen sie die übliche ausführliche Wettervorhersage von HBC geliefert, so genannt wegen ihrer verblüffenden Ähnlichkeit mit Helena Bonham Carter, die frische Luft in den Laden strömen ließ, indem sie sich an die offene Tür stellte und mit Grabesstimme den Seewetterbericht intonierte. Der Drahtmann kam nie herein, sondern streifte jeden Tag um die gleiche Zeit auf seiner endlosen Suche nach herumliegenden Drahtstücken am Schaufenster vorbei. Um die Mittagszeit herum hatte Carrie zwei Teelichter verkauft, während Jen, wackelig auf der Leiter balancierend, den Kronleuchter mit grünen Samtschleifen und winzigen Diskokugeln geschmückt hatte. Sie stand immer noch dort oben, als das Handy in der Tasche ihres voluminösen roten Pullovers den bis zur Unkenntlichkeit verzerrten Triumphmarsch aus *Carmen* trötete. Carrie hielt die Luft an und stürzte los, um die Leiter festzuhalten, als ihre Freundin ranging und dabei gefährlich schwankte. An der Art, wie Jen die Schultern hochzog, als würde sie sich gegen einen Schlag wappnen, merkte sie sofort, dass etwas passiert war. Jen stieg langsam herunter, das Handy umklammernd, während der Anrufer weitersprach.

»Was ist los?«, fragte Carrie.

Jen brachte kaum einen Ton heraus. »Tom ... er hatte einen Unfall. Sein Fahrrad ...«

Carrie nahm ihr das Telefon aus der widerstandslosen Hand. »Entschuldigung, sind Sie noch da? ... Ja, ich bin ihre Freundin. Natürlich ... natürlich, ich bringe sie hin.«

Als sie im Krankenhaus eintrafen, wurden sie in einen kleinen Warteraum geführt und bekamen Tee von einer Schwester angeboten, deren Haare so straff zurückgebunden waren, dass es Carrie wehtat. Sie hielt Jens Hand und ließ sie nur einmal kurz allein, um herauszufinden, ob jemand schon etwas Genaueres wusste. Nach einer Stunde, die ihnen sehr viel länger vorkam, ging die Tür auf, und eine zerzauste Gestalt trat herein, die aussah wie ein weniger gepflegter Bruder von Boris Johnson, dem Bürgermeister von London, und sich als der behandelnde Arzt erwies. Carrie spürte, wie Jen sich am ganzen Körper vor angstvoller Erwartung versteifte. Als würde eine unsichtbare Kraft sie an ihrem Stuhl hochziehen. Ihre Fingernägel gruben sich in Carries Handfläche.

Boris hatte schlechte Haut und eine sanfte Stimme. »Ich weiß, das ist nicht das, was Sie hören wollen, aber ich kann Ihnen leider noch nichts Definitives sagen«, begann er und sah Jen ins Gesicht, als wollte er ihre Belastbarkeit einschätzen. »Er ist schwer verletzt, und ich fürchte, sein Kopf hat den größten Teil des Aufpralls abbekommen, als er vom Fahrrad geschleudert wurde.«

Jen starrte den Arzt entsetzt an. »Hatte er denn keinen Helm auf?«, fragte sie mit derart blassen Lippen, dass sie mit ihrem Gesicht verschmolzen.

»Ich glaube nicht«, sagte Boris. »Zumindest trug er keinen bei der Einlieferung hier.«

»Weil ich gesagt habe, dass er damit wie ein Pilz aussieht«, murmelte Jen. »Ich habe ihn ausgelacht.« Sie schlug die Hände vors Gesicht, und Carrie nahm sie in die Arme, während sie weinte.

Nach einer Weile ließ man sie in Toms Zimmer. Er lag so still da, dass es im ersten Moment schien, als schauspielere er nur, als hielte er die Luft an, bis es nicht mehr ging, um sich dann lächelnd aufzusetzen und die Schläuche abzuwerfen. Die einzigen Geräusche kamen von den Apparaten um ihn herum und einem gegen die Wand polternden Staubsauger nebenan. Jen näherte sich beinahe ehrfürchtig seinem Bett. Sie streichelte seine Hand an der Stelle, wo die Nadel des Tropfes in die Haut eindrang.

»Carrie, darf ich dir Tom vorstellen«, sagte sie. »Er ist der Mann, den ich heiraten werde.« Dann strich sie seine Decke glatt und zog sie zurecht, damit sie gerade über seinen Beinen lag. Es war schwer zu erkennen durch all die Verbände und Drähte hindurch, aber Carrie war ziemlich sicher, dass es sich bei Tom um den Mann handelte, den sie einmal vor dem Schaufenster gesehen und der Jen so verzückt angestarrt hatte. Und sie vermutete stark, dass er Jen auch ohne die Umstyle-Aktion, selbst mit ihren ausgefransten Leggings, für die schönste Frau der Welt gehalten hätte.

Siebenunddreissigstes Kapitel

Molly wusste nicht, wie viel Zeit vergangen war. Trotz ihrer unbequemen Lage versuchte sie, möglichst leise zu sein. Max' regelmäßiges Atmen von der anderen Zimmerseite deutete darauf hin, dass er endlich eingeschlafen war, und sie wollte, dass er so viel Ruhe bekam wie möglich. Sie spürte ihre Arme nicht mehr, auf die ihr ganzes Gewicht drückte und die in schmerzhaft-verzerrter Haltung hinter der Stuhllehne gefesselt waren. Immer wieder versuchte sie, die Schnur um ihre Fußknöchel zu lockern, indem sie vorsichtig mit dem Stuhl hin und her wackelte, und es schien ihr, als säßen die Fesseln tatsächlich ein bisschen weniger straff als zuvor. Hätte Rupert doch wenigstens das Licht angelassen, dann würde sie vielleicht etwas sehen, mit dem sie das Seil um ihre Handgelenke durchtrennen könnte. Wenn sie ihre Füße freibekam, könnte sie sich irgendwie aufrichten, und die raue Kante des Heizkörpers war möglicherweise scharf genug, um es zumindest anzusägen.

Nachdem er sie umgestoßen hatte, hatte Rupert höhnisch gekichert und irgendwas von einem auf dem Rücken zappelnden Käfer gebrabbelt. Sein Gesicht war stark gerötet, erregt. Er hatte sich über sie gebeugt, und im ersten Moment dachte sie, er wolle sie schlagen, und zwang sich, nicht zusammenzuzucken. Sie wusste, wenn sie Abscheu oder Angst zeigte, würde ihn das nur zu weiteren Grausamkeiten anstacheln. Ihre Sinneswahrnehmungen schienen schärfer zu sein als je zuvor. Sie roch seinen Atem, heiß und faulig. Sie sah seinen schütter gewordenen Haaransatz, jedes einzelne Follikel, wie es leicht schweißig von seiner Kopfhaut abstand. Er band die abgerissenen Bettlakenstreifen auf, die er ihr um Mund und Gesicht geknotet hatte, und zeichnete den Umriss ihrer Lippen langsam mit dem Finger nach. Er sah ihr direkt ins Gesicht, als er ihre Schlafanzughose herunterzog. Sie fühlte ihn an sich herumfummeln, sie hart kneifen und dann mit den Fingern in sie hineinstoßen, grunzend vor Anstrengung, sich dabei auf die Unterlippe beißend, die violett und leicht geschwollen war, als würde er ständig seine Schneidezähne hineingraben. Sie war froh, dass der Stuhl, an den Max gefesselt war, zur anderen Seite zeigte und er das nicht sehen konnte.

»Warum tust du das, Rupert?«, sagte sie so ruhig wie möglich, wobei sie sich zwang, keine ruckartigen Bewegungen zu machen, als wäre sie mit einem wilden Tier konfrontiert, das aggressiv reagierte, wenn man es erschreckte.

Er schob sein Gesicht noch näher an ihres heran. »Du zwingst mich dazu«, sagte er.

»Das verstehe ich nicht«, erwiderte sie und wollte nicht flehend klingen, merkte aber, dass ihre Stimme bei aller Selbstbeherrschung höher und schriller geworden war. »Was habe ich dir denn getan?«

»Du-hast-dir-das-selbst-zuzuschreiben.« Er betonte jedes Wort mit einem brutalen Drehen seiner Finger in ihr, doch obwohl der Schmerz durchdringend war, schaffte sie es, nicht aufzuschreien.

»Ich muss zur Toilette. Du musst mich losbinden.«

Er zog seiner Finger heraus, stand auf und rieb sich die Hand mit übertriebener Geste an der Hose ab, Widerwillen im Gesicht.

»Mir doch egal, wenn du dich vollpisst«, sagte er und ging

zur Tür, die er mit einem Schlüssel aus seiner Hosentasche aufschloss.

»Rupert … kannst du nicht Max gehen lassen? Nur Max. Bring ihn zu Kate. Bitte. Bitte.« Sie konnte sich nicht daran hindern zu betteln, aber er ignorierte sie einfach, machte das Licht aus und ging, schloss die Zimmertür hinter sich ab.

Dann hatte sie die Haustür auf- und zugehen gehört, das Geräusch des angelassenen Wagens in der Garage und das Zurückstoßen aus der Einfahrt, und danach war eine so tiefe, drückende Stille eingetreten, dass es ihr die Luft abschnürte.

Sie schätzte, dass er jetzt seit etwa vier Stunden weg war. Sie hatte keine Armbanduhr, es gab keine Uhr im Zimmer, und wegen der vernagelten Fenster konnte sie nicht einmal erkennen, wie hell es draußen war. Wie lange es wohl dauern würde, bis jemand nach ihnen suchte? Kate würde bestimmt vorbeischauen, wenn sie bis zum Abend nichts von ihnen gesehen oder gehört hatte, sagte sie sich, und der Gedanke tröstete sie. Max wand sich leise stöhnend auf seinem Stuhl. Er hatte immer noch seinen Knebel im Mund und versuchte offenbar, etwas zu ihr zu sagen.

»Ich bin hier Schatz«, sagte sie laut und deutlich. »Du hast geschlafen.«

Max ruckte mit dem Stuhl hin und her, so dass die Beine über den Boden scharrten. Sie spürte seine Furcht und Verwirrung.

»Hab keine Angst, wir kommen hier raus. Dein Vater ist weg. Ich glaube nicht, dass er zurückkommt, und Kate sieht bestimmt bald nach uns oder auch die Polizei.«

Molly fragte sich, warum die Polizei noch nicht da war, man musste doch inzwischen gemerkt haben, dass die Telefonleitung gekappt war. Das allein hätte doch schon irgendeine Art von Alarm auslösen müssen.

»Ich habe das Seil um meine Beine ein bisschen lockerer bekommen. Wenn ich so weitermache, kann ich es vielleicht vom Stuhlbein ziehen.«

Eine weitere Stunde lang zerrte Molly an ihren Fesseln herum, bis sie glaubte, zu erschöpft zu sein, um sich noch rühren zu können. Ihre Bauchmuskeln waren überanstrengt, die Schnur hatte ihre Haut durchgescheuert, und ihre Knöchel brannten höllisch. Max hatte immer wieder in seinen Knebel geweint, und während sie sich drehte und wand, tat sie ihr Bestes, um ihn zu trösten. Sie war ihr ganzes Repertoire an Geschichten und Gedichten durchgegangen und hatte sogar auf eine Reihe von schwachen Wortspielwitzen zurückgegriffen. Gerade, als sie dachte, dass sie nie freikommen würde, schaffte sie es, eine der Fesseln vom Stuhlbein zu streifen. Ermutigt von diesem Fortschritt arbeitete sie an dem anderen Fuß weiter, bis beide frei waren. Sie rollte sich auf die Seite und dann noch einmal ganz herum, bis sie an der Wand lag. Sich daran abstützend richtete sie sich langsam auf, bis sie schließlich stand, die Arme immer noch an den Stuhl gebunden. Weil sie so lange in unnatürlicher Haltung gelegen hatte, war der Schmerz in ihren Beinen mörderisch. Sie musste sich einen Moment an die Wand lehnen, bis sie das Blut wieder zirkulieren fühlte und das Stechen und Kribbeln langsam nachließ.

Dann schob sie sich an der Wand entlang rückwärts zum Heizkörper und ertastete seinen Rand. Sie ging bis zur richtigen Höhe in die Knie und rieb die Schnur um ihre Handgelenke dagegen. Durch den Lärm des gegen Metall scheppernden Stuhls hindurch hörte sie Max wimmern und herumschaukeln. Endlich merkte sie, wie die Schnur nachgab, und als eine Hand frei war, dauerte es nicht mehr lange, bis sie auch die andere losgebunden hatte.

Sie lief zu Max, nahm ihn in die Arme und zog den Knebel

heraus. Er spuckte den durchweichten Watteklumpen aus und holte keuchend Luft.

»Ich habe mich nass gemacht«, sagte er kläglich. »Ich konnte es nicht mehr halten.«

»Ist nicht schlimm, Max. Ich befreie dich jetzt, und in der Kommode da sind frische Kleider.«

Molly knipste das Licht an, so dass sie beide in der plötzlichen Helligkeit blinzelten, und ging zu der Kommode, die auf den Rat der Polizei hin mit dem Nötigsten bestückt war: Wechselwäsche für Max und sie selbst, Keksen, einer Taschenlampe, ein paar Flaschen Wasser, Wundsalbe, Verbandszeug und einer kleinen Schere. Sie war heilfroh, dass sie den Rat beherzigt hatte, obwohl sie sich zu dem Zeitpunkt bei dieser scheinbar überzogenen Vorsichtsmaßnahme ein wenig lächerlich vorgekommen war. Schnell schnitt sie Max' Fesseln durch und half ihm dabei, langsam aufzustehen. Als sie seine nasse Hose abstreifte, merkte sie, wie er am ganzen Körper zitterte. Sie zog ihm rasch trockene Sachen an und setzte ihn mit einem Keks und einer der Wasserflaschen aufs Sofa, während sie die aufgescheuerten Stellen an seinen Handgelenken und Knöcheln mit der Salbe verarztete.

»Du bist so ein tapferer Junge«, sagte sie, seine Wange streichelnd. »Ich glaube, keiner könnte tapferer sein als du.«

»Und du bist eine tapfere Mummy«, sagte er und strich ihr sanft die Haare aus den Augen. Das war eine so zärtliche, geradezu erwachsene Geste, dass ihr Tränen in die Augen schossen. Sie stand auf, trank einen großen Schluck Wasser und sah sich dann nach etwas um, mit dem sie die angenagelten Bretter vom Fenster entfernen könnte.

Achtunddreissigstes Kapitel

Carrie blieb bis spätnachts im Krankenhaus. Jen hielt einen ständigen Plauderstrom von ihrem Platz an Toms Bett aufrecht und erhob sich immer wieder, um sein Gesicht zu berühren, seine Hände zu streicheln oder im Zimmer auf und ab zu laufen. Um drei Uhr morgens war Toms Zustand nach wie vor unverändert, und Doktor Boris, der nach einer Doppelschicht allmählich so aussah, als würde er selbst bald ins Koma fallen, legte den beiden Frauen nahe, nach Hause zu gehen.

»Ich beauftrage jemanden damit, Sie anzurufen, sobald es etwas Neues gibt«, sagte er, rieb sich die Augen und richtete sich dann ruckartig auf, wie um den nächsten fünf fahlen Stunden ins Auge zu blicken, ehe er endlich nach Hause in seine Wohnung und ein stets ungemachtes Bett entlassen wurde. Carrie versuchte, ihre Freundin davon zu überzeugen, dass es nichts half, wenn sie noch länger im Krankenhaus blieb, und es vernünftiger war, etwas Schlaf zu bekommen, damit sie es besser mit dem aufnehmen konnte, was der nächste Tag bringen würde. Doch Jen ließ nicht mit sich reden. Sie hatte den gleichen starrköpfigen Ausdruck wie immer dann, wenn Carrie ihr sagte, sie solle sich die Haare bürsten. Carrie gab es schließlich auf und schlich sich hinaus, Jen zusammengekauert in dem Sessel in der Ecke zurücklassend, von dem aus sie den Blick unverwandt auf Tom gerichtet hielt, als könnte die bloße Energie ihrer Krankenwache ihn am Leben erhalten.

Carrie verließ das Krankenhaus und ging über den reifglatten

Parkplatz. Als sie sich noch einmal zu dem massigen Gebäude mit dem irgendwie unheilvoll wirkenden Schornstein umdrehte, sah sie, dass in vielen Zimmern noch Licht brannte, und dachte an all die Schicksale, die sich hinter den einheitlichen Jalousien abspielten, die alltäglichen Wunder und alltäglichen Tragödien, die sich ein ums andere Mal zutrugen. All die freudigen und sorgenvollen Seufzer, die die Flure füllten. Auf dem Nachhauseweg erschienen ihr die altbekannten Straßen unvertraut und bedrohlich, nur schwach beleuchtet an den meisten Stellen und dann plötzlich viel heller, so dass eine Mauer die Farbe wechselte oder eine sich streckende Katze an einem Dachrand angestrahlt wurde.

In letzter Minute, als sie schon drauf und dran war, in die Mill Road einzubiegen, überlegte sie es sich anders und fuhr weiter. Sie wusste, dass sie jetzt wahrscheinlich sowieso nicht mehr schlafen konnte, und die Aussicht, durch das nächtliche Fernsehprogramm zu zappen, war nicht eben verlockend, auch wenn sie eine kleine Schwäche für diese Shoppingkanäle hatte, auf denen billiger Schmuck verkauft wurde. Aus irgendeinem Grund fand sie es beruhigend zuzusehen, wie glitzerbestäubte Hände falsche Diamanten in die Studioscheinwerfer hielten, in dem Versuch, ein nachgemachtes Funkeln zu erzeugen. Sie konnte noch so unglücklich sein, es gab immer Leute, die noch ärmer dran waren, zum Beispiel jemanden, der in einem Fernsehstudio sitzen und in dauerbegeistertem Ton hässliche Ringe an Schlaflose verkaufen musste.

Auf den leeren Straßen brauchte sie nur zwei Stunden bis zum Strand. Sie parkte auf dem verlassenen Parkplatz und ging an den Betonblocktoiletten und dem verrammelten Kiosk vorbei, in dem im Sommer Dosen-Cola und Plastikschaufeln verkauft wurden. Die Nacht hielt den Tag noch gerade so in Schach, und sie ahnte das erste Morgengrauen eher, als dass sie es sah. Bei dem Durchbruch durch die Dünen hielt sie sich rechts und ging den Strand entlang, so wie sie es immer gemacht hatten. Sie kannte den Weg im Dunkeln genauso wie bei Tag. Es war Flut, schloss sie, denn sie hörte das ruhelose Branden des Meeres. So lief sie etwa eine Stunde vor sich hin, bis der Himmel hell genug geworden war, dass sie die Dünen und die geborstenen Stümpfe der modernden Buhnen ausmachen konnte. Sie zog ihren Mantel zum Schutz gegen den feuchten Sand eng um sich und setzte sich, den Blick aufs Meer gerichtet, die Arme um die Knie geschlungen. Als Charlie verschwand, hatte sie sein Fehlen anfangs so sehr gequält, dass sie an nichts anderes denken konnte. Der Schmerz über seinen Verlust hatte sie ganz und gar ausgefüllt. Doch mit der Zeit war ihr immer mehr bewusst geworden, dass sie keinen bestimmten Ort hatte, an dem sie um ihn trauern konnte. Es gab keinen Grabstein oder einen Lieblingsplatz mit der verstreuten Asche. Sie hatte keine sterblichen Überreste von ihm bekommen, die sie endgültig hätte zur Ruhe betten können. Er war ihr durch die Finger geschlüpft, war verblasst wie ein Traum. Carrie dachte daran, was Simon Foster von sich überschneidenden Welten gesagt hatte, und hatte wieder das gleiche Gefühl wie beim Aufwachen am Morgen zuvor, nämlich dass er ganz nah bei ihr war. Der schwindelerregende Eindruck stellte sich ein, dass die Welt sich verflachte und Geräusche und Empfindungen sehr lebhaft und eindringlich wurden. Sie spürte den Wind auf ihrer Haut, und ihr Herz war leicht und klopfte schnell, es fühlte sich fast wie Freude an. Er war in der frischen Brise und in der salzigen Gischt. Er rannte wie an jenem Tag, hielt seine Shorts mit einer Hand fest. Er war in dem Moment, als sie ihn nach seiner Geburt zum ersten Mal gesehen hatte, mit seinen schrumpeligen Seesternhänden über dem Gesicht. Er war in dem Mann, der er geworden wäre, er ging über eine staubige Straße, fort von ihr.

Als sie nach Hause kam, hörte sie ihre Nachrichten ab. Sie hatte eine von Jen, die sagte, dass Tom noch nicht wieder aufgewacht sei. Sie klang gedämpft, als spräche sie durch Watte hindurch. Carrie rief sie zurück und hinterließ ihr die Nachricht, dass sie sich so lange freinehmen solle wie nötig. Sie hatte noch eine Stunde Zeit bis zur Ladenöffnung und rief, einer spontanen Regung folgend, Simon Foster an, um ihn zu fragen, ob sie gleich zu ihm kommen könne. Danach duschte sie rasch und zog einen enganliegenden kastanienbraunen Pulli, einen flaschengrünen Bleistiftrock und braune Stiefel mit Blockabsatz an. Nach einer Scheibe Toast und einer Tasse starkem schwarzem Kaffee schob sie ihr Fahrrad aus dem Schuppen und über den Heckenweg. Dabei bemerkte sie, dass das Wodka-Phantom wieder da gewesen war. Zur dunkelsten Zeit des Jahres trieb es sein Unwesen immer am schlimmsten, der Pfad war mit leeren Flachmännern übersät. Wieder einmal rätselte sie, wer dieser heimliche Säufer wohl war; vielleicht auch eine Säuferin, eine der Nachbarinnen, die sich zwischen dem Bettenmachen und der Vorbereitung eines Imbisses für die Pfadfinder auf einen kräftigen Schluck hinausstahl. Oder der Gemüsehändler, der sie immer ein bisschen zu sehr anlächelte. Vielleicht verbarg er die Fläschchen in der Tasche seiner Wachsjacke, um zwischen den Gartenzäunen schnell einen zur Brust zu nehmen. Carrie sammelte sie auf und warf sie in ihren Fahrradkorb mit der Absicht, sie im erstbesten Glascontainer zu entsorgen.

Sie fuhr schnell und nutzte es aus, dass die morgendliche Rushhour noch nicht eingesetzt hatte. Little Bo Creep hatte sein tägliches Flanieren begonnen, und die Bank vor dem Co-op war bereits von Fred besetzt, der es machte wie die deutschen Urlauber und seinen schmuddeligen Trenchcoat ausbreitete, bevor jemand anders sich dort niederlassen konnte. Auch der Drahtmann war schon fleißig gewesen, denn sein offener

Rucksack quoll über von Fundstücken, und in beiden Fäusten hielt er Kupfersträuße. Die Überreste des Schnees hatten sich zu matschigen braunen Streifen im Rinnstein gesammelt, und Carrie wusste, dass ihr Mantel hinten wieder vollgespritzt sein würde. Die Straßen und der Himmel hatten diesen bleigrauen, stumpfen Farbton, den sie immer mit dem tiefsten Winter verband. Jetzt konnte es nur noch bergauf gehen, langsam aufwärts Richtung Frühling.

Simon kochte ihr Tee und bot ihr den üblichen Platz auf dem Sofa an. Sie musste beinahe darüber lächeln, wie schnell sie sich an dieses kleine Ritual gewöhnt hatte. Er setzte sich in seinen Sessel und sah sie aufmerksam an.

»Ich habe heute Morgen gegen zwei Regeln verstoßen«, sagte er mit seiner präzisen, leisen Sprechweise. »Normalerweise empfange ich nie jemanden vor neun Uhr, und ich treffe mich nie mehr als einmal die Woche mit einzelnen Klienten. Das wird mir sonst zu viel.«

»Danke, dass Sie für mich gegen Ihre Regeln verstoßen«, sagte Carrie und stellte fest, dass Simon trotz der frühen Stunde gewohnt sorgfältig gekleidet war, weißer Hemdkragen über einem dunklen Pullover und eine Hose mit exakter Bügelfalte.

»Ich glaube, Sie sind jetzt so weit, dass Sie die Kraft finden sollten, sich weiterzuentwickeln«, sagte Simon, »und ich möchte Ihnen dabei helfen, wenn ich kann.«

»Ich weiß nicht, ob Sie so arbeiten, aber ich dachte, ich bringe das hier mal mit«, sagte Carrie und holte Charlies gelbe Badeshorts aus ihrer Handtasche. Sie steckten immer noch in dem Plastikbeutel, in dem die Polizei sie versiegelt hatte, aber sie machte den Beutel jetzt auf und gab sie Simon. Ohne etwas zu sagen, nahm er die Shorts und hielt sie eine Weile in der Hand. In seiner Wohnung überkam Carrie stets das Gefühl, dass die

Zeit stillstand, und heute wurde dieser Eindruck noch durch den Blick aus dem Balkonfenster auf zwei unbeweglich im Fluss liegende Ruderboote verstärkt. Vermutlich hatten sie zum Start eines Rennens angehalten oder um Anweisungen von dem Mann am Ufer zu erhalten, aber auf der ruhigen Wasseroberfläche sahen sie aus wie festgefroren.

»Er ist hier, Carrie«, sagte Simon. »Er singt … *and I seem to find the happiness I seek, when we're out together dancing cheek to cheek* … Er sagt, dass er Sie über alles liebt. Er will, dass Sie stark sind … Entschuldigen Sie, manchmal wird seine Stimme schwächer zwischendurch … er möchte Ihnen sagen, dass das Meer schneller und stärker kam, als er dachte. Es ist herangeprescht wie ein galoppierendes Pferd … er konnte nicht schnell genug laufen … es hat ihn mit sich gerissen und wollte ihn nicht mehr loslassen … da waren lauter kalte Bläschen, und er hat sie eingeatmet, und dann war es lange Zeit dunkel.«

Carrie stand auf und ging hinüber zur Balkontür. Die Boote schnellten auf einmal den Fluss hinab, wie befreit. Das war es dann also. Er war ertrunken. Er wartete nirgendwo auf der Welt auf sie oder sehnte sich nach ihr oder begann, sie zu vergessen. Nicht verschollen. Nicht entführt. Keine Chance, dass er an einem ganz normalen Morgen zur Tür hereinspazierte. Nie wieder würde sie die Berührung seiner Hand im Gesicht spüren oder ihn in den Armen halten. Das Beste von ihr war dahin, und alles, was blieb, war dieser unaufhörliche Schmerz. Sie merkte, wie ihr Herz, das bisschen, was davon übrig war, brach, und alles drehte und krümmte sich unter ihr, und sie fiel zu Boden. Als sie wieder zu sich kam, beugte sich Simon bang über sie.

»Geht es wieder?«, fragte er. »Kommen Sie, ich helfe Ihnen auf.« Er führte sie zurück zum Sofa.

Carrie sah ihn verwirrt an.

»Mein aufrichtiges Beileid«, sagte Simon seltsam förmlich.

»Er war wirklich ein wunderbarer, wunderschöner Junge«, sagte Carrie.

Neununddreissigstes Kapitel

Manchmal, wenn ich einschlafe, kriege ich so ein ganz heißes, enges Gefühl im Kopf. Ich fühle mich dann wie ein großer, fest aufgeblasener Ball, der einen Hang runterrollt. Ich werde schneller und schneller und kann nicht mehr anhalten. Inzwischen fühle ich mich auch bei Tag so. Mummy hatte die Abdeckung fast schon vom Fenster runter, aber dann ist mein Daddy nach Hause gekommen. Wir haben das Auto gehört. Meine Mum hat sich gegen das Fenster gelehnt, damit er es nicht sieht, aber er hat es trotzdem gesehen. Davor hat sie wie verrückt gearbeitet, um das Brett abzubekommen, hat eine Schere unter das Holz geschoben und so fest gezogen, dass ihre Hände ganz blutig wurden, aber wir hatten Pflaster, deshalb war es nicht so schlimm. Als wir meinen Dad kommen hörten, sind wir wieder ganz still geworden, und ich habe mich auf meinen Stuhl gesetzt. Meine Mummy hatte die Schere in der Hand, und als er ganz nahe war, hat sie versucht, ihn damit zu stechen, aber er ist ein schlauer alter Fuchs und hat ihre Hand ganz fest gepackt und sie verdreht, bis sie die Schere fallen ließ. Ich wollte den Fuß darauf stellen, aber er hat es gemerkt und sie weggekickt. Ich weiß nicht, was meinen Dad so wütend gemacht hat. Er riecht sogar wütend. Er riecht wie unsere grüne Tonne, wenn die heiße Sonne darauf geschienen hat und man den Deckel ein kleines Stück aufmacht. Toffee sitzt gern auf der grünen Tonne, weil es der wärmste Platz im Haus und im Garten ist. Das liegt daran, dass faulendes Gemüse und Obst Gas erzeugen. Bananen machen am meisten Gas. Mir ist ein bisschen Kotze in den Mund geschossen, als mein Dad meine Mummy geschlagen hat. Ich habe gerufen, er soll aufhören, aber Mum hat mir mit den Augen gesagt, dass ich still sein soll, also war ich still. Sie kann ganz viel mit ihren Augen sagen. Als er meine Mum gehauen hat, sind ihre Augen auf einmal leer geworden. Er hat die Sprache aus ihr herausgeprügelt. Es war schon fast Morgen, als er uns nach draußen gebracht hat. Ich konnte die Formen von allem sehen, und der Boden war hart und glitzerig. Ich hätte ganz laut geschrien, wie wir es in der Schule gelernt haben zu machen, wenn ein Fremder uns bittet, ihm zu helfen, seinen Welpen zu suchen, oder wenn uns jemand Süßigkeiten anbietet, auch wenn es jemand ist, den wir vielleicht kennen. Aber da war niemand, der es gehört hätte. Ich habe jedoch eine Botschaft hinterlassen. Charlie hat mir gesagt, wo ich sie hintun soll, und ich habe es heimlich gemacht, während Daddy Mummy ins Auto gesetzt hat. Er hat ein Seil um ihren Hals gewickelt und es an dem Metallstück von der Kopfstütze festgebunden. Er ist so schnell gefahren, dass ich Angst hatte, wir würden in einem Graben landen. Ich kriege so ein komisches Gefühl im Bauch, wenn ich mir vorstelle, wie das Auto ins Wasser fällt. Wie wir drinnen herumzappeln und versuchen würden rauszukommen und wie draußen alles still und dunkel wäre und niemand uns sehen würde. Ich würde als Allererstes Mummys Seil abmachen, auch wenn ich nur noch ganz wenig Luft hätte. Wir sind ziemlich lange gefahren, und dann sind wir von der glatten Straße runter und auf eine ganz holprige Straße, ich glaube, da waren viele Steine drauf. Das Auto hat plötzlich angehalten, und Mummy hat geschrien, weil das Seil sie gewürgt hat, glaube ich. Aber mein Dad hat es abgeschnitten, und dann mussten wir aussteigen und lange zu Fuß gehen, und dann hat er uns in das Haus gesperrt, in dem wir jetzt sind. Es ist eigentlich kein Haus. Es gibt keine

Möbel, und da sind so nasse Stellen auf dem Boden und an den Wänden. Licht gibt es auch keins. Er hat uns im Dunkeln eingeschlossen. Mummy hat ihn um was zu essen gebeten und eine Taschenlampe und mein Asthmaspray, aber er hat nein gesagt. Ich habe mich ganz dicht neben Mummy auf den Boden gesetzt. Es ist so kalt. Mummy hat mir ihren Pullover gegeben, aber mir ist immer noch kalt. Ich glaube, es gibt hier Ratten. Ich höre so ein Rascheln. Ich versuche, an etwas Schönes zu denken. Ich versuche, an drei Gründe zu denken, um froh zu sein. Erstens, Mummy ist bei mir. Zweitens, wir sind nicht in einen Graben gefahren. Drittens, ich kann in meinen Kopf flüchten, weil Charlie mir gezeigt hat, wie das geht.

Oh I love to go out fishing in a river or a creek,
but I don't enjoy it half as much
as dancing cheek to cheek …
Heaven, I'm in heaven, and my heart beats
so that I can hardly speak
and I seem to find the happiness I seek,
when we're out together dancing cheek to cheek.

Oh wie gern geh ich angeln in einem Fluss oder Bach,
aber das ist nicht halb so schön
wie Wange an Wange zu tanzen …
Himmel, ich bin im Himmel, und mein Herz schlägt so schnell,
dass ich kaum sprechen kann,
und ich finde das Glück, nach dem ich mich sehne,
wenn wir zusammen ausgehen und Wange an Wange tanzen.

Vierzigstes Kapitel

Carrie verließ Simons Wohnung in einem Zustand der Benommenheit. Er hatte ihr zugeredet, noch eine Weile zu bleiben und sich von dem Gehörten zu erholen, aber sie hatte darauf bestanden zu gehen. Sie schob ihr Fahrrad über die nahe gelegene Brücke und ging dann den Pfad am Fluss entlang. Sie hatte kein Ziel, nur das dringende Bedürfnis, sich zu bewegen und allein zu sein, damit sie das Erlebnis von eben verarbeiten konnte. Nachdem sie eine Zeitlang gedankenverloren vor sich hin gegangen war, fiel ihr siedend heiß ein, dass sie schon längst hätte im Laden sein sollen, also rief sie Paul an, um Bescheid zu sagen, dass sie ein bisschen später kam.

Sie zweifelte nicht mehr daran, dass ihr Sohn durch Simon mit ihr gesprochen hatte. Hätte ihr jemand noch vor ein paar Wochen erzählt, dass sie plötzlich etwas derart Absonderliches als Tatsache hinnahm, hätte sie das weit von sich gewiesen. Wenn sie sich zu so etwas bekehren lassen konnte, dann wurde das, woran Menschen glaubten und was sie als Grundlage ihres Handelns nahmen, vermutlich von Zufälligkeiten geformt, über die sie stolperten, war also ein reines Produkt der Umstände.

Sie hörte ihren Jungen singen und lauschte wieder seinen Worten, und für einen qualvollen Moment spürte sie die Furcht, die er empfunden haben musste, als das Meer ihn verschlang. Fünf Jahre lang hatte sie jeden Kratzer und jede Beule verarztet, hatte Ängste beschwichtigt und Rätsel erklärt, und doch war sie nicht da gewesen, als er sie am meisten gebraucht hatte. Sie musste stehen bleiben und sich atemlos und elend auf den Fahrradlenker stützen, als diese Tatsache sie mit voller Wucht traf. Mehr denn je hoffte sie, dass er nicht gelitten hatte und dass das Ende schnell gekommen war. Sie schüttelte das Bild von ihm im Wasser ab, darauf konnte sie sich jetzt nicht einlassen. Sie hatte sich beigebracht, ab einem gewissen Punkt abzuschalten, nur so konnte sie überleben. Dafür erlaubte sie sich nun die ersten Tränen über seinen Tod. Vermischt mit dem Kummer war es eine Art von Erleichterung, weil sie endlich um ihn trauern konnte, ohne sich vorwerfen zu müssen, dass sie ihn im Stich ließ.

Im Laden warf Paul nur einen Blick auf sie und setzte Teewasser auf. Sogar Enif fing offenbar ihre Stimmung auf und war weniger hochmütig als sonst, ließ sich sogar dazu herab, seinen Kopf kurz auf ihren Fuß zu legen.

Während sie im Laden herumwirtschaftete, froh, etwas zu tun zu haben, fühlte Carrie sich so zerbrechlich und dünnhäutig, als hätte sie einen Unfall gehabt. Sie musste nachmittags wieder im Krankenhaus sein, um nach Jen zu sehen, daher war ihr daran gelegen, vorher möglichst viel Ordnung zu schaffen. Sie saugte den Boden und warf die verwelkenden goldenen Chrysanthemen weg, die sie durch pinkfarbene Tigerlilien ersetzte. Dann holte sie sich schnell ein Sandwich, wonach sie sich bei Paul dafür entschuldigte, dass sie ihn zum zweiten Mal an diesem Tag sich selbst überließ.

»Ist schon gut. Ich bin froh, dass du zu ihr gehst. Richte ihr liebe Grüße von mir aus«, sagte er, als sie ihren Mantel anzog. »Sag ihr, Enif und ich drücken sämtliche Daumen und Pfoten.«

»Mach ich«, erwiderte Carrie. »Ich werde versuchen, sie dazu zu bringen, mal nach Hause zu gehen und ein Bad zu nehmen und sich auszuruhen. Man hat ihr ein Feldbett ins Zimmer gestellt, aber ich glaube nicht, dass sie dort richtig schläft.«

Carrie hatte ein weiches Flanellnachthemd, frische Kleider, einen Tiegel seidige Gesichtscreme, ein paar Zeitschriften und eine Riesentafel Cadbury Fruit and Nut eingepackt und hoffte, dass die Sachen ihrer Freundin ein bisschen Trost spenden würden. Sie fühlte sich so hilflos angesichts von Jens Unglück. Was Tom zugestoßen war, hatte ihr gezeigt, wie wenig die eigenen Tragödien einen dafür bereit machten, mit denen von anderen zurechtzukommen. Sie war genauso wenig in der Lage, das Richtige zu sagen, wie Jen damals nach Charlies Verschwinden. Alles, was sie jetzt tun konnte, war, Schokolade zu bringen und da zu sein, wenn sie gebraucht wurde.

Jen saß in beinahe derselben Haltung da, in der Carrie sie verlassen hatte. Sie blickte auf, als sie hereinkam, das Gesicht blass und abgehärmt, das Make-up verschmiert, und lächelte sie durch Tränen hindurch an. Dann stand sie auf und umarmte sie, und Carrie spürte, wie sehr sie sich zusammennehmen musste.

»Es gibt immer noch keine Veränderung«, sagte sie mit einer Stimme, die nicht wiederzuerkennen war.

Carrie war so an ihr sarkastisches, derbes, lautes Organ gewöhnt, dass es sie regelrecht schockierte, sie so leise und matt zu hören.

»Seine linke Hand hat vor etwa einer Stunde mal kurz gezuckt, aber die Schwester meinte, dass die Gliedmaßen oft vegetativ zucken und das nicht notwendigerweise bedeutet, dass er das Bewusstsein wiedererlangt.«

»Was hat man dir gesagt?«, fragte Carrie.

»Die Ärzte sagen nur immer wieder, dass es noch zu früh ist. Er könnte aufwachen und okay sein, aber sie können es nicht feststellen, bis er wieder zu sich kommt.«

»Aber er wird wieder zu sich kommen, oder?«

»Ich weiß es nicht. Ich weiß gar nichts mehr«, sagte Jen im

Ton eines verwirrten Kindes. »Ich könnte es nicht ertragen, wenn er stirbt.«

»Warum kommst du nicht mit mir nach Hause, nur für eine kleine Weile? Damit du dich ein bisschen frisch machen kannst, ein wenig ausruhen. Oder wenn es dir lieber ist, nimm dir ein Taxi, und ich bleibe hier bei ihm.«

»Was ist, wenn etwas passiert … und ich bin nicht da?«

»Du hilfst niemandem damit, wenn du selbst krank wirst«, entgegnete Carrie. »Hast du überhaupt mal was gegessen, seit du hier bist?«

Jen schüttelte den Kopf. »Ich kann nicht. Ich bringe nichts runter.« Das beunruhigte Carrie noch mehr. Normalerweise bekam Jen schon einen Schwächeanfall und redete von sinkendem Blutzuckerspiegel, wenn sie länger als zwei Stunden keinen Kuchen kriegte.

»Bitte geh nach Hause und schlaf ein bisschen. Ich verspreche dir, dass ich dich sofort anrufe, wenn es etwas Neues gibt«, sagte Carrie und strich ihrer Freundin eine Strähne aus dem Gesicht. »Du siehst furchtbar aus.«

Schließlich ließ Jen sich in ihren Mantel helfen, und Carrie fragte am Empfang, ob man ihr ein Taxi bestellen könne.

»Ich bin bald wieder da, mein Liebling«, sagte Jen und küsste Tom auf die Stirn. Carrie scheuchte sie aus dem Zimmer, bevor sie es sich anders überlegen konnte.

Nach einer Stunde Krankenwache hatte Carrie die halbe Tafel Schokolade gegessen und vergeblich versucht, sich mit einem Artikel in einer Boulevardzeitschrift über »Dogging« – Sex im öffentlichen Raum – für über Achtzigjährige zu zerstreuen. Die Kombination aus zu viel Schokolade und der Vorstellung von Greisen, die es in Nissan Micras trieben, hatte nur dazu geführt, dass ihr übel wurde. Tom hatte sich nicht geregt. Sie dachte, wie seltsam es doch war, dass sie hier bei ihm saß, während er so völlig wehrlos und verwundbar war, obwohl sie sich noch nicht einmal kannten. Es kam ihr ein bisschen zudringlich vor, und sie fragte sich, wie er es wohl aufnehmen würde, wenn er plötzlich die Augen aufschlug und eine Fremde an seinem Bett sitzen sah. In dem Moment steckte eine Frau in einem grünen Kittel den Kopf zur Tür herein und fragte, ob sie einen Tee wolle, und Carrie, die in der trockenen Krankenhausluft sehr durstig geworden war, nahm das Angebot dankbar an.

»Es besteht immer Hoffnung«, sagte die Frau, als sie ihr eine Tasse mit dem milchigen Getränk reichte. Ihr Gesicht war mit kleinen Narben übersät, als wäre sie einmal in einen Feuerregen hineingeraten.

»Oh, er ist gar nicht mein …«, wollte Carrie antworten, doch die Frau legte ihr eine Hand auf den Arm.

»Geben Sie nicht auf, meine Liebe«, sagte sie und lächelte herzlich, während sie ihren Teewagen wieder aus dem Zimmer rollte.

Nachdem sie den Tee in zwei durstigen Zügen ausgetrunken hatte, entschied Carrie, dass sie zehn Minuten Pause von dem andauernden Klicken und Surren der Apparate brauchte. Auf dem Weg nach draußen sagte sie einer der Stationsschwestern Bescheid, dass sie gleich wieder zurück sein werde. Sie wollte Jen gegenüber nicht wortbrüchig werden und etwas Entscheidendes verpassen. Sie ging durch das Foyer mit seinen Läden voller Mitbringsel, für die niemand Verwendung hatte, am wenigsten die Patienten in ihren Krankenhausbetten – Plüschtiere, steife Blumensträuße und leere Bilderrahmen. Als sie am Frisörsalon vorbeikam, sah sie dort eine Reihe von alten Damen, allesamt vermutlich mit einem Bein im Grab und allesamt mit Lockenwicklern im Haar. Dieses Bemühen um ein gepflegtes Äußeres am Lebensende erstaunte sie. Vielleicht trat man seinem

Schöpfer nach einem ordentlichen Waschen und Legen leichter gegenüber. Draußen, auf dem winzigen Rasenstück zwischen dem Parkplatz und der Notaufnahme, hatte sich das unvermeidliche Grüppchen von Unverbesserlichen versammelt. In ihren Krankenhauskitteln, an Tropfapparate angeschlossen, standen sie da und rauchten trotzig. Einer schoss den Vogel ab, indem er eine Dose Special Brew in der einen Hand und eine glimmende Selbstgedrehte in der anderen hielt. Er prostete Carrie mit seinem Bier zu, als er ihren Blick auffing, und krümmte sich dann unter einem heftigen Husten, der sich anhörte, als käme er aus den Eingeweiden der Erde. Carrie ging ein kleines Stück vom Krankenhausgelände weg, setzte sich auf eine Bank und rief Oliver an, um herauszufinden, wann er sich mit ihr treffen wollte.

Jen schaffte es gerade mal, fünf Stunden vom Krankenhaus wegzubleiben, hatte aber offenbar wenigstens ein bisschen geschlafen und die Gelegenheit genutzt, ihre Leggings und den langen Pullover gegen ein ähnliches Ensemble in einer etwas anderen Farbkombination auszutauschen. Sie umarmte Carrie und drückte sie an sich.

»Du bist die beste Freundin, die ich mir nur wünschen kann, und ich liebe dich von Herzen, aber das ist jetzt meine Wache«, erklärte sie und versetzte Carrie einen Schubs in Richtung Tür.

»Ruf mich an, wenn du irgendetwas brauchst«, sagte Carrie. Als sie sich noch einmal umdrehte, sah sie, wie Jen sich über Tom beugte. Verschwunden war die quirlige Frau, die sie seit so vielen Jahren kannte, und an ihre Stelle war diese zärtliche Person getreten, beinahe eine Fremde, ihr Schatten lang in dem schwach beleuchteten Zimmer, ihre stille Haltung voll geduldiger Liebe.

Zu Hause ließ sich Carrie ein Bad ein und kippte einen ordentlichen Schuss von etwas mit Zitrusduft unter den Warmwasserhahn, erpicht darauf, den Krankenhausgeruch loszuwerden, der noch an ihr hing. Sie bezweifelte, in der richtigen Stimmung zu sein, um mit jemandem essen zu gehen, aber es war jetzt zu spät, um noch abzusagen, ohne dass es wie ein Affront wirkte, und außerdem hatte es etwas sehr Verführerisches, wie Oliver ihr zuhörte. Nach dem inneren Aufruhr der letzten Wochen und angesichts ihrer zwiespältigen Gefühle gegenüber Damian würde es befreiend sein, mal ein paar Stunden mit jemandem zu verbringen, der sie nicht mit Traurigkeit und Verlust in Verbindung brachte. Bestrebt, sich nicht wie für eine romantische Verabredung zu kleiden – verlegen dachte sie daran, wie Olivers Blick über ihre nicht von dem Handtuch bedeckten Körperteile gewandert war –, wählte sie ein schlichtes dunkelblaues Kleid von Jigsaw mit Rundhalsausschnitt und geraffter Taille und kombinierte es mit einer dunkelroten Strumpfhose und eleganten schwarzen Plateaupumps.

Oliver wartete vor dem Restaurant auf sie, und da sie auf der anderen Straßenseite ging, konnte sie ihn kurz beobachten, ehe er sie bemerkte. Er lehnte mit verschränkten Armen an der Hauswand, und was ihr als Erstes auffiel, waren sowohl seine selbstsichere Ausstrahlung als auch die langen Beine in der weinroten Chino. Mit seinem trägen Lächeln der Marke »Gott, bin ich sexy« küsste er sie zur Begrüßung auf die Wange. Er roch sauber, nach einem Hauch von Aftershave mit Bergamotte und auch ein bisschen nach Wald, was sie zuvor schon an ihm geschnuppert hatte, als hätte er sich in Rindenspänen gewälzt. Das Restaurant war dem Inneren eines Beduinenzelts nachempfunden, mit drapierten Stoffbahnen an Decken und Wänden und Hängelaternen aus farbigem Glas, die es schummerig beleuchteten. Carrie war froh, dass nicht von ihnen erwartet wurde, sich auf Bodenkissen zu rekeln, und die Kellner nicht mit Pumphosen und bestickten Westen kostümiert waren. Oliver war schon einmal hier gewesen, daher überließ sie es ihm, eine Auswahl an Mezze zu bestellen, während sie den Wein aussuchte.

»Wie war Ihr Tag?«, fragte er.

»Hören Sie bloß auf«, sagte Carrie. »Das ist kein guter Gesprächsstoff beim Essen.«

»Lassen Sie's drauf ankommen.« Oliver beugte sich zu ihr vor. Sein Hemd war ein Stück aufgeknöpft, so dass sie einen Blick auf seine Brust erhaschte, die erstaunlich gebräunt war jetzt mitten im Winter.

»Na ja, ich habe den Nachmittag bei meiner besten Freundin im Krankenhaus verbracht, wo ihr Freund nach einem Unfall im Koma liegt, und heute Morgen habe ich herausgefunden, was mit meinem Sohn passiert ist. Der Tag hatte es also ganz schön in sich.«

»Waren Sie noch einmal bei dem Medium?«, erkundigte er sich, und sie war so dankbar für seinen sachlichen Ton, dass sie hätte weinen können.

»Sie finden das nicht albern?«

»Was zählt, ist, dass *Sie* daran glauben. Ich kann es nicht beurteilen, weil ich nicht dabei war und Ihren Sohn nie gekannt habe, aber wenn es Ihnen stimmig vorkommt, was dieser Mann sagt, warum sollten Sie es nicht akzeptieren?« Oliver schenkte ihr Wein nach. »Hilft es Ihnen, mit dem Verlust Ihres Jungen besser zurechtzukommen?«

»Ich bin mir nicht sicher … Es ist, als würde es etwas in mir lösen. Etwas, das ich seit seinem Verschwinden krampfhaft in mir festgehalten habe«, antwortete Carrie.

Sie erzählte ihm, was Charlie über das Unglück am Strand gesagt hatte. Oliver unternahm keinen Versuch, sie zu berühren oder sonst wie zu trösten, noch bot er ihr panisch Taschentücher an wie viele Männer beim Anblick von Tränen. Er saß einfach da und nahm alles, was sie sagte, mit ruhiger Anteilnahme auf. Dann tranken sie noch mehr Wein und sprachen über fröhlichere Dinge. Oliver brachte sie mit einer Geschichte über Mrs Evans zum Lachen, die mitten in der Nacht bei ihm geklingelt und von einem Eindringling geredet hatte.

»Ich musste mich anziehen und alles. Als ich bei ihr drüben war, stellte sich heraus, dass sie das Radio in der Küche angelassen hatte.«

»Hmm … es würde mich nicht wundern, wenn Mrs Evans fleischliche Gelüste hegte«, sagte Carrie.

Als sie zurück in ihrer Straße waren, wusste Carrie nicht, ob sie ihn noch hereinbitten sollte. Er sollte nicht denken, dass sie mehr von dem Abend erwartete oder erhoffte, als sie bereits miteinander gehabt hatten. Offenbar bemerkte er die Unschlüssigkeit in ihrer Miene und machte es ihr leicht.

»Du hattest einen höllischen Tag«, sagte er. »Und ich muss morgen früh raus …«

»Ja«, sagte Carrie, lächerlich enttäuscht. »Du hast recht … es war ein wirklich schöner Abend. Gute Nacht.«

Ehe sie sich abwenden konnte, küsste Oliver sie zum Abschied auf die Wange. Der Kuss hörte nicht auf und wanderte zu ihrem Mund, und Carrie reagierte mit jeder Faser ihres Körpers darauf. Sie wusste nicht, ob es an den Aufregungen dieses seltsamen Tages lag oder an der Flasche Wein, die sie getrunken hatte, jedenfalls begehrte sie ihn plötzlich dermaßen, dass sie alle Bedenken in den Wind schlug. Sie erwiderte seinen Kuss, grub die Hände in seine Haare. Wer den ersten Schritt machte, war nicht ganz klar, aber kurz darauf standen sie auf dem Seitenweg neben ihrem Haus, eng aneinandergeschmiegt, schwer atmend. Er küsste ihren Hals und legte die Hand auf ihre Brust, und ihre Brustwarze wurde so hart unter seiner Berührung, dass es sich anfühlte, als würde sie den Stoff durchbohren. Sie fuhr mit den Fingern über seinen Hosenschlitz und streichelte ihn, bis er stöhnte und zurückwich. Seine Augen waren ganz dunkel, als er sie ansah.

»Ich will dich, du merkst ja, wie sehr ich dich will, aber es kommt mir nicht richtig vor …«

Carrie starrte ihn an. Erteilte ihr Oliver, der Wüstling der Almond Street, tatsächlich eine Abfuhr?

»Du bist heute so traurig gewesen, es ist so viel passiert«, sagte er und zeichnete ihre Wange mit dem Finger nach. »Du bist umwerfend, und ich würde alles dafür geben, mit dir … aber ich möchte, dass du dich ganz auf mich einlässt und nicht nur als Ablenkung von all dem anderen, was dich gerade umtreibt.«

»Was spricht denn gegen Ablenkungen?«, erwiderte Carrie, außer sich, weil er plötzlich den Kavalier spielte. »Nein, sag nichts. Gute Nacht also. Ich will dich nicht aufhalten.« Sie schloss die Haustür auf und knallte sie hinter sich zu, fühlte sich bereits von seiner Zurückweisung gedemütigt. Oliver Gladhill, Verführer zahlloser zerbrechlicher Blondinen, hatte gerade seinen Ruf ruiniert.

Einundvierzigstes Kapitel

Kaum dass Rupert weg war, hatte Molly sich an den feuchten Wänden ihres Gefängnisses entlanggetastet, aber keinen anderen Ausgang gefunden als die Tür, die er hinter sich abgeschlossen hatte. Sie hatte sich dagegengestemmt, sich sogar mit ihrem ganzen Körpergewicht gegen das Holz geworfen, das jedoch keinen Millimeter nachgab. Danach hatten Max und sie den Rest der Nacht aneinandergekauert an dem trockensten Wandstück zugebracht. Sie hatte zugesehen, wie es hinter dem einzigen kleinen, vergitterten Fenster hoch oben, fast schon unterm Dach, heller wurde. Trübes Licht fiel herein, so dass sie nun wenigstens mehr Einzelheiten ihrer Umgebung unterscheiden konnten. Schon bei ihrer Ankunft, noch im Dunkeln, hatte sie das Gebäude als das baufällige Pumpwerk erkannt, auf das sie vor langer Zeit einmal zufällig gestoßen waren. Damals waren sie nicht hineingegangen, sondern hatten ein Stückchen dahinter gepicknickt. Es war einer der guten Tage mit Rupert gewesen. Er hatte sie in Ruhe das Gebäude zeichnen lassen, während er Max auf einen Erkundungsgang in den nahe gelegenen Wald mitnahm. Der Raum, in dem sie eingesperrt waren, war sehr hoch und recht schmal. Es roch modrig, und an den Wänden war eine Reihe von grünen Streifen unterschiedlicher Breite zu sehen, die darauf hindeuteten, dass das Werk mehrmals überflutet worden war. In einer Ecke lagen ein paar alte landwirtschaftliche Geräte sowie drei große stählerne Trommeln oder Kessel oder etwas in der

Art, seitlich gelagert und vorn mit Klappdeckeln versehen, die beim Öffnen knirschten.

Molly machte sich Sorgen um Max. Er atmete stockend und hatte wieder diesen Husten, den er manchmal bekam, wenn sein Asthma schlimmer wurde. Außerdem war er blass und zitterte trotz ihres Pullovers wie Espenlaub.

»Wie lange müssen wir noch hierbleiben?«, fragte Max.

»Ich weiß es nicht, Schatz«, sagte Molly. »Komm, kuschel dich fest an mich, wir halten uns gegenseitig warm.«

»Was wird Daddy mit uns machen?«, fragte er mit ängstlich aufgerissenen Augen.

»Ich bin sicher, dass er dir nichts tut«, antwortete sie so fest es ging, obwohl sie alles andere als sicher war. Rupert schien vollkommen durchgedreht zu sein, sie konnte nicht mehr einschätzen, zu was er fähig war und zu was nicht.

»Ich habe Hunger«, sagte Max kläglich.

»Ich weiß, mein Liebling. Sei tapfer. Daddy kommt bestimmt bald mit etwas zu essen zurück.«

»Ich will aber nicht, dass er zurückkommt.«

»Soll ich dir eine Geschichte erzählen?«

»Erzähl mir, wie ich geboren wurde«, sagte Max und lehnte sich an sie. Seine knochige kleine Schulter drückte sich in ihre Seite, und sie legte den Arm um ihn und zog ihn fest an sich.

»Es war einmal eine Mummy«, begann sie, »die sehnte sich gar so sehr nach einem kleinen Jungen ganz für sich allein. Aber sie wollte nicht einfach irgendeinen Jungen.«

»Oh nein, mein Junge«, murmelte Max, schon beruhigt von der Stimme seiner Mutter und der vertrauten Erzählweise.

»Oh nein, mein Junge«, bekräftigte Molly, die sich mit aller Kraft zur Ruhe zwang. »Diese Mummy wollte einen ganz besonderen Jungen. Einen, der klug und freundlich und sehr hübsch war und die schönsten Lieder auswendig kannte. Sie wusste, diese Mummy, dass sie etwas ganz Mutiges und Gutes tun musste, um diesen super Klassejungen zu bekommen, um ihn sich zu verdienen. Aber sie hatte keine Angst. Sie war bereit, gegen Krokodile und Feuersbrünste und Fluten zu kämpfen und sogar Würmer zu essen, damit ihr Herzenswunsch in Erfüllung ging.«

Molly erzählte weiter, bis sie merkte, wie ihr Sohn sich in ihrem Arm entspannte und einschlief. Sie saß so still sie konnte, den Blick auf das Licht im Fenster gerichtet, und wartete auf das, was da kommen würde.

Zweiundvierzigstes Kapitel

Carrie brachte die erste Hälfte des nächsten Tages damit zu, ihre Wunden zu lecken und einen grässlichen Kater zu bekämpfen, indem sie Tomatensaft mit einem kräftigen Schuss Tabascosoße trank. Nachmittags raffte sie sich dann endlich dazu auf, einige der langsam verrottenden Tontöpfe im Garten hinüber zu den Blumenbeeten zu schleppen und die durchnässte Erde auszukippen. Sie stampfte den Erdhaufen voller Wurzeln und seltsam sich kringelnder Hundertfüßler zusammen und nahm dann die Stechpalme in Angriff, die sich an genau den falschen Stellen verdichtet hatte. Das Handy in ihrer Jackentasche klingelte, und als sie es mit erdigen Fingern herausfischte, sah sie Jens Namen auf dem Bildschirm aufleuchten.

»Er ist aufgewacht, Carrie. Er ist wach«, sagte Jen. »Er hat die Augen aufgeschlagen und ein bisschen in der Gegend herumgestarrt, dann hat er mich erkannt und breit gegrinst.«

»O Gott, bin ich froh! Wie lange ist das her?«

»Eine halbe Stunde etwa. Und Carrie … wir haben uns verlobt. Ich habe zugeschlagen, solange er noch von den Medikamenten benebelt war. Sag, dass du meine Trauzeugin sein willst!«

»Nur wenn ich das Kleid aussuchen darf.« Carrie schauderte innerlich bei der Vorstellung, was Jen anschleppen würde, wenn man sie sich selbst überließ. »Keine Schleppärmel, keine Empire-Schnitte, kein Look wie eine Statistin in einer fünftklassigen Verfilmung der Artussage.«

»Einverstanden«, sagte Jen und legte auf.

Carrie nahm ein Bad, um den Dreck abzuwaschen, schlüpfte anschließend eilig in eine lange weiße Bluse und eine schmale schwarze Hose und band ihre Haare zu einem schlichten Pferdeschwanz zusammen. Sie hatte sich mit Damian in einem Pub in der Nähe verabredet, weil es ihr auf neutralem Boden vermutlich leichter fallen würde zu sagen, was sie sagen musste. Als sie dort ankam, saß er bereits auf einer Eckbank und hatte zwei Gläser Rotwein vor sich stehen. Er kannte sie so gut. Während ihrer Ehe waren auch andere Menschen um sie herum gewesen, aber nur sie beide hatten all die Freude und all die Trauer ganz durchlebt. Er war der einzige andere Zeuge. Der Einzige, dem sie nie etwas zu erklären brauchte.

»Jens Tom ist aus dem Koma erwacht«, sagte sie, während sie ihren Mantel auszog und ihn an das Bankende legte.

»Das ist toll. Wird er denn wieder völlig in Ordnung kommen?«

»Ich glaube, ja. Jen klang überglücklich. Sie wollen heiraten. Eine Frühlingshochzeit.«

»Ich hoffe, du suchst das Kleid aus«, sagte Damian, und sie lachten.

»Weißt du noch, was sie bei unserer Hochzeit anhatte?«, fragte er.

Es war sehr heiß gewesen, und auf dem Kiesweg zum Standesamt hatte die Luft geflirrt. Damian hatte blass ausgesehen in seinem neuen dunklen Anzug, der zu warm war für das Wetter, und sie hatte sich wegen möglicher Schweißflecken unter den Armen ihres silbergrauen Kleides gesorgt und ihren Strauß cremeweißer Rosen mit feuchten Händen gehalten. Jen hatte einen Hut getragen, eine Art Kreissäge mit Gänseblümchen darauf, und ein bodenlanges Kleid in einem fast neongrellen Pink. Sie dachte an die Party abends in einem Hotel und das gesichtslose Zimmer, das sie sich mit Efeu, Silberbändern und Teelichtern in Blechdosen mit eingestanzten Herzen zu eigen gemacht hatten. Irgendwann draußen, in dem plötzlichen Gewittersturm, hatten sie so eng aneinandergeschmiegt gestanden, dass ihre Körper im Regen zu verschmelzen schienen.

»Sie sah aus wie eine Riesengarnele«, sagte Carrie.

»Da war so ein Moment«, sagte Damian, »als wir dort im Regen standen. Ich habe versucht, ihn mir fest einzuprägen, damit ich mich immer wieder dahin zurückversetzen kann. Das mache ich heute noch.«

Sie sah, worauf er zusteuerte, und liebte ihn in diesem Moment mehr denn je.

»Daran ziehe ich mich immer noch hoch, Carrie.«

»Damian …«, setzte sie an, wurde aber durch das Auftauchen von Greg an ihrem Tisch unterbrochen, der mit Damian zur Uni gegangen war und dessen Freundschaft sie vor ein paar Jahren hatten abschütteln können, trotz einer recht zähen Beharrlichkeit seinerseits. So genervt Carrie war, tat er ihr doch auch leid mit dem Riss in der Tasche seines Sakkos und dem abgestandenen Geruch nach Frühstücksspeck, der an ihm hing. Sie gab sich einen Ruck und zog einen Hocker für ihn heraus.

»Komm, setz dich zu uns«, sagte sie. »Wir bleiben noch auf ein schnelles Gläschen.«

Das ließ Greg sich nicht zweimal sagen. Im Nu hatte er sein Sakko ausgezogen und die Ärmel hochgekrempelt, und Damian war auf dem Weg zum Tresen.

»Na, was läuft hier?«, fragte Greg, nachdem er Damians halb geleerte Tüte Chips gefunden hatte. »Ich dachte, ihr zwei wärt längst auseinander …«

Es dauerte noch eine gute Stunde, bevor sie sich loseisen konnten. Sie gingen durch die Mill Road, die zwar im Winter nicht ganz so geruchsintensiv war, aber doch hier und da einen penetranten Schwall durch sich öffnende Lokaltüren auf einen losließ, und entschieden sich für ein Chinarestaurant, weil es dort einen freien Tisch am Fenster und Pekingente gab. Carrie sah zu, wie die Kellnerin das weiche Entenfleisch mit flinken fachmännischen Bewegungen von den Knochen löste und es zerteilte und dann Pfannkuchen in Bambusgarern samt Schalen voll dunkler Soße vor sie hinstellte. Die orangefarbene Gerbera auf ihrem Tisch war unter dem Gewicht ihres Kopfes abgeknickt und hing matt über dem Rand der Glasvase.

»Der arme alte Greg …«, sagte Damian.

Carrie beschäftigte sich damit, Fleischstreifen, gehackte Frühlingszwiebeln und Soße in einen der dünnen Pfannkuchen zu wickeln.

»Was soll nur aus ihm werden? Er streift durch die Pubs von Cambridge, bis er jemanden findet, der ihn eine halbe Stunde lang erträgt. Wirklich traurig.«

Carrie wusste nicht, wie sie Damian von ihrem letzten Besuch bei Simon erzählen sollte. Er glaubte zwar nicht an die Fähigkeiten des Mannes, aber sie ahnte, dass diese neue Botschaft trotzdem ein Schock für ihn sein würde, und sei es nur, weil dadurch klar wurde, dass sie sich mit Charlies Ertrinken abgefunden hatte. Auch wenn Damian tief innerlich längst wusste, dass Charlie tot war, hatte ihm ihre hartnäckige Überzeugung, dass er noch lebte, quasi stellvertretend noch ein wenig Hoffnung gegeben.

»Bitte reg dich jetzt nicht auf«, sagte sie schließlich. Sie wollte ihm nicht wehtun, aber ihr fiel nichts ein, wie sie das Thema schonend ansprechen könnte. »Simon hat eine weitere Botschaft von Charlie empfangen.«

Damian rutschte ungeduldig herum und blickte stur auf seinen Teller.

»Er hat gesagt, dass er ertrunken ist«, fuhr Carrie leise fort. Sie meinte, etwas über sein Gesicht huschen zu sehen, einen

Ausdruck der Verwirrung oder des Schreckens, doch er schien sich schnell zu fangen.

»Ich weiß, dass dir das wichtig ist, Carrie«, sagte er, »ich verstehe nur nicht, warum. Das sieht dir eigentlich nicht ähnlich.«

»Ich glaube, dass er wirklich mit Charlie in Verbindung steht. Darüber werden wir uns nie einig sein, ich weiß. Aber ich hatte das deutliche Gefühl, dass etwas endete, als er es mir sagte.« Sie sah Damian an, um festzustellen, ob ihre Worte irgendeine Wirkung auf ihn hatten, aber er schien ihr gar nicht richtig zuzuhören.

»Lass uns wieder heiraten«, sagte er. Dabei sah er aus wie damals, als er ihr an einem windgepeitschten Strand seinen Heiratsantrag gemacht hatte.

»Wir lieben uns, das wissen wir«, hatte er gesagt. »Worauf warten wir noch?« Dann hatte er ihre herumfliegenden Haare im Nacken zusammengehalten und sie auf die Augenlider geküsst.

Er war immer so sicher in allem gewesen, seine Gefühle so klar und entschieden wie Metalldraht, der durch Ton schneidet. Vielleicht hatte es einmal eine Zeit gegeben, als sie genauso sicher wusste wie er, was sie fühlte und was sie wollte, aber jetzt schien ihr nichts mehr eindeutig zu sein. Niemand würde ihr je wieder diese Geborgenheit schenken können, die er ihr geschenkt hatte, das wusste sie.

»Ich kann nicht«, sagte sie. »Es tut mir leid.«

»Bitte«, sagte Damian. Sie sah, wie er sich an die Tischkante klammerte, als könnte er sonst von seinem Platz abheben und zur Decke aufsteigen.

»Ich habe Charlie verloren, und ich habe uns verloren. Nichts davon kommt je zurück«, sagte Carrie und sah ihm an, dass er damit gerechnet hatte.

»Paare machen alle möglichen Schwierigkeiten durch. Wir

waren zu sehr in unseren Kummer verstrickt, wir wussten nicht, wie wir uns gegenseitig helfen sollten. Aber jetzt können wir es«, sagte Damian.

Sie legte die Hand auf eine seiner Fäuste. »Wir sind nicht damit fertig geworden. Es war nicht deine Schuld. Meine genauso wenig. Es war einfach so«, sagte sie.

Sie strich leicht mit der Fingerspitze über eines seiner Charlie-ähnlichen Augenlider. Draußen stand der Mond hoch und hell am Himmel. Die Lichterkette um den Baum vor Mick Flynns Billardkneipe war nach Einhaltung einer angemessenen nachweihnachtlichen Frist ausgeschaltet worden, würde aber für die nächste Adventsbeleuchtung an Ort und Stelle bleiben, würde mit dem Baum verwachsen und Kerben in seine Rinde graben.

Als Carrie nach Hause kam, hatte sie eine Nachricht von Simon Foster auf dem Anrufbeantworter. Am Telefon klang seine Stimme weicher und zögerlicher als sonst.

»Könnten Sie mich bei Gelegenheit bitte anrufen?«, sagte er. »Ich bekomme dauernd Botschaften von Charlie. Sehr viele. Ich kann sie nicht richtig herausfiltern. Er ist irgendwie beunruhigt, Carrie. Ich glaube, er möchte Ihnen etwas Wichtiges mitteilen.«

Dreiundvierzigstes Kapitel

So sehr es sie drängte, die neuesten Botschaften zu hören, wartete Carrie doch bis zum nächsten Morgen, bevor sie Simon anrief. Es läutete nur dreimal, dann nahm er ab. Sie stellte sich vor, wie er auf seinem Bett mit dem kasernenartigen Bezug saß oder über den freien Fußboden zu seinem aufgeräumten Tisch ging. Alles um ihn herum still und ordentlich, aber in ihm dieses Flehen, die Rechtfertigungen, die Erklärungen, die Dummen und die Verrückten, die Grausamen und die Freundlichen, die Wut, der Kummer, die Geheimnisse und sogar, immer noch, die Lügen. All die umherirrenden Seelen, die nach einem Anker suchten und sichergehen wollten, dass sie etwas bedeutet hatten.

»Hallo Simon, hier ist Carrie … Sie hatten mir gestern Abend eine Nachricht aufs Band gesprochen …«

»Oh ja, Carrie. Ich wusste nicht so recht, ob ich Sie anrufen sollte oder nicht«, sagte Simon. »Aber er wirkt so aufgeregt. So ungewöhnlich präsent.«

»Was sagt er denn?«

»Er klingt einfach nicht mehr wie der Junge, der sich anfangs bemerkbar gemacht hat. Da hörte er sich ganz ruhig an. Doch jetzt ist er irgendwie verändert. Wie gesagt, ich bearbeite die Botschaften gewöhnlich ein wenig, wenn ich den Eindruck habe, dass sie die Empfänger verstören oder verwirren könnten …«

»Sagen Sie mir, was Sie hören«, forderte Carrie ihn auf. Das Herz schlug ihr bis zum Hals; teils wollte sie es wissen, teils nicht. Aber sie hatte ihn schon einmal im Stich gelassen, sie konnte es nicht wieder tun.

»Seine Stimme hört sich anders an, ich habe sie kaum wiedererkannt. Er scheint vor etwas Angst zu haben, oder vor jemandem. Er redet ständig davon, dass es nass und kalt ist und man nicht richtig Luft kriegt.«

»Beschreibt er, wie er im Meer ertrunken ist?« Carrie konnte die Bilder, die Simons Worte hervorriefen, kaum ertragen. Sie wollte so gern hören, dass er nicht gelitten hatte, aber das klang, als sei ihm nichts erspart geblieben.

»Ich bin nicht sicher, aber ich glaube nicht. Er sagte etwas von Eingesperrt-Sein und einem komischen Geruch … Tut mir leid, dass das alles so unbestimmt ist, damit tue ich Ihnen sicher keinen Gefallen. Ich habe auch nur angerufen, weil er so sehr darauf bestanden hat, dass Sie es erfahren. Er sagt, Sie müssten helfen.«

»Was will er, dass ich tue?«, fragte Carrie schluckend.

»Ich weiß es nicht, Carrie«, sagte Simon. »Ich verspreche Ihnen, dass ich Ihnen Bescheid gebe, sobald ich mehr erfahre. Ich höre ihn nicht immer deutlich genug.«

»Rufen Sie mich wieder an?«

»Ja. Ich hoffe nur, ich habe Sie nicht allzu sehr erschreckt.«

Als sie in den Laden kam, war Carrie sehr dankbar für Jens Geplapper. Sie brauchte dringend eine Ablenkung von Charlies Worten, die ihr ständig im Kopf herumgingen. Wieder ganz ihr temperamentvolles Selbst, sprudelte Jen vor Neuigkeiten und Plänen nur so über. Tom sollte noch mindestens eine Woche zur Beobachtung im Krankenhaus bleiben, bis die Ärzte sicher waren, dass er den Rest seiner Rekonvaleszenz zu Hause verbringen konnte. Er hatte eine Gehirnerschütterung, umfangreiche Prellungen, diverse Schnitt- und Schürfwunden und einen gebrochenen Arm, was ihn und Jen jedoch offenbar nicht davon abgehalten hatte, die Hochzeit des Jahrhunderts zu planen. Jen nutzte es obendrein gnadenlos aus, dass er noch nicht wieder ganz auf dem Damm war, um ein paar von ihren extravaganteren Ideen durchzusetzen. Sie war ziemlich sicher, dass er Schwänen auf Stelzen bei voller Gesundheit nicht zugestimmt hätte.

Carrie sah mit Belustigung, dass sie einen samtbezogenen Ringordner aus der *Schatzkiste* erworben und Listen für alles angelegt hatte, die sie anschließend mit Farbcodes versah. Innerhalb kürzester Zeit war sie von einer Frau, die sich über die Hochzeiten von Freundinnen lustig machte, zu einer fanatischen Monsterbraut mutiert, die stundenlang die jeweiligen Vorzüge von Chiffon- gegenüber Satinbändern abwägen konnte. Dieselbe Spötterin, die Büffets und Seifenblasenmaschinen stets als ein Werk des Teufels verunglimpft hatte, arbeitete nun eine Liste in Frage kommender Hochzeitslokale im Umkreis von fünfzehn Kilometern um Cambridge durch und bediente sich dabei eines Sternebewertungssystems. Carrie wollte ihr Glück nicht trüben, indem sie ihr von dem Telefongespräch mit Simon erzählte, also behielt sie es für sich. Jen hatte schlimme Tage durchgemacht und verdiente eine Pause von Sorgen und Beschwernissen.

»Sieht so aus, als müsste ich jetzt doch allein in unser Traum-Altersheim einziehen«, bemerkte sie, während sie ein paar seidene Jumpsuits bügelte, die in Kartons gekommen und zu zerknittert für die Auslage waren. Jen stand über die Ladentheke gebeugt, offensichtlich zu vertieft in eine Zeitschriften-Doppelseite über Gastgeschenke zur Hochzeit, um zu antworten.

»Macht ja nichts. Um so mehr Sobranies für mich«, stichelte Carrie.

»Was?«, fuhr Jen auf. So geblendet sie von einer Fotostrecke über »Hundertundeine Möglichkeit, die Hochzeitstafel zu dekorieren« sein mochte, entging ihr doch die Spitze nicht, die Carrie gerade auf sie abgeschossen hatte.

»Ist was mit Damian passiert?«

»Ich habe ihm gestern Abend gesagt, dass es vorbei ist«, sagte Carrie.

»Warum das denn? Ich dachte, es läuft wieder gut zwischen euch beiden?«

»Ich weiß nicht. Es ist kompliziert. Irgendwie hat es was damit zu tun, wie du zu Tom im Krankenhaus warst. Und damit, dass er nicht über die Sache mit dem Medium reden will – das hat mich daran erinnert, wie es anfangs nach Charlies Verschwinden zwischen uns war. Ich weiß nicht. Vielerlei Gründe eigentlich. Er hat mich gebeten, ihn wieder zu heiraten, und da musste ich Farbe bekennen.«

»O mein Gott … wir hätten eine Doppelhochzeit feiern können!«, kreischte Jen, was Carrie nun endgültig davon überzeugte, dass ihre Freundin dem Wahnsinn verfallen war.

Carrie hängte die rosafarbenen und blauen Overalls auf gepolsterte Bügel und platzierte mit Bändern gepaspelte Overknee-Strümpfe und hellblaue Wildlederschuhe mit T-Riemchen auf dem Boden unter dem Kleidergestell. Die Jumpsuits waren strikt nur etwas für Frauen unter fünfundzwanzig, aber es gab auch ein paar hübsche neue Kleider im Stil der Zwanziger Jahre mit tief angesetzter Taille, dunkelgrün mit einem Muster aus Eicheln und Blättern in einem helleren Grün, sowie einige cremeweiße Modelle mit einem Muster aus dunkelbraunen zusammengerollten Katzen. Diese würden, kombiniert mit weichen Wollstrumpfhosen in lebhaften Violett- und Blautönen, auch Kundinnen stehen, die fanden, dass ihre Jumpsuit-Zeiten vorbei waren. Ihrer Mutter dagegen traute Carrie es durchaus zu, sich in einen hineinquetschen zu wollen. Die Frau wurde von Tag zu

Tag unberechenbarer. Es wurde wirklich höchste Zeit, sie nach ihren Plänen zu fragen; sie konnte nicht ewig bei ihr wohnen.

»Ich kann mir nicht vorstellen, dass du deinen großen Tag mit jemand anderem teilen willst, und außerdem wäre sowieso nie etwas draus geworden«, sagte Carrie und warf einen kritischen Blick auf ihre Arbeit.

»Heißt das, dass Peter Fletcher mit seiner romantisch umwölkten Stirn wieder im Rennen ist?«, fragte Jen listig.

»Nein, ganz bestimmt nicht. Allerdings ...« Carrie verstummte.

»Was?«, fragte Jen fordernd. »Raus damit.«

»Mach jetzt nicht gleich ein Riesending daraus, aber es könnte da eventuell jemand anderen geben ...«

»Wen?« Jen drehte sich mit erstaunt aufgerissenen Augen zu ihr um. »Von einem anderen hast du noch nie was erzählt!«

»Nur weil wir ein Geschäft zusammen führen, heißt das noch nicht, dass ich vertraglich verpflichtet bin, dir haarklein über mein Privatleben Auskunft zu geben.«

»Ha, aber das ist ja wohl keine Kleinigkeit, oder?«, entgegnete Jen entrüstet.

»Erinnerst du dich, dass ich mal Oliver Gladhill erwähnt habe?«

»Was? Der Typ, der so viel von sich hält? Der notorische Aufreißer?«

»Ja, der.«

»Hast du nicht gesagt, du könntest ihn nicht ausstehen?«

»Na ja, wir waren neulich zusammen aus, und er war ganz anders, als ich dachte.«

»Soll heißen?«

»Er war sehr nett. Hat zugehört, weißt du, wenn ich was von mir erzählt habe ... und schien mich zu verstehen ...«

»Moment, damit ich das in meinem Kopf klarkriege. Als du

diesen Typ das erste und bisher einzige Mal erwähnt hast, hast du gesagt, es würden zu jeder Tages- und Nachtzeit Frauen aus seinem Haus kommen und er hätte einen unsteten Blick. Und jetzt ist er plötzlich dein Beichtvater?«

»Ich weiß auch nicht. Ich fand ihn einfach nett, das ist alles. Er hat so eine unaufgeregte, klare Art, über Dinge zu reden«, sagte Carrie, fügte den Kleidern auffallende Edelsteinanhänger hinzu und trat einen Schritt zurück, um die Wirkung zu begutachten.

In dem Moment ertönte die Türglocke, und Oliver kam hereinspaziert. Carrie war so überrascht, den Gegenstand ihrer Diskussion plötzlich vor sich zu sehen, dass sie eine zu abrupte Bewegung machte und einen Korb mit Emailbroschen umwarf. Nach einigem würdelosen Herumgekrabbel auf dem Boden und Unterstützung sowohl von Jen als auch Oliver stand der Korb wieder an seinem Platz neben der Kasse, und Carrie wandte sich mit erhitztem Gesicht an ihre Freundin.

»Jen, das ist Oliver Gladhill. Oliver, das ist Jen«, sagte sie und bemerkte, dass die Freundin Oliver sofort einer gründlichen Prüfung unterzog, und zwar von Kopf bis Fuß. Ihr kritischer Blick verweilte besonders bei seinen Schuhen. Oliver, wenn auch etwas verwundert über Jens scharfe Musterung, nahm Carries Reaktion auf sein Erscheinen befriedigt zur Kenntnis. Sie hatte wirklich einen wunderschönen, frischen Teint, besonders, wenn sie wie jetzt ein bisschen verlegen war. Ihr Blick war klar und geradeheraus unter ihren dunklen Augenbrauen, genau wie bei ihrer ersten Begegnung.

»Hallo, schön, Sie kennenzulernen«, sagte er, gab Jen die Hand und bedachte sie mit seinem charmantesten schiefen Lächeln. Dann wandte er sich an Carrie. »Ich wollte dich fragen, ob du morgen schon was vorhast. Vielleicht hättest du Lust, mit mir ins Naturschutzgebiet zu fahren? Du hast ja mal erwähnt, dass dich die Arbeit dort interessiert.«

Carrie war versucht, dem eingebildeten Misterl zu sagen, dass er sich verpissen solle. Die Demütigung, dass sie sich ihm praktisch an den Hals geworfen hatte und verschmäht worden war, nagte immer noch an ihr. Dieser Quatsch von wegen sie sollte sich erst sicher sein – sie war einfach nicht blond genug.

»Ja, gern«, hörte sie sich sagen. »Bisher hatte ich für morgen nur Lebensmitteleinkäufe und Putzen geplant.«

»Prima. Dann klopfe ich so gegen eins bei dir an. Zieh dir was Warmes und Wasserfestes an.« Damit und mit einem weiteren umwerfenden Lächeln an sie beide verschwand er wieder.

»Sieht gut aus und weiß es«, lautete Jens Kommentar. »Außerdem sind seine Schuhe einfach zu vertrauenerweckend, um Vertrauen zu erwecken. Als hätte er irgendeinen Ratgeber gelesen und rausgefunden, worauf Frauen stehen.«

»Ich weiß«, erwiderte Carrie. »Das sage ich mir auch die ganze Zeit.«

»Aber ein echt nettes Lächeln«, räumte Jen widerwillig ein und wandte sich wieder ihrer Zeitschrift zu.

»Es wäre ganz schön«, sagte Carrie, »wenn gewisse Leute ihre Hochzeitspläne mal kurz beiseitelegen und mir dabei helfen würden, diese Kleider mit Preisschildern zu versehen.«

»Ich mache uns erst mal einen Tee«, sagte Jen, »und vielleicht gehe ich auch auf einen Sprung nach nebenan und hole eine Packung Jaffa-Kekse, und dann kannst du mir deine ersten Ideen für ein Hochzeitskleid unterbreiten. Ich dachte an etwas Blassgrünes, Schulterfreies, so was Sommernachtstraummäßiges.«

»Du kriegst einen Sommernachtsalptraum, wenn du nicht aufhörst, so einen Mist zu reden. In Blassgrün würdest du total anämisch aussehen, und ich habe dir schon mal gesagt, dass schulterfreie Kleider dich nicht zu Jennifer Beal in *Flashdance* machen, sondern nur schlampig wirken lassen. Ich denke eher in Richtung von etwas Schlichtem, aber gut Geschnittenem. Vielleicht ein wenig Spitze. Elegant.«

Jen verdrehte die Augen und ging den Kessel aufsetzen.

Vierundvierzigstes Kapitel

Molly merkte, wie Max wach wurde und sich in ihren Armen versteifte, als sie den Schlüssel im Schloss hörten. Die Tür schwang auf, und Rupert kam herein, schloss gleich wieder hinter sich ab und steckte den Schlüssel in die Jackentasche. Er hatte eine kleine Sporttasche in der Hand und war angezogen wie früher fürs Angeln, mit wetterfestem Anorak und Regenhose. Molly stand auf; ihre Beine waren ganz steif von der Kälte und weil sie stundenlang in derselben Haltung gesessen hatte, um Max nicht aufzuwecken. Rupert starrte sie beide vom anderen Ende des Raums her an.

»Rupert, Max geht es nicht gut. Er friert sehr, und sein Asthma wird schlimmer. Bitte lass uns raus«, flehte Molly.

Rupert antwortete nicht. Er kam auf sie zu, und Molly konnte sich nicht davon abhalten, gegen die Wand zurückzuweichen. Als er vor ihr stand, spürte sie einen sofortigen, heftigen Ekel. Er roch nach Alkohol und irgendetwas Dumpfem, Modrigem, wie ein nasses Handtuch, das zuunterst in einer Badetasche vergessen worden war. Außerdem hatte er eine rote, wunde Stelle an der einen Wange, als hätte er sich dort wiederholt gekratzt.

»Daddy, ich habe Hunger«, sagte Max und fing an zu husten, konnte nicht mehr aufhören. Molly hockte sich neben ihn und rieb ihm den Rücken.

»Da siehst du es. Es geht ihm wirklich schlecht, Rupert. Auch wenn du mich nicht gehen lassen willst, nimm Max mit. Bring ihn zu Kate oder ins Krankenhaus.«

»Deine Freundin ist gestern Abend vorbeigekommen«, sagte Rupert. Er klang ruhig, sprach in einem lockeren Unterhaltungston. »Ich hab ihr gesagt, dass du und Max verreist seid. Max ginge es nicht gut, und du wärst mit ihm an die See gefahren, damit er wieder zu Kräften kommt. Die dumme Kuh wollte doch glatt die Adresse …«

»Was hast du ihr gesagt?«, fragte Molly, um ihn zum Reden zu bringen und Zeit zu gewinnen, weil er dann vielleicht begriff, wie krank Max war.

»Ich hab ihr erzählt, ihr wärt in einem Hotel in Norfolk. Ich hätte es irgendwo aufgeschrieben, hab ich gesagt, aber der Name würde mir jetzt gerade nicht einfallen. Sie hat gewartet, dass ich den Zettel hole, aber ich hab so getan, als hätte ich es vergessen.« Er machte ein schlaues Gesicht. »Ich glaube, ich hab sie hinters Licht geführt. Jedenfalls gehe ich sowieso nicht mehr zurück zum Haus.« Er stellte die Sporttasche ab und zog den Reißverschluss auf. »Ich habe euch ein kleines Präsent mitgebracht.« Er holte etwas heraus, das in Zeitungspapier eingewickelt war, packte es aus und hielt ihnen eine schlangenartige Kreatur hin. Sie war olivbraun und nassglänzend und hing so gerade herab, als würde sie direkt aus seiner Faust fließen.

»Erst der dritte Aal, den ich erwischt habe. Ein kapitaler Fang, wenn man bedenkt, dass gar nicht Saison ist.«

Er legte den Aal vor Max auf den Boden, der schaudernd den Blick abwandte. Rupert kramte wieder in seiner Tasche und holte diesmal eine Flasche Wasser hervor, die er neben den Aal stellte.

»Keine Teller, leider«, sagte er und tätschelte Max' Kopf. »Ihr müsst eben ein Picknick draus machen, was? Ein kleines Abenteuer.« Max zuckte zurück, woraufhin Rupert ihn vorn an seinem Pullover packte und hochhob, so dass seine Füße kaum noch den Boden berührten.

»Nicht, Rupert. Bitte nicht«, sagte Molly verzweifelt.

»Sie hat dich gegen mich aufgehetzt, stimmt's?«

Max schüttelte den Kopf. Rupert ließ ihn so abrupt los, dass er hinfiel, mit dem Hinterkopf aufschlug und vor Schreck und Schmerz aufschrie.

Bei dem Laut hielt Rupert jäh inne. Er reckte die Nase wie zur Witterung und sah sich verwirrt um, schien vergessen zu haben, was er vorhatte. Einen Moment schwankte er leicht auf den Fußballen, dann setzte er sich schließlich an die Wand, als wäre er plötzlich vollkommen erschöpft. Er starrte Molly direkt an, doch sein Blick war unfokussiert und leer. Dann begann er, die wunde Stelle in seinem Gesicht zu reiben, so fest, dass er die Haut mit den Fingernägeln aufschabte und es blutete.

Molly ging langsam auf ihn zu. Wenn sie sich ruhig und leise bewegte, konnte sie es vielleicht vermeiden, ihn aus seiner seltsamen Trance aufzuschrecken – und wenn sie es sehr geschickt anstellte, konnte sie vielleicht sogar an seine Jackentasche gelangen. Sie legte ihm eine Hand auf die Schulter, doch er reagierte überhaupt nicht, sondern starrte weiter vor sich hin und setzte seiner Gesichtswunde zu. Davon ermutigt, hockte sie sich neben ihn. Es kostete sie große Überwindung, ihren Arm um ihn zu legen, zumal ihr Instinkt sie drängte, auf größtmöglichen Abstand zu ihm zu gehen. Sie sprach sanft, wie zu einem kleinen Kind oder einem verängstigten Tier.

»Ich glaube, du fühlst dich selbst gerade nicht sehr gut«, sagte sie und streichelte seine Schulter. »Sollen wir einfach versuchen, dich zurück zum Haus zu bringen?«

Sie manövrierte ihren Arm direkt über die Tasche seines Anoraks und versuchte, sich zu erinnern, ob diese einen Klettverschluss hatte. Dabei bemühte sie sich, gleichmäßig zu atmen, und sprach leise und beruhigend, wiederholte immer wieder das Gleiche.

»Komm, wir stehen zusammen auf. Wir bringen dich nach Hause und in ein schönes warmes Bett. Geben dir was Heißes zu trinken. Lassen das alles hinter uns …«

Es gelang ihr, die Finger in die Tasche zu schieben und sie um das kalte Metall des Schlüssels zu schließen. Wenn sie die Hand jetzt flink herauszog, konnte sie den Schlüssel vielleicht an sich bringen, ohne dass er es merkte.

Auf einmal wurde ihr Handgelenk brutal gepackt, und ein Schlag traf sie ins Gesicht, dass sie zur Seite flog. Im Nu war er auf den Beinen. Kein Anzeichen von Schwäche mehr, stattdessen wieder diese unnatürliche Kraft, dieser grausame Schimmer, den sie schon öfter an ihm gesehen hatte.

»Meinst du, ich wüsste nicht, was du vorhast, du dummes Miststück?« Rupert marschierte vor ihr auf und ab. Spucketröpfchen trafen sie aus seinem Mund, als er schäumte: »Ich hätte euch wahrscheinlich rausgelassen. Ich wollte euch rauslassen. Dann versuchst du, mich reinzulegen, also hast du dir das alles selbst zuzuschreiben. Du zwingst mich, euch hierzubehalten.«

»Kann ich eine Jacke für Max haben? Bitte gib mir etwas, damit ich ihn warm halten kann«, bettelte Molly. Sie wollte nicht weinen, weil das Max noch mehr verängstigen würde, aber sie war so furchtbar müde. Sie fühlte sich schlapp, wie knochenlos, und ihr Kopf tat weh. Rupert ging zur Tür, schloss auf und schlug sie hinter sich zu. Wieder hörten sie, wie der Schlüssel sich im Schloss drehte.

Fünfundvierzigstes Kapitel

Der Tag war hell und klar, aber als sie an den endlosen, mit grünen Streifen durchzogenen Feldern vorbeifuhren, den schäbigen Wellblechbaracken und vereinzelten Farmhäusern im Ranchstil, die in Texas nicht fehl am Platz gewirkt hätten, dachte Carrie, dass auch der blaue Himmel nur wenig dazu beitragen konnte, dieser Landschaft Schönheit zu verleihen. Sie hatte rein gar nichts Liebliches oder Malerisches. Überall nur zweckdienliche, praktische Formen, ohne irgendetwas, das über das rein Nützliche hinausging, abgesehen von dem Farbfleck eines vergessenen, schlaff gewordenen Weihnachtsmanns, der wie im Schmerz gekrümmt über das Dach eines finsteren Bungalows hing.

Oliver mochte geübt sein und kannte die Straße offenbar gut, doch Carrie fand, dass er ein übertrieben selbstsicherer Fahrer war, der zu kühnen, einhändigen Überholmanövern neigte. Als er abrupt hinter einem Traktor ausscherte, um die Straße zu überblicken, klammerte sie sich an ihren Sitz. Womöglich hatte sie auch unwillkürlich gekeucht, was sie nicht hoffte. Er sollte sie schließlich nicht für einen Hasenfuß halten.

»Keine Angst, du bist in sicheren Händen«, sagte er und lächelte sie an. Sie wünschte, er würde die Augen auf die Fahrbahn richten und seine Gedanken auf die dicht befahrene, doppelspurige Schnellstraße. Sie war sich seiner körperlichen Nähe im Auto deutlich bewusst, vor allem seiner Hände mit den kräftigen, aber biegsamen Handgelenken und den schlanken Fingern, die locker auf dem lederbezogenen Lenkrad ruhten. Auch konnte sie sich einen Seitenblick auf seine in dunklen Jeans steckenden Beine nicht verkneifen. Bisher hatte keiner von ihnen eine Anspielung auf das Ende ihres gemeinsamen Abends gemacht, aber Carrie war entschlossen, denselben Fehler nicht zweimal zu begehen. Sie hätte ihn schon beim ersten Mal nicht gemacht, wenn sie nicht so viel getrunken hätte.

Sie fuhren auf einen kleinen, leeren Parkplatz, und nachdem sie ein kurzes Stück über ein Riedgrasfeld gegangen waren, vorbei an einigen Weidenbäumen, deren seltsam stachelartige Zweige aus dicken Stämmen hervorsprossen, kamen sie zu einem erhöhten Bohlenweg, der den Zugang zu dem moorigen Gelände ermöglichte. Gräben und Tümpel voll schwarzem Wasser waren von trockenem Schilf umgeben, beige und ausgebleicht zu dieser Jahreszeit. Als sie auf einer schmalen Brücke Halt machten, sah Carrie die Schilfhalme auf der vom Wind gekräuselten Wasseroberfläche gespiegelt und konnte zugleich bis hinunter auf den dunklen Grund blicken, das geheime Unterwasserbett, aus dem sie hervorwuchsen. Auf den Bohlenwegen zu gehen vermittelte die Illusion, über dem Sumpf zu schweben, getrennt von dem, was sich unten zwischen Ried und Wasser tummelte. Auf einer angrenzenden Weide lagen zwei Hochlandrinder unter einem Baum und bliesen große weiße Atemwolken in die Luft.

Oliver erklärte, dass er die letzten drei Jahre vor allem dafür gesorgt hatte, dass gut gedeihendes Röhricht und ein reiches Nahrungsangebot an Aalen der richtigen Größe in den Wasserläufen vorhanden waren. Bei der letzten Zählung glaubte er, mindestens neun Rohrdommeln ermittelt zu haben, die diesen Flecken jetzt als ihr Zuhause betrachteten.

»Sie sind sehr schwer zu entdecken, weil sie gut getarnt und recht scheu sind. Während der Paarungszeit geben die Männchen seltsam dröhnende Laute von sich, was uns einen Hinweis auf ihren Aufenthaltsort liefert, aber zu dieser Jahreszeit kann man sie nur in den ein, zwei Stunden vor der Dämmerung zählen, wenn sie zu ihren Schlafplätzen fliegen«, sagte er und führte sie in eine kleine Holzhütte.

Innen war der Unterstand erstaunlich gemütlich, hatte eine Bank an der Längsseite und einen Sehschlitz mit Blick auf eine Wasserfläche, die von weiß schimmernden Moorbirken umstanden war. Carrie staunte über die unerwartete Geräuschkulisse. Während es vor der Hütte relativ still gewesen war, herrschte an diesem geschützten Ort, den man mit diversen Sorten von Futterspendern ausgestattet hatte, lautes Vogelgezwitscher. Goldammern, Blaumeisen und Buchfinken drängten sich inmitten einer Bande dreister Eichhörnchen um die besten Plätze, und auch ein einsamer Hirsch hatte sich, angelockt von der Aussicht auf Futter, in die Umfriedung verirrt.

Es wimmelte hier nur so von buntem Leben, womit sie in dieser kahlen Winterlandschaft nicht gerechnet hatte. Sie stützte die Ellbogen auf das Sims vor dem Ausguck und sah dem Treiben draußen zu. Oliver betrachtete ihr schönes Profil, das durch die zurückgebundenen Haare gut zu erkennen war, und musste den Impuls unterdrücken, die dunkle Locke über ihr Ohr zu streifen.

»Hast du noch mal mit dem Medium gesprochen? Noch mehr über deinen Sohn gehört?«, fragte er, weil er etwas Persönliches sagen wollte. Weil er wollte, dass sie ihn ansah.

»Ja. Ich habe mit ihm telefoniert, seit wir uns das letzte Mal gesehen haben. Diesmal hat er mir ziemlich Angst gemacht, muss ich sagen. Charlies Botschaften hörten sich so anders an, er scheint mir etwas Dringendes mitteilen zu wollen …«

»Du musst darauf achten, dass diese Kontakte dich nicht zu sehr belasten.«

»Ich kann jetzt nicht damit aufhören. Ich kann ihn nicht noch mal allein lassen.«

»Du machst dir doch keine Vorwürfe, oder?«, sagte er.

»Ich bin eingeschlafen – es *war* meine Schuld. Ich habe nicht auf ihn aufgepasst.«

»Man kann nicht jede Minute des Tages auf ein Kind aufpassen.«

»Es war meine Aufgabe«, beharrte Carrie.

Oliver sah sie an und merkte, dass sie niemand war, der es sich leicht machte. Ihr Mund war fest zusammengepresst, und sie strich sich mit dieser typischen, liebenswerten Geste über die Stirn, als wären ihr ihre eigenen Gedanken lästig, nicht wert, gedacht zu werden.

»Ich habe auch jemanden verloren«, sagte er. »Es ist schon lange her.«

»Wen denn?«

»Meinen Bruder«, antwortete er und fragte sich, warum er dieser Frau, die er gerade erst kennengelernt hatte, etwas anvertraute, über das er seit Jahren nicht gesprochen hatte.

»Was ist passiert?«, wollte Carrie wissen und rückte unwillkürlich näher an ihn heran.

»Wir sind mit unseren Fahrrädern um die Wette gefahren. Da war so ein Hang, nicht weit von dort, wo wir als Kinder gewohnt haben. Ziemlich steil. Wir stellten uns oben hin und sausten runter, das machten wir dauernd. Er war jünger als ich, aber ein richtiger Draufgänger. Hatte vor nichts Angst und wollte mich unbedingt schlagen, obwohl er viel kleinere Räder hatte. Ich habe ihn auch noch angestachelt, schätze ich.« Oliver unterbrach sich und blickte hinaus aufs Wasser.

Carrie bemerkte, wie schwer es ihm fiel, davon zu erzählen.

»Unten machte die Straße eine Kurve, man konnte sie ein Stück einsehen, aber nicht richtig, deshalb schwenkten wir immer in letzter Sekunde auf den Grasstreifen am Straßenrand ab, ehe wir ganz unten waren. So hatte man noch genug Zeit zum Bremsen. Aus irgendeinem Grund bremste George aber nicht. Er war dabei zu gewinnen. Er sagte vorher noch, er hätte seine Kette geölt oder so was … jedenfalls ist er einfach weitergesaust. Ein Auto kam ihm entgegen, der Fahrer hätte niemals rechtzeitig halten können. George raste direkt in ihn hinein.«

»O Gott, wie schrecklich«, sagte Carrie. Sie hätte nie gedacht, dass er so traurig aussehen könnte, mit geballten Fäusten, die Stimme nur mühsam beherrscht.

»Meine Eltern haben mir nie einen Vorwurf gemacht, aber ich war der Ältere. Ich hatte die Verantwortung. Danach gab es immer eine Lücke in der Gestalt von George, egal wie viele Urlaubsreisen wir machten, egal wie viele Partys meine Eltern gaben, um sie zu füllen. Von zu Hause auszuziehen war eine Erleichterung, weil ich dachte, ich könnte die Lücke hinter mir lassen, aber das funktioniert natürlich nicht …«

Oliver stand auf, als hätte sein Bericht ein Fluchtbedürfnis in ihm ausgelöst. Carrie tat es ihm gleich und streckte die Hand nach ihm aus, wollte ihn trösten. Er sah ihr in die Augen, beugte sich vor und küsste sie, sanft zuerst, dann fester. Carrie durchzuckte es wie ein Stromstoß, und sie zog sich kurz zurück, merkte aber, wie sie auf seine Lippen reagierte, die sich warm und weich anfühlten. Er grub seine Finger in ihre Haare, ihre Hände wanderten seinen Rücken hinunter. Sie spürte ihr Herz gegen seine Brust schlagen. Der Vogellärm ebbte ab. Es gab nur sie beide in dieser weiten, offenen Welt. Draußen sprang der Hirsch davon, erschreckt durch ein plötzliches Geräusch.

Carrie konnte sich nicht erinnern, wann sie sich das letzte Mal so vollkommen in jemand anderem verloren hatte. Wahrscheinlich nicht mehr seit jenen lange zurückliegenden Tagen, als eine halbe Flasche Cider und die rutschige Tanzfläche eines Gemeindesaals sie übermütig vor Samstagnachtlust gemacht hatten. Auf jeden Fall fühlte es sich sehr nach pubertärem Verhalten an. Auf dem Rückweg zum Auto blieb Oliver plötzlich stehen und zeigte auf zwei vorbeifliegende Rohrdommeln, großflügelig und plump vor dem dämmrigen Abendhimmel.

Sechsundvierzigstes Kapitel

Als Carrie am Montagmorgen um neun beim Laden ankam, war dort schon die ganze Crew versammelt. Die *Schatzkiste* schien sich langsam zu einer Art Stadtteilzentrum zu entwickeln, und überhaupt, dachte sie bei einem Blick durchs Schaufenster, während sie ihr Fahrrad abschloss, sah das Ganze immer mehr wie ein Wohnzimmer statt wie ein Geschäft aus. Enif frühstückte gerade standesgemäß aus einer Porzellanschale mitten auf dem Boden und trug dazu so etwas wie eine Schottenweste. Paul lümmelte in dem fliederfarbenen Samtsessel, den sie trotz des abschreckenden Preisschilds gekauft hatte, weil sie fand, dass er sich toll in der Ecke unterm Fenster machen und eine Sitzgelegenheit für Wartende bieten würde, deren Begleitung gerade etwas anprobierte. Mit Schrecken sah sie, dass er seinen Take-away-Kaffee auf einer der gerundeten Armlehnen abgestellt hatte. Noch besorgniserregender war der Anblick von Pam, die in schwindelerregenden High Heels oben auf der Trittleiter stand und mit einem riesigen rosa Staubwedel die Decke zu erreichen versuchte. Carrie machte Little Bo Creep die Tür vor der Nase zu, der sich hinter ihr angeschlichen hatte und mit seinem Krummstab an den Korb mit Seidenunterhöschen – unklugerweise am Eingang platziert – gelangen wollte, und entdeckte Jen auf dem Boden neben der Kasse inmitten von Wolken aus rosa und cremefarbenem Seidenpapier.

»Guten Morgen, Carrie«, sagte Jen, ihren angriffslustigen

Blick ignorierend. »Ich arbeite gerade an einer neuen Schaufensterdekoration. Sie wird unter dem Motto ›Hochzeit‹ stehen.«

»Du hättest das mit mir besprechen sollen. Es ist ja wohl kaum die richtige Jahreszeit für …«, setzte Carrie verärgert an, doch als sie die betroffene Miene ihrer Freundin sah, gab sie nach. »Okay, da du ja inzwischen Expertin darin bist … Was machst *du* eigentlich hier, Mum?«

Pam strahlte ihre Tochter an und schüttelte ihren Staubwedel, dass die Federn stoben. »Ein bisschen Frühjahrsputz, Liebling«, sagte sie. »Dieser Laden geht noch vor die Hunde.«

Nachdem Enif und Paul hinausgeschickt worden waren, um Kaninchen und Sterne aufzuspüren, und Carrie ihre widerstrebende Mutter zu einer Warenbestandsaufnahme nach hinten beordert hatte, verbrachten Jen und sie den Vormittag damit, das Schaufenster in einen Hochzeitstraum zu verwandeln. Jen hatte ein gebrauchtes Kleid bei eBay erstanden, aus weichem, champagnerfarbenem Brokat, mit einem U-Boot-Ausschnitt und strassbesetztem Tellerrock, das ihr zwar selbst zu klein war, aber den perfekten Blickfang und ein heiteres Gegenmittel für den Winterblues abgab, wie sie fand. Das Kleid wurde Dolly übergezogen, der leidgeplagten Schaufensterpuppe, die sich längst mit ihrem Schicksal, lebenslang von Jen misshandelt zu werden, abgefunden hatte. Dollys Füße wurden in Ballerinas aus Satin gesteckt, und dann zerrte man sie auf ein Podest, wo sie in all ihrer Pracht posieren durfte. Der Boden um sie herum war mit rosa- und cremefarbenen Papierrosen bestreut, die Jen selbst gebastelt hatte, und Carrie schnitt übergroße Konfettischnipsel aus Papierdeckchen aus und verteilte sie mit wasserlöslichem Kleber über die gesamte Fensterfront. Während sie einträchtig arbeiteten, erzählte Carrie ihrer Freundin in groben Zügen, was zwischen ihr und Oliver passiert war.

»Du magst ihn sehr, was?«, sagte Jen.

»Ich finde ihn attraktiv. Ich bin nur nicht sicher, ob er für eine Beziehung in Frage kommt. Aber vielleicht will ich auch gar keine Beziehung. Ich weiß nicht.«

»An deiner Stelle wäre ich vorsichtig«, sagte Jen. »Ich meine, du musst im Moment gut auf dich achten. Nach Damian und der Sache mit dem Medium und alldem weiß ich nicht, ob du was mit jemandem anfangen solltest, der Leute in einen Schuppen lockt und sie dort verführt.«

»Es war eine Hütte, kein Schuppen.«

»Jacke wie Hose«, sagte Jen, »hört sich jedenfalls hinterhältig an.« Dabei stellte sie sich auf die Zehenspitzen, um einen Kopfputz mit einem kurzen Netzschleier auf Dollys platinblondem Haar anzubringen.

Dann gingen sie zusammen hinaus, um sich das Ergebnis von außen anzusehen.

»Sehr hübsch«, sagte Carrie. »Das Kleid gehört noch ein bisschen zurechtgezupft.«

Jen sah ihre Freundin an, die sich von einer Seite des Schaufensters auf die andere stellte und alles mit kritisch zusammengekniffenen Augen musterte, und eine warme Flut der Zuneigung und Bewunderung wallte in ihr auf. Carrie war so schön und so stoisch, und sie hoffte, dass ihr bald etwas Gutes passierte. Sie war selbst so erfüllt von Glück und Dankbarkeit, dass sie Carrie gern genauso selig sehen wollte.

»Wie geht's dir jetzt mit dem, was das Medium gesagt hat?«, fragte sie. Sie glaubte immer noch, dass dieser Simon Foster irgendwie an die nötigen Informationen gelangt war, um seine Geschichte plausibel zu machen, dass er eine wirkungsvolle Mischung aus Theatralik, Intuition und emotionaler Intelligenz angewandt hatte, um genau das zu sagen, was Carrie hören wollte. Für jemanden, der sich mit der Psychologie der Traurigkeit auskannte, wäre es gewiss ein Leichtes, zufällige Hinweise und kleine, unbewusste Eingeständnisse zu seinem Vorteil zu nutzen. Nichts würde sie je davon überzeugen, dass Charlie aus dem Jenseits zu ihnen sprechen konnte, aber sie hatte Carrie von jeher unterstützt und würde sie auch dabei unterstützen, selbst wenn sie es nicht verstand.

»Zu hören, dass er ertrunken ist, hat mich furchtbar aufgewühlt, aber zugleich war es, als hätte sich etwas in mir gelöst, wie ein Korken aus einer Flasche. Diese neuesten Botschaften jetzt machen mir viel mehr zu schaffen. Ich kann den Gedanken nicht ertragen, dass er leidet.«

»Aber er leidet doch jetzt nicht mehr«, sagte Jen. »Das kann nicht sein. Ich denke, du solltest nicht mehr auf diesen Mann hören.«

»Aber ich kann das nicht einfach auf sich beruhen lassen«, erwiderte Carrie. »Das geht nicht. Ich kann ihm nicht den Rücken zukehren. Das ist jetzt wirklich die letzte Verbindung zu ihm. Ich fühle, wie er langsam davonschlüpft.«

Als sie wieder hineingingen, klingelte Carries Handy. Sie hörte kurz zu und legte dann auf, weiß im Gesicht.

»Was ist los?«, fragte Jen.

»Simon will mich sehen«, sagte Carrie. »Charlie hat noch mehr Botschaften geschickt.«

Pam, die die Lust an der Inventur verloren hatte und auf einer ungeöffneten Kiste sitzend eine Tasse Tee trank, bestand darauf mitzukommen. Das Taxi traf beinahe sofort ein, und eine Viertelstunde später standen sie vor Simons Wohnung.

»Die Fenster könnten mal geputzt werden«, murmelte Pam missbilligend, während Carrie auf die Klingel drückte.

Simon öffnete und sah aus, als hätte er seit einer Woche nicht geschlafen. Seine hellen Augen waren blutunterlaufen, seine

Schultern gebeugt, die Furchen in seinem Gesicht tiefer denn je. Erschrocken bemerkte Carrie, dass sogar seine sonst so tadellose Kleidung Spuren der Vernachlässigung trug. Sein Hemdkragen war schmuddelig, die Hose fleckig. Auch im Wohnzimmer gab es Anzeichen von Aufruhr. Bücherstapel waren umgekippt, und ein schwacher Essensgeruch hing in der Luft, nach irgendeinem sauer gewordenen Gemüse.

»Entschuldigen Sie bitte die Unordnung«, sagte Simon und schob ein paar Unterlagen vom Sofa, um ihnen Platz zu machen. »Mir geht es zurzeit nicht gut.«

»Geht es Ihnen denn gut genug, um mit uns zu sprechen?«, fragte Carrie. Seine übervorsichtige Art, sich zu bewegen, brachte sie auf den Gedanken, dass er vielleicht getrunken hatte.

»Ich musste Sie sehen«, sagte er. »Er wird mich nicht in Ruhe lassen, bis ich Ihnen klar gemacht habe, was er will. Das Problem ist nur, dass ich es selbst nicht richtig verstehe.« Simon fuhr sich mit unsicherer Hand über den Kopf, wie um sich selbst zu trösten. »Seine Mitteilungen werden immer hektischer, verzweifelter. Oft schreit er, und gestern habe ich ihn tatsächlich flüchtig aus dem Augenwinkel gesehen, glaube ich. Es ging ganz schnell, so als würde er versuchen zu springen.«

Carrie merkte, wie sich Speichel in ihrem Mund sammelte, als müsste sie sich gleich übergeben.

»Was sagte er?«, fragte Pam.

»Er sprach von Dunkelheit und Gefahr von einem Mann. Dann fing er wieder damit an, dass jemand keine Luft bekommt. Eine Mutter, der wehgetan wird. Der Geruch von steigendem Wasser. Und er hat ständig wiederholt: Sag's ihr, sag's ihr, sag's ihr, sag ihr, dass sie Max retten muss.«

Simon stand auf, beugte sich über Carrie und berührte sacht ihre Hand. Sie roch eine leichte Alkoholfahne und blickte in seine verwaschenen Augen.

»Ich soll Ihnen sagen, dass er Sie liebhat, jeden und jeden Tag«, erklärte Simon, und Carrie zog sich das Herz zusammen, als wäre es von einem Fausthieb getroffen worden.

»Warum redet er über Max?«, wollte sie wissen.

»Ich weiß es nicht«, sagte er und setzte sich wieder. Die Nachricht überbracht zu haben, schien ihm Erleichterung zu verschaffen. Er lehnte den Kopf gegen den Sessel zurück und schloss die Augen.

»Du siehst furchtbar aus. Du brauchst einen kräftigen Schluck«, sagte Pam, nahm herrisch ihren Arm und schob sie praktisch durch die Tür des nächstbesten Pubs. Sie tranken mehrere Gläser Rotwein und waren beide ziemlich beschwipst, als sie ihren Heimweg schließlich fortsetzten. Pam blieb mit dem Absatz ihres Stöckelschuhs in einem Gully hängen und brach ihn ab.

»Ach, verdammter Mist«, schimpfte sie und versuchte erfolglos, ihn wieder zu befestigen. »Marilyn Monroe hat das mit Absicht gemacht«, behauptete sie, während sie sich beim Entlanghumpeln am Bordsteinrand fast den Fuß verknackste. »Hat von einem ihrer Schuhe ein Stück Absatz abgehackt. So kam ihr berühmtes Hinternwackeln zustande.«

»Warum brichst du den anderen nicht einfach auch ab, damit es wieder ausgeglichen ist?«, fragte Carrie.

»Weil ich diesen Absatz reparieren lassen werde und nicht für zwei bezahle, wenn nur einer kaputt ist«, sagte Pam indigniert.

Carrie musste ihre ganze Konzentration aufbieten, um die Position der Laternenpfähle zu berechnen. Die Nachricht von Charlie hatte sie schwer getroffen. Sie erinnerte sich nur allzu deutlich an ihre letzten Worte zu ihrem Sohn. Sie hatten das oft zueinander gesagt, eine Art Beschwörung zur Abwehr von Unheil. Im Moment fühlte sie sich vollkommen ausgelaugt, hatte eigentlich keine Kraft mehr, überhaupt noch etwas zu empfinden. Sie stellte sich vor, wie ihr Körper letztlich unter dem Druck nachgab und ziehharmonikaartig zusammengeknautscht wurde, so wie die Autos auf diesen Zeitungsfotos von Zusammenstößen mit Lastern, bei denen man nicht glauben konnte, dass irgendwer lebend aus diesen bis zur Unkenntlichkeit zerbeulten Blechhaufen herausgekommen war.

Zu Hause machte Pam ihr eine Tasse Kaffee, dann ging Carrie zu der Schublade in ihrem Zimmer, in die sie die letzten Fotos von Charlie aus ihrer alten Kamera getan hatte. Sie legte sich aufs Bett und kauerte sich um ein Kissen zusammen. Sie musste auf sich aufpassen, merkte sie, wenn sie weitere Beschädigung vermeiden wollte. Die Bilder schmerzten sie wie beim ersten Mal. Vor allem fand sie es schrecklich, wie alt sie allmählich schon wirkten. Nicht mehr lange, dann würde jemand beim Anblick von Charlies Frisur, dem Schnitt seiner Shorts oder auch der Farben der Fotos das alles überholt finden, so wie es ihr mit den Aufnahmen ging, durch die sie in Antiquitätenläden blätterte; Seebrücken, die schon längst im Meer versunken waren, Familiengruppen, aufgereiht vor mit Rollläden verschlossenen Ladenfronten, Kinder mit seltsam geformten Kragen und geziertem Lächeln.

Das letzte Foto in dem Stapel war das mit Max darauf. Ihr fiel wieder ein, wie sie an jenem Tag angstgeschüttelt auf ihn zugerannt war und ihn gefragt hatte, ob er Charlie gesehen habe. Lag irgendeine spezielle Bedeutung in diesem Moment, die sie wegen ihrer panischen Furcht nicht bemerkt hatte? Auf dem Bild saß er auf einem Handtuch und blickte direkt in die Kamera, Charlie hockte im Vordergrund. Weil Max nicht im Fokus war, war sein Gesicht ein bisschen unscharf, aber trotzdem gut zu erkennen. Am Rand war Molly im Profil zu sehen, die Haare mit einem dünnen Tuch zurückgebunden. Sie öffnete gerade einen

Picknickkorb oder eine Strandtasche. Max hatte sehr besondere, mandelförmige Augen und ziemlich abstehende Ohren, die bestimmt die Aufmerksamkeit anderer Kinder auf sich zogen. Kinder hatten ein unfehlbares Talent dafür, die Schwachstellen anderer auszumachen. So überlebten sie; ihre Mütter öffneten ihre weichsten Stellen für sie und ließen sie sich dort einnisten, in tollkühner Missachtung des Schmerzes, den es unweigerlich mit sich bringen würde, dass sie sich so verwundbar machten. Er sah bedrückt aus, sicher nicht wie ein unbeschwertes Kind. Sie dachte daran, wie er so ruhig im Laden gestanden hatte und sich von ihr umarmen ließ, als wüsste er, dass sie das tröstete. Auf einmal wallte eine ungeheure Wut auf Charlie in ihr auf, überwältigend und schockierend. Er hatte ihr das Herz gebrochen und ihr Leben zerstört, und nun quälte er sie auch noch mit unverständlichen Botschaften. Sollten die Toten die Lebenden nicht trösten, wenn sie sich schon bei ihnen bemerkbar machten? Jedenfalls nicht dunkle Warnungen bezüglich Kindern aussenden, die sie kaum kannte. Ihr Zorn verschaffte ihr eine Ruhepause von seiner Stimme in ihrem Kopf, und inmitten der um sie herum verstreuten Fotos, während die klebrigen Tränen auf ihrem Gesicht trockneten, schlief Carrie ein. Pam kam wenig später auf Zehenspitzen herein, deckte sie zu und schloss die Vorhänge.

Carrie träumte wieder vom Strand. Sie ging geradeaus auf den Horizont zu, aber diesmal war sie allein. Alles andere war wie sonst. Die zögerliche Wärme der Sonne enthielt schon eine Ankündigung heraufziehender Wolken, der Sand gab leicht unter ihren Füßen nach, und die Feuchtigkeit wurde herausgepresst, so dass jeder Schritt einen Geist seiner selbst hinterließ. Als sie zur Strandlinie kam, dort, wo die Wellen auf den Sand spülten, krempelte sie ihre Hose hoch und watete hinein. Direkt vor ihr trieb ein Junge in gelber Badehose mit dem Gesicht nach unten, langsam, gewiegt von der sanften Dünung. Carrie rannte auf ihn zu, doch obwohl sie bald bis zur Taille im Wasser stand, kam sie nicht näher heran. Er blieb knapp außer Reichweite. Sie spürte den Sog des Meeres, seine gefährliche Lockung, und ließ sich von ihm mitziehen, bis auch sie leicht wie Treibgut auf den Wellen schwamm. Sie trieb hinaus, bis sie ihn erreichte, und stellte zu ihrer übergroßen Freude fest, dass er lebte. Der Puls schlug an seinem schmalen Hals, und als sie ihn an sich drückte, spürte sie sein Herz schlagen. Mit aller Kraft zog sie ihn zurück ans Ufer, den Arm um sein Kinn gelegt und unter ihm rudernd, und fiel schließlich keuchend auf den Sand. Als sie sich zu ihm umdrehte, lag dort Max und sah sie an.

Siebenundvierzigstes Kapitel

Carrie erwachte am späten Nachmittag mit rasendem Durst und pochenden Kopfschmerzen. Sie ging nach unten, schenkte sich ein großes Glas Orangensaft ein und trank es im Stehen, wobei sie zur Terrassentür hinausblickte. Eine der Nachbarskatzen ging über den Rasen und fing an, mit zierlichen Pfoten in einem Beet zu scharren. Carrie klopfte halbherzig an die Scheibe, die Katze starrte sie mit erschrockenen gelben Augen an und verzog sich dann wieder durch das Loch im Zaun. Auf ein bisschen Katzenkacke kam es eigentlich nicht an, sagte sie sich, so verlottert, wie der Garten derzeit war. Nach ihrem Einsatz von neulich sah im Grunde alles nur noch schlimmer aus, und es standen immer noch Töpfe voll verwelkter Geranien und klumpiger Lobelienbüschel herum, die sie sich demnächst mal vornehmen musste. Auch die Blumenbeete mussten dringend gesäubert und umgegraben werden. Trotz des silbrigen Lichts und der zartrosa Streifen am Himmel sprach die ganze Fläche von nichts als Nässe und Vernachlässigung. Sie sah die Stelle bei dem Rhododendronbusch, wo sie an einem regnerischen Nachmittag die Beerdigung von Bun, dem Hamster, abgehalten hatten. Charlie hatte dicke Tränen geweint und die Hände gerungen, während Damian das Tierchen in einer Reisschachtel begrub, aber sie selbst hatte vor allem Erleichterung verspürt. Der Hamster hatte ihr ständig ein schlechtes Gewissen gemacht. Während sie gemütlich herumsaßen und die Zeitung lasen, Schinkensandwiches aßen oder fernsahen, hatte Bun seine traurigen Tage und Nächte mit endlosen Runden in seinem Rad zugebracht, seine grässlichen winzigen Klauen um die Plastikstäbe gekrallt.

Carrie fühlte sich plötzlich sehr einsam und nicht in der Lage, auch nur eine weitere Minute allein zu sein und über tote Hamster und Charlies Botschaften nachzugrübeln. Die Decke fiel ihr auf den Kopf. Sie ging nach oben und zog saubere Jeans, eine lose fallende hellblaue Schluppenbluse und Ballerinas in fast dem gleichen Farbton an. Dann schlüpfte sie in ihren Mantel, nahm eine Flasche Wein aus dem Regal in der Küche und ging rasch, ehe sie es sich anders überlegen konnte, über die Straße zu Oliver. Er machte ihr barfuß und mit heraushängendem Hemd auf.

»Ich störe dich doch nicht, oder?«, sagte sie, die Flasche schwenkend.

»Überhaupt nicht, komm rein. Ich habe nur gerade so getan, als würde ich arbeiten«, sagte er lächelnd und bat sie in sein Wohnzimmer. Er schloss den Laptop auf dem Sekretär und knipste eine Lampe auf einem Beistelltisch an.

»Du hast gearbeitet«, stellte Carrie fest. »Bitte sag's ruhig, wenn ich lieber ein andermal wiederkommen soll.«

»Nein, ich bin ehrlich froh über die Zerstreuung«, erwiderte Oliver, nahm ihr den Mantel ab und ließ sie auf einem bequemen, mit Kissen bestreuten Sofa Platz nehmen. »Ich mache die mal eben auf und hole uns Gläser.«

Carrie blickte sich um. Sie hatte das Zimmer noch nicht im Normalzustand gesehen, nur umgeräumt für die berüchtigte Weihnachtsparty. Ein Ereignis, über das in der Almond Street immer noch hinter vorgehaltener Hand getuschelt wurde. Wie es schien, war es zu einer unsicheren Annäherung zwischen den Roses und den Foxtons gekommen. Es kursierten sogar Gerüchte, dass ein Frauentausch im Stil der siebziger Jahre stattgefunden hatte, aber Carrie konnte sich nur schwer vorstellen, dass irgendjemand von ihnen überhaupt Sex hatte oder dass sie ihre Meinungsverschiedenheiten lange genug beilegten, um die nötige Energie aufzubringen. Sie verdächtigte Mrs Evans, das Gerücht in die Welt gesetzt zu haben, die sich nicht nur gern in düsteren Weltuntergangsprophezeiungen erging, bei denen Naturkatastrophen und Massenepidemien im Vordergrund standen, sondern auch eine schmutzige Fantasie hatte. Sich zur Ordnung rufend schob Carrie alle Mutmaßungen über das Sexleben ihrer Nachbarn beiseite und unterzog den Raum einer genaueren Musterung. Er war sehr gemütlich, Bilder und Fotografien an den Wänden und helle Läufer auf dem Holzfußboden. Eine Gruppe kleiner Vogelskulpturen stand auf der Fensterbank, eine Vase mit gelben Rosen auf dem Couchtisch und eine große Schale mit Steinen in allen Formen und Größen auf dem Sekretär. Sie hatte eher mit einer typischen Junggesellenbude gerechnet, in der der Schwerpunkt auf elektronischen Spielzeugen und einem leichten Zugang zum Kühlschrank lag, als mit so etwas, das aussah, als hätte sich jemand richtig viel Gedanken bei der Einrichtung gemacht. Sie überlegte, ob eine von Olivers Exfreundinnen die Hand dabei im Spiel gehabt hatte, obwohl es ihr nicht sehr wahrscheinlich vorkam, dass er eine lange genug in der Position geduldet hatte, damit sie die Zierkissen aussuchen konnte. Oliver kam zurück und reichte ihr ein Glas Wein.

»Das ist ein sehr schönes Zimmer«, sagte sie.

»Danke«, erwiderte er und setzte sich neben sie aufs Sofa. »Es war alles ein bisschen heruntergekommen, als ich eingezogen bin, aber es hat mir Spaß gemacht, das Haus einzurichten und wohnlich zu machen. Das ist mein erstes richtiges Zuhause, und es war toll, meine ganzen Sachen aus der Einlagerung zu holen und aufzustellen.«

»Wo hast du vorher gewohnt?«, fragte sie.

»Ach, überall. Ziemlich lange in Amerika, dann in London und danach in Italien und Spanien. Wo mich die Arbeit oder Lust und Laune hin verschlagen haben«, sagte er. »Geht es dir gut, Carrie?«, sagte er dann mit Blick auf die bläulichen Schatten unter ihren Augen.

Zur Antwort beugte sie sich vor und küsste ihn. Küsste ihn fest, öffnete seine Lippen mit ihrer Zunge, fuhr dann mit den Händen unter sein loses Hemd und rieb über seine glatte Brust, fühlte seinen Herzschlag. Sie knöpfte ihre Bluse auf, schob ihren BH beiseite und legte seine Hand auf ihre Brust. Er strich mit flachen Händen über ihren Körper, und sie reagierte mit einem heißen Pulsieren zwischen ihren Beinen, bewegte ihre Hände über seine Oberschenkel und dann tiefer, fühlte ihn unter dem Stoff seiner Hose hart werden. Sie hörte sein kurzes Aufkeuchen, als sie den Reißverschluss aufzog und ihre Finger hineinschob. Mit der Zungenspitze fuhr er ihren Hals entlang und leckte sachte an der kleinen Vertiefung in ihrer Kehle. Sie holte seinen Penis heraus und rieb ihn, fühlte ihn in ihrer Hand zucken. Voller Ungeduld stieß sie ihn rückwärts aufs Sofa, zog seine Hose herunter und setzte sich auf ihn. Sie beugte sich herunter und streifte seine Schwanzspitze ganz leicht mit dem Mund, leckte sie dann ein wenig und merkte, wie er sich unter ihr aufbäumte, sich näher an ihren Mund heranschob. Sie wollte nichts als die Selbstvergessenheit, die pure Lust mit sich brachte, sie wollte nichts mehr fühlen als diese alles hinwegspülende Leidenschaft. Als es eigentlich schon kein Zurück mehr gab, packte Oliver ihre Hände und hielt sie fest.

»Willst du das wirklich, Carrie?«, fragte er, die Augen vor Verlangen geweitet, stoßweise atmend. Auch wenn sein letztes bisschen Selbstbeherrschung schnell schwand, verstörte ihn ihre plötzliche Hast, die Geschwindigkeit des Ganzen. Ihre Antwort war ein neuer, harter Kuss, und diesmal konnte sie beide nichts mehr zurückhalten. Da war das unvermeidliche Nesteln an Kleidungsstücken, die Unbequemlichkeit des Sofas, das eigentlich zu klein war, das Verrenken von Gliedmaßen, das kichernde Zerren an Jeans und Verschlüssen, aber vor allem ein ungeheuer starkes Begehren, das sie mit sich riss und ineinander versinken ließ.

Hinterher hielt Oliver sie in den Armen, als sie ihm weinend von Charlies letzten Worten erzählte. Er streichelte ihr über die Haare und brachte sie nach oben in sein Bett, wo sie beide ein bisschen schliefen und dann wieder füreinander erwachten, es diesmal langsamer angingen und tastend nach den Stellen suchten, die sie zum Schmelzen brachten oder zum Schreien oder Vergessen der gerade gedachten Gedanken. Später, sehr viel später, zog Oliver eine Scherz-Schürze mit Unterwäsche-Aufdruck über, und Carrie stellte mit Befriedigung fest, dass es wenigstens etwas in seinem Haushalt gab, das so geschmacklos war, wie sie es erwartet hatte. Er machte ihr Speck und Bohnen in Tomatensoße und Röstbrot und brachte ihr alles auf einem großen Tablett.

»Du bist wirklich die schönste Frau, die mir je begegnet ist«, sagte er, lehnte sich im Bett zurück und sah zu, wie sie aß, als hätte sie seit Tagen nichts zu essen bekommen. Er fand es wunderbar, wie sie völlig unbefangen mit bloßen Brüsten dasaß, ihre Haut und der Schwung ihres Halses vom Licht der Nachttischlampe beleuchtet.

»Und du bist genauso hübsch, wie du glaubst«, erwiderte Carrie grinsend. Sie würde ihm nicht sagen, dass kein Mann das Recht hatte, in nichts als Hausschlappen und einer peinlichen Schürze so gut auszusehen. Nachdem sie ihren Teller sauber gekratzt hatte, zog sie ihm die Schürze aus, und er tat, als würde er sie nach Krümeln absuchen, und dann schliefen sie mit unter der Bettdecke verschränkten Beinen wieder ein.

Carrie wachte wieder mit dem gleichen unruhigen Gefühl auf wie am Tag zuvor, nachdem sie Simons letzte Nachricht von Charlie gehört hatte. Max' Gesicht mit seinen hübschen, ernsten Augen kam ihr in den Sinn. »Charlie ist mein Freund«, hatte er gesagt. Oliver schlief noch, also schlüpfte sie leise aus dem Bett, ohne ihn zu wecken, und ging über die Straße nach Hause. Sie versuchte, nicht an die anderen Frauen zu denken, die sie in gleicher Manier hatte aus seinem Haus kommen sehen. Heute war sie an der Reihe, den Laden aufzumachen, weshalb sie nur eben Zeit hatte, sich ein bisschen Wasser ins Gesicht zu spritzen und die Zähne zu putzen, ehe sie aufs Fahrrad stieg. Trotz mehrfacher Reparaturversuche klemmte der dritte Gang an dem verdammten Ding, und als sie schließlich ankam, war sie von der Anstrengung, über die Eisenbahnbrücke zu strampeln, völlig außer Atem.

Sie schloss auf, stellte die Alarmanlage aus und stürzte sich anschließend in eine gründliche Putzaktion. Je mehr sie sich beschäftigte, desto weniger kam sie zum Grübeln. Eine halbe Stunde später glänzte der Laden, und sie hatte Milch geholt und Wechselgeld für die Kasse, aber ihr Gedankenkarussell immer noch nicht zum Stillstand gebracht. Charlie hatte Max gemocht, hatte sich ihm irgendwie verwandt gefühlt. Was war es noch gleich, wogegen der andere Junge eine Abneigung hatte? Fledermäuse? Charlie hatte zwischen Abscheu und Faszination für die Tiere geschwankt, so sehr, dass sie sogar einmal seinen Bildband mit Fotos von Fledermauskolonien draußen vor dem Haus versteckt hatte, wo er es nicht finden konnte. Einer spontanen Regung folgend ging Carrie hinter die Ladentheke und zog einen Stapel Unterlagen hervor, die sie dort gesammelt hatte. Sie fand die Visitenkarte von Max' Mutter und wählte die Nummer darauf. Nach zehnmaligem Klingeln sprang der Anrufbeantworter an. Etwas verlegen hinterließ sie eine Nachricht.

»Hallo, hier ist Carrie Hudson, vom Laden … Ich rufe wegen Ihrer Bilder an, wollte mal kurz mit Ihnen reden. Könnten Sie mich zurückrufen, sobald es geht? Danke.«

In dem Moment wurde die Tür so heftig aufgerissen, dass sie zusammenschrak, und Jen stürmte auf ihre übliche lärmende Art herein. Sie warf ihren Mantel über die Theke und wickelte etwas, das wohl einmal Teil eines Kartoffelsacks gewesen war, von ihrem Hals. Dabei fixierte sie Carrie mit einem ihrer durchdringenden Blicke.

»Du hast mit ihm geschlafen, stimmt's?«, sagte sie. Jen hatte verstörend starke Antennen, was Sex anging, wenn Carrie auch vermutete, dass ihre kleinen Augen heute Morgen und eine gewisse Nachlässigkeit ihrer Aufmachung ziemlich deutliche Fingerzeige waren.

»Kann sein«, sagte sie und ging nach hinten, um den Wasserkocher aufzusetzen und sich Jens Musterung zu entziehen. Doch die kam prompt hinterher.

»Ich hoffe, du weißt, was du tust.« Sie klang aufrichtig besorgt. »Du bist im Moment nicht besonders stabil, meine ich, und ich weiß nicht, ob Oliver das ist, was du brauchst.«

»Ich weiß nicht, was ich brauche«, sagte Carrie. »Ich will mich nur nicht mehr die ganze Zeit so fühlen …«

Sie erzählte von ihrem letzten Besuch bei Simon, während Jen Tee für sie beide aufsetzte.

»Was soll ich deiner Meinung nach tun?«, fragte sie. »Wenn es wirklich Charlie ist, der zu mir spricht, und das glaube ich, dann muss ich auch glauben, was er mir mitzuteilen versucht. Er will, dass ich etwas unternehme, dass ich helfe.«

»Wie wär's damit, zur Polizei zu gehen?«, fragte Jen.

»Und was soll ich denen sagen? Mein toter Sohn hat mir zugeflüstert, dass jemand, den er mal am Strand getroffen hat, in Gefahr ist?«

»Hmm, okay, das wird sie nicht gerade zu einem Großeinsatz bewegen.«

»Ich habe ihre Adresse, von den Leuten am Strand, meine ich. Sie war mal mit ihren Bildern hier, weißt du noch?«

»Aber ja«, sagte Jen. »Ich wollte sie sowieso heute anrufen, weil ich eins davon verkauft habe. Das von dem Mann auf dem Feld.«

»Parson's Bridge, bei Ely … ich glaube nicht, dass ich das kenne, aber ich kann es googeln.«

»Du hast doch nicht vor, dorthin zu fahren, oder?«

»Doch, vielleicht heute Nachmittag«, sagte Carrie.

»Geh nicht allein.«

»Wird schon alles okay sein. Wahrscheinlich sitzen sie heil und gesund zu Hause. Ich werde mir dumm vorkommen und irgendeinen Vorwand erfinden müssen, dass ich mehr von ihren Bildern sehen möchte oder so was, was ja an sich keine schlechte Idee wäre, wenn sie sich verkaufen.«

»Versprich mir, dass du nicht mutterseelenallein über die Fens gondelst«, sagte Jen. »Bring wenigstens diesen Oliver dazu, mit dir zu fahren.«

Achtundvierzigstes Kapitel

Nachdem Rupert gegangen war, wurde Max hysterisch wegen des Aals. Er duckte sich angeekelt vor ihm weg und verlangte, dass Molly ihn loswurde. Sie versuchte, ihm zu erklären, dass das nicht ging, da es kein erreichbares Fenster gab, um den Fisch hinauszuwerfen, doch zermürbt von seinem panischen Flehen versteckte sie ihn schließlich so gut sie konnte unter einer losen Steinplatte, traf aber die Vorkehrung, ihn zuerst in ein abgerissenes Stück Plastikplane zu wickeln, das sie unter einer der Trommeln gefunden hatte. Falls sie noch so einen Tag durchstehen mussten, dachte sie, würden sie vielleicht tatsächlich gezwungen sein, ihn zu essen. Sie wusste, dass Max großen Hunger litt, auch wenn er seit gestern Abend nichts mehr von Essen gesagt hatte.

Molly zog die restliche Plane um ihren Sohn und hielt ihn die ganze Nacht an sich gedrückt, um ihm so viel Wärme zu spenden wie möglich, obwohl sie selbst bis auf die Knochen durchgefroren war. Gegen Morgengrauen wurde sein Husten noch schlimmer, und er begann zu zittern und dann zu klagen, ihm sei furchtbar heiß. Irgendwann versuchte er, unter der Plane hervorzukommen, aber sie hielt ihn fest und gab ihm immer wieder aus dem Deckel der Wasserflasche zu trinken, flößte ihm die Flüssigkeit zwischen den trockenen Lippen ein. Dabei drückte die rostige Sichel in ihre Seite, die sie unter der Plastikplane gefunden und unter der Bluse um ihre Taille befestigt hatte. Sie war das einzige von den alten Ackergeräten, das als Waffe dienen konnte.

Ihr tat alles weh. Seit dem Beginn ihrer Gefangenschaft vor zwei Tagen hatte sie kaum geschlafen und kein Wasser getrunken, um so viel wie möglich davon für Max aufzusparen. Sie lauschte ständig auf irgendein Geräusch, hörte aber nur das Prasseln des Regens auf ein Blech- oder Plastikdach in der Nähe. Das erinnerte sie an die Reisen im Wohnwagen als Kind. Sie und ihre Schwester bei endlosen Kartenspielen, während sie auf irgendeinem Rastplatz festsaßen und darauf warteten, dass es aufhörte zu schütten, ihr Vater am Radio herumdrehte, um einen Wetterbericht hereinzubekommen, und ihre Mutter versuchte, das Beste daraus zu machen. Auf einmal überkam sie eine so starke, kindische Sehnsucht, dass sie aufstöhnte und Max unruhig im Schlaf zuckte. In diesem Moment hätte sie alles dafür gegeben, ihre Mutter bei sich zu haben. Sie dachte daran, wie ihre Mutter ihr immer die Haare ausgekämmt hatte, sachte die Knötchen heraustoupierte, endlos geduldig mit ihr und ihrem zappelnden Gejammer, und es dann gebürstet und gebürstet hatte, bis es glänzte.

»Es ist nun mal keine umwerfende Mähne, Molly«, hatte sie einmal bemerkt. »Du bewunderst das immer an anderen Mädchen, die sonst nichts Besonderes an sich haben. Während du ganz viele besondere Eigenschaften hast.«

Sie war ein keckes Mädchen gewesen, das vor sehr wenig Angst hatte, stets darauf aus, sich zu bewähren, vor keiner Mutprobe zurückscheuend. Einmal war sie auf einem schmalen Baumstamm über einen Wildbach balanciert, nur weil ihre Schwester gemeint hatte, das traue sie sich nie. Sie konnte den Stamm immer noch unter sich schwanken spüren, spürte das schwindelerregende Rauschen des Wassers und das Triumphgefühl, als sie ans andere Ufer gesprungen war. Sie wusste nicht, wie sie so geworden war. Konnte sich nicht erinnern, wann sie zuletzt diese geschmeidige Kraft gespürt hatte, die früher ein selbstverständlicher Teil von ihr gewesen war. Vielleicht hatte Rupert dieses mutig springende Selbst in ihr gesehen und es aufhalten, es beschneiden wollen, für den Fall, dass es zu hoch sprang.

Neunundvierzigstes Kapitel

Auf dem Nachhauseweg wurde Carrie immer sicherer, dass sie das Richtige tat. Die nervöse Unruhe und Besorgnis vom Morgen waren von Entschlossenheit abgelöst worden. Sie *musste* auf Charlies Warnung reagieren. Irgendetwas war da im Gange, das ihm Angst machte, und sie würde alles tun, um ihm diese Angst zu nehmen.

Durch die beschlagenen Scheiben eines Schwimmbads sah sie Schnüre von Wimpeln und am Beckenrand aufgereihte Kinder, die auf den Start eines Wettschwimmens warteten. Finger nestelten am Schwimmzeug herum, weiße Beine flitzten über den Kachelboden. In der Mill Road schlängelte sich ein Zug aus kleineren Kindern, die noch unbefangen genug waren, um Hand in Hand zu gehen, über den Bürgersteig, angeführt von einer gestresst wirkenden jungen Frau mit Rucksack. Sie sah sein Fehlen immer noch überall.

Als sie an Olivers Haus vorbeiradelte, sah sie ihn im Wohnzimmer umhergehen, also hielt sie an, lehnte ihr Fahrrad gegen seine Gartenmauer und klopfte. Er kam rasch zur Tür, und sie bemerkte mit seltsamer Genugtuung, dass er nicht so aus dem Ei gepellt wirkte wie sonst. Offenbar hatte ihre gemeinsame Nacht so viel Einfluss auf ihn gehabt, dass er sich nicht mehr ununterbrochen mit seinem tollen Aussehen beschäftigte.

»Wohin bist du denn heute Morgen verschwunden?«, fragte er. »Ich war schon darauf eingestellt, dir Frühstück Nummer zwei zu brutzeln.«

»Tut mir leid, dass ich mich einfach so davongestohlen habe. Ich musste früh im Geschäft sein und wollte dich nicht stören.«

»Du darfst mich jederzeit stören«, sagte Oliver, zog sie herein und küsste sie. Sie merkte, wie sie sofort auf ihn ansprach, wie die Lust in ihr aufflammte, sobald er sie berührte. Er fuhr unter den Kragen ihrer Bluse und massierte ihre Schulter mit dem Daumen, doch sie löste sich von ihm.

»Ich kann nicht bleiben«, sagte sie. »Es gibt da etwas, das ich tun muss, und ich wollte dich fragen, ob du mir dabei hilfst.« Sie unterbrach sich, weil sie einen hellen Seidenslip über der Sofalehne bemerkte, der am Morgen ganz sicher noch nicht da gewesen war. Als ihr Blick durchs Zimmer schnellte, entdeckte sie obendrein ein Paar schwarze Pumps unter einem der Stühle. »Andererseits sieht es nicht so aus, als würde es gerade gut passen«, sagte sie scharf und machte auf dem Absatz kehrt.

»Wobei sollte ich dir denn helfen?«, fragte Oliver, verdutzt über den plötzlichen Stimmungswechsel.

»Ist nicht so wichtig«, sagte Carrie. »Ich komme schon allein zurecht.« Damit ging sie und schloss die Haustür fest hinter sich. Sie wusste, sie hätte ihn nicht so nah an sich heranlassen dürfen. Der Mann konnte seinen Schwanz offensichtlich nicht länger als zehn Minuten in der Hose behalten. Am meisten ärgerte sie, dass sie sich nicht auf ihren ersten Eindruck von ihm verlassen hatte. Was auch immer er für ein Problem hatte, sie wollte nicht in seiner Nähe bleiben, um es herauszufinden.

Mit einer schnellen Internetrecherche ermittelte sie die genaue Lage des Hauses und hielt sich dann nur noch damit auf, ihre Pumps gegen ein Paar feste Stiefel zu tauschen und ihren Anorak, die Karte und eine Taschenlampe in den Kofferraum zu werfen. Sie fuhr auf dem schnellsten Weg aus der Stadt heraus und gestattete sich erst auf der Straße nach Ely, darüber nachzudenken, was sie da eigentlich tat. Ihr war nicht klar, was sie bei Max' und Mollys Haus zu finden erwartete, doch es war nun mal der einzige Anhaltspunkt, den sie hatte, um herauszufinden, was Charlie ihr sagen wollte. Der Himmel war bedeckt und kündigte Regen an, und es blies ein starker Wind, der immer böiger wurde. Krähen kreisten über den Feldern oder ließen sich kurz auf vereinzelten Bäumen nieder, die von den Elementen, denen sie hier schutzlos ausgesetzt waren, zu buckligen, knorrigen Gestalten verformt worden waren. Ihr Handy klingelte in der Handtasche und erschreckte sie, so dass sie kurz das Lenkrad verriss und auf den Seitenstreifen fuhr, was ein unangenehmes Kribbeln in ihren Armen auslöste. Sie sah die Kathedrale in der Ferne aufragen, ihre stattliche Silhouette fest am Horizont verankert, und bog dann rechts in eine schmale Straße ein, die auf der einen Seite von Hecken, auf der anderen von einem Entwässerungskanal begrenzt wurde. Hier und da kam sie an einem Bauernhof oder einer Feldscheune vorbei und erreichte dann, nach etwa sieben Kilometern, eine Ansammlung von Häusern. Mollys Postleitzahl deutete darauf hin, dass ihr Haus gleich hinter diesem Weiler lag, also fuhr sie durch Parson's Bridge hindurch und noch einen knappen Kilometer über ein holpriges Sträßchen. Es war ihr nicht ganz geheuer, so dicht an dem Wassergraben entlangzufahren, und da es schon dämmerte und es keine Straßenbeleuchtung gab, würde sie auf dem Rückweg sehr vorsichtig sein müssen.

Sie hielt vor dem Haus. Das musste es sein, denn andere gab es nicht in der Nähe. Zu dieser Tageszeit würde Licht brennen, wenn jemand da wäre. Das Haus hockte geduckt in der Landschaft, die dunklen Fenster waren klein, eine verwilderte Eibe versperrte halb den Gartenpfad. Alles wirkte verlassen, und Carrie bekam es auf einmal mit der Angst zu tun. Vielleicht war es doch nicht so klug gewesen, allein hierherzufahren. Vielleicht kam sie zu spät. Vielleicht war das Schlimme, was Charlie prophezeit hatte, bereits passiert. Sie versuchte, sich an seine genauen Worte zu erinnern, aber es war alles ziemlich wirr gewesen. Schließlich stieg sie aus, machte den Kofferraum auf und zog ihren Anorak an, holte auch die Taschenlampe heraus, die beruhigend schwer in ihrer Hand lag. Sie fröstelte im schneidenden Wind, der an diesem ungeschützten Ort mit ungezügelter Stärke blies. Auch wenn sie sich nichts davon versprach, klopfte sie an die Tür und drückte dann dagegen, für den Fall, dass sie offen gelassen worden war. Sie spähte zum vorderen Fenster hinein, indem sie eine Hand an die Scheibe legte, und sah das Wohnzimmer mit einem Kamin, der anscheinend erst vor Kurzem benutzt worden war, und auch ein paar Spielsachen und Bücher auf dem Teppich. Es war nichts Ungewöhnliches zu erkennen. Sie ging ums Haus herum in den hinteren Garten, wo ein paar modrige Gartenmöbel herumstanden und ein halb kahler Weihnachtsbaum an der Wand lehnte. Carrie bemerkte, dass eines der Fenster einen Spalt offen stand, tastete mit der Hand nach dem Haken innen und öffnete es ganz. Sie kletterte über das Fenstersims und die Spüle hinweg, die direkt darunter stand, und landete hart auf dem Boden. Dann leuchtete sie mit der Taschenlampe herum und fand den Lichtschalter, woraufhin eine Küche zum Vorschein kam, die offensichtlich in Eile verlassen worden war. Schmutziges Geschirr stapelte sich an einer Seite, und in einem Topf auf dem Herd war noch Essen. Das Haus war kalt und roch dumpf, machte aber nicht den Eindruck, als würde es schon länger leer stehen. Sie ging hinaus in den Flur und verspürte den Drang zu rufen, auch wenn sie sich ein wenig albern dabei vorkam.

»Molly? Max?«

Ihre Rufe hallten durch die verlassenen Zimmer, und erneut überkam sie diese kribbelnde Furcht. Plötzlich hörte sie ein Geräusch von oben und machte die Taschenlampe wieder an, deren Strahl auf ein Paar Katzenaugen am oberen Ende der Treppe traf. Sie stieg die Stufen hinauf, und die Katze verschwand mit einem leise wimmernden Miauen. Das erste Zimmer, in dem sie Licht machte, war eindeutig das eines Jungen. Ein halb beendetes Legomodell stand auf dem Schreibtisch, und eine Schlange aus kleinen Modellautos zog sich über den Teppich. Das Bett mit der SpongeBob-Bettwäsche war gemacht, aber eine Ecke war zurückgeschlagen worden. Einer vagen Ahnung folgend griff Carrie unter das Kopfkissen. Dort hatte Charlie immer kleine Nachrichten für sie hinterlassen. Weil er noch nicht viel mehr als seinen Namen und ganz einfache Sätze schreiben konnte, hatte er oft ein Bild gezeichnet, um ihr mitzuteilen, wie es ihm ging. Sie hatte viele davon aufgehoben, von einem lächelnden Charlie und einem zähnefletschenden Charlie und einem mit Tränen so groß wie Birnen, die ihm übers Gesicht tropften. Sie fand einen kleinen zusammengefalteten Zettel unter dem Kissen, machte ihn auf und las die hastig hingekritzelten Worte.

Mein Dad nimmt uns mit. Er hat meiner Mum wehgetan.
Bitte helft uns.
Max

Carrie ging durch die Vordertür hinaus und stieg ins Auto. Sie rief sofort die Polizei an, scheute sich zwar ein wenig, den Notruf zu wählen, wusste aber nicht, an wen sie sich sonst wenden sollte. Sie erklärte lang und breit, was passiert war, wurde dann weiterverbunden und musste alles noch mal erzählen.

»Ich denke wirklich, dass etwas unternommen werden muss. Es ist dringend«, sagte sie in dem Versuch, ihr ungutes Gefühl auf den Polizeibeamten zu übertragen, dem jedoch mehr daran gelegen schien, ihr genaues Verhältnis zu den genannten Personen festzustellen, als ihr die beruhigende Auskunft zu geben, die sie hören wollte. Andererseits konnte sie es ihm nicht übelnehmen, dass er verwirrt war; das wäre sie auch, wenn jemand bei ihr anriefe und behauptete, einem Verdacht nachzugehen, der sich auf die Aussagen eines Mediums gründete.

»Diese Adresse ist uns bereits bekannt, Mrs Hudson«, sagte der dritte Beamte, zu dem sie durchgestellt wurde. »Wir wissen von einer möglichen Gefahrensituation, und eine Nachbarin von Mrs Reardon hat zwei Personen als vermisst gemeldet. Wir gehen der Sache nach.«

Carrie erklärte sich bereit, bei ihrer Rückkehr nach Cambridge auf die Polizeiwache zu kommen. Immer noch besorgt, aber unschlüssig, was sie sinnvollerweise noch tun konnte, machte sie sich auf den Heimweg. Die Nacht war schnell hereingebrochen, und sie musste all ihre Konzentration aufbieten, um den Wagen über den Feldweg zu steuern, der durch den Regen noch schlammiger geworden war als auf der Hinfahrt. Die Reifen schlitterten manchmal gefährlich nah am Graben entlang. Eine Bewegung am Rand ihres Gesichtsfelds veranlasste sie dazu, in den Rückspiegel zu sehen. Sie erhaschte einen Blick auf einen Mann, der still mitten auf der Straße stand und geradeaus starrte, doch das Auto schlingerte weiter, die Straße wurde dunkel, und sie sah nichts mehr.

Fünfzigstes Kapitel

Gegen Mittag hörte Molly ihn kommen. Er sah noch verwahrloster aus als zuvor. Seine Hosenbeine waren voller Schlamm, und als er den Hut abnahm, kamen lange fettige Haare zum Vorschein. Er roch nach nassem Pelz und feuchter Erde. Sie hätte ihn nicht mehr als ihren Mann wiedererkannt, überhaupt nicht als einen Menschen, der ihr vertraut war. Er war ihr vollkommen fremd, wie eine andere Spezies. Auch Max starrte seinen Vater mit aufgerissenen Augen an. Er atmete mühsam und war zu schwach, um sich von ihrem Schoß aufzurichten.

»Rupert, wir werden ihn verlieren. Mach mit mir, was du willst, aber bitte lass ihn gehen.« Molly schob Max sanft zur Seite und stand auf. Es kostete sie ihre ganze Kraft, ihre Furcht nicht zu zeigen. »Bitte. Mach einfach die Tür auf.« Sie näherte sich Rupert wie einem wilden Tier, langsam und vorsichtig, und nahm dann flehend seinen Arm, aber er schüttelte sie ab und ging zu Max.

Der Junge sah ihn reglos an. »Wir haben den Aal weggeworfen«, sagte er, »aber ich kann ihn immer noch riechen.«

Rupert bückte sich und hob Max hoch. Er ging mit ihm zu einem der großen zylinderförmigen Behälter in der Mitte und öffnete die Scharniertür. Molly stürzte sich auf ihn, hängte sich an seinen Rücken, krallte ihre Finger in seinen Hals und biss so fest zu, wie sie konnte, doch Rupert schien den Schmerz kaum zu spüren. Er stieß sie von sich, schob den widerstandslosen Max in die Trommel und schloss die Tür.

»Nein, Rupert! Nein! Er kann da drin nicht atmen.« Molly schrie vor Entsetzen, merkte, wie sie ihr letztes bisschen Selbstbeherrschung verlor.

Sie klammerte sich an seine Beine und versuchte dabei, die Sichel unter ihrer Bluse hervorzuziehen, kämpfte mit der Befestigung. Sie konnte sie nicht losbekommen. Er packte sie an den Haaren und zog sie zu der anderen Trommel. Molly wehrte sich mit Händen und Füßen und spürte ein dickes Büschel von ihrer Kopfhaut abreißen, als er sie weiterzerrte. Er öffnete den Zylinder und fing an, sie hineinzustoßen. Molly hielt sich am Stahlrand der Öffnung fest und leistete erbitterten Widerstand. Sie trat nach ihm und traf ihn fest genug in den Magen, dass er zurückzuckte und nach Luft schnappte, aber er ließ sich von nichts bremsen. Sein Blick war vollkommen leer. Er fühlte sich so unnachgiebig an wie die Flanke eines großen Säugetiers. Der Mensch, der er einmal gewesen war, schien verschwunden und durch dieses erbarmungslose Wesen ersetzt worden zu sein. Sein ganzes Selbst war auf erschreckende Weise in dieser grimmigen, blinden Kraft konzentriert. Er stieß sie hinein, und dann wurde alles schwarz, als die schwere Stahltür sich schloss und der Riegel einrastete. Im ersten Moment geriet sie in Panik in der engen Röhre, in der ihre Beine abgeknickt wurden. Die Zeit verging langsam, der Atem stockte ihr in der Kehle. Das ist das Letzte, was ich spüre, bevor ich sterbe, dachte sie, und dann Max, oh Max. Sie drehte den Kopf und sah eine Reihe von Löchern so groß wie kleine Münzen an der Trommelwand, durch die ein wenig Licht hereinfiel. Sie legte den Mund daran und holte tief Luft, als wäre sie gerade an einer Wasseroberfläche aufgetaucht.

»Max!«, schrie sie. »Max, atme durch die Löcher. Atme, Max!«

Sie lauschte, aber es kam keine Antwort, also rief sie noch einmal. Als sie sich auf die andere Seite herumzwängte, schaffte sie es endlich, das Plastikband um die Sichel zu lockern. Sie klopfte mit dem Holzgriff des Geräts an die Oberseite der Trommel, lauschte, wartete und versuchte es erneut. Ihre Glieder waren steif und eiskalt, und sie weinte unkontrollierbar, aber sie hämmerte weiter an die Decke ihres tonnenförmigen Gefängnisses. Wieder hielt sie inne und lauschte. Ihr fiel ein Stein vom Herzen, als ein schwaches, gerade noch vernehmbares Pochen aus Max' Richtung kam.

Einundfünfzigstes Kapitel

Auf der Polizeiwache schien man nicht so recht zu wissen, was man von ihrer Geschichte halten sollte. Immer wieder wurde Carrie gefragt, was sie denn bei dem Haus gesucht hatte, obwohl sie ihren eigenen Angaben zufolge die Bewohner kaum kannte – abgesehen von der flüchtigen Begegnung vor drei Jahren am Strand und einer noch nicht lange zurückliegenden Unterhaltung in ihrem Laden. Jedes Mal, wenn sie ihre Erklärung wiederholte, hörte sie sich lächerlicher an. Der Polizeibeamte, der auch an dem Tag da gewesen war, als Damian und sie sich diese furchtbaren Fotos angesehen hatten, war sehr nett und holte ihr einen Tee, heiß und süß und in einem richtigen Porzellanbecher. Sie fragte sich, wo er jetzt war, der Junge auf den Bildern, ob er nach Hause zurückgefunden hatte. Die Welt schien voll von verlorenen Kindern zu sein, und sie empfand eine jähe Trauer um sie alle. Um ihren Charlie und diesen Max und diesen anderen Jungen mit seinen geballten kleinen Fäusten.

Als Carrie endlich nach Hause kam, fand sie es dort kalt und trostlos, drehte schlotternd die Heizung auf und zog die Vorhänge zu. Obwohl sie eigentlich nichts weiter tun konnte, war sie immer noch rastlos. Sie dachte daran, Simon anzurufen, um zu hören, ob Charlie wieder Kontakt aufgenommen hatte, entschied sich aber dagegen. Die Polizei hatte alle verfügbaren Informationen von ihr bekommen, und jetzt lag es an den zuständigen Beamten herauszufinden, was mit Molly und Max passiert war. Sie hatte ihren Teil getan. Ihr Magen knurrte. Sie überlegte, wann sie zuletzt etwas gegessen hatte, und kam zu dem Schluss, dass es das Mitternachtsfrühstück gewesen sein musste, das Oliver für sie gemacht hatte. Trotz der Sache vom Vormittag überkam sie ein heftiges Verlangen nach der Geborgenheit, die sie in seinen Armen empfunden hatte. Er mochte ein Mistkerl sein, aber er verstand es, die Welt um einen herum versinken zu lassen, und davon könnte sie im Moment weiß Gott noch mehr gebrauchen. Sie legte ein paar Toastscheiben mit Käse unter den Ofengrill und schnippelte, eher der Form halber als aus Appetit, eine grüne Paprika und ein paar Gurkenstücke dazu, über die sie einen Schuss Olivenöl goss. Diesen Imbiss aß sie, während sie sich *EastEnders* ansah, dann ging sie nach oben, um sich ein Bad einzulassen.

Sie lag noch in der Wanne mit dem schnell abkühlenden Wasser, zu müde, um herauszusteigen, als es klingelte. Hastig stand sie auf, warf den Bademantel über, ohne sich abzutrocknen, und lief tropfend die Treppe hinunter. Oliver stand davor.

»Hallo, Carrie, kann ich reinkommen?«, fragte er.

Sie zögerte. »Ich bin wirklich sehr müde, Oliver. Es war ein anstrengender Tag …«

»Bitte. Ich möchte wissen, warum du vorhin so schnell gegangen bist.«

»Sag bloß, du hast keine Ahnung«, entgegnete sie und ließ ihn widerstrebend herein.

»Ich habe eine Ahnung. Aber darüber möchte ich mit dir sprechen.«

Carrie führte ihn ins Wohnzimmer und bot ihm recht ungnädig etwas zu trinken an.

»Ein Glas Wein wäre toll«, sagte er und setzte sich auf das neu aufgemotzte Sofa.

Carrie schenkte zwei Gläser ein, wonach sie sich mit größtmöglichem Abstand in dem Sessel beim Kamin niederließ. Sie machte sich nicht die Mühe, ein Feuer anzuzünden; er sollte nicht glauben, dass ihr seine Anwesenheit länger willkommen war als unbedingt nötig. Sie würde sich anhören, was der verlogene Dreckskerl zu sagen hatte, und dann konnte er wieder gehen.

»Ich nehme an, du hast die Kleider im Haus gesehen und voreilige Schlüsse gezogen«, sagte Oliver.

»Ich habe den Schluss gezogen, dass vier Stunden, nachdem ich heute Morgen dein Bett verlassen hatte, eine andere Frau vorbeigekommen ist und ihren teuren Slip in deinem Wohnzimmer ausgezogen hat«, sagte Carrie und hätte sich am liebsten auf die Zunge gebissen, weil ihr das mit dem »teuer« herausgerutscht war, was eine zu genaue Inaugenscheinnahme des anstößigen Gegenstands nahelegte. »Um dann ihre ziemlich nuttigen High Heels abzustreifen. Oder umgekehrt.«

»Mir ist klar, wie das ausgesehen hat«, sagte Oliver. »Aber ich habe nicht mit ihr geschlafen.«

»Aha. Und was hast du dann mit ihr gemacht? Einen Ringkampf? Ein bisschen Gartenarbeit vielleicht?«

»Jasmine ist eine Exfreundin. Sie hat ein … etwas chaotisches Leben und landet hin und wieder bei mir, um ihren Rausch auszuschlafen. In diesem Fall nicht in ihrer Unterwäsche, sondern in einem Schlafanzug, den ich ihr geliehen habe.«

»Was ist die längste Beziehung, die du je hattest?«, wollte Carrie wissen.

Oliver trank einen Schluck Wein und wich ihrem Blick aus. »Mein Lebensstil war langfristigen Beziehungen nicht gerade zuträglich«, sagte er. »Ich bin viel gereist. Hab nie wirklich eine Frau getroffen, bei der ich bleiben wollte oder die bei mir bleiben wollte.«

»Wie müsste es denn sein, damit du bei jemandem bleiben wolltest?«

»Ich weiß es nicht. Ich schätze, ich werde es wissen, wenn ich es sehe. Vielleicht.«

Carrie ging zum Sofa und setzte sich zu ihm. »Ich kann es mir einfach nicht leisten, etwas anzufangen, das mir wehtut, Oliver. Dazu habe ich nicht die Kraft. Ich möchte etwas, das gut und richtig ist. Das mich stützt«, sagte sie und spürte trotz allem und obwohl sie ausreichend Platz zwischen ihnen gelassen hatte, was für eine Anziehungskraft er auf sie ausübte.

»Ich fürchte, die Stellenbeschreibung trifft nicht auf mich zu«, sagte Oliver. »Georges Zimmer im Haus meiner Eltern ist immer noch genauso wie an dem Tag, als er starb. Ich meine wirklich bis in jede Einzelheit. Bis hin zu den Kleidern auf dem Bett, seinen abgewetzten Schuhen auf dem Läufer. Er ist immer noch der Teil von ihnen, der für sie der kostbarste war. Ich habe ihnen das angetan. Ich will es nicht, aber ich stürze andere ins Unglück.«

»Ich kenne deine Eltern nicht«, sagte Carrie. »Aber ich möchte wetten, dass sie es nicht so sehen, wie du es jetzt darstellst.«

»Ich weiß nicht«, erwiderte er. »Ich weiß nur, dass ich es nie besser für sie machen kann.«

»Es ist nicht deine Aufgabe, es besser für sie zu machen. Sie müssen einen Weg finden, das selbst zu tun.«

»Ich mag dich, Carrie«, sagte Oliver. »Ich mag dich sehr. Ich möchte gern, dass wir zusammen sind, aber ich kann dir nicht versprechen, dass es hält. Meine Erfolgsbilanz ist nicht gerade beeindruckend.«

Carrie sah ihn einen Moment lang an. Sie wollte sich in seine Arme werfen und von ihm nach oben ins Bett tragen lassen, aber sie wusste, dass sie sich mit ihm auf die Gefahr von noch mehr Schmerz einlassen würde, und sie glaubte nicht, dass sie robust genug war, um damit fertigzuwerden.

»Ich kann nicht«, sagte sie. »Ich kann das Risiko nicht eingehen.« Sie stellte ihr Glas auf dem Boden ab und stand auf. »Es tut mir leid, Oliver.«

Das Bedauern, das sie in seinem Gesicht sah, tat ihr beinahe gut.

Als er ging, streichelte Oliver ihr mit einem Finger über die Wange. Kurz darauf, als sie im Bett lag, meinte sie immer noch zu spüren, wo er sie berührt hatte.

Zweiundfünfzigstes Kapitel

Als Carrie am nächsten Morgen erwachte, stand Pam am Fußende ihres Bettes und musterte sie. Ihre Mutter zog die Vorhänge auf, enthüllte einen strahlend blauen Himmel und reifbedeckte Dächer und hockte sich auf die Bettkante.

»Du schläfst auf der Seite und mit ausgestreckten Armen«, sagte sie. »Das bedeutet, du bist, was Schlafforscher den Sehnsuchtstyp nennen. Jemand mit einem offenen Wesen, der aber zu Misstrauen neigt.«

»Ich sehne mich danach, von meiner Mutter in Ruhe gelassen zu werden«, murmelte Carrie, rollte sich herum und vergrub ihr Gesicht im Kissen.

»Hör mal, Carrie, Simon ist unten. Er hat wieder eine Botschaft empfangen. Ich denke, du solltest runterkommen.« Pam streichelte ihrer Tochter über den Kopf und stand auf.

Carrie wurde angst und bange. Die Sache war doch noch nicht ausgestanden. Schlaftrunken kämpfte sie sich aus dem Bett und folgte ihrer Mutter nach unten.

Simon saß mit einer Tasse Tee am Küchentisch. Carrie stellte fest, dass Pam es nicht besonders eilig damit gehabt haben konnte, sie zu wecken, wenn sie sich noch die Zeit genommen hatte, ihm Tee zu machen. Ihr Verdacht, was die Absichten ihrer Mutter anging, bestätigte sich, als sie sah, wie Pam geradezu besitzergreifend die Hand auf die Lehne von Simons Stuhl legte.

Er blickte auf, als sie hereinkam. »Ich hoffe, Sie haben nichts dagegen, dass ich hergekommen bin«, sagte er.

Er sah weniger verwahrlost aus als bei ihrem letzten Zusammentreffen, hatte sich offenbar Mühe gegeben, respektabel zu erscheinen, ehe er das Haus verließ. Sein Gesicht war frisch rasiert, mit einer kleinen Schnittwunde am Kinn. Sie fragte sich, woher er wusste, wo sie wohnte, doch Pam beantwortete ihre unausgesprochene Frage bereits.

»Ich bin vorhin an dein Handy gegangen, als du noch geschlafen hast. Ich habe gesehen, dass es Simon ist, und dachte, es könnte wichtig sein. Er meinte, er hätte etwas Neues von Charlie.«

Carrie setzte sich, und Pam stellte eine Tasse Tee vor sie hin.

»Geht es wieder um Max?«, fragte sie. »Ich bin nämlich gestern zu ihm nach Hause gefahren, aber es war niemand da. Die Polizei ermittelt schon.«

»Du bist gestern wohin gefahren?«, fragte Pam schockiert.

»Er hat mir ein merkwürdiges Gebäude beschrieben«, sagte Simon schnell. »Immer wieder, er hat dauernd von einem hohen Schornstein geredet. Wenn Sie mir ein Blatt Papier geben, werde ich versuchen, es Ihnen aufzuzeichnen.«

Pam eilte davon, um Stift und Papier zu holen, und reichte beides Simon, der den Umriss eines Gebäudes oder vielmehr einer Reihe von miteinander verbundenen Gebäuden zu skizzieren begann. In der Mitte war ein hoher, schmaler Schornstein zu sehen. Der Komplex wirkte viktorianisch mit seinen Schrägdächern, den Backsteinfassaden und den langen Sprossenfenstern.

»Er sagt, dass Max irgendwo drinsteckt, wo es sehr dunkel ist, und dass er nur schwer Luft kriegt«, erklärte Simon. »Und auch, dass Max wohl bald zu ihm kommen wird.«

Carrie betrachtete Simons Skizze, zu der ihr jedoch nichts einfiel.

»Ich finde, du solltest das sofort zur Polizei bringen«, sagte Pam. »Mit so was bist du allein überfordert.«

»Ich weiß nicht, ob die Polizei uns nicht alle für einen Haufen Spinner hält«, erwiderte Carrie. »Gestern Abend hatte ich das deutliche Gefühl, dass sie denken, der Gram hätte meinen Verstand verwirrt. Was ja durchaus sein kann.«

Einen wilden Moment lang dachte sie, dass sie das alles vielleicht nur geträumt hatte, dass der Kummer und die Schuldgefühle im Zusammenhang mit dem Tod ihres Kindes zu ausufernden Halluzinationen geführt hatten. In mancherlei Hinsicht war dieser Gedanke tröstlicher als die Wirklichkeit. Denn wenn sie hier in ihrer eigenen Küche sitzen und tatsächlich glauben konnte, dass ihr toter Sohn durch ein alkoholsüchtiges Medium mit ihr kommunizierte, das gerade seltsame Konstrukte auf die Rückseite ihres Telefonblocks kritzelte, dann konnte jeder glauben, was er wollte.

Carrie ging ins Wohnzimmer und holte ihren Laptop. Sie führte eine Google-Suche nach Schornsteinen in East Anglia durch und bekam Seiten über Seiten mit Schornsteinfegern und Schornsteinsanierern angezeigt. Als sie die Suche auf »Hohe Schornsteine in East Anglia« einengte, erhielt sie im Nu ein Foto, das Simons Zeichnung sehr ähnlich sah. Es zeigte ein Dampfpumpwerk in einem Dorf nahe Ely, das inzwischen ein Museum war und früher dazu diente, Wasser aus den Fens in die Entwässerungsgräben entlang der Felder und Straßen zu pumpen. Die Anordnung der Gebäude war Simons Darstellung zu ähnlich, als dass es sich um eine zufällige Übereinstimmung handeln konnte. Der Komplex bestand aus einem Schöpfrad, einem Maschinenraum und einem Kesselraum, zu dem der Schornstein gehörte. Carrie verstand nicht, wie ein Museum der Ort sein konnte, an dem Molly und Max festgehalten wurden, aber es war zumindest ein Hinweis, und sie hatte vor, ihm nachzugehen.

Sie frühstückte schnell etwas, duschte dann und zog sich an. Pams Drängen nachgebend, dass sie auf keinen Fall allein irgendwohin fahren sollte, rief sie Paul an und bat ihn mitzukommen. Sie holte ihn zu Hause ab, wo er samt Hund und Anorak schon startklar vor der Tür stand. Enif kletterte naserümpfend in ihr Auto, als könnte er es nicht fassen, dass er so tief gesunken war.

»Tut mir leid, dass ich dich damit belästige«, sagte Carrie zu Paul, während sie durch die verstopften Straßen nahe dem Stadtzentrum navigierte. »Mum ist davon überzeugt, dass ich mich allein nur in Schwierigkeiten bringe.«

»Kein Problem«, sagte Paul. »Ich bin froh, mal vom Computer wegzukommen. All die vielen Punkte verschwimmen einem nach einer Weile schon ziemlich vor den Augen.«

»Warst du gestern im Laden?«, fragte sie. »Ich habe schon ein ganz schlechtes Gewissen, weil ich dauernd so viel weg bin.«

»Ach, ich helfe gern dort aus, und außerdem kann ich das kleine Zubrot gut gebrauchen, bis der nächste Teil des Forschungsprojekts bewilligt ist. Enif ist ein ziemlich wählerischer Esser geworden.«

Sie fanden den Weg zum Pumpwerk ohne Schwierigkeiten und parkten auf einem schmalen Grasstreifen beim Kanal. Das Gebäude war gut erhalten und eindrucksvoll, der viereckige Schornstein der höchste Orientierungspunkt im Umkreis von Meilen. Das Museum hatte offensichtlich nicht geöffnet, denn die bogenförmige Holztür war verschlossen.

Ein älterer Mann, der gerade mit seinem Hund vorbeikam, sprach sie an. »Ist geschlossen. Hat leider nur an bestimmten Wochentagen auf«, rief er, während sein kleiner, hängebauchiger Köter Enif angstvoll beäugte, als hätte er den Leibhaftigen vor sich.

Carrie und Paul gingen auf den Mann zu, der stehen geblieben war, um seinen Hund zitternd kacken zu lassen. Das war Enifs Wirkung auf andere.

»Aber ein Besuch lohnt sich, wenn Sie mal wieder in der Gegend sind«, fuhr der Mann fort. »Wenn es diese alten Dampfpumpwerke nicht gegeben hätte, wäre hier immer noch nichts als Sumpf. Stellen Sie sich vor, wie abgeschnitten dieses Gebiet hier war, als der größte Teil unter Wasser lag.«

»Gab es viele solcher Werke wie dieses?«, fragte Carrie.

»Ich glaube, früher waren es mal so um die hundert, aber das hier ist das letzte vollständig erhaltene. Es würde mich jedoch nicht wundern, wenn hier und da noch ein paar herumstünden. Mehr oder weniger verfallen inzwischen vermutlich … vielleicht werden ein paar noch von Farmern als Wirtschaftsgebäude genutzt.«

Carrie fiel plötzlich das Bild ein, das Molly zum Verkauf in die *Schatzkiste* gebracht hatte – das von der merkwürdigen Ruine. Sie war so gut wie sicher, dass das Gebäude auch einen abgebrochenen Schornstein, halb von Efeu überwuchert, gehabt hatte. Was hatte sie noch gesagt, wo es stand? Nicht weit von ihrem Haus. Sie waren bei einem Spaziergang darauf gestoßen.

Enif machte einen abrupten Satz auf das Hinterteil des kleinen Hundes zu, so dass Paul ihn schnell wegzog und ins Auto bugsierte. Der Mann wartete extra und winkte ihnen nach, ehe er seinen Weg fortsetzte. Wahrscheinlich hielt er gern mal ein Schwätzchen mit Fremden, die sich in die Gegend verirrten, dachte Carrie, vergewisserte sich aber auch gern, dass sie sich nicht allzu lange in seinem Revier aufhielten.

Dreiundfünfzigstes Kapitel

Molly wusste nicht, wann genau in der Nacht Max mit seinem regelmäßigen Pochen aufgehört hatte. Eine Zeitlang tröstete sie sich mit dem Gedanken, dass er vermutlich eingeschlafen war, und versuchte, dasselbe zu tun, trotz der Krämpfe in ihren angewinkelten Beinen. Mehrmals glaubte sie, die Gebäudetür aufgehen zu hören, und hielt sich bereit, für den Fall, dass Rupert die Trommel öffnete, aber er tat es nie. Außerdem wurden anscheinend irgendwelche schweren Gegenstände über den Steinfußboden gezerrt. Sie schlug gegen die Oberseite der Trommel, um ihn auf sich aufmerksam zu machen, doch er ignorierte sie. Hunger hatte sie inzwischen keinen mehr, dafür schrecklichen Durst, und sie fühlte sich überwältigend schwach und elend. Sehnsüchtig dachte sie an die halb volle Wasserflasche, die noch in der Ecke der Halle stand. Sie dachte an die Farbe des durch ein grünes Laubdach schimmernden Himmels. An ihren Vater, der auf dem blauen Teppich auf und ab ging. Daran, wie Rupert sie an ihrem ersten Hochzeitstag an den Handgelenken festgehalten hatte, und an die seltsamen Wellenbewegungen, die Max in ihrem geschwollenen Bauch ausgelöst hatte, wenn er sich in ihr bewegte. Sie versuchte, ihn zu rufen, und klopfte noch lauter mit dem Sichelgriff, doch auch diesmal kam kein Pochen als Antwort.

Max lag zusammengekauert wie ein Baby in der Röhre. Er meinte, seine Mutter in der Nähe klopfen zu hören, hatte aber nicht mehr die Kraft, ihr zu antworten. Sein Kopf fühlte sich groß und heiß an, und auch sein Körper war irgendwie angeschwollen und trieb auf Wasser. Er dachte daran, wie seine Mum ihm immer die Hand unters Kinn legte, wenn sie ihm etwas sagen wollte, und wie weich sich ihre Haare anfühlten, wenn sie sie gewaschen hatte. Er dachte daran, wie Craig ihn in der Schule einmal so hart in den Magen geboxt hatte, dass ihm die Luft weggeblieben war. Er dachte an seine Tiere und wie er sie immer alle im Flur aufgereiht hatte. Er fühlte das Schaukeln der Wellen und sah Charlie ein Stück weiter vorn, der die Hand nach ihm ausstreckte. Es war jetzt nicht mehr weit bis hinaus aufs Meer, wo Charlie war.

Molly kam mit einem Ruck wieder zu Bewusstsein. Die Tür der Trommel wurde geöffnet. Sie machte sich bereit, wusste, dass sie nur diese eine Chance hatte. Als die Klappe aufging, holte sie so fest sie konnte aus und traf Rupert im Gesicht. Die Sichel schnitt durch seinen Unterkiefer und blieb in seiner Wange stecken, so dass er vor Schock rückwärtstaumelte. Schnell kletterte sie heraus und keuchte auf, als sie ihre Beine belastete und sie beinahe unter ihr nachgaben. Rupert versuchte, die Sichel wegzuschlagen, als wäre es eine Fliege, aber sie steckte zu tief drin. Wild mit den Armen rudernd torkelte er in der Halle herum und zerrte an dem Gerät, bis er es schließlich mit einem schmerzhaften Fauchen freibekam. Er führte die Hände ans Gesicht; das Blut rann durch seine Finger und über seine Brust, er schien blind vor Blut zu sein. Molly stürzte los und hob die Sichel auf, nutzte seine vorübergehende Desorientierung, um erneut zuzuschlagen, ein massiver Hieb in seine Seite, so dass er sich zusammenkrümmte und die Arme um sich schlang. Wieder ließ sie die Sichel auf ihn niedergehen, und die rostige Klinge drang seitlich in seinen Hals. Schließlich brach er auf dem Boden zusammen, lag mit den Händen an seiner Kehle da, aus der das Blut nur so strömte. Obwohl sie es kaum ertragen konnte, ihn anzufassen, bückte sich Molly rasch und zog den Schlüssel aus seiner Tasche. Halb nahm sie wahr, dass jetzt ein großer Stoß Heuballen in einer Ecke der Halle lag, und roch den süßlichen, trockenen Duft. Sie rannte zu der Trommel, in der Max steckte, riss sie auf und zog ihn heraus. Er war bewusstlos, atmete aber noch. Sie trug ihn auf den Armen zur Tür und stützte ihn mit gebeugtem Knie ab, während sie den Schlüssel herumzudrehen versuchte, schrie frustriert auf, als er nicht einrastete, und tastete ruckelnd nach der richtigen Position. Endlich drehte er sich, und im selben Moment spürte sie eine Hand, die sich fest um ihren Knöchel schloss und sie samt Max zu Fall brachte.

Vierundfünfzigstes Kapitel

Paul und Carrie beschlossen, dass es die Sache wert war, wenigstens noch nach der anderen Pumpstation Ausschau zu halten. Es war vielleicht etwas weithergeholt, aber doch immerhin möglich, dass Molly und Max dort gefangen gehalten wurden. Carrie spürte, wie Charlie sie antrieb. Der Himmel hing voll großer Wolkenballen, die von dem kräftigen Wind über die Sonne gejagt wurden, so dass sich das Licht ständig veränderte, mal strahlend hell und dann wieder fast düster war. Ein Traktor mit einem Anhänger voller Mist, der vor ihnen über die einspurige Fahrbahn tuckerte, hielt sie eine Weile auf und zog eine Spur aus dicken dampfenden Klumpen hinter sich her.

Carrie fand problemlos nach Parson's Bridge zurück und fuhr denselben Weg wie am Vortag, nur dass er über Nacht noch matschiger geworden war. Enif fing an, unruhig zu werden, und gab warnende Knurrlaute von sich.

»Kann sein, dass er Durst hat«, meinte Paul. »Ich gebe ihm gleich etwas Wasser, wenn wir anhalten.«

Hinter dem Haus von Molly und Max wurde die Straße noch unebener, und Carrie machte sich Sorgen um ihre Federung, als sie mit bedenklichen Stößen über den Steinbelag holperten. Es erschien immer weniger wahrscheinlich, dass es hier etwas anderes geben sollte als durchweichte Felder und Massen von umherflatternden Krähen. Gelegentlich kamen sie an einem Wäldchen vorbei, und Carrie ging noch mehr vom Gas mit dem Gedanken, dass sich zwischen den Zweigen vielleicht ein Gebäude verbarg, aber da war nichts. Irgendwann verlor sich der Feldweg in sumpfigem Weideland, und Carrie traute sich nicht, noch weiterzufahren, denn man konnte hier allzu leicht in einem Graben landen. Sie hielt an, und sie stiegen aus. Enif trank schlürfend aus der Wasserflasche, die Paul ihm ins Maul schob, und dann schnürte er los, die Nase am Boden, den Schwanz in der Luft.

»Was macht er?«, rief Carrie beunruhigt, weil er so schnell verschwand.

»Meistens weiß er, was er tut«, sagte Paul und marschierte seinem Hund hinterher.

Carrie blieb nichts anderes übrig, als ihnen zu folgen. Sie gingen eine Weile an Röhricht und vereinzelten Tümpeln vorbei und kamen dann zu einem Gehölz aus Buchen und Weiden. Enif trabte immer noch voran und schnupperte intensiv. So angeregt hatte Carrie ihn noch nie erlebt. Verschwunden war das gelangweilt-mokante Gehabe, das er sonst an den Tag legte, und an seine Stelle waren leuchtende Augen und ein zielstrebiger Gang getreten. Er sah aus wie ein Hund auf der Spur von jeder Menge Scherereien.

Hinter den Bäumen kam das alte Pumpwerk in Sicht. Abgesehen von dem hohen Mitteltrakt war es weitgehend verfallen und Wind und Wetter preisgegeben. Auch der obere Teil des Schornsteins war abgebröckelt, so dass er nur noch halb so hoch war wie der des Museums, was erklärte, weshalb man ihn von der Straße aus nicht sah. Es gab ein paar Anzeichen von Ausbesserungsarbeiten: Eine Regentonne war an die Wand gestellt und die Holztür des Eingangs durch einen neuen, aufgenagelten Rahmen verstärkt worden. Außerdem sah es so aus, als hätte dort jemand übernachtet; aus Plastikplanen und Schnur war ein provisorisches Zelt errichtet worden. Verschiedene Werkzeuge lagen herum, ein paar Kunststoffbehälter, ein Seil und ein Stück Schlauch, die eindeutig erst vor Kurzem dort abgelegt worden waren. Ansonsten herrschte überall Verwahrlosung. Efeu, der sich um die Äste nahe stehender Bäume rankte, hatte sich an die Ruine geheftet und gewaltsam einen Weg durch das Mauerwerk gebahnt, gleichgültig gegenüber dem Schaden, den seine unerbittliche Ausbreitung an der Substanz des Gebäudes anrichtete. Moos und Schimmel hingen an den Mauersockeln, wo das Wasser einst eingedrungen war und bis wohin es auch wieder steigen würde.

Enif war stehen geblieben, die Ohren gespitzt, den Kopf wachsam vorgestreckt. Paul fasste ihn am Halsband und hakte die Leine ein. Einen Augenblick standen sie alle drei da und lauschten, hörten zuerst nichts als den Wind in den Bäumen und die seltsam menschlichen Rufe von Kiebitzen in der Ferne. Dann nahmen sie schwach, aber unverkennbar, einen langgezogenen Schrei wahr, der aus dem Innern des Gebäudes kam. Carrie rannte zur Tür und rüttelte daran, aber sie war abgeschlossen. Sie sah auf ihr Handy, stellte fest, dass es keinen Empfang hatte.

»Findet dein Telefon hier ein Netz?«, fragte sie Paul.

Paul warf einen kurzen Blick darauf und schüttelte den Kopf.

»Ich möchte, dass du mit Enif bis zu der nächstgelegenen Stelle zurückgehst, von der aus du die Polizei anrufen kannst«, sagte Carrie.

»Ich will dich aber hier nicht allein lassen«, widersprach Paul.

»Einer von uns muss gehen und Hilfe holen. Wenn wir noch länger warten, könnte es zu spät sein. Und Enif wird nicht auf mich hören. Geh schon. Verlier keine Zeit mehr. Vielleicht musst du ganz bis Parson's Bridge laufen, ich bin mir nicht sicher. Aber ich habe gestern die Polizei von Mollys Haus aus angerufen, da spätestens sollte es funktionieren.«

Widerstrebend gehorchte Paul. Auch Enif schien nicht bereit, sich vom Fleck zu rühren, und Paul musste mehrmals an seiner Leine ziehen, ehe er sich überreden ließ.

»Nimm besser auch die Autoschlüssel mit«, sagte Carrie und warf sie Paul zu.

»Komm, Enif, zurück zum Auto«, sagte er, worauf die zwei losliefen.

Carrie näherte sich wieder der Holztür und hämmerte dagegen, aber es kam keine Antwort, also ging sie um das Pumpwerk herum, um nach einem anderen Eingang zu suchen. Weitere Türen gab es nicht, und das einzige Fenster, das sie entdeckte, saß ganz hoch oben, praktisch unterm Dach. Sie ging zurück zur Vorderseite und hob einen Stein auf, mit dem sie wiederholt gegen das Holz schlug. Sie wartete einen Moment, dann hörte sie zur ihrer Überraschung, wie aufgeschlossen wurde. Die Tür öffnete sich, und sie blickte blinzelnd hinein, um ihre Augen auf das dunkle Innere einzustellen. Zuerst sah sie gar nichts, also trat sie vorsichtig ein. Eine Gestalt ragte vor ihr auf, dann bekam sie einen Schlag an die Schläfe. Sie stürzte zu Boden, und ihr wurde schwarz vor Augen.

Sie konnte nur ein paar Augenblicke weg gewesen sein, und als sie wieder zu sich kam, lag sie ganz still, um den Angreifer nicht merken zu lassen, dass sie bei Sinnen war. Vorsichtig drehte sie den Kopf zur Seite, damit sie den Raum besser überblicken konnte. Sie roch Blut und so etwas wie Tierfett und noch dichter bei sich irgendetwas Nasskaltes, Fremdartiges. Als sie den Kopf erneut bewegte, stieß sie dabei einen losen Stein an und erstarrte, fürchtete, dass der Fremde jetzt in ihre Richtung blicken würde. Auf einmal sah sie sich Auge in Auge mit einer Art dunklen Schlange, unterdrückte einen Schrei und rutschte ein Stück von der Kreatur weg, von der ein brackiger, urzeitlicher Geruch ausging. Dann hörte sie den gleichen Schrei wie eben noch von draußen, drehte sich wieder zur anderen Seite und sah diesmal, woher er kam. Molly hatte einen Strick um den

Hals, der mit einer über einen Deckenbalken hängenden Kette verbunden war. Die Kette war an einem Haken in der Wand befestigt, ein Flaschenzugsystem, mit dem sie vermutlich dort hinaufgezogen worden war. Ihre Füße erreichten mit knapper Not einen Stapel Heuballen unter ihr in der Ecke, der bei der kleinsten unvorsichtigen Bewegung kippen konnte. Als Carries Augen sich ganz an das Dämmerlicht gewöhnt hatten, sah sie, dass Molly voll Entsetzen auf einen Mann am Fuß des Heustapels starrte. Seine schlammüberkrusteten Stiefel, die bis übers Knie reichten, befanden sich im Zentrum von Carries Blickfeld, und er war auch die Quelle des Trangestanks, den er in so übelkeiterregenden Wellen ausdünstete, dass sich ihr der Magen hob. Trotzdem versuchte sie, möglichst reglos zu bleiben. Wenn er sich umdrehte und sah, dass sie wach war, war alles aus. Die Luft war stickig vor Furcht. Sie hörte Molly ein- und ausatmen, ein rasselndes, verzweifeltes Geräusch.

Der Mann drehte sich um, und da sah Carrie sein Gesicht, das blutüberströmt war und eine klaffende, halbkreisförmig vom Ohr bis zur Nase verlaufende Schnittwunde hatte. Seine Jacke war steif von getrocknetem Blut, und er bewegte sich sehr mühsam. Trotz der schweren Verletzungen war seine Miene vollkommen ausdruckslos. Jetzt entfernte er sich von Molly zur Mitte der Halle, wo zwei tonnenförmige Metallbehälter mit runden Türen standen. Er trat an das hintere Ende des einen und hob ein Stück Schlauch mit einem oben angebrachten Trichter auf.

Molly stöhnte. Sie zappelte mit den Füßen, um sich irgendwie auf dem Heuturm zu halten. »Bitte, Rupert. Bitte nicht«, sagte sie. Ihre Stimme klang kratzig und rau, als hätte sie tagelang geschrien. Die Schlinge um ihren Hals war offenbar sehr fest geknüpft, denn sie legte immer wieder die Hände daran und versuchte, den Druck auf ihren Kehlkopf zu lockern. Der Mann achtete nicht auf sie. Er hielt den Trichter ruhig mit einer Hand und begann, Wasser oder jedenfalls eine klare Flüssigkeit aus einem Plastikkanister in den Trichter zu gießen. Carrie nahm an, dass der Schlauch hinten in die Tonne eingeführt worden war, die der Mann aus irgendeinem Grund vollllaufen lassen wollte.

»Bitte, sag mir, was du willst. Bitte! Tu das Max nicht an«, sagte Molly weinend. Da erst begriff Carrie voller Entsetzen, dass Max in der Trommel sein musste und der Mann sie mit Wasser füllte, um ihn langsam zu ertränken. Sie wusste nicht, wie lange er sein schauriges Werk schon vorantrieb, und hoffte um Max' willen, dass er gerade erst damit angefangen hatte. Sie dachte an den kleinen Jungen, der zusammengekauert dort drin lag und nicht verstand, was mit ihm geschah, frierend und verängstigt, und wurde von einer Wut gepackt wie noch nie in ihrem Leben.

Sie blickte sich nach etwas um, das ihr irgendeinen Vorteil gegenüber dem Mann verschaffen könnte, erstarrte aber, als sie merkte, dass er sein Tun unterbrochen hatte und auf sie zukam. Hatte er gesehen, wie sie sich bewegte? Sie lag reglos da, mit geschlossenen Augen, und atmete so gleichmäßig es ging. Er stand über ihr, prüfte vermutlich, ob sie noch bewusstlos war. Dann, nachdem er offenbar entschieden hatte, dass sie keine Gefahr darstellte, ging er wieder. Carrie überlegte, wie lange Paul ungefähr brauchen würde, um die Polizei zu verständigen. Würde man seinen Anruf ernst nehmen? Würde er genau beschreiben können, wo sie waren, und würden die Polizeifahrzeuge überhaupt bis zu diesem abgelegenen Ort vordringen können? Sie machte die Augen wieder auf und sah, dass ihr keine Zeit blieb zu warten und auf Rettung zu hoffen. Der Mann schüttete gerade Benzin auf die unteren Heuballen, der Geruch war unverkennbar. Dann holte er eine Schachtel Streichhölzer aus seiner Jackentasche und zündete einen der Ballen an. Das Heu fing Feuer, aber nur sehr zögerlich, und er hockte sich hin und fachte es mit viel Gepuste an. Er schüttelte den Benzikanister und schien sich zu ärgern, dass er leer war. Nach einem schnellen Blick in Carries Richtung durchquerte er die Halle und ging hinaus. Das war ihre einzige Chance. Sie sprang auf, griff sich den losen Stein und positionierte sich hinter einer der Trommeln.

»Passen Sie auf. Er wird Sie umbringen«, sagte Molly, die am Ende ihrer Kräfte zu sein schien. Ihre Stimme war kaum wahrnehmbar, und ihr Kopf sank immer wieder herab und hob sich gleich darauf ruckartig, wenn sich die Schlinge um ihren Hals zuzog. Das Feuer griff jetzt um sich, und der Raum füllte sich mit Rauch. Carrie, die mit gesenktem Kopf in ihrem Versteck hockte, hörte die Tür aufgehen und spannte die Muskeln an. Der Mann bemerkte sofort, dass sie nicht mehr auf dem Boden lag, und stieß ein zorniges Knurren aus. Wild um sich blickend lief er umher, auf der Suche nach ihr. Er sah hinter dem Heustapel nach und ging ein Stück um ihn herum, so dass er mit dem Rücken zu ihr stand.

Sie huschte auf ihn zu, hob den Stein hoch über den Kopf und ließ ihn mit aller Kraft auf seinen Hinterkopf niederkrachen. Augenblicklich sackte er zu Boden. Carrie rannte zur Wand hinüber, hakte die Kette los und ließ Molly herunter, die auf den Heustapel fiel und ihn zum Einsturz brachte. Ohne darauf zu achten, lief Carrie zu der Trommel und machte die Tür auf, wobei sich ein Schwall Wasser über ihre Arme und Beine ergoss. Sie starrte hinein: Max lag vollkommen reglos darin. Während das Wasser aus der Röhre tropfte, fasste sie ihn unter den Achseln und zog ihn heraus. Er glitt ohne Widerstand durch die Öffnung, und sie fing ihn auf, ehe er zu Boden fiel. Die Halle war inzwischen voller Qualm, so dass sie kaum noch sah, wohin sie ging. Die Flammen krochen über das Heu. Max an sich gedrückt kämpfte sie sich bis zur Tür durch, die zu ihrer Erleichterung nicht abgeschlossen war. Hustend und keuchend stolperte sie hinaus und legte ihn ins Gras.

Sein Gesicht war bläulich grau, er hatte die Augen geschlossen, und als sie sich dicht über seinen Mund beugte, konnte sie keinen Atem feststellen. Sie knöpfte sein Hemd auf, das an seiner schmalen Brust klebte, und versuchte, sich zu erinnern, wo genau man pressen musste. Er sah so blass und klein aus, und sie hatte schreckliche Angst, ihm noch mehr zu schaden. Sie hob seinen Kopf an, hielt ihm mit einer Hand die Nase zu und blies dann sachte in seinen Mund. Seine Brust hob sich mit ihrem Atem. Sie wartete einen Moment und wiederholte den Vorgang dann mehrmals, betete, dass sie das Richtige tat. Eine verschwommene, panische Erinnerung an eine irgendwie makabre Schautafel, die sie einmal in einer Arztpraxis gesehen hatte, stellte sich ein. Sie fühlte nach seinem Puls, konnte aber keinen erkennen, also suchte sie sich eine Stelle über seinem Brustkorb, von der sie hoffte, dass es die richtige war, und drückte fünfmal hintereinander mit dem Handballen darauf. Immer noch nichts. Sie musste sich zusammenreißen, um nicht den Mut zu verlieren, hörte sich wimmern, Gott anflehen, Gott weiß wen. Sie holte tief Luft und begann von Neuem, wechselte zwischen Beatmung und Herzmassage ab, und dann, gerade als sie die Hoffnung aufgeben wollte, rührte sich Max, drehte den Kopf und erbrach sich ins Gras. Sie hob ihn hoch und zog ihn an sich, fühlte das schwache Pochen seines Pulses, das langsam kräftiger wurde. Dann deckte sie ihn mit ihrer Jacke zu und rannte wieder hinein. Der Raum war jetzt so voller Qualm, dass sie sich an der Wand entlangtasten musste, aber das lodernde Feuer in der Mitte war nicht zu übersehen. Als sie darauf zuging, entdeckte sie Molly am Rand des Scheiterhaufens, als wäre sie mit letzter Kraft davon weggekrochen. Carrie merkte, wie der Rauch in ihre Lunge drang und ihr Sehvermögen rapide nachließ. Schnell packte sie Molly an den Armen und zog sie über den Fußboden zur Tür. Zweimal fiel sie dabei hin, halb ohnmächtig vom Rauch, doch es gelang ihr, sie nach draußen zu schaffen. Nach Atem ringend lehnte sie sich an den Türrahmen, da wurde sie plötzlich wieder hineingezerrt und sah die blutige Fratze des Mannes, blickte in seine ausdruckslosen Augen. Er zog sie an den Haaren zu dem brennenden Heustoß und warf sie mitten hinein; sie fühlte die Gluthitze und das Schwelen, als ihre Kleider Feuer fingen.

Der Mann drückte sie mit den Armen nieder, heftete sie an die Glut, seine Kraft furchterregend und unbezwingbar. Seine Arme fingen ebenfalls Feuer, trotzdem hielt er sie weiter fest. Sie wehrte sich mit Händen und Füßen, aber er war wie eine Wand. Dann spürte sie seine Finger um ihre Kehle, die ihr die Luft abdrückten, und glitt in die Bewusstlosigkeit. Im letzten Moment, bevor sie sich selbst verlor, bemerkte sie einen starken, kühlen Luftzug, und der Mann kippte zur Seite und gab sie frei. Sie öffnete die Augen und blickte in Charlies Gesicht. Sie sah seine geliebte Stirn, die schön geschwungenen Brauen über den dunklen Augen, sein strahlendes Lächeln. Das war er, das Wesentliche von ihm. Es war, wie es immer gewesen war, und als sie seine Arme um sich spürte, ließ sie sich endlich gehen, und alles wurde schwarz.

Fünfundfünfzigstes Kapitel

Carrie saß auf einer Decke am Fluss und beobachtete die beiden Schwäne, die herbeigeglitten waren und mit ihren Hälsen ein Herz wie für eine kitschige Hochzeitsdekoration formten. Nach wochenlangem schneidendem Wind war dieser Tag wundersamerweise mild und still, so dass kaum eine Welle die Wasseroberfläche kräuselte. Die Luft fühlte sich geradezu balsamisch an. Jen und Carrie hatten den Abend vorher bei Carrie zu Hause verbracht, Geschenktütchen für die Gäste mit Kleinigkeiten aus dem Laden gefüllt und über all das geredet, was sie schon gemacht hatten und noch machen wollten. Jen hatte einen möglicherweise idealen Standort für *Schatzkiste 2* aufgetan, und sie malten sich aus, wie der neue Laden aussehen könnte. Um den vierten Margarita herum war Jen etwas überdreht geworden, was das Konzept eines Spielzeugladens für Erwachsene mit Schwerpunkt auf geschmeidigen Sexspielzeugen und nostalgischen Süßigkeiten anging, und musste von Carrie gebremst werden. Am Morgen dann hatte Carrie ihr Paracetamol und schwarzen Kaffee sowie ein belebendes Schaumbad verabreicht. Es kam zu einer kleinen Krise, als Jen bei dem Gedanken daran, *jeden einzelnen Tag* mit demselben Mensch aufzuwachen, in Atemnot und Schweißausbrüche geriet, doch die konnte überwunden werden, indem Carrie ihr die beträchtlichen Vorzüge ihres Zukünftigen aufzählte.

»Denk an seine Zuneigung zu Kieselsteinen«, sagte sie. »Und an all die schönen Rundwege, die ihr zusammen gehen könnt.«

Carries anfänglichen Befürchtungen zum Trotz war das Brautkleid ein voller Erfolg. Gleich das erste, das Jen anprobiert hatte, wurde es: ein von den Fünfzigern inspiriertes Modell aus cremefarbener Spitze, durchwirkt mit feinen Silberfäden. Der ausgestellte Rock reichte bis knapp unters Knie und lieferte Jen den perfekten Vorwand, sich die Peeptoes aus austernfarbenem Satin von Miu Miu zu kaufen, in die sie sich verliebt hatte. Die enganliegende Korsage des Kleides und der tiefe Rundhalsausschnitt verliehen ihr ein sahnig-üppiges Aussehen, das Tom sichtlich schwindeln ließ, als er sich vor dem Altar zu ihr umdrehte.

Der Rest des großen Tages verlief ganz nach Plan. Die Kirche duftete nach den altmodischen blassrosa Rosen, die um das Ende jeder Bankreihe gebunden waren und von denen Jen ein kleines Sträußchen trug. Die Gäste ließen es draußen auf dem Kirchhof Flieder- und Ritterspornblüten regnen. Auch Jens Vater trat überraschenderweise auf den Plan, in Begleitung einer weiteren zu jungen Frau mit zarter Haut und einem bedauernden Ausdruck in den Augen. Sowohl Jen als auch Carrie weinten ein bisschen, als Carrie ihre Rede hielt. Tom sagte ständig allen, was für ein Glück er hatte. Jemandes Teenagerspross übergab sich in eine Handtasche. Paul und Enif, dessen Fell mit einer Art Glanzgel geglättet worden war, waren die ersten auf der Tanzfläche, und natürlich war die Braut die schönste Braut, die man je gesehen hatte.

Für den Abend nun war die Gesellschaft in ein Festzelt im Garten von Freunden umgezogen, der an den Fluss grenzte und von dem aus ebenso gefährliche wie lärmende Stechkahnfahrten unternommen wurden. Es war bereits zu einem Zwischenfall gekommen, als jemand mit seiner Stakstange im schlammigen Grund stecken geblieben war, nicht loslassen wollte und sich langgestreckt über der Flussmitte daran geklammert hatte, bis er spektakulär hineingeklatscht war. Nachdem Carrie die kleinen Kerzen in Milchglashaltern angezündet hatte, die dekorativ überall im Garten verteilt waren, hatte sie sich eine Pause von dem Trubel gegönnt, um etwas abseits für sich allein ein Glas Weißwein zu trinken. Es gab nach wie vor Momente, in denen sie sich von anderen Menschen fernhalten wollte, um nachzudenken und sich zu sammeln. Auch wenn seit dem Tag in dem Pumpwerk vier Monate vergangen waren, hatte sie sich noch nicht vollständig davon erholt. Sie blickte hinunter auf ihre Hände und Unterarme, die schlimme Narben von den Brandwunden davongetragen hatten und immer noch empfindlich auf Berührung reagierten.

Als sie ohne ihn im Krankenhaus aufgewacht war, war die Trauer so überwältigend gewesen wie bei seinem ersten Verschwinden. Ihn so dicht vor sich gesehen zu haben, seinen Atem gespürt und seine Arme um sich gefühlt und ihn dann erneut verloren zu haben war unerträglich schmerzhaft. Die ersten beiden Tage hatte sie nichts anderes getan, als schwere, bittere Tränen zu weinen, die nicht versiegen wollten. Sie bestand nur aus diesem grausamen Gefühl von Verlust und Verlassenheit. Sie wusste, dass er nun endgültig und für immer fort war. Als sie zwischendurch lange genug mit dem Weinen aufhörte, wagten sich die ersten in ihr Zimmer und ergänzten die Teile, die sie nicht mitbekommen hatte. Pam blieb Tag und Nacht bei ihr, hielt ihre verbundenen Hände und machte den vorbeikommenden Ärzten schöne Augen.

Eines Nachmittags wachte Carrie auf und fand Oliver an ihrem Bett vor, der sie ansah. Sie schickte ihn weg, und er ging, aber er kam wieder. Er brachte ihr lächerlich große Blumensträuße und extravagante Pralinen mit und erzählte von einem Vogel mit gebrochenem Flügel, den er direkt vor dem Unterstand gefunden hatte, und von Mrs Evans und ihrer neuen Alarmanlage am Haus, die jedes Mal losging, sobald sich jemand ihrer Tür näherte. Ein Polizist, der als Erster bei dem Pumpwerk eingetroffen war, beschrieb das Wunder, das sie gerettet hatte.

»Als hätte irgendetwas das Feuer um Sie herum gelöscht. Überall sonst brannte es noch, nur dort, wo Sie lagen, war es einfach ausgegangen«, sagte er. »Höchst merkwürdig.«

Rupert war infolge des Brandes und seiner schweren Verletzungen noch in der Pumpstation gestorben. Molly und Max hatten überlebt, mussten aber ebenfalls lange im Krankenhaus bleiben. Etwa drei Wochen nach Carries Entlassung kamen die beiden sie besuchen. Sie waren immer noch schwach und lädiert und bewegten sich mit der typischen Unsicherheit von Menschen, die schwere Verletzungen davongetragen hatten. Molly weinte und hielt Carries wunde Hände und sagte, dass ihr die Worte fehlten, so wie es jedem ergeht, der etwas aus tiefstem Herzen empfindet. Max hatte es da leichter. Im Gegensatz zu den meisten Erwachsenen hatte er die Kraft ehrlich gemeinter Worte noch nicht verlernt. Er setzte sich dicht neben sie und legte ihr eine Hand aufs Knie.

»Danke, dass du Mum und mir das Leben gerettet hast«, sagte er. »Ich kann nicht dein Sohn sein so wie Charlie, aber ich wäre gern dein Freund, wenn du das möchtest.«

Außerdem erzählte er ihr flüsternd, als wäre es ein Geheimnis zwischen ihnen, dass Charlie die ganze Zeit bei ihm geblieben war, ihm gut zugeredet hatte durchzuhalten und ihm Lieder vorgesungen hatte, um ihn zu trösten.

Carrie fröstelte; es wurde langsam frisch. Als sie aufblickte, sah sie Oliver auf sich zukommen und ein Stück hinter ihm Jen, die einen kindischen Stepptanz aufführte und breit grinsend auf ihn deutete. Er setzte sich neben sie auf die Decke.

»Hallo, Carrie«, sagte er und versuchte, ihr in das entschieden abgewandte Gesicht zu blicken.

»Ich wusste nicht, dass du eingeladen bist«, sagte sie.

»Jen hat mich auch erst vor ein paar Tagen angerufen. Ich glaube, ich bin eine Ergänzung in letzter Minute.« Sie saßen eine Weile schweigend nebeneinander.

»Hast du Lust, Stechkahn zu fahren?«, fragte er.

»Eigentlich nicht«, antwortete sie knapp, musste aber unwillkürlich denken, wie gut er in seinem dunklen Anzug mit dem weißen Hemd aussah. »Du bist nicht gerade richtig angezogen dafür.«

»Ich dachte, du würdest vielleicht das Staken übernehmen«, erklärte er. »Komm schon, Carrie. Es macht bestimmt Spaß.«

Sie stand widerstrebend auf und wartete, während er das Boot längsseits brachte und die Laterne anzündete.

»Alles einsteigen«, sagte er und hielt die Kette straff, damit der Kahn an der Uferkante liegen blieb.

Carrie zog ihre goldfarbenen Vintage-Sandaletten aus, warf sie hinein und stieg ins Boot, das sich zur Seite neigte und dann wieder ausrichtete, als sie sich auf dem mit Kissen ausgelegten Sitz niederließ. Oliver zog sein Jackett aus, verstaute es am Heck und nahm die Stakstange. Gerade, als er vom Ufer abstieß, kam Jen mit einer Flasche Wein, zwei Gläsern und Carries rosa Kaschmirschal, den sie im Zelt gelassen hatte, herbeigerannt.

»Dachte, das könntet ihr gebrauchen«, sagte sie mit verschwörerischem Blick zu Carrie, für den sie ein finsteres Stirnrunzeln erntete. »Bon voyage!«, rief sie, ohne auf Carries Empörung zu achten und sowieso zu trunken vor Glück und vom Wein, um sich darum zu scheren.

Sie legten ab und fuhren flussaufwärts. Die meisten anderen hatten schon Feierabend gemacht, so dass sie das ruhige Gewässer für sich hatten. Oliver stakte konzentriert, und das Wasser tropfte silbrig von seinem Arm, als er die Stange einstach und nach einem kräftigen Schub wieder herauszog.

»Wollen wir's versuchen?«, fragte er und hielt einen Augenblick inne, um Carrie in ihrem roten Kleid, das Gesicht von der Laterne beschienen, anzusehen.

»Was versuchen?«

»Uns zu lieben«, sagte er.

Sie wusste, es war gut möglich, dass sie ihn lieben konnte. Vielleicht tat sie es schon. Ihn zu lieben war nicht das Problem, sondern der Gedanke, ihr schwer mitgenommenes Herz weiteren Schlägen auszusetzen. Noch mehr Verlust, noch mehr Schmerz zu riskieren. Die Chancen standen nicht gut, andererseits waren es nun mal die einzigen, die sich boten. Er legte das Stakruder ab und kletterte vom Heck des Kahns zu ihr. Sanft vom Fluss geschaukelt küssten sie sich.

Epilog

Carrie kam eine halbe Stunde vor den anderen am Strand an. Der Parkplatz war noch so gut wie leer, aber der Kiosk hatte schon geöffnet. Eimerchen schwangen an der Markise hin und her, Kescher und Badeschlappen waren zum Verkauf ausgelegt, und in der Luft hing bereits ein Geruch nach heißem Fett. Leute auf dem Weg zum Strand gaben sich der Hoffnung hin, das Beste aus dem Tag herauszuholen, wenn sie sich mit derartigem Zubehör ausrüsteten, trotz des Wetters, trotz des Mangels an fangbaren Krebsen. Familien fuhren mit einer idealen Vorstellung ans Meer, die viel zu tief verwurzelt war, um sich zu wandeln, auch wenn sie wenig mit der Wirklichkeit zu tun hatte.

Heute aber hatten sie Glück. Die Sonne schien warm, und die Luft hatte eine linde Milchigkeit. Carrie dachte, dass der Strand genauso aussah wie an jenem Tag, die gleichen Farben, die gleichen Gerüche, die gleiche Landschaft, und doch war natürlich alles anders. Neuer Sand hatte den alten überdeckt, jedes Körnchen so besonders und verschieden von den anderen, wie es Schneeflocken waren. Muster waren verweht worden und hatten sich neu gebildet und würden sich weiter endlos formen und umformen. Sie blickte hinaus aufs Meer und zum Horizont. Dorthin, auf diese unwandelbare Linie, stets sichtbar und stets außer Reichweite, richtete sie ihre Gedanken an Charlie. Immer würde sie dort nach ihm suchen, dort, wo Himmel und Erde sich trafen. Es musste nicht unbedingt dieser Strand sein. Er war überall, wo die Grenzen verschwammen, wo Geheimnis und Schönheit sie einholten.

Die anderen kamen jeweils zu zweit, was Carrie an die Arche Noah erinnerte, die ihr Max bei seinem Besuch nach ihrer Entlassung aus dem Krankenhaus geschenkt hatte. Er hatte die Tiere paarweise auf ihrem Kaminsims aufgereiht und den kleinen Holz-Noah auf die Landungsbrücke gestellt. Damian kam als Erster und brachte eine grauäugige Frau namens Sarah mit. Sarah hatte sich bei ihm untergehakt und lächelte Carrie vorsichtig an. Auf sie folgten Pam, in ungeeigneten Schuhen, und Simon, den sie um eine Mitfahrgelegenheit gebeten hatte. Seufzend sah Carrie, dass ihre Mutter keine Gelegenheit ausließ, sich an seinen Arm zu klammern und mädchenhaft zu kichern. Dann Kate und Dave Jefferies, deren beide Töchter schon in gleichen pinkfarbenen Badeanzügen steckten. Paul kam mit Enif, der sich sofort von seiner Samtleine freimachte und sein Herrchen zu einem ausgelassenen Tanz über die Dünen aufforderte. Molly traf mit dem vorausrennenden Max kurz vor Tom und Jen ein, Letztere samt einer kleinen Wölbung unter dem schlimmsten Hängerkleid, das Carrie je gesehen hatte. Als Letzter kam Oliver, der das Essen mitbrachte und einen Strandeimer voller Blumen.

Es wurde eine einfache Zeremonie. Sie lagerten in einem geschützten Dünenabschnitt, markierten ihr Territorium, wie es Brauch und Urinstinkt vorschrieben, mit Decken, Taschen und Sonnenschirmen und gingen dann zum Meer, die Kinder schreiend vorauslaufend, außerstande, normal zu gehen in dieser Weite, die fürs Laufen gemacht war. Es gab keine Leiche zu begraben, keine Asche zu verstreuen. Der einzige Fixpunkt war Liebe. Damian las ein Gedicht vor, und Max sang mit klarer, heller Stimme »Cheek to Cheek«, und alle weinten. Carrie sah, wie Sarah Damians Gesicht zärtlich mit einem Taschentuch abtupfte und war beruhigt. Danach gingen sie zusammen zurück, um Sandwiches und Kartoffelchips zu essen und mit Picknickbechern aus Plastik auf Charlies Andenken anzustoßen.

Nachdem das Essen ein wenig verdaut war, gingen die Kinder in Carries Begleitung zum Wasser und planschten dort herum. Sie bauten eine Sandburg für Charlie, die mit Muschelschalen verziert und von einem Tunnellabyrinth umgeben war, und als sie fertig waren, legte Max seine feuchte, sandige Hand in Carries und stand neben ihr in den seichten Wellen.

»Max«, sagte sie und sah zu ihm herunter. »Hast du einen schönen Tag gehabt?«

»Ja«, antwortete Max, der mit den Füßen durch den nassen Sand baggerte. Ihr fiel auf, dass seine Knöchel nicht mehr diese rundlichen Polster hatten, die sie mit kleinen Kindern verband. Selbst in der kurzen Zeit, die sie ihn kannte, war er deutlich gewachsen, und bald würde er in dieses schlaksige, ungelenke Stadium eintreten, in dem Jungen mit ihrem Körper auf Kriegsfuß standen. Im Moment jedoch strahlte er eine unbefangene Ruhe aus, die ungewöhnlich für ein Kind seines Alters war.

»Das Meer hat ihn mitgenommen, stimmt's, Carrie?«, fragte Max.

»Ja, das stimmt«, sagte Carrie. »Es hat ihn mitgenommen, als wir nicht aufgepasst haben.«

»Ich glaube, es wollte ihn für sich haben«, sagte Max.

»Vielleicht«, erwiderte Carrie und fühlte die Tränen kommen.

»Es geht ihm gut, Carrie«, sagte Max.

»Siehst du ihn immer noch, oder spricht er noch mit dir?«, konnte sie nicht umhin zu fragen. Sie musste wissen, ob sie noch einmal von ihm hören würde.

Max sah mit seinen schönen ernsten Augen zu ihr auf. »Er ist jetzt fort. Ich sehe ihn nicht mehr, und er redet nicht mehr mit mir. Aber er ist in mir drin«, sagte Max und bückte sich, um mit gekrümmtem Finger eine Muschel aus dem Sand zu schaufeln.

Alle blieben, bis es kühl wurde, wickelten dann nasse Badesachen in nasse Handtücher, sammelten die sandbestäubten Überreste des Picknicks ein und machten sich auf den Heimweg. Carrie und Oliver saßen noch eine Weile mit einer Decke über ihren Knien da und sahen zu, wie das Wasser langsam zurückging.

»Meinst du, es ist Zeit aufzubrechen?«, fragte Oliver schließlich und legte den Arm um sie, weil er wusste, dass es ihr schwerfiel, den Tag enden zu lassen.

»Ja«, sagte Carrie. »Es war so gut, wie ich gehofft hatte. Besser noch.«

Kurz vor dem Parkplatz drehte sie sich ein letztes Mal um. Die Gewohnheit war schwer zu durchbrechen, das Gefühl, dass sie Charlie zurückließ. Doch dann rieb sie sich mit sandiger Hand die Stirn, verschränkte die Arme vor der Brust und ging weiter, nahm ihn mit sich.

Danksagung

Ich danke meinem Agenten, Luigi Bonomi, für seine guten Ratschläge und seine Unterstützung. Außerdem Kate Bradley bei HarperCollins für ihren Enthusiasmus und die Intelligenz, mit der sie sich all das merkt, was ich vergesse. Vor allem möchte ich meiner Mutter, Valerie Unsworth, danken, die immer so viele Träume hat und stets glaubte, dass ich das Zeug dazu habe.